Heidi R. Kling

Mit dir unter dem weiten Himmel

Heidi R. Kling studierte Creative Writing in New York und schreibt seitdem realistische und fantastische Jugendbücher für Mädchen. Zusammen mit ihrem Mann, ihren zwei Kindern und einem frechen Hundewelpen lebt sie in Palo Alto, Kalifornien. Neben ihrer Autorentätigkeit gibt sie Kurse, in denen Kinder mehr Selbstbewusstsein erlernen können. Online steht Heidi R. Kling unter http://heidirkling.com sowie auf den verschiedenen Social-Media-Plattformen in Kontakt mit ihren Leserinnen.

Heidi R. Kling

Mit dir unter dem weiten Himmel

Aus dem amerikanischen Englisch
von Katrin Segerer

Ravensburger Buchverlag

Als Ravensburger Taschenbuch
Band 58521
erschienen 2018

MIX
Papier aus verantwortungsvollen Quellen
FSC® C114500
FSC
www.fsc.org

1 2 3 4 5 E D C B A

Deutsche Erstausgabe

Umschlaggestaltung: Carolin Liepins unter Verwendung von Fotos von
© Ratana21, © Nataliia Dvukhimenna, © Rusla Ruseyn und © Bill45
(alle: Shutterstock)

Lektorat: Carla Felgentreff

Printed in Germany

ISBN 978-3-473-58521-2

www.ravensburger.de

*»Wenn ich sterbe, bemalt meinen Körper mit roter Farbe
und taucht ihn in frisches Wasser, damit er wieder
zum Leben erwacht. Sonst verwandeln sich meine Knochen
im Grab zu Fels und meine Gelenke zu Feuerstein,
doch so wird mein Geist aufsteigen.«*

Crazy Horse

1

Jetzt

Ich habe vor zwei Wochen meinen Highschoolabschluss gemacht und bin kaum mehr als ein geisteskrankes Gespenst, als meine Mom mich am San Francisco International Airport absetzt. Das hier fühlt sich eher an wie eine Flucht als wie Urlaub.

»Du musst nicht mit reinkommen«, murmle ich.

Allein ist es leichter, in der finsteren Leere meines Lebens zu versinken.

Die perfekt manikürten Finger meiner Mutter berühren meine Schulter, als wollte sie mir mit meiner Tasche helfen, so zaghaft, als wäre ich Gefahrgut. Sie kann es gar nicht erwarten, dass ich in dieses Flugzeug steige.

»Ich bin achtzehn, Mom. Ich kann meine Tasche wirklich selbst tragen.«

»Für mich wirst du immer mein kleines Baby bleiben, Paige.«

Ihr Baby. Klar. Babys sind unschuldig, rein, harmlos. Ich bin das Gegenteil.

Offiziell verlasse ich die Stadt, um meinen kranken Vater zu besuchen – einen Mann, den ich kaum kenne, der mich kaum kennt –, aber Mom und ich wissen beide um den wahren Grund: Ich soll nicht als totes Kind Nummer sieben enden. Vielleicht kann ich noch gerettet werden.

Ich werde wegen der schmutzigen Geheimnisse weggeschickt, über die wir nicht reden. Nicht wegen des Offenkundigen, für jeden Sichtbaren. Nicht wegen des gelben Absperrbands, das *Gefahr!* schreit, des Bluts auf den Gleisen, der Todesfälle, sondern wegen allem dazwischen, dem, was währenddessen, davor, danach passiert ist. Diese Leerstellen tosen nachts durch meinen Kopf. Seine Stimme – verführerisch, aufregend, bedrohlich – sucht mich heim. Geisterhaft, aber beständig. Der unentrinnbare Ty.

»Ehrlich jetzt«, fauche ich, als sie zögert, eine gute Mutter sein will. »Du musst nicht mit mir warten.«

Zwischen ihren Augenbrauen bildet sich eine Falte. Sie ist verletzt. Ich habe sie verletzt. Schon wieder. Sie lässt die Hand an die Seite fallen. Einen Moment lang habe ich ein schlechtes Gewissen. Dann erinnere ich mich daran, weshalb ich hier bin. Wohin sie mich verfrachtet. Und, was am wichtigsten ist, *warum*. Und ich werde wieder wütend. Auf ihn. Auf sie. Auf alle. Aber besonders auf ihn.

Wut, die zweite Phase der Trauer. Wut ist besser als die unendlich tiefe Trostlosigkeit, in der ich vorher ertrunken bin.

»Wenn du dir sicher bist …« Sie tupft sich mit dem Ärmel den Augenwinkel und beschmiert den pastellgelben Kaschmir mit Mascara.

Auf der Straße rasen Taxis vorbei, Autos hupen. Ich schlinge die Arme um meinen Oberkörper. Ich war nicht immer so. Ganz und gar nicht. Ich war ein unkompliziertes Kind. Ein unkomplizierter Teenager. Ich habe gemacht, was man mir gesagt hat: gute Noten bekommen, mir nette Freunde gesucht, meinen Teller abgeräumt.

Jetzt habe ich keine Ahnung mehr, wer ich bin. Die Paige, die ich mal war, hätte nichts von alldem getan.

Aber ich habe es getan. Und ich kann es nicht rückgängig machen.

Über uns rumpelt die Monorail vorüber und ich zucke zusammen. Sie sieht aus wie ein harmloses Disneyland-Fahrgeschäft, aber ich weiß, was sie anrichten kann. Ich denke an diesen Artikel über den Lokführer – wie ihn der dumpfe Schlag von vierundsechzig Tonnen Metall, die mit achtzig Sachen einen Körper von den Gleisen rammen, immer noch im Schlaf verfolgt.

Die Lautsprecherdurchsage warnt die Fahrgäste mit monotoner Stimme: »Terminal B. Nächster Halt: Terminal B. Die Türen schließen automatisch. Vorsicht bei der Abfahrt.«

Mir ist schlecht. Wenigstens bleibt der Schrei in meinem Kopf.

Mom schaut mich an, als wäre ich eine offene Wunde. »Hast du alles? Dein Ticket?«

Ich nicke.

»Deinen Ausweis?«

Ich hebe den Geldbeutel in meiner schweißnassen Hand.

»Ein Wagen holt dich in Wyoming ab. Wenn du ihn nicht sofort findest, ruf mich an. Wenn du keinen Empfang hast, benutz das Telefon im Souvenirladen.«

»Sollte ich nicht lieber eine Pferdekutsche ranwinken?« Sarkasmus. Noch so ein Verteidigungsmechanismus. Leider klingen meine Worte eher panisch.

Die Augenbrauen meiner Mom schnellen in die Höhe.

»Das war ein Witz.« Und vielleicht fühlt es sich auch irgendwann wie einer an.

Mom holt tief Luft und lässt den nebligen Bay-Area-Smog mit einem Seufzer wieder herausströmen. Diese Reaktion bin ich gewohnt. Zum Glück muss sie sich ja bald nicht mehr mit mir herumschlagen.

Die nächste Monorail kommt und hält fast geräuschlos an. Trotzdem höre ich ein heulendes Signalhorn, entfernte Schreie. Sehe nackte Füße unter einer regenjackenähnlichen gelben Plastikplane hervorragen.

Es regnet nicht.

Mom nimmt mein Gesicht in beide Hände, zwingt mich, sie anzuschauen, nicht die Schiene. »Hör auf, Paige. Du musst damit aufhören.«

Obwohl ihre Körpersprache deutlich macht, dass ich es gar nicht erst zu versuchen brauche, obwohl ich weiß, dass ich fliegen *muss*, dass es keinen anderen Weg gibt, dass ich auf keinen Fall hierbleiben kann nach allem, was passiert ist, will ich sie anflehen, mich doch bleiben zu lassen. Will zurück in ihr unerträglich nach Parfüm riechendes Auto springen, wo sie mir durchs Haar wuschelt und einen Mädelsnachmittag mit Essen und Kino vorschlägt, genau wie früher, bevor ich zu schnell erwachsen geworden bin und sie nicht länger gefragt hat. Ich will einen Resetknopf auf dem Armaturenbrett finden und dieses Jahr noch einmal von vorn beginnen, als wäre es eins von Tys Videospielen und nicht mein Leben, denn alles an diesem Moment schreit *Game over*.

Sie schließt mich in die Arme und ihre Miene ist so festbetoniert wie ihre Frisur. Ich winde mich heftiger aus ihrem Griff als beabsichtigt. Ich ertrage es nicht mehr, angefasst zu werden, nicht einmal von meiner Mutter.

»Tut mir leid«, sage ich und das tut es wirklich – dass sie mir nicht helfen kann, dass sie mich nicht berühren darf, dass ich ihr dieses riesige Chaos hinterlasse und vor allem, dass die vielen herumgeisternden Geheimnisse ihr makelloses Haus mit einem Schmutzfilm überziehen, den sie niemals wieder abbekommen wird.

»Schon okay.« Sie schüttelt traurig den Kopf. »Hast du deine Medikamente?«

»Ja.«

»Hast du eine Xanax genommen?« Sie schaut sich verstohlen um, ob uns jemand hört. Nicht auszudenken, wenn irgendein Tourist auf dem Weg nach Alcatraz mitkriegen würde, dass die Tochter der untadeligen Geschäftsführerin Pillen gegen ihre Panikattacken braucht.

»Ja, eine halbe«, lüge ich. Ich will meine frisch verschriebenen Medikamente nicht schlucken. Meine Familie ist suchttechnisch vorbelastet, selbst die Leute, mit denen ich rein biologisch gar nicht verwandt bin. Das würde mir jetzt gerade noch fehlen.

»Vielleicht solltest du vor dem Flug eine ganze nehmen.«

»Mir geht's gut, Mom.«

Sie beißt sich auf die Lippe. »So siehst du aber nicht aus. Du bist blass. Und du hast heute Morgen nichts gegessen.«

»Das sind keine magischen Bohnen. Die bringen nicht wie von Zauberhand alles wieder in Ordnung.«

Ich blicke auf meine Schuhe. Meine Beine sind so dünn wie die schlaffen Glieder einer Vogelscheuche. Ich habe Gewicht verloren … danach. Ich versuche ja zu essen, wirklich, aber mein Appetit ist quasi nicht vorhanden. Ich weiß, dass ich blass bin und dass meine Haare dünn und glanzlos sind. Mom glaubt, dass ich aufgegeben habe, aber das stimmt nicht. Im Gegenteil. Ich will rennen. Wegrennen. Weit weg. Diese Energie hält mich in Gang.

Deshalb habe ich eingewilligt zu fliegen.

Ich hebe den Kopf und schaue in den diesigen Himmel. Nachdem ich fast den gesamten Monat in meinem Zimmer gelegen und an die Decke gestarrt habe, ist es schon furchterregend genug, einfach draußen zu sein.

»Ehrlich, Mom, es ist alles okay. Du musst nicht mit rein.«

Sie zögert. »Also, da wäre tatsächlich dieses Meeting mit den VCs …«

Venture Capitalists. Wagniskapitalgeber. Das Silicon-Valley-Pendant zu den Börsenmaklern in New York City: das große Geld, dem meine Mom so gerne hinterherjagt.

»Die solltest du nicht warten lassen.«

Sie gestikuliert in Richtung meines nigelnagelneuen Designerrollkoffers und der dazugehörigen Laptopledertasche. »Es ist nicht für immer, mein Schatz. Nur bis …«

Ihre Worte verlieren sich.

Bis es zu Hause wieder sicher ist?

Bis *ich* sicher bin?

Bis ich nicht mehr an ihn denke?

Bis ich im Herbst an die Wesleyan gehe?

Um uns herum eilen geschäftige Reisende durch die Drehtüren in den Flughafen.

»Entschuldigen Sie uns«, sagt eine Frau mit einem Buggy, in dem ein rosinenkauendes Kind sitzt. Sie wirft einen Blick zurück zu ihrem Ehemann, der gerade einen Rucksack auf die Schultern eines kleinen Jungen schiebt und ihm mitteilt, dass er selbst dafür verantwortlich sei, sein Spielzeug in den Flieger zu tragen. Erst lacht der Junge über diese Vorstellung, dann nickt er ernst.

Verantwortung. Wann habe ich damit aufgehört, sie zu übernehmen?

Mein Magen krampft sich zusammen. Ich kann mich nicht daran erinnern, wann ich das letzte Mal etwas gegessen habe, aber ich bin kurz davor, auf den Bürgersteig zu kotzen.

»Ich muss los.« Ich glaube, ich sage es laut.

Eine Dame in Polyesterhose und orangefarbener Schülerlotsenweste kommt auf uns zu und gibt uns mit schwungvollen Handbewegungen zu verstehen, dass wir den schwarzen BMW wegfahren sollen, der mit laufendem Motor und Warnblinker im absoluten Halteverbot steht.

Meine Mutter, die es nicht gewohnt ist, sich von anderen etwas vorschreiben zu lassen, starrt sie über den Rand ihrer Brille hinweg an, als wollte sie rufen: *Wenn Sie mich noch länger nerven, liegen Sie unter den Rädern*. Anschließend hebt sie einen Finger mit spitz zugefeiltem Nagel im French-Manicure-Look, was so viel bedeutet wie: *Um dich kümmere ich mich gleich noch*.

»Ich hab dich lieb«, sagt sie zu mir und ihr Gesichtsausdruck taut ein bisschen auf. Ihre eisige Stimme bricht, weil ihr kaputtes Vogelbaby das Nest verlässt. Sie fühlt sich schuldig, weil sie mich hinausstößt, bevor ich flügge bin. Aber sie tut es trotzdem. »Ruf mich an, wenn irgendwas ist, ich komme sofort.«

Äh, ja. Klar. »Du hasst Wyoming. Und Dad. Außerdem kannst du Phil nicht allein lassen.«

Sie blinzelt. Eine gute Mutter würde kommen. Und die wollte sie immer sein, bloß ist sie leider viel besser darin, ein einflussreiches Start-up zu führen und ihre eigenen Pläne zu verfolgen, ob sie nun einen Großteil unseres Hauses zu neuen Büros für sich und Phil umbauen lässt, oder mich aus den Armen meines Vaters reißt, während ich Rotz und Wasser heule, wie vor all den Jahren.

Ich habe recht. Sie wird nicht kommen, doch sie will meine Aussage so nicht stehen lassen.

»Ich hasse deinen Vater nicht. Ich finde es nur leicht ironisch, dass er an ALS leidet statt an alkoholbedingtem Leberversagen. Aber am wichtigsten ist, dass ich dich liebe. Richte ihm aus …« Irgendetwas – Schuld? – überzieht ihr Gesicht wie ein Spinnennetz, während sie mit den Worten ringt, überlegt, was ich meinem Vater sagen soll, ihrem Exmann, den sie auf ziemlich hässliche Art und Weise verlassen und seit Jahren nicht mehr gesehen hat. »Grüß ihn von mir.«

Ich kann nicht anders, als ihn zu verteidigen. »Er ist seit Jahren trocken, aber okay.«

Ihre Augen weiten sich und mir ist klar, was sie denkt: *Willst du jetzt wirklich* damit *anfangen?* Nein, will ich nicht. Eigentlich wäre mir jedes andere Thema lieber. Ich bin nicht länger in der Position, Moralpredigten zu halten. Weder wegen meines Vaters noch wegen sonst etwas. Und obwohl wir es nicht laut aussprechen, wissen wir es beide. Ich liebe und verachte sie gleichermaßen. Paradoxerweise empfinde ich dasselbe für ihren Stiefsohn.

Als sie sich zu mir beugt, mir unbeholfen den Rücken tätschelt und einen Kuss auf die Wange drückt, der sich eher wie ein Stich anfühlt, rieche ich Taxiabgase und irgendetwas anderes, das ich nicht erkenne. Sie sieht aus wie meine Mom, aber sie riecht wie eine Fremde. Wahrscheinlich geht es ihr mit mir genauso.

2

In Jackson Holes Nadelöhr von einem Flughafen angekommen, wanke ich die schmale Metalltreppe hinunter und sofort schlägt sie mir entgegen, flutet meine Sinne – so trockene, nach Kiefern duftende Luft, dass sie einen eigenen Werbespot verdient hätte. Nachdem ich monatelang den Atem angehalten und mit flauem Magen auf die nächste Katastrophe gewartet habe, inhaliere ich sie in stiller Verzweiflung, fülle meine Lunge mit dem einst so vertrauten Geruch. Vielleicht hatte Mom recht. Vielleicht ist ein Neustart wirklich genau das, was ich brauche. Niemand, um den ich mir Sorgen machen muss, dessen Leben ich durch meine bloße Existenz gefährde, keine Todesfälle, keine Verantwortung, nur ein paar Monate ein- und ausatmen.

Das schaffe ich.

Wenn ich denn Luft bekomme. Nach Jahren auf Meereshöhe fühlt es sich hier oben an, als würde ich durch einen Strohhalm atmen.

Ich merke gar nicht, dass ich stehen geblieben bin, bis mein Koffer mir in die Waden rollt und umkippt. Die Grand Tetons ragen vor mir auf, zerklüftet und Ehrfurcht gebietend wie eine steinerne Löwin, die ihr Territorium verteidigt. Mir gefällt, wie klein ich im Vergleich bin. Da wird es leichter zu verschwinden, so zu tun, als wäre ich gar nicht da. Der Sommer wird einfach vorüberhuschen, und wenn ich im September noch hier bin, husche ich ins College und verschwinde dort wieder.

Und der Himmel erst, der saphirblaue, wolkenlose Himmel … Ich lege den Kopf in den Nacken und schaue und schaue.

Touristen strömen an mir vorbei und plaudern fröhlich auf ihrem Weg zu den Ranches und Nationalparks. Niemand beachtet mich und auch das gefällt mir. Obwohl Koffein meine Angstzustände noch schlimmer macht, kaufe ich mir, als ich mich endlich vom Himmel losgerissen habe, an einem kleinen Stand in der Flughafenhalle einen Latte macchiato. Eigentlich will ich ihn trinken, während ich auf meine Mitfahrgelegenheit warte, doch bevor ich auch nur einen Schluck nehmen kann, rempelt mich eine Frau mit drei Koffern an und verteilt den heißen Kaffee auf meinem schwarzen Oberteil. Genervt zerre ich ein paar Feuchttücher aus meiner Handtasche und tupfe an dem Fleck herum, aber das T-Shirt ist völlig ruiniert. So kann ich meinem Dad nach all der Zeit nicht gegenübertreten, also stolpere ich in den winzigen Souvenirladen und durchstöbere die Sonderangebote.

Wie erwartet, gibt es nur kitschigen Touristenscheiß. Ich grenze die Auswahl ein auf ein blaues T-Shirt in XL mit einem Elch darauf, der *Willkommen im Elchstaat* sagt und eine Lichterkette ums Geweih geschlungen hat, und ein rosafarbenes Tanktop in XS, auf dem in silbernen Glitzerbuchstaben *Cowgirl* steht. Ich mag die Ironie des Tanktops, denn ein Cowgirl bin ich ungefähr genauso wenig wie ein leuchtendes Beispiel geistiger Gesundheit, deshalb werfe ich es auf die Theke.

Der ältere Mann in Bluejeans mit dem dicken Wanst und der noch dickeren Gürtelschnalle dahinter macht Small Talk, während er mir mein Wechselgeld reicht. »Geht's auch rauf zum Old Faithful?«

»Eher nicht. Ich besuche jemanden«, antworte ich vage.

»Ach, wen denn?«

Eigentlich will ich ihm keine Details aus meinem Privatleben verraten, aber er fixiert mich erwartungsvoll. »Meinen Vater«, sage ich schließlich.

»Ah, und wer ist dein alter Herr?«

»Den kennen Sie wahrscheinlich nicht. Gus Mason?«

Sein Gesicht nimmt einen Ausdruck an, den ich schon zu oft gesehen habe: die Beerdigungsmiene. Ich bin verwirrt, als er nur »Richte ihm einen schönen Gruß von mir aus« erwidert und dann seine Aufmerksamkeit der nächsten Kundin zuwendet, die sich nach dem Old Faithful oben im Yellowstone-Nationalpark erkundigt. Sie befürchtet, dass der Geysir verrücktspielt und alle in der Nähe umbringt. Anscheinend kann man sich nicht einmal mehr auf den guten Old Faithful verlassen. Da kann man ja direkt wieder nach Hause fahren.

In der Toilettenkabine schlüpfe ich aus meinem nassen T-Shirt. Am liebsten würde ich mir auch die weiße Jeans vom Leib reißen – und die Unterwäsche gleich mit –, aber für die habe ich noch keinen Ersatz. Ich denke über den seltsamen Blick des Verkäufers nach, als ich meinen Vater erwähnt habe. Was ist sein Problem? Eine alte Fehde? Oder geht es Dad nicht gut? Das hätte Mom mir doch sicher gesagt, oder?

Beim Händewaschen schaue ich kurz in den Spiegel. Das Gesicht darin passt genauso wenig zu mir wie das Cowgirl-Top. Meine ehemals strahlenden Augen sind wässrig und trüb wie fettfreie Milch und das früher so glänzende Haar ist stumpf wie Stroh. Ich kneife mir in die Wangen und beiße mir auf die Lippe, um wenigstens ein bisschen lebendiger auszusehen.

Eine halbe Stunde später stehe ich noch immer vor dem Flughafen und warte. Die Gebirgssonne verbrennt mir die Arme. Den Nebel vermisse ich nicht, aber an die trockene Hitze muss man sich gewöhnen. Mittlerweile bin ich schweißgebadet und will gerade aufgeben und meinen Dad anrufen, als ich einen Jeep mit der Aufschrift *Eight Hands Ranch* in dicken schwarzen Westernstil-Lettern in der Mitte des Parkplatzes bemerke.

Unsere Ranch heißt *Six Hands Ranch*. Ob jemand den Namen abgekupfert hat? Ich könnte hingehen und nachsehen, ich habe ja sonst nichts zu tun. Meine Knie zittern wie eine Limoflasche in den Händen eines Kleinkinds. Das *Six* wurde übermalt. Panik schießt mir durch die Adern, ein instinktives Signal, dass eine vermeintliche Kleinigkeit eine sehr viel größere Bedeutung hat – das gleiche Gefühl hatte ich auch bei der Beerdigungsmiene des Souvenirverkäufers. Irgendetwas stimmt hier nicht.

Alles ist so reglos und ruhig, dass ich schon glaube, der Jeep sei leer. Der Fahrersitz ist ganz zurückgelehnt und ich zucke zusammen, als ich einen schlaksigen Cowboy in Arbeiterjeans entdecke. Über dem offenen Kragen des abgetragenen Hemds lässt ein tief in die Augen gezogener brauner Hut nur das glatte, kantige Kinn eines Typen erkennen, der vielleicht ein paar Jahre älter ist als ich. Mein Blick wandert erneut zur Autotür. *Eight Hands Ranch* und unser Logo, eindeutig – der Umriss eines sich aufbäumenden Mustangs vor den Grand Tetons.

»Entschuldigung?«, sage ich vorsichtig. Meine Stimme schleppt sich durch meinen wüstentrockenen Hals.

Statt erschrocken zusammenzufahren wie ich eben, hebt der Cowboy gemächlich die Hand und schiebt ebenso gemächlich den Hut zurück. Darunter kommt, genau wie vermutet, das Gesicht eines Neunzehn- oder Zwanzigjährigen zum Vorschein. Seine Züge sind nicht besonders ebenmäßig, aber die leuchtend blauen Augen nehmen mich unwillkürlich gefangen, sogar in meinem völlig betäubten Zustand, und das will etwas heißen.

»Da bist du ja«, sagt er mit dem typischen silbenverschleifenden Akzent, als wäre ich zu guter Letzt doch noch in der Fundtruhe aufgetaucht.

Es ist schon lange her, dass ich einem Cowboy und seinem angeborenen lässigen Selbstvertrauen live und in Farbe gegenübergestanden habe.

»Da bin ich«, erwidere ich tonlos. Ich meide männliche Aufmerksamkeit wie die Pest. »Du bist also meine Mitfahrgelegenheit?«

Er reibt sich mit den schmutzigen Knöcheln die Augen und blinzelt gegen die Müdigkeit an. »Tut mir leid mit dem Nickerchen, Paige. War ’ne lange Nacht. Und ’n noch längerer Tag.« Er grinst, als würde er an etwas zurückdenken. Dann streckt er die Hand aus und sagt, als sollte ich ihn wiedererkennen: »Ich bin’s, Jake.«

Bei diesem Namen klingelt nichts, auch wenn er die Glocken anscheinend laut und deutlich hört.

Mittlerweile ist er hellwach und lächelt strahlend, obwohl ich seine Hand nicht schüttle. Er wirkt fröhlich. Gesund. Körperlich und geistig. Das alles weiß ich nach einer einminütigen Begrüßung. Was sieht er bei mir? Hoffentlich nur das, was ich zeigen will. Ich schaue auf mein kitschiges neues Top hinunter, die zu weite, gebügelte Zweihundert-Dollar-Jeans, und erinnere mich an die dunklen Ringe unter meinen Augen. Was für eine Geschichte erzählt mein Äußeres? Sein neugieriger Blick deutet nicht mehr an, als dass ich Gus' Tochter bin, die über die Sommerferien zu Besuch kommt. Wenn Mom Dad irgendetwas gesagt hat, dann hat er es diesem Jake entweder nicht verraten oder der ist ein richtig guter Schauspieler. Ich bin ein bisschen erleichtert.

»Wie war dein Flug?«, fragt Jake und lässt die Hand wieder sinken, ohne eine Bemerkung darüber zu verlieren. Dafür bin ich ihm dankbar.

»Ganz okay«, antworte ich und reibe mir die sonnenverbrannten Arme, die aus dem Tanktop hängen wie schlaffe Nudeln. Warum habe ich ein so freizügiges Oberteil gekauft? Ich hätte das XL-Shirt mit dem Comic-Elch nehmen sollen. Mit gerunzelter Stirn starre ich auf den Boden. Ich hasse es, so dünn zu sein. Früher habe ich Essen geliebt. Ich hatte immer Hunger wie ein Bär.

Schau mich nicht an, Cowboy Jake.

»Ein paar Turbulenzen?«, fragt er, gleichbleibend freundlich. Vielleicht gehört es zum Job, auch zu unhöflichen Touristen nett zu sein.

»Ja.«

»Sommergewitter. Die kommen jeden Nachmittag. Zuverlässig wie der Old Faithful.« Er nickt mit zusammengekniffenen Augen, versucht, mir ein Lächeln zu entlocken.

Und es funktioniert. Ich kann es nicht verhindern. »Das ist witzig.«

Er hebt eine Augenbraue. »Warum?«

»Eben im Souvenirladen meinte eine Frau, sie hätte gehört, der Old Faithful würde irgendwann in die Luft gehen und alle umbringen.«

Jake lehnt sich zurück und lacht schallend. »Touristen … Die finden immer irgendwas, über das sie sich Sorgen machen können. Gerade haben die Bisons die Nase vorn. Die spießen anscheinend im Moment mehr Touristen auf als sonst. Erst letztens wieder. Einen Austauschschüler, der ihnen zu nahe gekommen ist. Die kapieren einfach nicht, dass das wilde Tiere sind. Schön, dass die Gute kreativer war.« Er grinst und schüttelt den Kopf, als fände er die Aufspießgeschichte urkomisch. »Der Old Faithful geht in die Luft. So weit kommt's noch!«

Ich lächle ebenfalls. Je normaler ich wirke, desto eher lassen mich alle in Ruhe. Außerdem ist es schwer, bei diesem warmherzigen Cowboy kalt zu bleiben. Als würde man versuchen, einen Hundewelpen zu ignorieren. »Du arbeitest für meinen Dad?«

»Jep. Was hat mich verraten? Der Jeep?« Er grinst wieder, dieses Mal neckend.

Ich zucke verlegen mit den Achseln und meine Ohren werden heiß. *Du bist echt süß, aber süße Cowboys ertrage ich diesen Sommer nicht, also hör auf, mit mir zu flirten.*

Ich muss endlich ankommen, auspacken, duschen und mit dem Mich-verkriechen-Teil des Sommers anfangen.

Als könnte er meine Gedanken lesen – oder meinen Gesichtsausdruck interpretieren –, nickt er einmal. »Okay, dann machen wir uns mal auf den Weg, bevor Gus mir die Kavallerie auf den Hals hetzt.«

Er ist wirklich selbstbewusst. Und seine Freundlichkeit fühlt sich an wie ein Geschenk.

Zwei lange Beine schwingen sich aus dem Jeep und plötzlich ist mein Koffer weg, die Heckklappe wird zugeworfen und ich sitze auf dem Beifahrersitz neben Jake.

Ich hatte ganz vergessen, wie schnell sich das Energielevel eines Cowboys ändern kann. In der einen Sekunde noch im Tiefschlaf, in der nächsten ein Wirbelwind aus Tatendrang. Jake erinnert mich an meinen Dad. Neben den beiden wirkt meine Mom, eigentlich ein Energiebündel, wie ein Faultier.

Als hätte er mir wieder direkt in den Kopf geguckt, sagt Jake: »Übrigens, deine Mom hat seit heute Mittag schon fünfmal angerufen. Du solltest dich vielleicht bei ihr melden, wenn wir da sind.« Seine lächerlich blauen Augen mustern mich einen Tick zu lange, bevor sich Fältchen um sie herum bilden, als würde er über einen Scherz lachen, den nur er versteht.

»Ja, das klingt nach ihr.«

Er verengt die Augen wieder, versucht, mich zu durchschauen. »Komisch, dass sie dich den ganzen Sommer lang weglässt«, sagt er bedeutungsvoll, fast wie eine Frage, während er den Motor startet.

»Ach, na ja, ich bin ein nerviger Teenager. Die wollen doch alle Mütter loswerden.«

Er zuckt mit den Schultern und schürzt auf diese witzig-süße Art die Unterlippe. »Auf mich wirkst du nicht nervig.«

Ich werde wieder rot. An so nette Jungs bin ich nicht gewöhnt. Oder an Jungs, die sich wie selbstsichere Männer benehmen und nicht wie aufmerksamkeitssüchtige Arschlöcher.

»Ein bisschen neben der Spur, aber nicht nervig.«

Neben der Spur? Mein Magen krampft sich zusammen. Ich will nicht über meine Mutter oder zu Hause reden, also antworte ich nur mit einem nichtssagenden Schulterzucken, was er zu akzeptieren scheint.

Diese erfrischende Art der Cowboykommunikation hatte ich schon fast vergessen. Bemerkungen, die einfach in den Wind gesprochen werden und dort bereithängen, falls man anbeißen will. Oder nicht. Dann drängt einen auch keiner. Vielleicht funktioniert das hier ja doch. Vielleicht ist Wyoming der perfekte Ort, um allem aus dem Weg zu gehen und mich zu verkriechen, bis ich an die Wesleyan flüchte.

»Hast du Durst?« Bevor ich antworten kann, streckt Jake einen langen Arm hinter den Sitz, zieht eine Dr-Pepper-Dose aus einer roten Kühlbox und öffnet sie für mich. Ich habe seit Jahren keine Limo mehr getrunken, aber ich schätze seine Ritterlichkeit. Wann hat mir das letzte Mal ein Junge ein Getränk aufgemacht? Für ihn ist es eine ganz selbstverständliche Geste, er denkt nicht, dass ich sie nicht selbst aufbekomme oder so. Er ist einfach nur nett. Ich unterdrücke ein Grinsen. Wyoming mag nur ein paar Staaten von Kalifornien entfernt liegen, aber es kam mir schon immer vor wie ein anderer Stern.

Wieder erinnert Jake mich an meinen Dad und plötzlich freue ich mich darauf, ihn zu sehen. Die Ranch zu besuchen.

Die saubere Luft zu atmen, die nach Kiefern und Pferden und Kindheit riecht.

Nach nur zwei Minuten mit Jake fühle ich mich lebendiger als seit einer Ewigkeit.

Ich nehme vorsichtig einen Schluck, während er ausparkt. »Achtung«, warnt er. »Gleich wird's ziemlich holprig.«

Die Kohlensäurebläschen sprudeln in meinen Mund und stürzen meinen Hals hinunter wie Löschwasser. Wir biegen auf den einsamen Highway, der sich von Jackson zum Yellowstone-Nationalpark hinaufwindet.

»Und, wer sind die neuen Hände?«, frage ich nach ein paar Minuten Schweigen. Zucker und Koffein machen mich mutig.

Jake wirft mir einen Blick von der Seite zu und zieht die sonnenverbrannte Nase kraus. »Wann hast du das letzte Mal mit deinem Daddy gesprochen?«

»Ist 'ne Weile her.«

»Und du warst auch länger nicht mehr hier.«

»Stimmt«, gebe ich schuldbewusst zu. Zuletzt mit dreizehn. Da war ich schon zu alt für den Kleines-Mädchen-macht-sich-die-Hände-dreckig-Ranchhelferkram. Ich wollte den Sommer lieber in Kalifornien verbringen oder mit Mom in Europa oder Australien oder auf Hawaii. Am Anfang habe ich Dad zwar schrecklich vermisst, aber irgendwann habe ich mich daran gewöhnt. Er und die Ranch wurden das Unbekannte, das Fremde, das Kuriose.

»Hm.« Jakes Kiefer spannt sich an.

»Was soll das heißen?«

Er schaut mich scharf an. »In 'nem halben Jahrzehnt kann sich viel ändern.«

Der Satz klingt nicht wie der Anfang einer Geschichte, sondern wie das Ende.

Ich runzle die Stirn. Mir gefallen weder sein Ton noch seine Bemerkung. Ich mag keine Veränderungen. Ich bin hier, um mich vor dem Leben zu verstecken. Punkt. Und obwohl Jake süß ist und ich mich in seiner Gegenwart so wohl fühle wie lange nicht mehr, brauche ich keinen altklugen Cowboy, der vor sich hin orakelt, als wäre er ein Prophet. Vielleicht hatte ich unrecht. Vielleicht lässt er mich doch nicht in Ruhe und kümmert sich um seinen eigenen Kram. Ich mustere ihn aus dem Augenwinkel. Seine Nase hat einen kleinen Höcker, als wäre sie schon ein-, zweimal gebrochen gewesen. Wie alt ist er eigentlich?

Das ist bei Cowboys immer schwer zu sagen. Auf dem Land werden Jungs viel früher zum Mann als in der Stadt. Ein Blick auf seine wettergegerbten Hände, seine reife, souveräne Haltung verrät, dass er für Geld arbeitet, seit er zwölf war oder so.

Er taxiert mich ebenfalls. Dabei trommelt er mit den Daumen auf dem Lenkrad herum, zum Takt eines Lieds, das nur er hört. Ich würde ihn gern fragen, woher er mich kennt, aber ich will nicht unhöflich sein oder ihm noch mehr Einblick in meine Gedanken geben. Ich will nicht über diesen eigenartig faszinierenden Cowboy nachgrübeln.

Der heiße Wind peitscht mir das Haar ins Gesicht, deshalb binde ich mir mit dem Gummi von meinem Handgelenk einen Zopf. Meine Körpersprache macht hoffentlich deutlich, dass ich seine Aufmerksamkeit nicht brauche. Oder seine Fragen. Oder seine blöde Dr Pepper. Von der werde ich ganz hibbelig und muss jetzt auch noch pinkeln. Ich unterdrücke den Drang, denn ihn zu bitten anzuhalten, wäre viel zu peinlich und intim, also konzentriere ich mich auf die endlosen Reihen von Kiefern, die den silbernen Fluss säumen. Eine Minute vergeht. Dann fünf. Jake macht Musik an – natürlich Country –, während wir in einen Schotterweg einbiegen.

Von hier aus dauert es noch ungefähr eine Stunde bis zur Ranch.

Dank der Limo, dem unermesslichen Himmel und der grellen Sonne habe ich Hummeln im Hintern und klebe am Sitz. Um mich abzulenken, spiele ich mit meiner Sonnenbrille herum, dem Lipgloss mit Lichtschutzfaktor 30 – *Mit der Gebirgssonne ist nicht zu spaßen, Paige,* hat Mom mich gewarnt – und winzigen Papierschnipseln vom Boden meiner Handtasche.

Irgendwann halte ich es nicht mehr aus.

»Kannst du mal kurz rechts ranfahren?«

»Klar.« Er fragt nicht, warum. Stattdessen holt er eine Packung Taschentücher aus dem Handschuhfach und reicht sie mir. Ich muss lachen.

Ohne ihn anzuschauen, schlüpfe ich aus dem Jeep, und nachdem ich den Boden nach Schlangen und anderem Getier abgesucht habe, hocke ich mich hinter einen halbwegs anständigen Baum. Das benutzte Taschentuch klemme ich unter einen Stein.

Jake verliert kein Wort darüber, als ich zurückkomme. Er startet nur den Motor und wir fahren weiter.

Vielleicht liegt es an der Erleichterung, vielleicht an der Dr Pepper, jedenfalls habe ich auf einmal Lust zu reden. »Eine Ranch, die plötzlich umbenannt wird? Das ist doch komisch«, sage ich mit einem Schulterzucken, als hätte unser Gespräch über dieses Thema nicht schon vor vielen Meilen geendet.

Er hält den Blick auf die Straße gerichtet, schiebt sich nur den Hut tiefer in die Stirn, um seine Augen vor der gleißenden Sonne abzuschirmen. Meine Frage scheint ihm unangenehm zu sein. Aber er ist zu höflich, um mich zu ignorieren, also warte ich schweigend. Er wird mir irgendwann antworten, auch wenn er es nicht für seine Aufgabe hält, diese Sache mit mir zu besprechen.

»Gus hat ein paar Hände hinzugefügt. Warum, erklärt er dir bestimmt selbst.« Er schaut mich kurz an und sein Griff ums Lenkrad wird fester. »Das ist was anderes, als den Namen ganz zu ändern.«

Seine Lippen ziehen die Vokale lang.

Ich vergesse versehentlich, wieder wegzusehen. Sein kantiger Kiefer bewegt sich, wenn er schluckt. Er hat ein schönes, starkes Profil. Seine rechte Hand hält das Lenkrad, während die linke auf dem heruntergekurbelten Fenster ruht. Das aufgekrempelte rote Karohemd setzt den braunen Unterarm noch mehr Sonne aus.

Hör auf, Paige.

Schnell gucke ich wieder geradeaus. Ich würde gern mein Handy rausholen, aber mein Akku ist tot und hier draußen habe ich sowieso keinen Empfang. Es ist so ruhig. Zu Hause spiele ich ständig mit irgendeinem Elektrogerät herum und jetzt haben meine Hände plötzlich nichts zu tun: keinen Twitter- oder Instagramaccount, den sie updaten müssen. Kein Facebook, das sie checken können. Keine Nachrichten und Emojis von meinen Freunden.

Nur dieser süße Cowboy und ich.

Ich wippe mit den Füßen und beobachte den Staub, der links und rechts aufwirbelt und in den offenen Jeep weht, während wir weiterholpern. Am Ende dieser Straße wartet mein Vater – der Mann, der mir früher alles bedeutet hat.

Das ist der Hauptgrund, warum ich hierher wollte anstatt in irgendein Sanatorium für launische Teenager oder wo Mom und Phil mich sonst hingeschickt hätten. Und da mein Dad krank ist und er seine Nase nicht in meine Angelegenheiten stecken wird, ist die Ranch die beste Option. Nach den tausend Terminen bei Psychiatern und Psychologen und Peer-Beratern und sogar bei irgendeinem Priester (wir waren nicht mehr in der Kirche, seit ich klein war und wir noch in Jackson gewohnt haben), habe ich echt genug davon, darüber zu sprechen.

Ich habe sowieso nie die ganze Wahrheit erzählt. Ich habe die unangenehmen Themen ausgespart, bin so vage wie möglich geblieben. Vielleicht, weil ich hier aufgewachsen bin, an einem Ort, an dem deine Privatsphäre respektiert wird und man dich ermutigt, Dinge unter staubige Teppiche zu kehren. Oder weil ich Angst hatte, der Wahrheit ins Auge zu blicken, meine Rolle in all dem Chaos und Leid zu akzeptieren. Angst, dass die finsteren Geheimnisse mich auffressen, unzerkaut verschlingen. Oder dass er mir irgendwie hierher folgt. In meinen Albträumen. In der Dunkelheit.

Selbst mitten im Nirgendwo könnte mein Stiefbruder mich noch finden.

Ich verdränge diesen unheimlichen Gedanken und schlinge die Arme fester um meinen Oberkörper. Konzentriere mich auf den Wind in meinem Haar, auf meiner Haut. Heiße die Sonne willkommen. Höre Jake zu, der mich über die Besonderheiten der Steppenlandschaft aufklärt, durch die wir fahren, bevor er zum Bisonproblem und dem sterbenden Wolfbestand übergeht. Es ist offensichtlich, wie sehr er diesen Ort liebt. Ich lausche nickend. Was er erzählt, ist interessant, und seine Stimme klingt beruhigend. Er spricht langsam und ernsthaft, genau wie mein Dad.

»Es gibt hier aber keine Züge, oder?«

»Eine funktionierende Eisenbahn? Nö. Der einzige Zug in der Gegend fährt durch Cody. Außer du meinst einen Planwagenzug, so einen haben wir. Aber der ist nur für Touristen, die Wilder Westen spielen wollen.«

»Gut.«

»Hast du was gegen Züge, Cowgirl?«

»Ja.«

»Hm. Ich bin auch kein großer Freund davon. Mein alter Jeep ist mir lieber.«

»Warum?«

Er zuckt gutmütig mit den Schultern. »Ich sitz gern selber hinterm Steuer.«

Ich muss lachen. »Kontrollfreak?«

»Ich mag es einfach.«

»Du bist auf jeden Fall ein guter Fahrer«, sage ich.

»Ach, findest du?« Grinsend reißt er das Lenkrad nach links. Ich falle gegen seine Schulter. Er lacht, als ich mich quiekend wieder aufrichte.

»Ich nehm alles zurück«, rufe ich und er lacht noch lauter und fährt durch einen Graben am Straßenrand. Mein Kopf prallt gegen den Sitzbezug, der nach einem staubbedeckten Reiter in einer Senfblumenwiese riecht. Früher habe ich diese Blumen gepflückt und den zitronigen Saft ausgesaugt, bis mir irgendwer verraten hat, dass der süßsaure Geschmack vom Tierurin kommt. Danach habe ich sie nie wieder angerührt.

»Sorry, Cowgirl«, sagt Jake verschmitzt. »Ich hab dich ja gewarnt, dass es holprig werden kann.«

»Sehr witzig. Okay – du bist ein schrecklicher Fahrer. Zufrieden?« Er kichert. Dann frage ich: »Cowgirl? Das schlechteste Cowgirl der Welt vielleicht. Ich weiß nicht mal mehr, wie man auf ein Pferd steigt.«

»Ach, das kriegen wir schnell wieder hin.«

»Tun wir das? Du bist dir da ja ganz schön sicher.«

»Du hast bloß vergessen, wer du bist, das ist alles.« Er sucht meinen Blick, bevor er die Augen zurück auf die unebene Straße richtet. »Aber es fällt dir bestimmt bald wieder ein.«

»Ich bin einiges«, bemerke ich sarkastisch, »aber kein Cowgirl – und ich werde auch nie wieder eins.«

»Sag niemals nie.«

Seine Worte klingen lange nach und ich habe den Verdacht, dass er mehr über mich weiß, als er zugibt.

3

Das hatte ich nicht erwartet.

Die Ranch, an die ich mich erinnere, mit den Horden von Kindern, die herumwuseln und sich im Schlamm balgen, dem Duft von über dem offenen Feuer gebratenem Fleisch und Menschen, überall Menschen, die scherzen und toben – das ist nicht dieser Ort hier. Als wir vor dem Haus anhalten, höre ich nur das verklingende Dröhnen des Motors, den trockenen, milden Wind und das Wiehern eines einsamen Pferds in einem heruntergekommenen Pferch. Die Stille ist so seltsam und unheimlich, dass ich fast damit rechne, gleich einen Steppenläufer vorbeirollen zu sehen.

»Wo sind alle?«, frage ich Jake, der blitzschnell um den Jeep herummarschiert ist und mir die Tür öffnet.

Seine Schultern versteifen sich und er runzelt die Stirn.

»Wo sind die ganzen Angestellten? Und die Gäste?«, frage ich. »Machen sie einen Übernachtungsausflug?« Einmal pro Aufenthalt nehmen ein paar von den Cowboys die Gäste mit auf eine Planwagenfahrt zum Aussichtspunkt oben auf dem Berg, wo sie gemeinsam Kühe treiben und unter den Sternen schlafen.

Jake streckt eine schmutzige Hand aus, um mir aus dem Wagen zu helfen. Seine Finger sind lang und rau, stark und gleichzeitig sanft. Sie schmiegen sich wie ein Kokon um die meinen. Ich lasse los, sobald meine Flipflops auf dem Boden stehen.

So lange hat mich niemand mehr berührt seit Ty.

Mit einem amüsierten Gesichtsausdruck beobachtet Jake, wie sich der Staub auf meine frisch lackierten Zehennägel legt. Das Abschiedsgeschenk meiner Mom: eine Mutter-Tochter-Mani-Pediküre. Ein kühles Eukalyptushandtuch und eine frische Schicht roter Nagellack können schließlich *alles* in Ordnung bringen, oder? Besonders, wenn dazu Zen-Musik spielt.

»Ich habe keine anderen Schuhe«, murmle ich.

»Ich hab nichts gesagt«, erwidert er. »Darum können wir uns später kümmern.« Er schaut mir ein wenig zu lange in die Augen und mir wird wieder heiß. Er blinzelt. Hat er es auch gespürt?

Ich schiebe den Gedanken beiseite.

»Okay.« Er räuspert sich. »Wir gehen besser mal rein.« Damit holt er meinen Koffer aus dem Auto und klemmt ihn sich unter den Arm, als würde er nicht mehr wiegen als eine Taschentuchbox. Als hätte er keine Rollen und keinen Griff und könnte nicht auch gezogen werden.

Trotzdem … Ich kann mich nicht erinnern, dass mir zu Hause schon mal irgendwer angeboten hätte, meinen Koffer zu tragen. Geschweige denn, es einfach so getan hat.

Das ist beinahe *zu* süß.

»Danke«, sage ich, »aber das schaffe ich schon.« Ich greife nach dem Koffer und unsere Finger berühren sich. Nervös zucke ich zurück. Oh Mann, Jake muss mich für einen totalen Psycho halten.

Er wirft noch einen Blick auf meine staubigen Füße und grinst. »Wir können doch nicht riskieren, dass deine hübschen Zehen dreckig werden.«

Hübsche Zehen. Macht er sich über mich lustig oder meint er das ernst?

Dann bemerke ich, worauf ich stehe.

Sechs Kreise aus Mosaikzement führen von der Auffahrt bis zur Veranda. Der erste davon ist mein eigener. Der Handabdruck eines kleinen Mädchens, blau mit einer gelben Taube in der Mitte. PAIGE, 6 JAHRE. Mich überkommt eine unerklärliche Angst, ihn kaputtzumachen, deswegen gehe ich um die anderen herum, stakse über die rissigen, in runden Stein gedrückten Hände hinweg: Grandpas, Grandmas, Onkel Joes, Dads. Bei Moms halte ich inne, überrascht, dass ihre langen, gelb bemalten Finger mit den Gänseblümchenblättern in der Handfläche noch hier sind. Ich erinnere mich, wie sie an jenem Tag gelacht hat, das Haar zu Zöpfen geflochten, gelbe Farbe an der Wange. Wie Dad sie aufgezogen hat, weil sie sich nicht gern schmutzig macht, und wie sie, statt ihn wütend anzufauchen wie später immer, seine Bemerkung lächelnd abtat.

»Sorry, dass sie so aussehen«, sagt Jake. »Bin noch nicht dazu gekommen.«

Ich drücke meine Hand in Moms. Sie sind mittlerweile gleich groß und plötzlich vermisse ich diese Version meiner Mutter so sehr, dass mein Herz sich zusammenkrampft und mir Tränen in die Augen schießen. Ich schlucke. »Du richtest sie wieder her?«, frage ich und blicke zu diesem Cowboy auf, der sich meinen Koffer inzwischen wie einen Sattel über die Schulter geworfen hat.

»Klar. Jedes Jahr, wenn der Schnee geschmolzen ist.«

Ich blinzle.

Er nicht.

»Warum?«, frage ich.

»Du erinnerst dich nicht an mich, oder?«

Ich suche seine strahlend blauen Augen nach Hinweisen ab, als die schwere Holztür aufgeht und ein fremder Mann, noch dünner, noch blasser als ich, auf die Veranda gefahren kommt. Ein Hebel unter seiner rechten Hand steuert den Rollstuhl.

Zwei wie Mikrofone geformte schwarze Schaumstoffstücke halten seinen Kopf aufrecht. Plastikschläuche schlängeln sich von seinem Hals zu seinem Oberkörper, wo noch mehr Schläuche entspringen, dünnere Röhrchen, die unter den Perlmuttknöpfen seines rot-blau-karierten Hemds verschwinden. Am meisten erschrecken mich jedoch seine Beine. In der viel zu großen grauen Jogginghose sehen sie aus wie zwei schlaffe Seehunde auf metallenen Fußstützen.

Ich keuche auf. Das ist kein Fremder. Das ist … mein Dad.

Dieser Mann, dessen Züge denen meines Vaters ähneln, wenn man alles Blut und jeden Muskel unter der Haut absaugen würde, wenn man das Blau seiner Augen verwässern und aufhellen würde, bis sie verlassenen Vogeltränken im Winter ähneln, wenn man alles wegnähme, was er einmal war, murmelt etwas Unverständliches.

Ich hatte keine Ahnung, dass es ihm so schlecht geht.

Jakes Hände liegen auf Dads Schultern. »Er sagt, dass alles gut ist, Paige. Dass du keine Angst haben sollst.«

Antworte irgendwas. Geh auf ihn zu.

Ich kann mich nicht bewegen. Nicht reden. Ich stehe wie erstarrt auf Moms gelbem Handabdruck, als wäre ich diejenige, deren Körper nicht mehr gehorcht.

»Hi … Daddy«, würge ich schließlich hervor. Ich schaue Jake an und plötzlich ergibt alles Sinn: der Gesichtsausdruck des Verkäufers im Souvenirladen, Jakes Bemerkungen über die Ranch, warum sie wie ausgestorben ist und warum Mom mich unbedingt herschicken wollte. »Deswegen schreibt er nur noch Mails und ruft nie an? Er kann nicht mehr …«

Sprechen.

Ich wusste, dass er krank ist, aber ALS schreitet langsam voran. Als ich ihn zuletzt gesehen habe, konnte er noch gehen und reden. Seine Hand hat leicht gezittert, das war's. Und wieso trägt er keine Jeans? Dad hatte bloß ein einziges Mal etwas anderes an als Jeans und das war bei Grandpas Beerdigung. Ich klammere mich an dieses Bild, ringe verzweifelt nach Worten.

Ich spüre Jakes Blick auf mir. Er will nicht, dass ich noch mehr sage. Ich habe schon genug gesagt. Ich wende mich wieder zu meinem Dad. »Danke für deine Mails. Ich bin … Es ist so schön, hier zu sein.«

Mag sein, dass meine Mom recht hat mit allem, was sie über ihn behauptet: dass er ein egoistischer, alkoholkranker Rabenvater und -ehemann ist. Aber jetzt, wo ich hier vor ihm stehe, auf diesem bescheuerten Handabdruck, wird mir eins völlig klar – egal, was er ist oder war, ich bin eine Rabentochter.

»Paige.« Jakes Blick zerrt an mir, als wäre ich ein widerspenstiger Fisch, den er einzuholen versucht. Ich weiche zurück, will die Wahrheit in seinen Augen nicht sehen. Nicht dieses Gespenst anerkennen, das früher mein Dad war, oder die Geister, die mich hergetrieben haben. Ich will verschwinden. Zurück in den Jeep steigen, in irgendein Flugzeug, Hauptsache weg. Aber Jake lässt mich nicht.

Ich folge ihnen ins Wohnzimmer, wo der vertraute riesige Elchkopf namens Freddie über dem Flusskieselkamin hängt. Dicke Balken, stark genug, um jeden Winter tonnenweise Schnee standzuhalten, stützen die gewölbte Decke über der L-förmigen Couch, deren bestickter Bezug längst vergangene Geschichten von amerikanischen Ureinwohnern und einer durch die goldene Prärie stampfenden Büffelherde erzählt. Über der Lehne hängt immer noch die alte erbsengrüne Häkeldecke.

Ich lasse mich verlegen auf den äußersten Rand des Sofapolsters sinken, ganz in der Nähe der Tür. Früher hat es hier nach Staub und Zigarren gerochen, aber die brummende Maschine, die mein Dad neben sich herzieht, verrät mir, dass er nicht mehr raucht. Ein Hauch Erdbeere ersetzt den Zigarrengeruch und keimfreier Zitronenreiniger, mit dem der aus einem Baumstumpf gefertigte Couchtisch bearbeitet wurde, den Staub.

Jake spricht leise und sanft mit meinem Vater, während er ihn neben dem Lehnstuhl vor dem Kamin parkt, ihn aus dem Rollstuhl hebt und auf das abgewetzte Leder setzt, als wäre er ein kleines Kind. Er ist so leicht, dass sich die Muskeln in Jakes Arm nicht einmal wölben. Er muss noch weniger wiegen als ich.

Ich schiebe nervös den Ring an meinem Mittelfinger hoch

und runter. Unter dem Silber hebt sich ein modrig grünes Band gegen meine blasse Haut ab. Mom hat mich davor gewarnt, billigen Schmuck zu kaufen, aber ich konnte einfach nicht widerstehen, als ich letztes Jahr mit meinen Freundinnen an der Küste shoppen war. Das scheint eine Ewigkeit her zu sein.

Ich schaue verstohlen zu meinem Dad hinüber, der in den unangezündeten Kamin starrt. Jake kniet neben ihm und hantiert wie selbstverständlich an den Schläuchen und Kabeln herum. Er sagt etwas zu ihm, allerdings zu leise, als dass ich es verstehen könnte. Dann richtet er sich auf. »Kommst du mit in die Küche und hilfst mir beim Tee?«

Ich springe auf, als hätten mich die Sofafedern hochkatapultiert.

Auf halbem Weg durch den schummerigen Flur hält Jake plötzlich an und ich laufe in ihn hinein. Unwillkommene Hitze schießt mir durch die Arme. Jake greift mit einer starken Hand stützend nach meinem Ellbogen und flüstert eindringlich: »Rede mit ihm, Paige. Er hört dich genauso gut wie ich. Sein Körper welkt dahin, aber sein Gehirn funktioniert noch bestens. Er darf nicht denken, dass du Angst vor ihm hast, vor seinem Aussehen.« Er wendet den Blick ab, bevor er hinzufügt: »Angst hat er selbst schon genug.«

Er liebt ihn. Jake liebt meinen Vater, das ist offensichtlich. Wieso kann ich mich nicht an diesen süßen Cowboy erinnern? Als wäre alles Gute in meinem Kopf ausgelöscht worden durch alles Schlechte zu Hause.

Ich kämpfe mit den Tränen. »Tut mir leid. Es ist bloß … ich kenne ihn nicht einmal mehr. Nicht richtig.«

Jake wischt meine Worte weg, als wären sie lächerlich. »Er ist dein Vater. Natürlich kennst du ihn.« Seine Augen geben mir Halt. Warum müssen sie so blau sein? Es kommt mir vor, als könnte er mir direkt in die Seele gucken und wollte die kläglichen Überreste retten.

Ich atme scharf ein. Er steht viel zu dicht neben mir. Der beruhigende Klang seiner Stimme lässt Empfindungen in mir aufwallen, die ich schon lange nicht mehr hatte. Ich fühle mich sicher. Verstanden.

Wieso ist es hier so dunkel?

Er holt tief Luft, als würde ihn meine Nähe ebenfalls nicht kaltlassen. »Hör auf, dich zu entschuldigen, Cowgirl.« Seine Worte sind barsch, aber sein Ton ist freundlich. »Und red dich nicht raus. Nicht mir und auch nicht dir selbst gegenüber. Ausreden funktionieren hier draußen nicht, das weißt du doch. Mach's einfach besser.«

Das weißt du doch?

Er kennt mich. Von früher.

Plötzlich macht es *klick* und es fällt mir wieder ein …

An der Flussbiegung wimmelte es vor Kindern. Ein paar planschten am sandigen Ufer, andere ließen Steine über das silbrige Wasser hüpfen. Einige der älteren Jungs warfen Fliegenruten aus, in fließenden Bewegungen, die mich an Ballett erinnerten. Ich kletterte über die Felsen, um ihnen zuzusehen. Einen von ihnen kannte ich. Sein Vater arbeitete auf der Ranch, deswegen half er oft mit, die Heuballen von der Ladefläche des grünen Pick-ups in die Scheune zu tragen.

Sonst bewegte er sich nicht anders als alle Ranchhelfer, doch die Anmut, mit der er die Fliegenrute über die linke

Schulter schwang und in Richtung Fluss schnellen ließ, war etwas Besonderes. Ich war zehn Jahre alt und sagte es ihm.

»Ballett?« Er starrte mich an, als hätte ich verlangt, dass er ein rosafarbenes Tutu anzieht und Pirouetten dreht. Dabei hatte ich ihm nur ein Kompliment machen wollen. Jetzt wand ich mich und knibbelte verlegen wie nie an einem verschorften Kratzer herum.

»Es sieht einfach so hübsch aus.«

Er musterte mich prüfend. »Und du bist wirklich eine Mason?«

Ich nickte. »Ich wohne nicht das ganze Jahr hier.«

Seine blauen Augen blitzten neckend. »Was du nicht sagst, Cowgirl.«

Ich ließ mich nicht gerne necken. »Aber das würde ich am liebsten.«

Sein Blick wurde neugierig. »Warum tust du's dann nicht?«

»Weil meine Mom vor zwei Jahren mit mir weggezogen ist.«

»Wieso?«

Es war mir zu peinlich, ihm all die Gründe zu nennen, die meine Mutter meinem Vater entgegengeschleudert hatte.

Sie soll es mal besser haben als ich, Gus. Ein paar Wochen jeden Sommer mit den Pferden herumzualbern, schadet nicht, aber das hier auf der Ranch ist kein Leben.

»Sie mag die Stadt«, erwiderte ich nur.

Ein Fisch biss an, und anstatt eine Show daraus zu machen wie die Angler in den Filmen, holte er ihn behutsam ein. Es war sogar ein ziemlich großer Fisch, eine Regenbogenforelle. Sie zappelte wie verrückt am Ende der Schnur.

»Das ist eine wilde«, sagte er stolz.

»Woher weißt du das?«

Sie wand sich in seinen Händen, während er es mir erklärte. »Guck, die Färbung ist viel dunkler und schöner, zur besseren Tarnung. Sie imitiert den Granit im Flussbett. Und schau dir mal die Flossen an. Die sehen aus wie Flügel. Gezüchtete Forellen haben nur Stummel, weil sie den ganzen Tag an den Wänden des Zementbeckens entlangschleifen.«

Ich fand, dass das Leben eines Zuchtfischs absolut schrecklich klang, und das sagte ich Jake auch.

Er schien der gleichen Meinung zu sein und fuhr mit seinem Lobgesang auf die einheimischen Fische fort: »Zuchtforellen haben silberne Schuppen, wie Lachse. Siehst du, wie stark der Kerl hier ist? Wie er kämpft, weil er zurück in den Fluss will?«

Ich war verwirrt. »Und warum hältst du ihn dann immer noch fest und guckst zu, wie er nach Atem ringt?«

Jakes Augen funkelten belustigt, als er den Fisch vom Haken befreite, und wie ein Zauberer, der eine Taube in die Luft wirft, schleuderte er ihn in den Snake River. Er verschwand im klaren Wasser.

»Ich seh ihn nicht mehr!«

»Was hab ich dir gesagt? Er tarnt sich sofort.«

»Und was sollen wir jetzt heute Abend über dem Lagerfeuer braten?«

»Steak?«, schlug er vor. »Es ist nicht richtig, Wildforellen zu essen. Die haben es so viel schwerer. Sie müssen durch den Winter kommen, das können die gezüchteten gar nicht … Wundert mich, dass dein Daddy dir das alles nicht beigebracht hat.«

Daddy klang bei ihm wie Dad-ay.

»Warum?«

Er schaute mich an.

Deswegen habe ich ihn im Flur wiedererkannt.

Als der zwölfjährige Jake am Flussufer von seiner Spule und der fast durchsichtigen Schnur aufblickte, versank ich in seinen Augen – genau wie heute.

»Er hat es *mir* beigebracht.«

4

»Du bist das«, sage ich verblüfft. »Der Junge, der beleidigt war, weil ich seine Angelkünste mit einem Balletttanz verglichen habe.«

»Ich bin immer noch beleidigt«, erwidert Jake grinsend.

Ich erinnere mich an ihn.

»Wow.«

Pause.

»Tut mir leid, dass ich dich nicht erkannt habe.«

»Kein Problem. Ist ’ne Weile her.«

»Warum hast du nichts gesagt?«

»Ich wollte sehen, ob du von allein draufkommst.«

Ich schüttle den Kopf.

Er lächelt zufrieden. »Und jetzt geh da rein und begrüß deinen Daddy.« Er nickt zum Wohnzimmer hinüber. Bei jedem anderen würde diese Aufforderung herrisch klingen. Bei ihm nicht. Bei ihm klingt sie nett und gibt mir genau den richtigen Schubs.

»Hi, Dad«, sage ich, als ich durch die Tür trete, um es noch einmal zu versuchen.

Ich stelle mich neben seinen Stuhl, unter das Aquarell der

Grand Tetons, das meine Großmutter vor vielen Jahren gemalt hat, und achte darauf, dass er mich direkt anschauen kann.

Sein Gehirn funktioniert immer noch bestens. Sein Gehirn funktioniert immer noch bestens. Sein Gehirn funktioniert immer noch bestens.

»Tut mir leid, dass es so lange gedauert hat. Bis ich hergekommen bin. Ich … das soll keine Entschuldigung sein, aber ich wusste es nicht. Wie krank du bist, meine ich. Niemand hat es mir gesagt.« Ich tue genau das, was ich nicht tun soll – ich rede mich heraus.

Seine Augen sind feucht. Meine auch.

Tränen rollen mir über die Wangen. Wir können die verlorene Zeit nicht nachholen. Das ist meine Schuld. Ich will weglaufen. Mehr als alles andere. Genau wie in den vergangenen Monaten.

Aber ich bleibe.

Strecke zögernd die Hand aus und lege sie auf seine. Seine Finger flattern wie ein Schmetterling, der auszubrechen versucht.

5

Das Abendessen auf der Ranch war früher immer ein Ereignis. Nicht wie eine Dinnerparty in Kalifornien, bei der es vor allem um das Alter des französischen Weins und die Bekanntheit des Caterers geht, sondern eine Gelegenheit zusammenzusitzen, sich auszuruhen und, was nach einem langen Tag besonders wichtig ist, zu essen. Hier hatte man abends echten, verdienten Hunger, nicht nur Appetit wie in Kalifornien.

»Das liegt an der ganzen frischen Luft. Und an der harten Arbeit«, sagte mein Vater und klopfte mir auf den Rücken, als wäre ich ein Ranchhelfer, wenn er auf die Veranda gestapft kam. Mit den schmutzverkrusteten Händen nahm er seinen Hut ab, legte ihn auf die Hollywoodschaukel und wischte sich den staubigen Schweiß vom wettergegerbten, von der Sonne geröteten Gesicht. Ich pickte einen Heuhalm von seiner Jeans und er wusste genau, was das bedeutete. »Ja, ja, ich wasch mich noch vorm Essen.«

Meine Mom mochte den Geruch von Pferden nicht. Was ein bisschen unpraktisch war, schließlich lebten wir unter Tausenden von ihnen. Dad wusch sich, ich wusch mich und dann teilten wir uns ein Steak. Zart und saftig und perfekt mariniert, mit schwarzen Grillstreifen, die auf der Zunge zergingen, frischen Maiskolben, von denen richtige, aus der Milch unserer eigenen Kühe gemachte Butter tropfte, und warmen, fluffigen, mit Soße vollgesogenen Brötchen, die einfach himmlisch schmeckten.

Jetzt sitzt Dad neben mir am selben abgenutzten Tisch und schlürft püriertes Essen durch einen Strohhalm, während ich nichts herunterbekomme. Jake sitzt mir gegenüber, was mich gleichermaßen nervös macht und verwirrt. Isst er immer mit Dad?

Plötzlich stößt mein Vater einen Laut aus, kaum mehr als ein Stöhnen, und Jake steht auf und rückt den Strohhalm in seinem Mund zurecht. Mein Vater gibt einen weiteren Seufzer von sich und Jake sagt: »Ist mir ein Vergnügen, Chief.«

Dads Lippen verzerren sich zu einem winzigen Lächeln, einem Zucken, das ihn sichtlich anstrengt. Ich stochere in meinem Brathähnchen, dem Kartoffelpüree und den grünen Bohnen herum und nehme nur ein paar kleine Bissen, weil Jake mich mit hochgezogener Augenbraue ansieht.

Anna, die Frau, die meinen Vater pflegt, kommt aus der Küche. Sie trägt eine Taillenschürze über einer engen Bluejeans und ich bin dankbar für die Ablenkung. Der knallrote Nagellack auf ihren Fingernägeln ist stellenweise abgeplatzt, passt aber zu den gestickten Erdbeeren auf der Schürze. Ich beobachte, wie sie die Hand auf Dads Schulter legt, die früher einmal so stark und breit war, dass sie den Rahmen der Haustür streifte. Heute ist sie so knochig und schmal wie der Flügel eines Vögelchens.

»Du hast ja kaum was gegessen! Schmeckt es dir nicht?«

»Doch, doch.« Mir wird bloß schon schlecht, wenn ich nur an Essen denke.

»Wir müssen sie ein bisschen aufpäppeln, was, Gus? Du bist dünn wie ein Wildpferd, Paige.«

Sie stützt die Hände in die ausladenden Hüften und wartet auf eine Antwort. Ich würde mich am liebsten unterm Tisch verkriechen. Zu Hause tun wir einfach so, als würde ich essen. Können wir das hier nicht auch machen?

»Ich finde, sie sieht ganz normal aus«, meint Jake.

Anna grinst spöttisch. »Du weißt ja, was man über Kalifornien sagt.«

»Nein, was denn?«, fragt Jake.

»Da gibt's nur Nüsse und Pflaumen.«

»Den Spruch habe ich noch nie gehört«, fauche ich. Diese Anna geht mir auf den Keks.

Sie kratzt sich an der Nase. »Vielleicht heißt es auch Nüsse und Früchtchen. Dein alter Herr sagt es auf jeden Fall ständig.« Sie wirft ihm einen Blick zu. »Na ja, jetzt benutzt er seinen Computer für sein dummes Gerede.«

Die Hand meines Dads liegt auf der Tastatur. Er redet.

»Was hat er gesagt?« Ich beuge mich vor.

Wo nichts ist, kann man auch nichts holen.

Anna lacht, ein lautes, echtes Schnauben. »Da ist was Wahres dran, Gus.«

Wo ein Wille ist, ist auch ein Weg, tippt er.

Sie lacht erneut.

Damit sie endlich die Klappe hält, stecke ich mir einen Löffel Kartoffelpüree in den Mund und würge ihn mit einem Glas Milch herunter. Ich bin dankbar, dass Jake mich verteidigt hat, obwohl natürlich kein Wort davon stimmt. Diese Anna beobachtet mich zu genau.

Auf einmal fehlt mir meine Mom aufrichtig. Sie tut wenigstens so, als wäre das Nicht-Normale okay, und dreht mich nicht durch die Mangel oder stellt mich bloß. Daran bin ich gewöhnt – an eine Welt voller Geheimnisse und Verleugnung. Hier scheinen sie Dads Krankheit einfach direkt ins Auge zu sehen und sie würdevoll zu akzeptieren, sogar er selbst. So etwas kenne ich nicht und ich winde mich vor Alle-Scheinwerfer-auf-Paige-Unbehagen.

Nachdem ich mein Essen noch ein bisschen auf dem Teller hin und her geschoben und ausreichend Small Talk gemacht habe, entschuldige ich mich und tue, was ich am besten kann: wegrennen.

Frustrierte, wütende Tränen fliehen von meinen Augen in den Wind. Ich hoffe, dass mir niemand folgt. Eigentlich haben Cowboys einen Kodex: Wenn jemand einen Moment für sich braucht, nimmt er ihn sich. Wenn er später darüber reden will, gerne, wenn er schweigen möchte, wird geschwiegen. Zumindest war das früher so. Aber diese Anna schnüffelt viel zu viel herum. Und mein Dad mit seinem Computer und dem Kram, den er Anna erzählt, den Witzen über die Nüsse und Früchtchen in Kalifornien …? Was sollte das überhaupt? Wahrscheinlich ist er immer noch sauer, dass Mom gegangen ist. Er hält mich also für eine Nuss, ein Früchtchen. Ein viel zu dünnes, unterernährtes wahrscheinlich. Weiß er von den Medikamenten? Bestimmt. Ich krame in meiner Tasche und schlucke eine halbe Xanax.

Mit meinem Körper entspannt sich auch mein Geist. Vor

mir verweilt die Sonne auf dem Horizont, als wollte sie noch eine Zugabe geben. Ich laufe und laufe durch die Explosion aus Rot und Gold. Ein paar alte Viehtreiber füttern ihre Pferde – der Abschluss eines perfekten Tags in der Wildnis. Die hungrigen Vierbeiner schnauben zufrieden und scharren mit den Hufen Staub in den Himmel, während ich an ihnen vorüberstolpere, vorbei an den vielen Metern Zaun, die nach Reparatur betteln, dornigem Gestrüpp und Kriechtieren, die für die Nacht in ihre Löcher huschen. Irgendwann finde ich mich vor der roten Scheune wieder. Die sollte es tun. Nein, in Wahrheit wollte ich genau hierher.

Ich klettere die Leiter zum Heuboden hinauf, und unter Spinnweben und Kisten und verrosteten Rechen kommt die Falltür zum Vorschein – der Ort, an dem ich früher meine Geheimnisse versteckt habe. Zärtlich ziehe ich am Griff und sie öffnet sich knarrend. Darin befindet sich ein Holzkästchen. Ich klappe den Deckel auf und enthülle die Schätze meiner Kindheit, die Schätze der Unschuld, eines gesunden Mädchens aus einer größtenteils intakten Familie. Sie liegen vor mir, als wäre seit damals nicht eine Sekunde vergangen.

Ein blauer Samtbeutel mit Edelsteinen purzelt mir in die Hand: Tigeraugen, mein Sorgenmondstein und der Kiesel mit den jadegrünen und orangefarbenen Adern, den ich Feuerherz genannt habe. Mein nachgemachter lederner Kopfschmuck, matt und brüchig vom Alter, lockt mich, ihn zu berühren, also tue ich es, zuerst zögernd, mit zitternden Fingern. Seine blauen, roten und gelben Federn sind ausgefranst, an jedem Schaft hängen nur noch ein paar vereinzelte Fasern.

Als Kind war ich mit Dad in diesem pfadfinderartigen Club

namens Indianerprinzessinnen. Ich war Kleine Taube und mein tüchtiger, starker Vater Häuptling Großer Bär. Rückblickend war das alles natürlich kitschig und politisch fragwürdig, aber es hat Spaß gemacht. Bei unseren Campingausflügen gab es Pop-Tarts zum Frühstück und Käseflips zum Abendessen und ich musste mir nie die Zähne putzen – banale Dinge, die ich geliebt habe. Aber wirklich tief in mein Herz gebrannt haben sich die abendlichen Lagerfeuer, als jede Indianerprinzessin an die Brust ihres Häuptlings gekuschelt saß, wir alte Countrylieder wie *Kumbayah* und *Country Roads* sangen und uns hin und her wiegten. Später erzählte mir Mom, Dad sei bei einem dieser Ausflüge so betrunken gewesen, dass er den Mond angeheult und einen Streit vom Zaun gebrochen habe und die anderen Väter ihn bändigen mussten. Mir gefiel meine Version besser.

Ich packe meine Kindheitserinnerungen behutsam zurück in das Kästchen, aus Angst, dass sie kaputtgehen, wenn sie zu lange in der Realität bleiben. Was ich eigentlich suche, liegt unter der Minischatztruhe mit Katzengold aus dem Snake River: mein Tagebuch.

Meine Therapeutin zu Hause hat immer gesagt, ich solle alles aufschreiben. Wenn es schwarz auf weiß vor mir stünde, würde sich vielleicht der Korken lösen, der meine Brust so dicht verschlossen hält. Wenn es schwarz auf weiß vor mir stünde, könnte ich vielleicht wieder atmen.

Unter dem verschlissenen Samtdeckel, nach Seiten voller vertrauter Kindersätze, finde ich endlich einen Ort, um die Geheimnisse zu beichten, die aus mir heraussprudeln wollen, seit ich in Wyoming gelandet bin. Kalifornien und die Schreckensgeschichten, die sich dort zugetragen haben, wirken gleichzeitig fern und nah, als würde ich sie durch einen zerbrochenen Spiegel betrachten. Ich weiß nicht, wie ich sie datieren, betiteln soll. Ich weiß nur, dass sie, wenn ich sie nicht niederschreibe, weiter in meinem Bauch gären und mich langsam vergiften. Und wenn ich auch nur die geringste Chance haben will, neu anzufangen oder einfach zu überleben, dann muss ich mich von ihnen distanzieren.

Also schreibe ich *Damals*.

6

Damals

Der Goldjunge. Sein richtiger Name war Cornell, wie das College, weil seine Eltern schon von seiner Geburt an große Pläne für ihn hatten, aber jeder nannte ihn Goldjunge. Alles an ihm glänzte wie Gold: sein Haar in der kalifornischen Sonne, seine gebräunte Haut und seine vielen Siegerpokale.

Cornell war der Erste, der fiel. Das klingt jetzt vielleicht melodramatisch, aber es kam einem wirklich vor, als wäre der Kronprinz der Schule gestorben. Selbst rückblickend, selbst nach allen anderen, bleibt sein Tod der unerklärlichste, der unverzeihlichste, der schmerzhafteste.

Der Junge, der alles hatte – eine perfekte Freundin (die Barbie der Schwimmmannschaft für den Wasserball-Ken), perfekte Noten, perfekte 2.400 Punkte in den SATs –, beging an einem ganz normalen Schultag Selbstmord. Niemand verstand, warum ausgerechnet *er* sich vor einen Nahverkehrszug warf, auf dem Weg zu einem weiteren perfekten Tag in einer Schule, an der er der Beliebteste von allen war. An der die Lehrer und die Coaches ihn in den Himmel lobten.

Natürlich gab es Gerüchte. Am weitesten verbreitet war die Theorie, dass er es nicht an das College geschafft hatte, nach dem er benannt war, und Angst hatte, seine Eltern zu enttäuschen. Das behaupteten die Leute zumindest. Die Saison der Zu- und Absagen war in vollem Gange und alle waren noch panischere Nervenbündel als sonst in dieser Unsere-Kinder-sind-Gewinner-Stadt – der reichsten des im Geld schwimmenden Silicon Valley.

Aber das war nicht die einzige These. Laut einer anderen war er heimlich in seinen Kumpel Jay verliebt gewesen, aber der hatte ihn zurückgewiesen. Seine Beziehung mit Amanda sei nur Tarnung gewesen und er habe nicht gewusst, wie er mit dem komplizierten Gefühlschaos umgehen sollte. Doch die Cornell-Theorie war diejenige, die sich hielt. Er habe sich um vorzeitige Aufnahme beworben und sei abgelehnt worden. So sei der Traum seiner Eltern gestorben und er mit ihm.

Wenn das stimmte, begriff ich es nicht.

Warum sollte sich jemand wegen eines Collegeplatzes umbringen?

Andererseits war ich auf einer Pferderanch mitten im Nirgendwo geboren. Ich gehörte nicht zu diesen Silicon-Valley-Superüberfliegern, nicht richtig, auch wenn ich so tat, als ob. Meistens kam ich mir vor wie ein Fisch auf dem Trockenen. Nur halb aktiver Teilnehmer, halb Zuschauer. Erst die Sache mit dem Goldjungen rüttelte mich wach. Während alle anderen in eine Trance aus Leugnung und Verwirrung verfielen, nahm ich plötzlich alles überdeutlich wahr.

Am Tag vor Cornells Beisetzung fühlte ich mich, als wäre ich von einem Schwarm Fliegen umgeben, einer undurchdringlichen Hülle aus Schock und Schmerz. Mühsam watete ich durch die zähe Trauer auf dem Linoleumboden der Schulflure. Dass ein so junger, so schöner, so geliebter Mensch nicht nur tot war, sondern sich selbst getötet hatte, ergab keinen Sinn und verwandelte die gesamte Schülerschaft von zielstrebigen Superbrains zu orientierungslosen Zombies.

Seine Freundin Amanda hatte sein Schließfach in eine Gedenkstätte verwandelt. Ein Blumenkranz mit einem aktuellen Wasserballbild – perfekt durchtrainierter, braun gebrannter Körper in einer roten Badehose, strahlend saphirblaue Augen in einem kantigen, aber immer noch jungenhaften Gesicht, volle kirschrote Lippen in ernster Pose – hing an einer gelben Pinnwand, die über und über mit roten und pinkfarbenen Herzen und Nachrichten wie *Wir lieben dich* oder *Wir werden dich nie vergessen* bedeckt war.

Ich fragte sie, ob ich irgendetwas für sie tun könne. Ich kannte sie, seit ich hergezogen war. Wir waren keine engen Freundinnen, aber trotzdem. Panisch und atemlos stammelte sie: »Es tut mir leid. Es tut mir so leid.«

»Was tut dir leid?«

»Ich hab nichts gemacht, Paige, ich schwör's. Zwischen uns lief es super. Die Gerüchte über Jay … das ist alles erstunken und erlogen.«

»Natürlich«, sagte ich, obwohl ich mir da nicht so sicher war. Wer wusste schon, was im Inneren eines Menschen vorging? »Die Leute suchen bloß nach Antworten.« Sie schaute mich seltsam an, als wollte sie etwas erwidern, presste dann aber die Lippen zusammen. »Möchtest du darüber reden?«, fragte ich.

»Nein. Ich … Mir ist nur immer so schlecht.«

»Das Ganze tut mir schrecklich leid für dich«, sagte ich, denn das tat es wirklich. Damals konnte ich mir noch nicht vorstellen, so viel Verwirrung, so viel Hätte-ich-doch-nur-Reue zu empfinden. Jetzt weiß ich, wie sich das anfühlt.

Vielleicht war es nicht bloß die Collegesache.

Das erschien mir irgendwie zu einfach. Cornell war klug gewesen. Gebildet. Ihm musste klar gewesen sein, dass das nicht alles im Leben war. Oder? Er hatte nicht an Depressionen gelitten, zumindest soweit wir wussten. Er war immer fröhlich gewesen oder hatte wenigstens so gewirkt.

Ich ging später noch einmal vorbei, nachdem die Klingel die hohläugige Herde in die Klassenzimmer getrieben hatte, damit ich ungestört *Es tut mir leid* auf einen Zettel schreiben und ihn an die Pinnwand hängen konnte. Womöglich hatte er doch Depressionen gehabt. Insgeheim.

In meinem Kopf waren Depressionen etwas Einsames gewesen. Etwas, das sich in einem dunklen Zimmer abspielt. Im Fernsehen schlurften depressive Menschen in verwahrlosten Häusern herum, mit ungemachten Haaren und verweinten Augen und alten Bademänteln.

Der Goldjunge war mit einem Zehntausend-Watt-Zahnpastalächeln und Klamotten von Abercrombie & Fitch durch die Flure stolziert und hatte seine ehrfürchtige Schar Bewunderer abgeklatscht.

Vielleicht hatte es daran gelegen.

Vielleicht war das alles zu viel gewesen. Ständig perfekt zu sein. Das war das Ziel an unserer Schule. Perfektes Aussehen, perfektes Verhalten.

Als ich damals an die Grundschule hier gekommen war, hatte ich es merkwürdig gefunden, dass immer alle einbezogen werden mussten. Wir hatten uns zum Beispiel nicht aussuchen können, mit wem wir Handball spielten. Alle durften mitmachen. Jeder kam an die Reihe. Als die Neue war das für mich natürlich super gewesen, ich wurde sofort integriert. Nicht wie in Jackson, wo die Leute erst einmal misstrauisch waren und man sich Freundschaften erarbeiten musste. Hier gab es quasi ein Begrüßungskomitee. Das war praktisch, aber es hatte sich auch unehrlich angefühlt. Aufgesetzt. Falsch.

Und es war so weitergegangen. Kein Mobbing. Keine Außenseiter. Nur das ständige Streben nach Perfektion.

Einige Kinder hatten die SAT-Prüfung jedes Jahr seit der Middle School geschrieben, bis sie die vollen 2.400 Punkte erreichten. Probleme wie an anderen Schulen, wo Leute wegen ihrer sexuellen Orientierung oder ihrer Hautfarbe schikaniert wurden, hatten wir hier nicht. Wenn die Gerüchte stimmten, wenn Cornell und Jay sich wirklich ineinander verliebt hatten, wären sie akzeptiert worden. Wir waren eine große, offene Gemeinschaft von netten Kindern mit – zumindest nach außen hin – liebevollen und engagierten Überfliegereltern, die fast alle entweder eingewandert waren oder sich aus dem Nichts hochgearbeitet hatten. Die sich Zwei-Millionen-Dollar-Häuser leisten konnten dank ihres ausländischen (China) oder inländischen (Facebook oder Google) IT-und-Hightech-Vermögens. Und die von ihren Kindern die gleichen Ambitionen, den gleichen unablässigen Drang nach Erfolg erwarteten.

Dabei waren wir einfach nur Teenager.

Wir wollten gute Leistungen bringen, unsere Eltern stolz

machen, aber wir wollten auch, was alle Teenager wollten. Was wir in Filmen oder den wenigen Fernsehsendungen sahen, die wir gucken durften, wenn wir nicht gerade bei unseren tausend außerschulischen Aktivitäten waren: uns über Abschlussbälle und unseren sozialen Status den Kopf zerbrechen und herausfinden, wen und was wir lieben.

Niemand, den ich kannte, dachte über so etwas nach.

Echte Beziehungen waren eher Nebensache.

Wir schufteten für Spitzennoten, perfekte SAT-Ergebnisse und die besten Voraussetzungen fürs College.

Vielleicht hatte der Goldjunge genug davon gehabt zu glänzen.

Warum sonst hätte er, mit seinem makellosen Körper und dem makellosen Gehirn, sein schickes, teures Rad an den Maschendrahtzaun lehnen, sich auf die Gleise legen und von einem Zug überrollen lassen sollen?

Denn von außen betrachtet hatte er allen Grund gehabt zu leben.

Anders als Ty. Anders als ich.

7

Jetzt

Mein Zimmer – das Gartenzimmer – befindet sich im Haupthaus.

Hier schlafen keine Gäste und anscheinend hat es auch sonst lange niemand mehr benutzt, worüber ich mich ganz egoistisch freue.

Die Wände sind mit einer silberfarbenen Tapete bespannt, aus der sich winzige lilafarbene Blütenknospen wölben, als könnten sie jede Sekunde aufbrechen. Daneben dasselbe Himmelbett, in dem ich schon als Kind geschlafen habe, dieselben antiken weißen Möbel, derselbe klauenfüßige Kleiderschrank, derselbe niedrige Nachttisch mit denselben alten Büchern darauf – *Laura im großen Wald, Die Bobbsey-Zwillinge* und *Betty und ihre Schwestern* –, die immer ein bisschen knarzen, wenn ich sie aufklappe.

Als ich aus der Scheune zurückgekehrt bin, war alles ruhig. Dad hatte sich in seine Räume zurückgezogen und Jake war ebenfalls verschwunden … wohin auch immer. Ich bin noch nicht sicher, wo genau er wohnt.

Anna in ihrer Erdbeerschürze spülte ab.

Ich schaute ihr durch die Tür dabei zu, wie sie methodisch und entspannt über die fettigen Teller fuhr und Seifenblasen in die Luft schrubbte, als hätte sie nie etwas anderes getan. Ich schätze sie auf ungefähr vierzig, vielleicht fünfundvierzig. Wie bei Jake ist es auch bei ihr schwer zu sagen. Die Menschen hier sind ständig der Sonne ausgesetzt und bekommen schneller Falten als die Leute in der Stadt. Und sie färben sich seltener die Haare, lassen sich weder Botox spritzen noch das Gesicht straffen. Ihre Haut sieht älter aus, aber ihre Augen wirken jünger. Um Jahre jünger.

Ich habe mein Tagebuch wieder in der Falltür versteckt. Ich würde es niemals herbringen. Diese Geheimnisse darf keiner je erfahren. Aber ich bin immer noch in Schreibstimmung.

Hier im Haus will ich meine andere Geschichte schreiben. Die von ganz früher. Die nicht allein meine Schuld war.

Ich lege ein spitzengesäumtes Kissen auf meinen Schoß und stelle den Laptop darauf, öffne ein neues Dokument und tippe: *Mein Daddy ist ein Cowboy und meine Mommy eine Stadtpflanze. Das mit den beiden konnte niemals gut gehen.*

Ich lese die beiden Sätze noch einmal.

Kein schlechter Anfang. Ich will weiterschreiben, aber nichts passiert.

Meine Finger liegen genau dort, wo sie sollen.

A = linker kleiner Finger

S = linker Ringfinger

D = linker Mittelfinger

F = linker Zeigefinger

Leertaste = Daumen gegen Daumen

J = rechter Zeigefinger

K = rechter Mittelfinger

L = rechter Ringfinger (heißt der rechts überhaupt so?)

Ö = rechter kleiner Finger (Ö? Echt jetzt?)

Aber nichts. Kein Mäuschengetrippel.

In der Scheune vorhin sind die Worte nur so aus mir herausgesprudelt.

Jetzt sitze ich hier in diesem lila- und silberfarbenen Zimmer, der Kindheitszuflucht meiner Fantasie, und bringe nichts zu Papier. Ich kann keine neue Geschichte beginnen, ehe ich die alte nicht beendet habe. Also schleiche ich mich aus dem stillen Haus, renne zurück zur Scheune und schütte dem alten Tagebuch mein Herz aus.

8

Damals

Nach der Totenwache, nach der betäubenden Blumenflut in Cornells prachtvoller Villa, nach dem Luftanhalten und Nicken und dem beständig wiederholten *Ja, schrecklich traurig* fand ich Ty. Oder besser gesagt, wir fanden einander.

Unser Leben war mehr als traurig – es war ein Albtraum, aus dem wir nicht erwachten. Ich schleuderte mir die Pumps von den Füßen, warf sie in die akkurat gestutzten Büsche, wo ein schwarzer Absatz sich baumelnd an einem Ast verfing, und schrie.

Ich legte den Kopf in den Nacken, schaute in den Nachthimmel und schrie wie ein Werwolf, wie eine Wahnsinnige, wie eine Banshee.

Ty, mein neuer Stiefbruder, entdeckte mich schließlich hysterisch auf meinem Bett. Ty, der anders als der Rest unserer Abschlussklasse die alltäglicheren Seiten des Teenagerlebens genoss: Alkohol, Drogen, Tattoos. Damals wusste ich kaum mehr über ihn als das, was ich während der Gespräche beim Essen erfahren hatte: Er kam aus Brooklyn, sein Vater und meine Mutter waren sehr verliebt und er war ein totales Arschloch.

»Ich bin ein schlechter Mensch«, sagte ich und rieb mir die Tränen von den Wangen wie ein kaputter Scheibenwischer.

Tys sonst so eingebildetes Ich-stehe-über-allem-Gesicht verzog sich. »Warum?«

»Weil ich ständig darüber nachdenke, wieso er es getan hat. Es kann nicht nur daran liegen, dass die Cornell ihn nicht genommen hat. Heute bei der Beisetzung habe ich die ganze Zeit seinen Vater beobachtet und mich gefragt, ob er ihn geschlagen hat. Ob er für ihn so perfekt sein musste. Und Amanda … War sie wirklich seine Alibifreundin? War ihre perfekte Beziehung von vorne bis hinten ein Fake? Hatte er bloß Angst, sich zu outen? Ich war früher so eifersüchtig auf sie, Ty … Sie hatte immer die perfekten Freunde und perfektes Haar. Außerdem hat sie als Erste von uns Brüste bekommen und damit angegeben.«

Ty lachte trocken. »Du schaust zu viel Fernsehen.«

»Das ist nicht witzig. Nur ein furchtbarer Mensch würde bei einer *Beisetzung* über so was nachdenken! Ein Junge ist tot. Ein freundlicher, beliebter, kluger Junge. In der Vierten habe ich mal mit ihm zusammengearbeitet, bei einem Projekt über die Ohlone. Ich war gerade erst hergezogen und kannte noch keinen und er war wahnsinnig nett zu mir. Er war nicht nur irgendein Fremder, aber trotzdem spüre ich diese seltsame Distanziertheit, statt einfach zu trauern und zu weinen und diese goldene Schleife zu tragen wie alle.« Ich zupfte an meinem Oberteil, an dem eigentlich eine goldene Schleife hängen sollte.

Ty schnaubte. »Ich trage auch keine bescheuerte Schleife. Bin ich deswegen furchtbar? Du machst dir viel zu viele Gedanken.«

»Wirklich? Ich weiß nicht. Ich sehe es den anderen doch an. Die sind nicht nur traurig. Sie haben Angst.«

»Wahrscheinlich sind sie bloß erleichtert, dass sie sich jetzt mit einem weniger messen müssen.«

Ich blinzelte. »Wie kannst du so was sagen?«

»Leck mich«, gab er zurück.

»Leck dich selbst«, fauchte ich genervt. Für wen zur Hölle hielt er sich, dass er so mit mir redete, sich über einen Toten lustig machte? Ty war ein Arsch. Warum hatte ich ihn reingelassen?

Anstatt seinerseits sauer zu werden, presste er sich die Hand auf die Brust und keuchte: »Hast du gerade geflucht? Das erzähle ich *Mom*!«

Das war unser einziger Running Gag – das ironische *Mom* und *Dad* im Vorbeigehen.

»Sag *Mom,* dass wir neues Klopapier brauchen.«

»Sag *Dad,* dass er seinen Tennisschläger nicht im Flur rumstehen lassen soll.«

Ty hatte mich schon immer neugierig gemacht. Seit unsere Eltern sich online kennengelernt hatten, sein Vater ans andere Ende des Landes gezogen war und meine Mutter Hals über Kopf geheiratet hatte. Das alles war so schnell gegangen, dass ich kaum hatte folgen können, geschweige denn Protest einlegen. Und Mom wirkte glücklich. Zum ersten Mal seit Ewigkeiten lächelte sie. Und lachte. Und hörte manchmal sogar lange genug auf zu arbeiten, um mit uns gemeinsam zu essen.

Also hatte ich mitgespielt. Ich wollte ihre Seifenblase nicht zum Platzen bringen.

Als Ty ein paar Monate später bei uns eingezogen war, hatte ich versucht, mehr über ihn zu erfahren, aber er war kein besonders gesprächiger Typ. Er antwortete knapp und verschwand dann in sein Zimmer. Er war groß. Offensichtlich hatte er gerade einen Wachstumsschub gehabt, denn sein Dad verlor ständig Bemerkungen darüber. Er bewegte sich leicht schlaksig, wie jemand, der sich in seinem Körper unwohl fühlt. Hochgezogene Schultern, ausweichende Gesten, Herumgeschleiche. Als wollte er von niemandem bemerkt werden. Sein Dad hatte ihn einmal *Den unsichtbaren Mann* genannt. »Ich habe dich öfter gesehen, als du noch in Brooklyn gewohnt hast«, hatte er gescherzt und Ty hatte ihn komisch angeguckt.

Damals hatte Ty hauptsächlich nuschelnd kommuniziert.

Ich glaube, er hat seinen Vater gehasst, aber das sprach er nie offen aus, zumindest nicht mir gegenüber.

Phil war eigentlich ganz in Ordnung. Er war ein nerdiger Technikfreak, der meine wunderschöne Mom anbetete. Jeden Morgen machte er Kaffee und brachte ihn ihr ans Bett, als hätte er im Lotto gewonnen.

Cornells Tod löste etwas in Ty und mir aus. Ty wurde noch größer, noch dunkler – er ähnelte mehr seiner Mutter, die ich von einem Foto auf seinem Schreibtisch kannte. Sie war in New York geblieben, wo sie eine Privatpraxis führte. Er erwähnte nie, dass er sie vermisste, aber das Foto sagte es für ihn. Er war höflich zu meiner Mom, aber distanziert, genau wie zu mir.

Vermutlich brauchten wir beide jemanden und der andere

war einfach … da. An jenem Abend nach der Beisetzung war es plötzlich, als würde er mich wirklich sehen und ich ihn und wir lachten los. Also, ich würgte vielmehr erstickt und gab schrecklich schrille Hyänenlaute von mir – ein weiterer Beweis für meine Abstammung von den Banshees.

Tys nachtblauer Anzug war zu groß für seine schmalen Schultern und hing an ihm, als wäre er ein Kind, das Verkleiden spielt. Er hatte seine Krawatte gelockert und fuhr sich durchs Haar und mir fiel auf einmal auf, wie gut er aussah. Nicht auf die perfekte Goldjungenart, eher interessant. Er hatte etwas Raues an sich. Etwas Düsteres. Dunkle Haare, gebräunte Haut. Eine geheimnisvolle Aura, die durch seine hellgrünen Augen noch verstärkt wurde, die einzige Kleinigkeit, die er von seinem Vater geerbt zu haben schien.

Ty war eine Ausnahmeerscheinung an unserer Schule der perfekten Kinder.

Seine achselzuckende Gleichgültigkeit brachte alle Mädchen dazu, ihm hinterherzuschauen, wenn er im Korridor vorüberging, meistens allein; ihn zu beobachten, während er an seinem Schließfach herumfummelte. Nach dem Unterricht stand er neben dem 7-Eleven und rauchte.

Ich habe ihn nie verpetzt und vielleicht war er mir dafür dankbar. Vielleicht redete er deshalb mit mir. Er hatte nicht viele Freunde, ein paar Skater, mit denen er zu Mittag aß, die er aber nur selten am Wochenende oder außerhalb der Schule traf. Er sagte immer, er sei ein zu großes Arschloch, als dass Leute sich länger mit ihm abgäben. Sie würden ihn bloß ertragen, weil er witzig sei.

Zu Hause saß er meistens an seinem Computer oder lag auf

dem Bett und trommelte den Rhythmus irgendeines Songs mit, den er über Kopfhörer hörte. Es war, als würde ein Teil von ihm weiterhin in New York leben. Nur sein Körper war hier und tat, als ob. Seine Augen erinnerten mich an eine Katze. Womöglich war es auch sein Verhalten. Sein Blick war immer abwesend, als wäre er mit seinen Gedanken woanders. Das hatten wir wohl gemeinsam.

Ich wurde oft von Mädchen nach ihm gefragt. Seine Unnahbarkeit verwirrte und faszinierte sie. Wenn meine Freundinnen bei mir übernachteten, drückten sie sich vor seiner verschlossenen Zimmertür herum und fragten sich, was er wohl gerade machte. Er ignorierte uns alle mehr oder weniger. Meinen Freundinnen schenkte er höchstens einen kurzen Seitenblick, selbst den wirklich hübschen. Als er schließlich anfing, sich mit mir abzugeben, schob ich das auf die Langeweile. Oder die Sache mit dem Goldjungen setzte ihm genauso zu wie mir.

Ty war den meisten ein Rätsel. Mir auch, obwohl er nur ein paar Türen weiter lebte.

Ein einsames lilafarbenes Blütenblatt lag auf seiner Schulter. Seltsam. Wo war es hergekommen, dieses zarte Blättchen auf meinem harten Stiefbruder? Ich wischte es mit einer sanften Bewegung weg. Er zuckte zusammen, als ich ihn berührte. Ich runzelte die Stirn und wunderte mich sowohl über die Gründe meiner Geste als auch über seine Reaktion. Der Spiegel hinter ihm erinnerte mich daran, dass mein Gesicht voller Wimperntusche war. Lose Strähnen standen wie Draht aus meinem Dutt. Mein roter Lippenstift war verschmiert.

»Oh Mann, ich sehe aus wie Bette Davis in diesem abgefahrenen alten Film.«

Seine Katzenaugen fixierten die meinen im Spiegel. »Du kennst Bette Davis?«

»Klar. Mein Dad und ich haben früher ständig alte Filme geschaut.«

»Auf seiner Ranch?«

»Jep. Auf Videokassette.« Ich lachte.

»Egal. Bette Davis ist heiß.« Er streckte die Hand aus und strich mit dem Daumen über meine Wange. Ich beobachtete ihn dabei im Spiegel. Und spürte es am ganzen Körper.

Ich wich nicht zurück. Seine Berührung fühlte sich kühl und aufregend an. Als würde sein Daumen mich fragen, ob ich mehr wollte. Ob er dafür sorgen sollte, dass mir wärmer wurde.

Ich wollte nicht allein sein. Er kannte Bette Davis. Wir hatten etwas gemeinsam außer der Tatsache, dass unsere Eltern verheiratet waren.

Ich lehnte die Stirn an seine Brust. Meine Haut scheuerte über den kratzigen dunkelblauen Anzug und ich sah mein Spiegelbild nicht mehr.

Erst später fiel mir auf, dass er im Präsens über Bette Davis geredet hatte, obwohl die Schauspielerin schon seit Jahren tot war.

9

Jetzt

»Morgen.« Jake tippt sich an den Hut und ich schimpfe mit den Eismauern in meinem Inneren, weil sie beim Klang seiner Peitsche und dem Stampfen der Hufe ein wenig antauen.

Nichts sollte mir jetzt mehr Freude machen, schon gar nicht diese Postkartenidylle. Nicht die im Wind tanzenden Mähnen der Palominos und Pintos und Appaloosas und auf keinen Fall der Cowboy in ihrer Mitte.

»Morgen.« Ich meide seinen Blick und starre stattdessen auf meine schwarzen Flipflops, die auf der zweiten Sprosse der verwitterten Umzäunung stehen. Mein Nagellack ist mittlerweile genauso angeschlagen wie mein Gehirn. Jakes *Yee-haw* klingt wie ein knappes, verdichtetes *Yah!*, wie ein Faustoß in die Luft, und die Pferde reagieren sofort. Nachdem er eine Mischung aus Luzerne und Heu in den Futtertrog gekippt hat, kommt er zu mir herübergeschlendert.

»Wo bleiben die Gäste?«, frage ich.

Er runzelt die Stirn. »Du kapierst es immer noch nicht, oder?«

Ich schweige. Ich will ihn nicht auf das Offensichtliche hinweisen. Dass ich, wenn er mir nichts sagt, es nicht kapieren *kann.* Dad kann nicht sprechen und Anna mag mich nicht. Also ist es an ihm. Er ist meine Rettungsleine. Wahrscheinlich liest er es an meinem Gesicht ab, denn sein Kiefer entspannt sich.

Er stützt die Arme auf den Zaun, wie es nur ein Cowboy kann. »Wenn wir die Ranch nicht bis zur nächsten Saison auf Vordermann bringen, müssen wir sie für Touristen schließen.«

»Was?« Ich bin entsetzt. Die Ranch schließen?

»Wir schließen die –«

»Nein, ich hab dich schon verstanden. Ich kann nur nicht glauben, dass ... Hier sieht's doch gar nicht so schlecht aus.«

Jakes Achselzucken ist eher ein Ich-bin-zu-höflich-um-der-Tochter-des-Chefs-zu-widersprechen als eine Zustimmung. Okay, die Ranch ist nicht so gut in Schuss wie früher, aber das lässt sich doch bestimmt wieder hinkriegen.

»Klar, die Zäune müssten geflickt werden und die Straße könnte ein paar Ausbesserungen vertragen, aber im Großen und Ganzen ist alles genau wie ...«

Damals.

Du warst seit Jahren nicht mehr hier, Paige. Du hast keinen blassen Schimmer.

Jake wendet den Kopf ab. Ich sehe nur die Krempe seines Huts, als er fragt: »Ist Anna oben im Haus?«

»Erdbeerschürzen-Anna?«

Er steckt sich einen Heuhalm in den Mundwinkel, wie ein alter Filmstar, was mich an Bette Davis und Ty erinnert. Eine Welle aus Schuld und Schmerz überrollt mich.

»Sie und ich sind die Einzigen, die übrig sind.«

»Was?« Mir schießt eine Szene aus *Zwei Banditen* durch den Kopf, in der Paul Newman so auf einem Halm herumkaut. Den Film haben Dad und ich früher ständig geschaut. Vielleicht hat er ihn noch, dann können wir ihn später gucken.

Jake blickt auf. »Sie und ich. Das war's an Angestellten.«

Ich blinzle. Konzentriere mich. »Das glaube ich nicht. Dad hatte doch eine Riesentruppe. Das volle Programm.«

Jake zuckt noch einmal mit den Achseln.

»Aber … wann?«

Dieses Mal schaut er nicht weg. Seine Augen halten meine gefangen. Sie sind so blau wie der Sommerhimmel. »Vor ein paar Jahren.«

Noch etwas, das Mom mir verschwiegen hat.

Nicht nur den Verfall meines Dads, sondern auch den der Ranch. Sein Vermächtnis – das Vermächtnis unserer Familie – verschwindet mit ihm.

»Wie viel ist noch übrig?«

»Geldtechnisch? Keine Ahnung. Darum kümmert sich Anna.«

Schon wieder Anna.

Ich verenge die Augen. »In welcher Beziehung steht Anna zu meinem Dad?«

»Du weißt nicht mal von Anna?«

Jetzt reicht's.

Meine Stimme grollt wie Donner, platzt aus meinem Inneren wie ein Schrei und plötzlich sind meine Worte überall und füllen den Pferch. »Nein, Jake. Ich weiß nicht mal von Anna. Ich wusste auch nicht, dass mein Vater im Rollstuhl sitzt, okay? Meine Mom hat kein Scheißwort gesagt. Ich wusste nur, dass er eine tödliche Krankheit hat und dass es ihm schlechter geht. Er selbst hat mir ständig geschrieben, dass ich nicht zu kommen brauche. Dass er sowieso zu viel zu tun hat mit Terminen und Ranchkram und dass ich einen schönen Sommer in Europa haben soll, bla, bla, bla. Und am Ende? War alles nur gequirlter Bullshit. Er –« Ich kann es nicht aussprechen. Ich knurre den Kloß in meinem Hals weg und konzentriere mich auf das andere. »Und jetzt geht noch dazu seine Ranch den Bach runter.«

Jakes Kiefer zuckt, aber er legt mir eine Hand auf die Schulter. Ich bin zu wütend, um vor seiner Berührung zurückzuweichen. Also lasse ich zu, dass sie mich erdet, so wie seine Worte, seine Stimme. »Ich tue, was ich kann, um das zu verhindern.«

Die Morgensonne ist beinahe schon mittäglich heiß. Sie brennt auf seine entblößte Haut unter den aufgekrempelten Ärmeln. Ich presse mir die Fäuste auf die Augen, damit ich nicht in seinen versinke.

Schau ihn nicht so an. Lass dich nicht von ihm trösten. Sie sind tot. Du lebst. Du bist entkommen, zumindest für den Moment. Aber das heißt nicht, dass du Trost verdienst.

Ich starre direkt in die strafende Sonne. »Weißt du, warum ich hier bin, Jake?«

Alles wird weiß.

»Teilweise.« Dann: »Nicht. Sonst wirst du noch blind.«

Ich höre auf ihn und schließe die Augen.

»Wie viel weißt du?«, frage ich leise und hoffe, dass es nicht zu viel ist. Innerlich schaudernd, warte ich auf seine Antwort, so lange, dass ich irgendwann nachsehe, ob er noch da ist.

Zwischen den schwarzen Flecken in meinem Blickfeld spuckt sein Schatten den zerkauten Halm auf den Boden und zertritt ihn mit dem Absatz des Stiefels zu Staub. Das erinnert mich an Elenas zerrissene Absage von Harvard, die sich in der Spüle ihrer Mutter in eine klebrige Masse verwandelt hat. Elena. Die zweite. An sie habe ich nicht mehr gedacht, seit ich Kalifornien verlassen habe.

»Genug«, erwidert er.

Scheiße.

»Paige.« Er sagt meinen Namen, als … als was? Als wollte er helfen?

Er weiß Bescheid. Vielleicht nicht über Ty, aber über *etwas*. Weiß er von den Zügen?

»Ich muss gehen«, murmle ich mit bebender Stimme. Während ich davonrenne, spüre ich seine Augen auf mir. Als ich oben auf dem Heuboden mein Tagebuch hervorhole und anfange zu schreiben, zittern meine Hände so heftig, dass die Buchstaben fast unleserlich sind.

10

Damals

»Hey!«

Meine Freundinnen zu finden, war nicht schwer gewesen. Wir saßen immer am selben Tisch unter der Eiche.

»Hey!« Lucy winkte. »Wir haben dir einen Latte macchiato besorgt.«

Ich begrüßte sie mit einem Kuss auf die Wange und nahm ihr den To-go-Becher ab. »Du rettest mir das Leben, Lucy.«

»Gern geschehen.«

Ich trank einen Schluck. Die kochend heiße, fettarme Süße floss durch meine Kehle und sofort feuerten meine Synapsen zielgenauer.

»Wirklich.« Ich deutete auf den Becher voll Himmel. »Wenn ich den Test ohne den hier schreiben müsste, würde ich so was von durchrasseln.«

»Du? Von wegen«, bemerkte Elena mit einem gezwungenen Lächeln, in das man viel hineininterpretieren konnte, nur nichts Nettes. »Hast du jemals was Schlechteres als ’ne Eins plus geschrieben?«

»Klar. Früher hatte ich nie so gute Noten. Da bin ich lieber auf der Ranch rumgelaufen.«

»Ranch?« Elena zog eine Augenbraue hoch. »Ach ja, das hatte ich ganz vergessen. Du kommst ja vom Land.«

»Aber sie wohnt schon seit der Grundschule hier«, sagte Lucy zu meiner Verteidigung.

»Und meine Mom ist deshalb auch nicht weniger perfektionistisch«, fügte ich hinzu. »Sie ist wie besessen davon, dass ich Wirtschaftswissenschaften studiere, genau wie sie.«

»Meine auch«, meinte Lucy. »Sie gibt sich die Kugel, wenn ich keinen Studienplatz für Medizin bekomme. Ich hab mal eine Eins minus geschrieben und sie hat mir ein Semester lang Hausarrest verpasst, erinnerst du dich, Paige? Das war in der Siebten.«

»Ja, das war schrecklich. Du durftest nicht zum Frühlingsball und musstest noch eine Stunde länger Geige üben.«

»Vorher hat sie mich nicht ins Bett gelassen. Für den Fall, dass ich später mal als Violinistin in der Carnegie Hall auftrete.« Sie lachte trocken und ich stimmte ein.

So sehr Lucy es auch herunterspielte, der Druck ihrer Eltern forderte seinen Tribut. Ich machte mir Sorgen um sie. Seit der Grundschule hatte sie jeden Tag neben der normalen Schule vier Stunden Chinesischschule, danach Hausaufgaben und Geige. Sie durfte sich nicht verabreden, also sah ich sie nur im Unterricht und bei Schulfesten. Als die auch wegfielen, blieb nur noch unser »Brunch« oder die Mittagspause. Totaler Riesenmist. Aber Lucy war es wert.

Die anderen meinten immer, ich würde den Druck nicht verstehen. Und das stimmte auch. Mom erwartete zwar, dass ich gute Noten schrieb, aber es war mehr ein *Gib dein Bestes* als ein *Mit was Schlechterem als einer Eins brauchst du gar nicht erst nach Hause zu kommen!* wie bei Lucy und Elena. Einer unserer Freunde wurde geschlagen, wenn er keine Eins schrieb. Geschlagen! Völlig verrückt. Warum hatte diesen gewalttätigen Arschlöchern noch niemand das Jugendamt auf den Hals gehetzt?

Lucy rutschte zur Seite, damit ich mich setzen konnte. Ich quetschte mich neben sie und schmiegte den Kopf an ihre Schulter.

»Braves Kätzchen«, sagte sie. Ich schnurrte.

Seit Lucy mit ihren Eltern von Brooklyn über Hongkong, London und Frankreich hergezogen war, war sie meine beste Freundin. Ihre Weltgewandtheit hatte sie auf meiner Coolness-Skala gleich ganz nach oben katapultiert. Sie behauptete immer, sie wüsste nur so viel, weil sie im Ausland zur Schule gegangen sei, aber das glaubte ich nie. Sie war schon mit einem außergewöhnlich genialen Gehirn und einem mindestens genauso großzügigen Herzen auf die Welt gekommen.

Elena funkelte uns an. Sie konnte unsere Freundschaft nicht nachvollziehen. »Ihr zwei seid bescheuert.«

»Na und? Such dir deine eigene beste Freundin«, sagte ich scherzhaft. Lucy allerdings lachte nicht. Sie hörte sofort auf herumzualbern und setzte sich gerade hin, als hätte Elenas Blick ihren Rücken versteift.

»Die Pause ist fast vorbei, Katy Perry«, verkündete mein Handy.

»Danke, Siri.«

»Gern geschehen, Katy Perry.«

»Warum machst du das immer?«, fragte Elena. »Das ist so was von dämlich.«

»Ich find's lustig«, meinte Lucy.

»Und genau *deswegen* sind wir Freunde«, sagte ich und kippte den Rest meines Kaffees hinunter, während Elena Lucys Aufmerksamkeit mit irgendeinem Chemie-Crack-Thema zurückgewann.

Elena war Lucys andere beste Freundin. Sie war ebenso genial, setzte ihre Kräfte aber für die dunkle Seite ein. Das konnte man ihr nicht einmal vorwerfen. Ihre Eltern waren krass. Sie durfte weder fernsehen noch zu Schulbällen, geschweige denn mit Jungs ausgehen. Die ganze Familie teilte sich einen Computer, der in der Küche stand, und ihre extrem konservative Mutter achtete streng darauf, dass sie ihn nur für Hausaufgaben benutzte. Das eine Mal, als ich bei ihr zu Besuch gewesen war – zu ihrer Middle-School-Abschlussparty –, waren mir die verrückt vielen Harvard-Poster aufgefallen, mit denen ihr Zimmer tapeziert war. Sie hatte damit angegeben, dass sie es gar nicht erwarten könne, aus ihrem *Gefängnis* hier auszubrechen; wenn sie endlich an der Harvard wäre, gäbe es für sie nur noch Jungs und Alk. Aber das hatte ich ihr nicht geglaubt. Elena erzählte viel Mist, meistens, um Lucy zu beeindrucken.

»Gib mir mal dein Handy«, sagte sie jetzt zu ihr.

Lucy reichte ihr das iPhone.

Elena zog konzentriert die Augenbrauen zusammen, während sie die Statusupdates ihrer Freunde checkte, als wäre es das Weltgeschehen.

Ich hatte es satt, dass Elena Lucy so in Beschlag nahm, sie ausnutzte. »Deine Mom erlaubt dir immer noch kein Handy?«

Sie bedachte mich mit einem kalten Blick. »Warum fragst du überhaupt, wenn du die Antwort schon kennst?«

»Paige …« Lucys flehender Unterton machte mich nur noch wütender.

»Was? Das war nur eine Frage.«

In Lucys Augen flackerte Panik. Aber dieses Mal würde ich nicht einlenken. Adrenalin rauschte durch meinen Körper, als ich zurückschlug. »Findest du es nicht egoistisch, dir ständig Lucys Handy unter den Nagel zu reißen, bloß um auf Facebook zu gehen? Wie wär's, wenn du das in der Bibliothek oder so machst?«

Elena stand auf und starrte mich an. »Und wie wär's, wenn du« – sie hielt kurz inne – »dich einfach verpisst?« Ihre schwarzen Haare flatterten wie ein langer Vorhang.

»Schön.« Ich griff nach meiner Tasche. »Danke für den Latte, Lucy. Ich ruf dich später an. Du weißt schon, von meinem Handy.«

Ich benahm mich wie eine Zicke, aber das war mir egal. Lucy war meine beste Freundin und ich war es leid, sie zu teilen. Seit Cornells Selbstmord war ich schreckhaft und reizbar und konnte schlecht mit Irritationen umgehen. Ich machte mich für Dinge stark, die ich früher auf sich hätte beruhen lassen, und ich verbrachte mehr und mehr Zeit mit meinem Stiefbruder.

All die Wut in ihm war irgendwie tröstlich.

Er war schon immer so gewesen, wie ich mich jetzt fühlte. Die Jagd meiner Klassenkameraden nach guten Noten und dem perfekten College war durch Cornells Tod, sein für eine wertlose Sache vergossenes Blut, getrübt, und plötzlich wollte ich keine Hausaufgaben mehr machen. Nicht in den Briefkasten schauen, um herauszufinden, an welchem College ich angenommen worden war.

Ich wollte im Gras liegen und mich in den Wolken verlieren.

»Bye.« Lucy winkte unsicher und ließ den Blick zwischen Elena und mir hin und her wandern.

Ich seufzte. Ich hatte mich für Lucy einsetzen wollen und sie dabei nur verletzt.

»Sorry, Elena«, sagte ich, weil Lucy sich nicht aufregen sollte. »Das war gemein von mir. Ich … ich drehe nur am Rad wegen dieses Tests.«

»Na klar. Von dem hängt ja auch eine Menge ab.« Elenas eisige Miene taute auf und ihr Mund verzog sich zu einem kleinen Lächeln. »Nicht, dass dein Ziel auch nur halb so hoch wäre wie meins. Ich meine, jeder kommt in ein winziges Kunstcollege, wenn seine Eltern Geld und Verbindungen haben. Wo war deine Mom noch mal? Auf der Brown?«

Sie machte sich über meine Collegepläne lustig. Über meine Zukunft. Meine Wangen brannten vor Wut. Schon wieder. Ich hasste Elena. Und sie hatte den falschen Zeitpunkt gewählt, um sich mit mir anzulegen. »Weißt du, was der Unterschied zwischen uns beiden ist?«

»Die Haarfarbe?«, erwiderte sie gespielt eifrig wie ein Kindergartenkind beim Buchstabierwettbewerb.

»Haha. Nein. Wenn Harvard mich nicht nimmt, werfe ich mich nicht vor einen beschissenen Zug.«

Elena wurde kreidebleich.

»Wie kannst du so was nur sagen?« Lucys Stimme war leise, aber scharf, und bohrte sich in meine Brust.

»Tut mir leid.« Ich war nicht minder entsetzt über mich selbst. »So habe ich das nicht gemeint. Ich ...«

»Ja klar. Whatever.«

Die beiden schauten mich an, als wären mir Teufelshörner aus der Stirn gewachsen.

»Ich wollte nur sagen, dass es Wichtigeres im Leben gibt.« Verzweifelt versuchte ich, aus dem einstürzenden Loch zu klettern, in das ich mich selbst gestoßen hatte, aber vergeblich – Elena würde mir kein Seil zuwerfen und Lucy stand reglos neben ihr.

»Für dich vielleicht. Dein Bruder kapiert es. Warum fragst du nicht ihn? Frag Ty.«

Kapierte was? Ich mied ihren Blick und wiederholte flehend: »Wirklich, es tut mir leid. Können wir das Ganze nicht einfach vergessen?«

11

Jetzt

Irgendjemand rumort im Büro herum.

Wahrscheinlich rauft Anna sich über einem Stapel Rechnungen die Haare, von dem sie nicht weiß, wie sie ihn bezahlen soll. Ich höre sie am Telefon mit irgendeiner Versicherung diskutieren. Warum kümmert sich Dads Angestellte um so was? Eigentlich wäre das doch die Aufgabe meiner Mutter. Ich meine, was bedeutet *In guten wie in schlechten Zeiten* denn sonst?

Aber ich bin die Letzte, die irgendwelche Steine werfen sollte. Ich, die Weltmeisterin im Vor-Problemen-Wegrennen.

Wenn ich hier überleben will, muss ich versuchen, das zu ändern, also gehe ich nach draußen. Ich will mich bei Jake dafür entschuldigen, dass ich ihn so angeschnauzt habe. Das ist das Mindeste, was ich tun kann. Aber er ist weder im Pferch noch in der Scheune oder im Haus. Mein vorsichtiger Optimismus schwindet langsam wieder, als würde man mit der Nadel in einen ohnehin schon schrumpeligen Ballon stechen, und als ich die Auffahrt runterlaufe und ihn bei seinem Jeep sehe, ist der umgänglichen Paige schon beinahe die Luft ausgegangen.

»Hey!«, rufe ich, wahrscheinlich zu laut, zu schrill.

Er fährt erschrocken herum und ich würde am liebsten direkt noch einmal von vorn anfangen.

»Jake?«

»Jep. So heiße ich«, sagt er stoisch.

»Wo willst du hin?«

Er zuckt mit den Schultern. »Weg.«

»Weg?« Mein Pulsschlag beschleunigt sich. »Du lässt mich hier allein?«

»*Du* haust doch die ganze Zeit ab«, erwidert er ausdruckslos, bevor er kurz im Stall verschwindet und einen Sattel holt, den er mit einer solchen Leichtigkeit in den Kofferraum wirft, als bestünde er aus Federn und nicht aus zwanzig Kilo hartem Leder. Dann marschiert er genauso locker, aber leicht trotzig zum Fahrersitz und steigt ein. Der Schlüssel steckt schon, doch Jake lässt den Jeep nicht sofort an. Das ist meine Chance.

»Wo fährst du hin?«

»Es ist Freitagabend«, sagt er, als würde das meine Frage beantworten.

»Das ist kein Ziel.«

»Du bist heute ja besonders schlau.«

»Ich versuche hier, mich zu entschuldigen, und du machst es mir nicht gerade leicht«, platze ich heraus.

»Ah.« Seine Augen blitzen und er lehnt sich genüsslich zurück. »So klingt also eine Entschuldigung bei dir?«

»Ja. Ich meine, es tut mir leid. Wegen vorhin, okay? Das war … übertrieben.«

»Okay.«

»Okay?«

»Okay. Ich nehme die Entschuldigung an.«

»Oh.«

Meine Wangen werden ganz warm. Seine Hand bewegt sich keinen Zentimeter in Richtung Schlüssel. Er schaut mich unverwandt an.

»Also …«, fange ich an. »Machst du heute Abend die Stadt unsicher? Aber du kommst wieder, oder? Wo willst du genau hin?«

Machst du die Stadt unsicher? Wer sagt so was?

»Du bist ziemlich hartnäckig«, erwidert er, aber seine Mundwinkel wandern ein Stück nach oben und plötzlich will ich dringend, dass er lächelt. Dass er mir vergibt. »Wenn du es unbedingt wissen musst … Ich will zum Rodeo.«

Ich spüre, wie meine Augen sich weiten und meine Lippen sarkastisch zucken. »Im Ernst? Zum Rodeo? Ist das hier das große Ding am Freitagabend?«

Er zieht die Augenbrauen zusammen und schüttelt den Kopf, als würde ich ihn echt auf die Palme bringen. Ich hab's versaut. »Bis dann, Paige.«

Und mit einer eleganten, fließenden Bewegung startet er den Motor und legt den rechten Arm um die schmutzige Lehne des Beifahrersitzes, dreht den Kopf in die gleiche Richtung und parkt aus. Schnell. Der Schotter spritzt nach allen Seiten.

»Bis wann?«, rufe ich ihm nach.

Und als er nicht anhält, weil er mich natürlich nicht hören kann, renne ich ihm nach, die Auffahrt hinunter, während Staub und Steine um mich herumfliegen wie in einem Meteorschauer. Ich benehme mich total bescheuert, das weiß ich. Ich meine, ich renne ihm buchstäblich hinterher. Einem fast Fremden. Aber ich muss dafür sorgen, dass er es versteht. Es tut mir wirklich leid.

Endlich wird er langsamer. Ich laufe zu seinem offenen Fenster und sehe mich selbst mit seinen Augen: nicht nur das treulose Möchtegern-Cowgirl, für das er mich bisher gehalten hat, sondern die völlig Durchgeknallte, die ihre Probleme mit auf eine schon mehr als problembelastete Ranch gebracht hat. Er seufzt und schaut kaum auf. »Was?«

»Wann kommst du zurück?«

»Heute Nacht. Oder morgen. Je nachdem. Warum interessiert dich das auf einmal?« Jetzt runzelt er die Stirn. Ungehalten.

Himmel, Paige. Dreh dich einfach um und geh wieder rein.

Aber das kann ich nicht. Ich kann nicht zurück in dieses Haus, in dem die Geister einer glücklicheren Zeit herumspuken. Oder zumindest einer erträglicheren Zeit. Wenn ich allein bin, schreibe ich nur in mein Tagebuch, und das holt die Schrecken aus Kalifornien hierher, die mich in meine Träume verfolgen, bis ich schreiend aufwache. Das kann ich heute Nacht nicht. Meine Zurechnungsfähigkeit entgleitet mir zusehends. Vielleicht bilde ich es mir nur ein, aber Jake und seine beständige, unerschütterliche Stärke – oder all das, wofür er steht – binden mich an die Realität. Ich muss es versuchen.

»Kann ich mitkommen?«

Die nächsten zehn Sekunden dauern eine ganze Ewigkeit. Ich halte die Stellung und warte.

Schließlich sagt er, weder gemein noch nett, bloß bewusst

und quälend vage: »Hängt davon ab, ob du deine Meinung übers Rodeo änderst, bevor du das nächste Mal fragst.«

Damit fährt er los. Nicht so rasant wie vorhin. Nicht wütend, aber trotzdem – er fährt weg und lässt mich in der Schotterauffahrt stehen. Und ich grüble darüber nach, warum mich das so unglücklich stimmt, obwohl ich den Sommer doch ohnehin allein verbringen wollte.

Nachdem sich auch die letzte Staubwolke gelegt hat, wandere ich zurück in die Scheune und schlage mein Tagebuch auf. Ich kann entweder schreiben oder drüben im Haus langsam ersticken, und das ertrage ich im Moment nicht. So bemühe ich mich wenigstens, dem Ganzen einen Sinn abzuringen. Und das muss ich, wenn ich nicht wie sie enden will.

12

Damals

Ty stand neben meinem Schließfach. Ich hatte ihn nicht einmal bemerkt. Der unsichtbare Mann. »Was läuft, Sis?«

»Nicht viel. Schule, Schule und noch mehr Schule. Langsam geht mir das alles tierisch auf den Keks.«

»Ha!« Ty lehnte sich gegen das orangefarbene Metall. Er trug ein ironisches T-Shirt, Jeansjacke und Skinnyjeans. Solche Klamotten sah man an unserer Schule selten. Wir waren eher die Sportliche-Uni-Shirts-Typen. »Dann ist dir endlich ein Licht aufgegangen?«

»Was?«

»Schule war schon immer scheiße. Aber bis dieser Kerl gestorben ist, hast du den gleichen Quark geschluckt wie deine Freunde.«

»Was für Quark? Ich hasse Quark.« Ich wollte das Thema wechseln. Sobald jemand Cornell erwähnte, wurde mir übel, als hätte ich Batteriesäure getrunken. Amanda irrte durch die Korridore wie ein Gespenst. Sie wirkte so verlassen ohne ihn an ihrer Seite. Ihre Hand war nicht mehr mit seiner verschränkt, sondern hing schlaff herunter. Die Freundesschar um sie herum wurde kleiner und kleiner. Die Gesellschaft eines deprimierten Menschen war deprimierend. Früher hatte Amanda golden geglänzt. Jetzt war sie grau und farblos.

»Den ganzen Wenn-du-am-perfekten-College-angenommen-wirst-zahlt-es-sich-aus-dass-du-deine-gesamte-Jugend-damit-verschwendet-hast-nutzlosen-Mist-zu-pauken-und-die-Beste-in-den-tausend-außerschulischen-Aktivitäten-zu-sein-die-du-nie-wieder-brauchst-Quark.«

»Und jetzt ist mir endlich ein Licht aufgegangen?«

»Anscheinend.«

Er musterte mich aufmerksam. Prüfend. Spielte an dem Faden um sein Handgelenk.

»Ich glaube, Elena hasst mich«, gestand ich.

»Natürlich hasst sie dich. Du hast alles, was sie will.«

»Hä? Was denn, bitte schön?«

»Freiheit. Wahlmöglichkeiten. Soll ich weitermachen?«

»Du hast heute wohl vom Brunnen der Weisheit getrunken, was?«

Ty zuckte mit den Achseln und zupfte sich etwas vom Ärmel. »Hör nicht auf mich. Ich bin bloß ein verbittertes Arschloch. Geh wieder zu deinen Poloshirt-Freunden und lern auf dem Weg zum Tennis für die SATs. Ich halt dich nicht auf.« Er hob die Hände, als würde er sich ergeben, und wich grinsend zurück, auf seine schlaksige Art.

»Und dir viel Spaß mit deinen Kifferfreunden.« Mit einem Lächeln fügte ich hinzu: »Bro.«

»Danke, werde ich haben.« Ty drehte sein Basecap um und winkte spöttisch, bevor er um die Ecke verschwand.

Am nächsten Tag durfte ich mir das Ganze von Elena anhören.

»Ich hab dich gestern mit Ty gesehen«, verkündete sie mit dem wissenden Blick eines Hipster-Fernsehserien-Detektivs. »Bei den Schließfächern.«

»Na und?« Ich versteifte mich, bereit, alles abzustreiten.

Meine Reaktion brachte sie zum Grinsen. »Hast du uns was zu beichten? Ein kleines *Blumen-der-Nacht*-Ding?«

Lucy stand der Mund offen. »Elena!«

»Was willst du damit andeuten?«

»Na ja, ein heißer Typ und ein verzweifeltes Mädchen unter demselben Dach? Die perfekten Zutaten für eine Romanze.«

»Er ist ihr Stiefbruder, Elena!« Die gute alte Lucy. Immer nett und anständig.

»Ich sag nur, dass Paige vorsichtig sein sollte. Du weißt ja, wie es heißt: Wer mit dem Teufel tanzt …« Dabei machte sie dieses Halb-Grinsen-halb-Augenverdrehen, das mich ziemlich beeindruckt hätte, wenn ich nicht so stinkwütend gewesen wäre.

»Ähm. Nein?«

Eine dramatische Pause, dann stieß Elena zu. »Der wird am Ende selbst einer.«

»Mein Stiefbruder ist vielleicht ein Mistkerl, aber sicher nicht der Teufel. Als ich das letzte Mal nachgesehen habe, hatte er zumindest noch keine Hörner.« Ich schüttelte den Kopf und bohrte mir mit einem leicht hysterischen Lachen links und rechts einen Finger in die Stirn.

Lucys Augen weiteten sich besorgt. Elena lehnte sich selbstgefällig zurück, als hätte ich gerade bewiesen, dass sie von

Anfang an recht gehabt hatte. Wahrscheinlich hätte ich das mit den Hörnern nicht machen sollen. Benahm ich mich wie Ty? Tanzte ich mit dem Teufel?

»Oder weißt du mehr über Ty als ich?«, hakte ich nach.

»Weißt du es denn nicht? Du bist seine *Schwester*, du solltest alles über ihn wissen«, gab Elena zurück.

»*Stief*schwester. Und nein. Meine Eltern haben mir nichts über ihn erzählt.«

»Also, zum einen ist er drüben an der Ostküste von seiner Privatschule geflogen, wegen Drogen und Alkohol.« Elena beugte sich verschwörerisch vor. »Und zum anderen?« Sie machte noch eine effektvolle Pause und senkte die Stimme zu einem Flüstern. »Ich habe gehört, er soll auf einer Party ein Mädchen vergewaltigt haben.«

Mein Blut fing an zu brodeln. Der Latte macchiato in meinem Bauch schäumte. »Ist das dein Ernst?«

»Vollkommen.«

Ich blinzelte. »Hat das Mädchen Anzeige erstattet?«

»Angeblich hat sein Dad die Sache geregelt, bevor sie vor Gericht ging. Mit einer Abfindung.«

»Sein Dad? Mein Stiefvater?« Ich war entsetzt. Das konnte nicht stimmen. Meine Mom hätte auf keinen Fall zugelassen, dass ein mutmaßlicher Vergewaltiger bei uns einzieht.

»Jep. Dein Stiefvater.« Elena freute sich dermaßen über meine Fassungslosigkeit, dass ich ihr am liebsten eine verpasst hätte.

»Und du hattest keine Ahnung davon, Paige?«, fragte Lucy nervös. »Verdammt, ich dachte immer, *meine* Eltern hätten schmutzige Geheimnisse.«

Wenn ich noch eine Sekunde länger blieb, würde ich meinen lauwarmen Latte über den Tisch kotzen. »Ich … muss los. Bitte verrate keinem davon, okay?« Ich schaute Elena an, ausnahmsweise weder sarkastisch noch gleichgültig. »Ich muss mit meiner Mom reden.«

»Paige. Jeder weiß es längst. Was glaubst du, woher *wir* es haben?«

Gerüchte. Klatsch. Ich kratzte mich ein wenig zu fest an der Wange. Das waren nur Gerüchte, sonst nichts.

Wie der Strudel aus Lügen, der den Goldjungen erfasst und schließlich ins Verderben gezerrt hatte. Ihn dazu gebracht hatte, lieber die Gleise zu wählen als den Schulkorridor.

»Hast du gar nichts gelernt aus der Sache mit Cornell?« Ich hatte die Stimme erhoben, die Leute am Nebentisch sahen schon zu uns herüber. »Das ist kein Spiel. An unserer Schule können Gerüchte töten. Erzähl nie wieder was über meinen Bruder herum!«

»Mom?«, rief ich, als ich nach dem Tennistraining nach Hause kam. Ich musste die Sache sofort klären, auch wenn es nicht gerade ein angenehmes Thema war.

»In der Küche, mein Schatz. Ich bin auf dem Sprung. Was gibt's?«

Meine Mutter trug ihren beigefarbenen Burberry-Blazer, eine frisch gebügelte weiße Stoffhose und High Heels. Ihre Aktentasche stand auf der Marmortheke und sie tippte gestresst auf ihrem iPhone, dem neuesten Modell, herum. Es war kein guter Zeitpunkt, aber ich musste es wissen.

»Ich habe heute in der Schule was gehört. Über Ty.«

Sie hob eine Augenbraue, sah jedoch nicht von ihrem Handy auf. »Und was?«

»Etwas … Schlimmes. Über seine Vergangenheit.«

Sie legte das Handy mit dem Display nach unten auf die Theke und fuhr sich langsam mit der Zunge über die rote Unterlippe. Sie dachte darüber nach, was sie antworten sollte. Genau wie damals, als ich sie gefragt habe, ob es den Weihnachtsmann wirklich gibt. Ich wusste, dass sie mich anlügen würde.

»Er wurde einer ziemlich … unerfreulichen Sache beschuldigt, aber er hat es nicht getan.« Beim letzten Teil klang sie sehr entschieden. Sie war die Richterin. Das Urteil stand fest.

»Woher willst du das wissen?«

»Weil Phil es mir gesagt hat.«

»Und du glaubst ihm?«

»Natürlich glaube ich meinem Mann.«

»Und er glaubt Ty.«

Mom seufzte und verdrehte leicht die Augen, während sie nach einem stilvollen Weg suchte, das Stillose auszudrücken. So guckte sie auch immer, wenn wir über Kondome redeten. Oder über die Periode. Ihre Mutter hatte mit ihr nie über so etwas geredet, deshalb zwang sie sich, offen zu sein, aber ich merkte genau, wie extrem unangenehm es ihr war. Meine Mom war anständig und prüde, ein gutes Mädchen durch und durch. Der verfaulte Apfel war weit vom Stamm gefallen.

»Diese junge Dame war … sie kam nicht gerade aus der *besten* Familie und hat sich den Jungs praktisch an den Hals geworfen, wenn du verstehst, was ich meine. Sie hat getrunken. Viel. Und nicht die klügsten Entscheidungen getroffen.«

»Mom! Du kannst doch nicht dem Opfer die Schuld zuschieben!«, rief ich empört.

»Es gibt kein Opfer. Habe ich dir nicht eben gesagt, dass Ty nichts falsch gemacht hat?«

»Verdammt, Mom, wie wär's mal mit ein bisschen weiblicher Solidarität?«

»Kein Grund zu fluchen, Paige. Mir ist klar, dass das ein verstörendes ... Ereignis ist, aber ... Wie hast du überhaupt davon erfahren?« Sie klang verärgert. »Wenn an der Schule Gerüchte über deinen Bruder herumgehen, finden wir heraus, wer sie in die Welt gesetzt hat, und reichen eine Unterlassungsklage ein.«

»Stiefbruder. Und echt jetzt, *Ereignis*? Das nennt man Vergewaltigung und es ist ein sehr ernstes und sehr reales Thema. Außerdem scheren sich Gerüchte einen Scheiß um Unterlassungsklagen.«

Meine Geschäftsführer-Mom hielt Unterlassungsklagen für ein Allheilmittel, weil ihr hochkarätiges Team aus Urheberrechtsanwälten damit die Hightechprodukte der Firma vor Nachahmern, Hackern und dergleichen schützte. Offensichtlich hatte sie keine Ahnung, wie eine Highschool funktionierte.

Sie schnalzte mit der Zunge und sagte, dass wir später weiterreden würden, aber das taten wir nie. Ich hakte nach, sie wich aus. Verwarf das Thema. Ignorierte es. Bis ich irgendwann aufgab. Gegen die Firewalls meiner Mutter waren selbst die besten Computernerds machtlos.

Allerdings war ich von da an vorsichtiger in Tys Nähe.

Ich beobachtete ihn, genau wie Cornells Familie und Freunde nach der Beisetzung.

Ich hatte gedacht, ich würde ihn allmählich besser kennen,

eine Art Verbindung zu ihm spüren. Ich musste die Wahrheit herausfinden. Hatte er in Brooklyn ein Mädchen vergewaltigt? War das womöglich der Grund, warum sein Vater und er so schnell hergezogen waren? Und wenn Mom von den Vorwürfen gewusst hatte, wie hatte sie diesen Mann heiraten und zulassen können, dass sein Sohn bei uns wohnt? Immerhin hatte sie selbst eine Tochter im Teenageralter!

Das alles war verrückt … und es sollte noch viel verrückter werden.

Nach der plötzlichen Nähe im Anschluss an Cornells Totenwache blieb ich auf Distanz zu Ty. Aber zwei Monate später passierte etwas.

Etwas, mit dem wir vermutlich hätten rechnen müssen, das uns jedoch alle kalt erwischte.

13

Jetzt

Zum Abendessen gibt es schon zum dritten Mal in dieser ersten Woche Brathähnchen, Kartoffelpüree, grüne Bohnen und frisch gebackene, köstlich duftende Brötchen, aber ich habe keinen Appetit. Trotzdem schaffe ich es mittlerweile, ein bisschen mehr zu essen, und setze Fleisch an, wo vorher nur Haut und Knochen waren. Ich habe auch mehr Energie. Der Ranch-Rhythmus aus schlafen, arbeiten, essen, duschen (und das Ganze wieder von vorn) zeigt Wirkung. Mein Körper ist stärker und mein Geist klarer, was es noch unheimlicher macht, die Vergangenheit erneut zu durchleben. Während ich die kaputten Puzzlestücke zusammensetze, erstmals ganz bewusst und von Anfang an, frage ich mich, was ich mir damals nur dabei gedacht habe.

Anna wuselt wie üblich um meinen Vater herum, wischt ihm mit einem erdbeerbedruckten Geschirrtuch den Mund ab und flüstert ihm beruhigende Worte ins Ohr.

»Dein Dad fragt, ob du einen schönen Tag hattest«, sagt sie zu mir.

»Klar.« Ich zucke mit den Achseln wie Jake im Jeep.

Dad, der grünes Zeug durch einen Strohhalm schlürft, hält plötzlich inne und nuschelt: »Alles okay?« Ich bin überrascht, dass ich ihn verstehe.

Egal, wie beschissen mein Leben ist, er ist derjenige, der im Rollstuhl sitzt und nichts als Flüssignahrung kriegt. Ich muss mich endlich zusammenreißen. Nur noch über die Vergangenheit nachgrübeln, wenn ich schreibe. Mich auf die Gegenwart konzentrieren.

»Mir geht's gut«, sage ich.

»Was treibst du eigentlich in der alten Scheune?«, fragt Anna.

Ich spucke fast meine Milch über den Tisch. »Scheune?« Spioniert sie mir etwa nach?

»Ja. Ich seh dich ständig rüberlaufen. Was hast du da drin gefunden?«

Sie ist wie Jake – direkte Worte, direkter Blickkontakt. Sie meint genau das, was sie sagt, nicht mehr und nicht weniger, und fragt, wenn sie etwas wissen will.

Jetzt mustern Dad und sie mich beide.

Das ist nicht fair, nicht einmal ansatzweise, und ich verfluche Jake dafür, dass er mich so schnöde im Stich gelassen hat, obwohl das natürlich gar nicht stimmt. Er hat mich nie eingeladen, in sein Leben zu treten, ich stand eines Tages einfach vor der Tür.

Anna reicht mir ein Glas Wasser und ich nehme einen Schluck. »Ein paar Sachen von früher, als Dad und ich zusammen in diesem Club waren. Indianerprinzessinnen, erinnerst du dich noch, Dad?«

Er verzieht die Lippen ein winziges Stück. »Ja«, antwortet Anna an seiner Stelle. Ich wünschte, es gäbe einen Knopf, der sie in einer Falltür verschwinden und dafür meine Mom auftauchen ließe, der den Kopf meines Vaters aufrichten, seine ausgebeulte Jogginghose mit Muskeln ausfüllen und sein früheres, breites Lächeln zurückbringen würde.

»Meinen alten Kopfschmuck. Und Edelsteine und das Katzengold.« *Und mein Tagebuch, in dem ich meine Geheimnisse verberge.*

Dad murmelt etwas und Anna sagt: »Er hat nie jemand anderen auf deinen Heuboden gelassen.«

»Danke. Ich bin gern dort oben.«

Anschließend schweigen wir alle, bis Anna sich und meinen Vater entschuldigt. Er muss auf die Toilette.

»Gute Nacht, Daddy«, sage ich.

Er schaut mir in die Augen und es ist so schmerzhaft, dass ich den Blick abwende.

Kurz darauf renne ich mit einer Taschenlampe über das dunkle Grundstück und klettere die Leiter hoch. Ich muss etwas loswerden, und wenn ich es nicht sofort rauslasse, platze ich.

14

Damals

Als sie eine Absage von ihrem Traumcollege bekam, brachte Elena mit der spitzen Zunge, Hassfreundin Nummer eins, sich um und hinterließ einen Abschiedsbrief von der grässlichsten Sorte.

Sie zerschlitzte einen Harvard-Wimpel mit der Küchenschere wie ein Schwarzbär einen Lachs, bevor sie sich mit derselben Schere in der Badewanne die Pulsadern aufschnitt.

Ihre Mutter, die mit tütenweise Bio-Obst und Gemüse vom Wochenmarkt zurückkehrte, fand überall auf der Küchentheke und den importierten Fliesen Fetzen von rotem Filz. Der Wasserhahn lief und ein zäher Klumpen nasses Papier von Kindergartenkleberkonsistenz verstopfte den Abfluss der Edelstahlspüle. Man konnte nur noch einen einzelnen Satz entziffern: »Leider müssen wir Ihnen mitteilen, dass wir Ihnen dieses Jahr keinen Platz anbieten können.«

Elena hatte nicht tief genug geschnitten, deshalb war sie nur in einem Harvard-Pulli mit tropfenden Handgelenken zu den Gleisen zwei Straßen von ihrem Haus entfernt marschiert und hatte gewartet, bis der Zug, der auch Cornell getötet hatte, ihr Leben beendete.

Elenas Selbstmord war noch dramatischer und grausiger als der des Goldjungen. Es war ebenso entsetzlich wie surreal. Als wäre es irgendwo in Paris oder Tokio geschehen oder in einem dieser Independentfilme, denn es durfte nicht schon wieder an meiner Schule passieren. Es durfte niemand sein, den ich kannte. Den ich nicht leiden konnte.

Schuld und Verwirrung und Schock fraßen mich auf. Ich fühlte mich, als wäre ich nur ein Beobachter, als würde es jemand anderen betreffen. Lucy hingegen war am Boden zerstört. Weinte hemmungslos, tagelang. Nichts half. Und da sie wusste, dass ich Elena nie gemocht hatte, konnte ich nichts tun oder sagen, um sie zu trösten. Sie war so ein guter Mensch gewesen? War sie nicht. Sie hatte ganz sicher nicht das Leben ihrer Eltern ruinieren wollen? Doch, auf jeden Fall. Wenn sie könnte, würde sie es rückgängig machen? Bestimmt nicht. Ich war wütend auf sie. Wütend, weil sie die Menschen verletzt hatte, die sie liebten. Als Trostspenderin war ich absolut ungeeignet.

Zu Elenas Beisetzung ging ich zusammen mit Ty, der ironischerweise gebeten worden war zu singen. Und so verwandelte sich der Junge, den Elena als den Teufel bezeichnet hatte, vor unseren Augen in einen Engel. Er hatte eine himmlische raue Stimme und die lässige, selbstbewusste Präsenz eines angehenden Rockstars. Vorher hatte ich ihn immer nur unter der Dusche gehört, verzerrt vom Wasser. Und da ich sowieso lieber nicht im Flur stehen und dem Gesang meines Stiefbruders lauschen sollte, auch nie allzu lange.

Alle sagten ihm ständig, dass er mit seiner düsteren Laune, der Vorliebe für illegale Drogen und der allgemein ziemlich beschissenen Einstellung wie ein Rockstar wirke. Und er stachelte sie weiter an. Eine Woche zuvor hatte er mir das riesige Tattoo auf seinem Arm gezeigt, das er sich in Santa Cruz hatte stechen lassen – einen Engel, der kopfüber aus dem Himmel fällt, ein Schwert zwischen den Rippen. Damals war mir noch nicht klar, wie prophetisch das Motiv war. Es war nur schaurig zu wissen, was sich da unter seinem Hemd versteckte.

Als ich an diesem Tag in der Kirche saß, hatte ich höllische Schuldgefühle. Hatte ich mit dem, was ich auf dem Schulhof zu Elena gesagt hatte, womöglich zu ihrer Entscheidung beigetragen? Warum sollte sie sich wegen einer College-Absage umbringen?

Elena und Lucy hatten recht gehabt.

Ich verstand es nicht.

Genauso gut hätte sie Selbstmord begehen können, weil man ihr im Restaurant versehentlich das falsche Gericht gebracht hatte. Und wieso auf eine so grausame Fuck-you-Art? Die aufgeschlitzten Handgelenke, der zerstörte Harvard-Wimpel … Sie hatte genau gewusst, dass man sie bloß in Unterwäsche und einem zerrissenen, all die Träume ihrer Eltern für sie verkörpernden Pulli auf den Gleisen finden würde.

Das war eiskalt. Allerdings sah das außer mir niemand so, deshalb behielt ich meine Gedanken für mich. Die anderen mutmaßten das Übliche: dass sie Depressionen gehabt hätte und so weiter. Aber mich überzeugte das alles nicht und ich glaube es bis jetzt nicht. Ich glaube, sie war wütend – auf das Leben, ihre Eltern, ihre Lage. Und sie hatte kein Ventil, um diese Wut rauszulassen. Das war tragisch und schrecklich verstörend.

Lucy sagte mir wieder, dass ich es nicht begreifen würde. »Du willst Schriftstellerin werden, da ist es nicht wichtig, auf welches College du gehst.«

Das tat weh, aber sie hatte nicht unrecht. Ich hatte mich nur an kleinen Kunstcolleges mit Kursen in literarischem Schreiben beworben und es war mir eigentlich egal, wo ich am Ende landete. Vielleicht fehlte es mir an Ehrgeiz, keine Ahnung. Ich verteidigte mich nicht. Wie hätte ich ihr widersprechen können? Ihre Freundin war gerade gestorben. Aber ich konnte Elenas Entscheidung nicht nachvollziehen.

Ich kauerte auf der harten Kirchenbank und blätterte im Gesangsbuch, während der Priester redete. Dann wurde mein Stiefbruder nach vorne gebeten.

Ty war nicht mit Elena befreundet gewesen, aber sein Vater kannte ihre Eltern. Als er *Hallelujah* anstimmte, das Lied, das selbst den Abgebrühtesten Gänsehaut verursachte, überkam mich eine Ruhe, als würde ich in einem Schaumbad versinken. Ty übertraf sich selbst und ich dachte unwillkürlich: *Du hast dich geirrt, was ihn anbelangt, Elena. Hörst du ihn nicht singen? Wie er alle Töne trifft, perfekt und wunderschön? Wie könnte dieser Junge mit der Engelsstimme je ein Mädchen verletzen?* Mein Herz öffnete sich für ihn und verschloss sich ein für alle Mal für sie.

Er war nett zu mir. Sie hatte mich wie Dreck behandelt.

Sie war tot. Er war lebendig. Sehr lebendig.

Eine Tote hat mich gewarnt. Sie hat mich gewarnt und ich habe nicht auf sie gehört.

15

Jetzt

Ich schrecke aus dem Schlaf, schweißnass und schreiend.

Sehe Elenas Augen, die mich verurteilen. Höre sie Ty den Teufel nennen und mich gleich mit. Ich sehe Ty mit Hörnern. Rauch quillt aus seiner Nase, als er sich in einen von Jakes Killerbisons verwandelt, auf mich losgeht und mich in die Luft schleudert, während Lucy weinend zuschaut.

Ich kann nicht im Dunkeln schlafen, nicht mehr, deshalb brennt die Lampe im Flur, beleuchtet die schlummernden Veilchen an meiner Wand und zeichnet unheimliche Schatten und Bilder. Ich schaudere und kuschle mich noch tiefer unter die Decke, aber mir ist trotzdem eiskalt.

Ich zwinge mich, langsam und tief zu atmen, und als mein Herzschlag sich endlich wieder beruhigt, schlurfe ich in die Küche und öffne den Kühlschrank. Weißes Licht sammelt sich auf dem schwarzen Boden.

Alles ist reglos und still. Kein Dad, dessen Maschinen brummen, keine Anna, die herumtrippelt.

Ich schaue auf mein Handy und es klingelt. Nicht das normale Klingeln, sondern das schrille Warnsignal eines herannahenden Zugs. Die Scheinwerfer fluten die Gleise und er schreit und ich schreie, weil ich zu spät bin. Ich bin immer zu spät.

Ich schrecke aus dem Schlaf, allein in meinem Zimmer. Wieder schweißnass und schreiend, aber dieses Mal bin ich tatsächlich wach.

Das passiert jede Nacht, jede einzelne verdammte Nacht.

Ein Albtraum, aus dem ich nie erwache. Und es wird langsam schwierig, Traum und Realität zu unterscheiden.

16

Das Wochenende zieht sich zäh dahin.

So muss sich ein Entzug anfühlen. Essen, schlafen, schreiben, essen, schlafen, schreiben, in angespannter, unerträglicher Stille.

Nach dem Mittagessen spiele ich mit Dad ein paar Runden Schach auf dem Computer, dann macht er ein Nickerchen und ich wandere über das Anwesen.

Die kleinen, schlichten Hütten hinter der Ranch, in denen früher die Gäste untergebracht wurden, sind mittlerweile ziemlich heruntergekommen. Ich vermute, dass Jake in einer davon wohnt, aber ich kann seinen Jeep nirgendwo entdecken. Am liebsten würde ich durch die Fenster spähen, aber ich will nicht, dass er wegen der verrückten Stalkertochter seines Chefs den Sheriff ruft, falls er doch zu Hause ist, oder mich gleich erschießt, weil er mich für einen Einbrecher hält. Immerhin sind wir im Wilden Westen. Hier tragen manche Waffen mit sich rum wie die Leute zu Hause Yogamatten.

Auf dem Rückweg halte ich kurz beim Pferch an und beobachte das prächtige, nervöse Pferd darin. Es springt herum, als wäre ein Schwarm Wespen hinter ihm her, und starrt mich aus wilden Augen drohend an. »Keine Panik«, sage ich. »Du willst allein sein, schon verstanden.«

Ich gehe zurück zum Haus, das nach dem gebratenen Truthahn vom Mittagessen riecht. Gelangweilt und unruhig durchstöbere ich die Küche, bis ich eine Schale Äpfel finde.

Mmh.

Ich schnappe mir einen und laufe wieder zum Pferch.

Das Pferd wütet noch immer, bockt und keilt und wiehert in die heiße Nachmittagsluft. »Was ist dein Problem?«, frage ich.

Plötzlich bleibt es stehen, scharrt mit den Hufen und funkelt mich an.

Ich strecke ihm mein Geschenk hin. »Apfel?« Mit schief gelegtem Kopf füge ich hinzu: »Ich komme in Frieden.«

Die Stute stampft auf den Boden ein, Zorn und Feuer im Blick. Sie erinnert mich an Ty, als ich ihn nach diesem Mädchen gefragt habe, als er Elena eine Bitch genannt hat, derart wütend auf die Welt, dass er sogar eine Tote beschimpfte. Was hat dieses schöne Pferd nur so sauer gemacht? Wäre zwischen uns kein Zaun, würde es mich niedertrampeln und es wahrscheinlich noch genießen.

»Hier«, sage ich. »Nimm ihn dir.«

Es bewegt sich keinen Zentimeter.

»Na schön.« Ich werfe den Apfel in den Pferch und er rollt bis in die Mitte, wo er in einer Staubwolke zum Liegen kommt. Die Stute beäugt ihn, macht aber keine Anstalten, sich ihm zu nähern oder ihn zu beschnüffeln. Irgendwann begreife ich, dass ich ihr viel zu dicht auf die Pelle rücke, und weiche ein paar Schritte zurück. Sie rührt sich immer noch nicht von der Stelle. »Okay, okay. Du hasst mich, schon klar. Aber den Apfel sollltest du trotzdem nehmen. Ein Apfel ist und bleibt ein Apfel, egal, wer ihn dir gibt.«

Ihr Ohr zuckt, als hätte sie mich verstanden.

Ich schlendere zur Veranda und lasse mich auf die Hollywoodschaukel fallen. Jetzt, wo ich dank Annas Kochkünsten ein wenig Fleisch angesetzt habe, tut mein Hintern auf dem harten Holz nicht mehr ganz so weh.

Ich schwinge träge hin und her und beobachte, wie das trotzige Pferd auf den Apfel zuschleicht, als wäre er eine Handgranate, die jederzeit hochgehen könnte. Ich lächle.

Es stupst ihn mit der Nase an, schnappt danach und wirft ihn durch die Luft, bevor es hineinbeißt.

Urkomisch.

Wenn Jake zurückkommt, muss ich ihn unbedingt nach dieser faszinierenden Stute fragen. Warum sie hier ist und vor allem, warum sie die Welt so verachtet.

Sie kickt den Apfel noch eine Weile herum und knabbert daran, dann verschlingt sie ihn mit einem Happs.

»Gut gespielt«, sage ich und ziehe meinen imaginären Hut vor ihr.

Sie schnaubt und wendet sich ab, was mich noch mehr belustigt. Mit diesem Pferd herumzualbern, ist das Highlight meines Wochenendes, und zwar mit Abstand. Als irgendwann sogar mein BH durchgeschwitzt ist – es hat mindestens achtunddreißig Grad im Schatten –, flüchte ich mich ins kühle, dunkle Haus.

Zurück in meinem Zimmer klappe ich den Laptop auf und starre eine gefühlte Ewigkeit lang auf den leeren Bildschirm.

Schon komisch: Wenn ich in mein altes Tagebuch schreibe,

sprudeln die Worte nur so aus mir heraus, aber genau wie die Stute und der Apfel kommen dieser Bildschirm und ich einfach nicht miteinander klar.

Irgendwann gebe ich auf. Im Internet interessiert mich nichts mehr, weder Facebook noch Twitter noch sonst etwas. Ich will nicht wissen, was die Leute zu Hause treiben. Und noch weniger, was irgendwelche Stars mit ihren grammatikalisch fragwürdigen Tweets der Welt verkünden. Selbst wenn, der Empfang ist so beschissen, dass sowieso nichts lädt.

Stattdessen breite ich alle meine Klamotten auf dem spitzenbesetzten Bettbezug aus, falte sie neu und lege sie nicht wie jeder normale Mensch in den Schrank, sondern fein säuberlich zurück in den Koffer. Ich bin noch nicht so weit, diese Ranch wieder als Zuhause zu betrachten. Die Vorstellung eines kurzen Aufenthalts, eines Urlaubs, fühlt sich beruhigender an. Falls ich von jetzt auf gleich wegmüsste, wäre ich bereit.

Mir fällt die Decke auf den Kopf, also wandere ich durchs Haus.

Es ist so still, fast gespenstisch. Wie lange Dad wohl noch schläft?

Um mir die Wartezeit zu verkürzen, beobachte ich die Stute weiter. Sie beäugt mich einen Hauch weniger wütend als vorher. Der Apfel hat ihr geschmeckt.

Als mein Vater aufwacht, frage ich ihn, ob er Lust auf eine Runde Computerpoker hat. Früher haben wir ständig Poker gespielt. Er hat mir alle möglichen Kartenspiele beigebracht, auch Go Fish und Hearts und Pitch. Bald wusste ich nicht nur, wie man eine Hand ideal nutzt, sondern auch, wie hilfreich ein Pokerface sein kann.

Gut, dass wir nie um echtes Geld spielen, Kleines, sonst wärst du schon pleite, tippt mein Dad.

»Ha!«, rufe ich. »Da schilt ein Esel den anderen Langohr.«

Dass du dich an all meine Sprüche erinnerst. Das gefällt mir.

»Wie könnte ich die je vergessen?«

So sehr ich unsere Zeit zusammen auch genieße – und die Tatsache, dass Anna uns meistens allein lässt –, am Sonntagmorgen ertrage ich die Stille auf der Ranch einfach nicht mehr.

»Kann ich mir heute den Pick-up ausleihen und in die Stadt fahren?«, frage ich beim Frühstück. Es gibt Spiegeleier, knusprigen Speck – Dad muss Anna gesagt haben, dass ich ihn so am liebsten mag –, Bratkartoffeln und dicke Scheiben frisch getoastetes Weißbrot mit Butter und Erdbeermarmelade (kein Wunder, dass ich zunehme). Irgendwie habe ich Lust, ein wenig rauszukommen, die Stadt zu erkunden. Möglicherweise Jake zu treffen, den ich nicht mehr gesehen habe, seit er Freitagabend zum Rodeo aufgebrochen ist.

Anna schaut meinen Dad an. Er nuschelt etwas.

»Ich nehm dich gern mit«, meint Anna. »Ich muss sowieso einkaufen. Wonach suchst du?«

»Danke, ich kann selbst fahren. Ich brauche eine neue Jeans. Vielleicht ein paar T-Shirts. Die Sachen aus Kalifornien passen nicht so richtig hierher.«

Annas Blick wandert kurz zu dem glitzernden Cowgirl-Top, das ich wieder einmal trage. »Das ist aber nicht aus Kalifornien, oder?«

Ich lache. »Nein.«

Dad lächelt auch ein wenig.

»Aus dem Souvenirshop im Flughafen«, gebe ich zu und denke an meinen Zombiezustand bei der Ankunft zurück. Es geht mir noch nicht so viel besser, aber allein die Tatsache, dass ich Appetit habe, mehr schlafe und körperlich fitter bin, ist ein Riesenfortschritt.

»Dachte ich's mir doch, dass ich es irgendwoher kenne«, erwidert Anna. »Die Farbe steht dir.«

Ich bin mir nicht sicher, ob sie nicht gehört hat, dass ich selbst fahren kann, oder ob sie wirklich in die Stadt muss, jedenfalls lässt sie sich nicht von ihrem Gruppenaktivitätsplan abbringen. »Dann halten wir auch beim Schuhladen und besorgen dir ein Paar richtige Stiefel. Falls du irgendwann reiten gehen willst. Das wird mit deinen Tretern nichts.«

Sie blickt mit hochgezogenen Augenbrauen auf meine Flipflops hinunter.

»Okay«, sage ich. Dabei denke ich an die Stute, der ich gestern meinen Apfel geschenkt habe, und frage mich, ob ich wohl den Mut aufbringe, Jake zu bitten, dass ich sie reiten darf. »Wer kümmert sich um Dad, während wir weg sind?«

»Er kommt mit. Wir nehmen den Van.«

»Oh. Gut.«

Wir können unterwegs Poker auf meinem Handy spielen, schreibt er.

»Auf keinen Fall. Ich brauche die Kohle für meine neuen Stiefel.« Mein heiterer Ton wirkt gezwungen. Es fällt mir unglaublich schwer, Dad in diesem Zustand zu sehen, aber wenn ich mich komisch verhalte, macht ihn das verlegen, was mich wiederum noch verlegener macht als ohnehin schon, also ist es doppelt unangenehm.

Als er einen Smiley tippt, beuge ich mich zu ihm und antworte mit einem Zwinkersmiley. Nichts ist heiterer als ein Zwinkersmiley.

Kurz darauf brechen wir auf. Ich stehe unbeholfen herum und versuche, nicht im Weg zu sein, während Anna meinen Dad fertig macht. Er fährt selbst die an der Veranda angebrachte Rampe hinunter bis zum rollstuhlgerechten Van.

Das Wetter ist fantastisch und die Landschaft wirkt wie gemalt: blauer Himmel, so weit das Auge reicht, Falken, die über uns dahinsegeln, Eichhörnchen, die über Steine huschen. Die Luft riecht nach Kiefern und Sauberkeit.

Alles ist so still. Nur der Wind rauscht in den Bäumen. Es wird bestimmt schön, in der Stadt ein paar Menschen zu begegnen.

Ganz automatisch spähe ich die Auffahrt hinunter und halte Ausschau nach Jakes Jeep.

»Er kommt erst am Montag zurück.«

Erwischt.

»Oh«, sage ich. »Ich hab gar nicht …«

Netterweise enttarnt die brillante Gedankenleserin meine Lüge nicht. Aber da sie sowieso Bescheid weiß, kann ich auch fragen. »Wohnt er in einer der Hütten hinter der Ranch?«

»Jake? Jep. Seit er mit der Highschool fertig ist. Ist einfacher so.«

Soll ich nachhaken, in welcher? *Nein. Bloß nicht. Warum solltest du das wissen müssen?*

Und wieder beantwortet Anna meine Frage, als könnte sie mir direkt in den Kopf gucken. »In der unten am Fluss. So hat er zwar den weitesten Weg zum Haus, aber er mag die Ruhe und die Abgeschiedenheit, hat er gesagt.« Sie zuckt mit den Achseln. »Außerdem wollte er die guten Fische vor den anderen Ranchhelfern erwischen. Das ist natürlich jetzt kein Problem mehr.«

Das klingt nach Jake – sowohl dem Jungen, an den ich mich von früher erinnere, als auch dem vernünftigen, ausgeglichenen Mann, den ich gerade kennenlerne. Blöd nur, dass er mich für eine Verrückte hält.

Erst setze ich mich vorn neben Anna, aber als wir an einem Stoppschild stehen bleiben, wechsle ich nach hinten neben Dad. Sein Rollstuhl ist in einem Gestell befestigt.

Wir holpern die Straße entlang und ich mache abwechselnd Witze und viel Wirbel um Dad.

»Keine Angst, ihm geht's gut«, sagt Anna.

»Bist du sicher? Nicht, dass seine Schläuche sich bei dem Gewackel lockern.«

»Die sitzen fest genug«, beruhigt sie mich. »Geh ihm nicht auf die Nerven, sonst lädt er uns nicht zum Mittagessen ein.« Sie zwinkert ihm im Rückspiegel zu.

»Okay, okay.« Ich drücke Dads Hand.

Nach ein paar Minuten Schweigen frage ich: »Hat sein Vater früher auch auf der Ranch gearbeitet? Ich glaube, ich erinnere mich an ihn.«

Anna weiß genau, wen ich meine.

»Jep. War ein guter Mann. Er ist gestorben, als Jake noch ein kleiner Junge war.«

»Oh mein Gott. Wie?«

»Beim Bullenrodeo. Tragischer Unfall. Er war einer der Besten in ganz Jackson.«

Anna schüttelt den Kopf und nimmt eine Hand vom Lenkrad, um sich zu bekreuzigen. Aus Gewohnheit tue ich es ihr nach, obwohl ich, außer bei Beerdigungen, schon ewig nicht mehr in der Kirche war.

»Der arme Jake. Das ist schrecklich.«

Kein Wunder, dass er sich so liebevoll um meinen Dad kümmert. Jetzt ergibt alles viel mehr Sinn. Warum mein Dad ihm Geschichten erzählt und Ratschläge gegeben hat. Ihm beigebracht hat, dass man wilde Forellen wieder freilässt. Gerade zeigt er ihm, wie man eine Ranch führt. Er hat ihn praktisch von Kindesbeinen an erzogen – und das verdammt gut.

»Seine Mommy hat das alles ziemlich fertiggemacht. Hat ihren Kummer in Alkohol ertränkt, die Arme. Jake ist selbst in ein paar Schwierigkeiten geraten, so ganz ohne Eltern, die ein Auge auf ihn haben, bis dein Daddy ihn aus Respekt vor seinem alten Herrn unter die Fittiche genommen hat.«

Mir schwirrt der Kopf von all diesen neuen Informationen. Jake ist keineswegs so unkompliziert, wie ich dachte. Sein Leben ist nicht nur schwarz und weiß. Wo ist seine Mom jetzt? Ist sie trocken oder trinkt sie noch? Hat er überhaupt eine Beziehung zu ihr? Ich klappe den Mund auf, um noch eine Frage – oder zehn – zu stellen, aber Anna schaltet das Radio ein. Countrymusik klimpert aus den vorsintflutlichen Lautsprechern im Armaturenbrett und ich presse die Lippen zusammen und respektiere ihren nicht gerade subtilen Wink. Sie summt, erst leise, dann singt sie lauthals mit.

Ich höre ihr eine Weile zu. »Du hast eine tolle Stimme.«

»Danke.«

Es gefällt mir, dass sie das Kompliment selbstbewusst annimmt und nicht mit falscher Bescheidenheit abwiegelt. Stattdessen singt sie weiter. Als das Lied zu Ende ist und Werbung läuft, schaltet sie das Radio wieder aus.

»Hast du je versucht, was daraus zu machen?«, frage ich. »Als Sängerin durchzustarten oder so was?«

Sie bricht in schallendes Gelächter aus. »Nein.«

»Warum nicht?«

»Ich bin ganz zufrieden mit meinem Leben bei deinem Daddy, Paige.«

»Echt?«

»Ja, echt«, erwidert sie scharf und wirft einen Blick in den Rückspiegel, um zu sehen, ob mein Vater die Bemerkung gehört hat. Seine Augen sind geschlossen, aber ich bin mir nicht sicher, ob er schläft.

»Entschuldige«, sage ich. »Ich wollte damit nicht andeuten, dass du auf der Ranch unglücklich bist. Ich dachte nur … du weißt schon, früher mal. Bei *American Idol* oder *The Voice* bewerben sich Leute mit viel weniger Talent.« Ich zupfe an den Glitzerbuchstaben auf meinem Top herum.

Sie schaltet das Radio wieder ein. Ein anderer Countrysong, dieses Mal eine kratzige Männerstimme.

»Wer ist das?«, frage ich. Sie ist so gut zu Dad, ich sollte ihr eine Chance geben. Sie zumindest ein bisschen besser kennenlernen.

»Keine Ahnung. Vielleicht einer von *American Idol* oder *The Voice*«, sagt sie leicht bissig.

»Ihr habt diese Shows hier auch?«

»Paige, wir leben auf einer Ranch, nicht im Mittelalter. Wir haben uns vor ein paar Jahren sogar einen DVD-Player gekauft. Deutlich besser als der Videorekorder. Natürlich musste ich ihm alle seine Lieblingsfilme für dieses Teil besorgen. Und dann haben sie Blu-Ray erfunden.«

»Zu Hause streamen alle nur noch.«

»Streamen?«

»Netflix und so.«

»Kenne ich nicht.«

»Musst du wahrscheinlich auch nicht.«

Sie zuckt mit den Achseln und ich lächle. Sie passt perfekt zu Dad und ich bin froh, dass er sie hat.

Zehn Minuten und genauso viele Meilen lang schaue ich aus dem offenen Fenster, das Kinn auf den verschränkten Armen, und beobachte mein Bild im Seitenspiegel, während die Ortschaften an uns vorbeiziehen. Meine Haare peitschen durch die Luft. Nach gerade einmal gut einer Woche hier sind sie schon trockener, ausgebleicht von der Gebirgssonne. Ungeschminkt wirken meine Augen zwischen den tanzenden Strähnen ruhiger, weicher. Meine Haut ist dunkler geworden, mein Gesicht ist nicht mehr so hager, meine Wangen sind voller vom herzhaften Essen auf der Ranch, der guten Milch, der frischen Luft und den neun Stunden Schlaf jede Nacht. Wäre ich zu Hause geblieben, hätte sich nichts geändert. Ich würde immer noch auf meinem Bett liegen und an die Decke starren – oder schlimmer.

Annas Stimme schreckt mich aus meinen Gedanken. »Warum fällt es euch Städtern so schwer zu begreifen, dass man nicht ständig irgendwelchen Träumen nachjagen muss, um glücklich zu sein?«

17

Das Stadtzentrum von Jackson sieht aus wie eine Mischung aus einem alten Western und einem exklusiven Touristenziel, und das ist es im Grunde genommen auch. Thai-Restaurants, schicke Schönheitssalons und teure Boutiquen fügen sich ganz natürlich zwischen authentischen Steakhäusern und Westernsaloons ein.

Anna lenkt den Van rückwärts auf einen barrierefreien Parkplatz. Ich springe aus dem Wagen, während Dad von einer Metallplattform auf den mit Holzbrettern verkleideten Bürgersteig gesenkt wird.

»Hier parken wir immer. Gute Höhe für Gus«, sagt Anna fröhlich.

»Wie kann ich helfen?«, frage ich.

»Steh mir nicht im Weg«, antwortet sie mit einem Augenzwinkern.

Heißt das, sie ist nicht mehr sauer auf mich?

»Hey, Paige? Wir sind froh, dass du da bist.«

Ihre Worte lassen mich erstarren. Ich glaube, ich murmle »Danke«, bevor ich schnell den Kopf abwende und in das Schaufenster eines geschlossenen Ladens starre. Ein amerikanischer Ureinwohner aus Holz begrüßt mich mit erhobener, offener Handfläche. Ich blinzle eine Träne weg, drehe mich wieder um und folge Dad und Anna.

Nach einem ausgiebigen Mittagessen in einem rauchigen Steakhaus mit einer dröhnenden Jukebox und einer Kellnerin, die direkt vom Set eines Indiefilms kommen könnte, entschuldige ich mich und steuere nach draußen.

Zum ersten Mal seit einer gefühlten Ewigkeit schalte ich mein Handy ein und habe tatsächlich Empfang. Drei Balken sogar.

Ich setze mich auf eine Treppe und wähle die Nummer meiner Mutter.

»Paige! Na endlich! Ich habe dir ungefähr fünfzigmal auf den Anrufbeantworter gesprochen.«

Ich halte das Handy von meinem Ohr weg und drücke auf Lautsprecher. »Sorry. Der Empfang auf der Ranch ist schrecklich und ich bin erst heute wieder in die Stadt gekommen.«

Sie seufzt. »Du hättest auch das Festnetz benutzen können. Oder eine E-Mail schreiben.«

Stimmt.

»Ich bin froh, deine Stimme zu hören. Wie geht's dir?«

»Ganz okay.«

»Gut, gut.«

Weil ich nicht weiß, was ich darauf erwidern soll, lasse ich den Blick über die Fronten der Läden gegenüber schweifen. Anna sagt, die meisten Leute hier würden am Sonntagmorgen in die Kirche gehen und den Rest des Tages mit der Familie verbringen. In die Kirche. Mir fallen zu Hause insgesamt vielleicht drei Menschen ein, die noch regelmäßig in die Kirche gehen. Nur das Steakhaus, ein Klamottenladen und ein paar Cafés haben heute geöffnet. Ich strecke die Beine aus und betrachte die Risse, die meine blauen Lederstiefel überziehen.

Ich habe die knöchelhohen genommen, obwohl die anderen auch ziemlich cool waren. Es hätte sie noch in Rot gegeben, aber Anna und Dad fanden beide, dass mir Blau besser stehen würde.

»Mom?«

»Ja, Paige?«

Ich schaue mich rasch um, stelle sicher, dass mich niemand hört. »Was wissen Dad und Anna und Jake über mich? Darüber, was passiert ist?«

»Wer ist Jake?«

»Er arbeitet für Dad. Er hat mich vom Flughafen abgeholt.«

»Ich kenne ihn nicht, also weiß er wohl, was Anna ihm erzählt hat.«

»Und Anna kennst du?«

»Nicht persönlich, aber ich habe mit ihr telefoniert, um die Details für deinen Besuch zu klären. Und da *sie* tatsächlich rangeht …« Bedeutungsvolle Pause. »… habe ich ein paarmal mit ihr gesprochen, seit du dort bist.«

»Mom! Gerade hast du so getan, als wärst du überrascht, dass ich noch lebe.«

»Glaubst du wirklich, ich würde mich nicht versichern, wie es dir geht, Paige? Du bist nicht ans Handy gegangen, natürlich habe ich da Anna angerufen. Wir telefonieren täglich.«

Ich hasse die Vorstellung, dass sie über mich reden, als wäre ich ein kleines Kind. Deshalb fauche ich in einem ebenso scharfen Tonfall zurück: »Also hast du das mit Dad gewusst und es mir nicht gesagt?«

»Was meinst du damit?«

»Dass er nicht sprechen kann? Dass er im Rollstuhl sitzt? Er kann nicht mal mehr alleine atmen!«

»Ja.«

Ich balle die Faust. »Wie konntest du mir das verschweigen?«

»Es war doch klar, dass er krank ist, Paige. Und dass es keine Heilung gibt.«

»Das ist keine Entschuldigung, Mom! Ich hatte keine Ahnung, dass es ihm so schlecht geht. Wir sind in einem rollstuhlgerechten Van hierhergefahren. Er kann nicht mal mehr reden. Ich verstehe ihn nicht. Wieso hast du mich nicht wenigstens vorgewarnt?«

Sie schweigt kurz, bevor sie mit dieser grässlichen Wahrheitsstimme erwidert: »Ich musste dich aus der Stadt schaffen. Irgendwohin, wo es sicher ist, wo du Menschen hast, die auf dich aufpassen …«

Jake. Anna. Dad.

»Und ich hatte Angst, du würdest nicht fliegen, wenn du wüsstest, wie schlimm es ist.« Ihre Stimme ist jetzt weicher, schuldbewusst.

Mein Hals brennt. »Das ist nicht fair.«

»Denk mal darüber nach, wie es mir geht. Hier. Ohne dich.« Ihre Stimme bricht.

Ich will nicht, dass sie weint. Gemein und streitlustig ist sie mir lieber. Die verletzliche, aufgelöste Mom macht mich fertig.

»Findest du das fair?«, fragt sie.

»Nein«, gebe ich zu.

Das Chaos, das ich ihr hinterlassen habe, ist sogar noch größer als meins.

18

Damals

»Vielleicht ist es meine Schuld«, gestand ich Ty.

»Was?«, fragte er ganz beiläufig, als hätte ich ihn nicht die letzten zwei Monate ignoriert.

»Elena.«

Er lümmelte auf dem großen Sofa im Wohnzimmer, die Arme hinter dem Kopf verschränkt wie Flügel, und musterte mich. Ich musste daran denken, wie Elena ihn genannt hatte. Wie sie verkündet hatte, dass ich mit dem Teufel tanzen würde, und hier lag er nun wie ein Engel. Die Wahrheit war, dass er mir fehlte. Unsere Gespräche. Die Tatsache, dass er mich zu verstehen schien wie kein anderer. Es war dumm, sich trotz der Gerüchte wieder auf ihn einzulassen, aber das war mir egal. Elena war tot. Zur Hölle mit dem Teufel.

»Warum sollte es deine Schuld sein?« Seine Stimme klang spöttisch und genervt, aber nicht urteilend. Zumindest nicht mir gegenüber.

»Ich hab was richtig Fieses zu ihr gesagt.«

»Und was?«

Ich erzählte ihm von meiner Bemerkung mit dem Zug.

»Paige, glaubst du wirklich, jemand würde Selbstmord begehen, nur weil irgendeine Tussi ihn anzickt?«

»Aber das mit dem Zug … Ich habe ihr quasi ins Gesicht geschleudert, dass sie sich umbringt, wenn Harvard sie nicht nimmt. Und dann hat sie …« Ich versuchte vergeblich zu schlucken. »Hab ich sie erst auf die Idee gebracht?«

Ich vergrub mein Gesicht in einem dicken Kissen. Es roch nach seinem Haargel. Ein Duft, den ich mittlerweile nicht mehr verabscheute. Ich warf es beiseite. Rief mir in Erinnerung, dass er gefährlich, dass er mein Stiefbruder war. Ich musste hier weg. Aber ich konnte mich nicht von seinem Anblick losreißen.

Seit der Beisetzung stellte ich sicher, dass ich zu Hause war, wenn er duschen ging. Er war wie ein Uhrwerk: jeden Tag nach der Schule, aber vor dem Abendessen. Seine Mom hatte früher immer Wert darauf gelegt, dass sie wie aus dem Ei gepellt zu Tisch kamen. Und er führte die Tradition fort, obwohl es meine Mom und seinen Dad nicht einmal störte, wenn ich schon meinen Schlafanzug trug. Wir aßen sowieso höchstens einmal pro Woche gemeinsam zu Abend und selbst dann gab es nur Lieferfraß auf Papptellern. Wer hatte heutzutage noch Zeit für große Familienessen? Ty. Zumindest schien er sie sich zu wünschen.

Ich stand im Flur und hörte ihm beim Singen zu. Ein paar der Lieder waren mir neu. Dachte er sie sich aus oder stammten sie von unbekannten Künstlern? Wenn er das Wasser abdrehte, rannte ich zurück in mein Zimmer und schloss leise die Tür.

Jetzt richtete Ty sich auf und ein dystopisches Motorradspiel erschien auf dem Flachbildfernseher. Seine Figur, ein Biker mit pechschwarzen Haaren und einem feuerroten Rennanzug, schlängelte sich durch den Verkehr. Ab und zu wurde er niedergemäht, aber das kümmerte ihn nicht. Er löste sich einfach in ein paar verschwommene Punkte auf, ehe er sich wieder zusammensetzte und weiterfuhr, als wäre nichts geschehen.

»Ich liebe dich, Paige, das weißt du.«

Seine Stimme und seine Worte überraschten mich. Mein Körper versteifte sich.

»Aber manchmal bildest du dir ein, die ganze Welt würde sich um dich drehen.« Er wandte den Kopf und sah mir in die Augen. »Dabei stimmt das nur für ausgewählte Menschen.«

Röte kroch mir über den Hals. Meinte er damit sich und mich? Nein. Das konnte nicht sein.

Falls er mein Unbehagen bemerkte, zeigte er es nicht. Er sprach mit klarer, beschwichtigender Stimme. »Aber Elena? Auf keinen Fall. Das hatte viel tiefergehende Gründe als die gedankenlose Bemerkung einer Freundin-Schrägstrich-Feindin. Sie konnte dich nicht leiden, weil sie eifersüchtig war auf deine enge Beziehung zu Lucy. Und du hättest nichts sagen oder tun können, um das zu ändern. Ich glaube, eigentlich hat sie alle weißen Mädchen gehasst.«

»Echt?«

»Klar.«

Woher wusste Ty so viel über die Dynamik von Mädchenfreundschaften?

Sein Daumen drückte auf den roten Knopf und sein Rücken spannte sich an, als er auf irgendetwas feuerte.

»Elena war bloß eine von denen.« Er lehnte sich zur Seite, als würde er wirklich Motorrad fahren.

»Von denen?«

Er schaute noch einmal kurz auf, bevor er seine volle Aufmerksamkeit wieder auf das Spiel richtete.

Der heiße rote Biker sprang von einem Eisberg.

»Du weißt schon … eine Superstreberin. Die sich immer nur für den nächsten Schachzug interessieren. Gar nicht in der Gegenwart leben. Deswegen war es ihr auch egal, wen sie verletzt. Sie war psychisch total im Arsch. Ihre Mom ist ein Fall für die Klapsmühle und ihr Dad ist nicht viel besser. Seit sie ein Kleinkind war, haben die beiden sie ständig angetrieben, perfekt zu sein. Unter einem solchen Druck bricht selbst die härteste Schale irgendwann.«

Etwas Gedankenvolleres und Aufmerksameres hatte ich noch nie von ihm gehört. Und ich wollte mehr, drängte ihn weiterzureden.

»Sie hat nie gelernt, für sich selbst zu denken. Sie hat nur nachgeplappert, was ihre Eltern ihr vorgesagt haben. Sie hat nicht begriffen, dass dieses Leben die Realität ist. Dass sie kein anderes kriegen würde. Immer hieß es: *Wenn ich erst meinen Abschluss habe, wenn ich erst zu Hause ausziehe.* Wäre sie in Harvard angenommen worden, wäre es genauso weitergegangen. *Wenn ich erst studiere, wenn ich für Medizin zugelassen bin, wenn ich einen Platz im Wohnheim habe,* bla, bla, bla.«

»Woher weißt du das alles?«

»Mein Dad wollte, dass ich mit ihr ausgehe, kurz nachdem ich hergezogen bin. Ich habe ihm den Gefallen getan, ein Mal, aber es hat nicht gefunkt. Sie war eiskalt. Ich mag meine Mädchen lieber wärmer.« Er ließ die Augen ein wenig zu lange auf mir ruhen. »Meine Mom …« Sein Blick verdüsterte sich. »Sie war genauso. Hat immer nur an das Ziel gedacht.« Er trommelte auf dem Controller herum. »Nie ans Heute. Ans Hier.«

»Hat es sie deswegen …«

»Nicht gekümmert, dass mein Dad gegangen ist und ich mit ihm? Wahrscheinlich.« Er zuckte mit den Achseln. »Ihre Patienten und Freunde waren ihr immer wichtiger als wir. Sie meinte, Dad würde das nicht verstehen.«

Ty ist nicht wegen eines Mädchens hergezogen, sondern weil er und seine Mutter sich nicht nahestanden. Elena konnte Ty nicht leiden, weil er nicht auf sie abfuhr, also hatte sie Lügen über ihn in die Welt gesetzt. Ich hatte es *gewusst*.

Er blinzelte. Lange, dunkle Wimpern über strahlendem Grün. »Als mein Dad deine Mom getroffen hat, hat sich alles für ihn verändert.«

»Elena hat ein paar … schreckliche Sachen über dich rumerzählt.«

»Überrascht mich nicht.«

Er klang feindselig, aber ich musste die Wahrheit herausfinden. Wenn Ty kein Vergewaltiger war, konnte ich ihn weiter beim Singen belauschen. Weiter mit ihm befreundet sein.

»Es war etwas wirklich Schlimmes, Ty. Über ein Mädchen auf einer Party …«

Sein Blick verhärtete sich. »Elena war eine verlogene Bitch.«

»So redet man nicht über Tote, Ty.«

Ich flüsterte, als könnte sie mich hören, und obwohl ich oft ganz ähnliche Gedanken hatte, kam es mir nicht richtig vor, sie laut zu sagen.

»Denkst du etwa, sie hört zu? Bestimmt nicht. Das Karma hat zurückgeschlagen. Sie dürfte ziemlich tief in der Scheiße stecken.«

»Glaubst du an so was? Ich bin nicht besonders religiös.«

»Du Glückliche.«

Allmählich verlor ich die Kontrolle über diese Unterhaltung. »Also stimmt es nicht?«

»Doch. Durch den Selbstmord läuft ihre spirituelle Uhr jetzt rückwärts. Es ist die Tötung des Selbst. Und sie dachte, es wäre schlimm, dass Harvard sie nicht will.«

»Ich meine diese … Sache in Brooklyn.«

Ich konnte es nicht einmal aussprechen.

Die Vergewaltigung. Die Vergewaltigung in Brooklyn.

Er schaute auf und seine Lider flatterten. War das häufige Blinzeln ein Hinweis darauf, dass er log? Auf jeden Fall gingen ihm meine Fragen auf die Nerven. Er wollte nicht darüber reden. Schon klar. Aber wenn er sich nichts zuschulden hatte kommen lassen, warum sagte er es dann nicht einfach, damit wir das Ganze abhaken konnten?

»Ob ich irgendeine Schlampe auf einer Party vergewaltigt habe?«, fauchte er. »Nein.« Seine Miene änderte sich. »Aber ich habe mit ihr geschlafen und sie war ziemlich betrunken. Hat sie eingewilligt? Hat sie gesagt: *Ja, ich möchte Sex mit dir, Ty*? Nein, natürlich nicht. Ich meine, gibt es tatsächlich Leute, die diese Unterhaltung führen? *Entschuldigen Sie, Miss. Würden Sie mit mir unter die Laken schlüpfen und Geschlechtsverkehr haben? – Oh, liebend gern, wie nett, dass Sie fragen. – Ist es genehm, wenn ich Ihnen jetzt das Höschen ausziehe? – Gerade passt es hervorragend, vielen Dank.*«

Er verdrehte die Augen und ich prustete los. Ich sollte nicht lachen. Nichts daran war witzig. Warum lachte ich? Ty entsetzte und betörte mich. Der teuflische Engel, der mit mir unter einem Dach wohnte.

»Hat dich das schon mal wer gefragt, Sis? Im Ernst?«

Ich wurde rot.

»Siehst du? Wenn beide in Stimmung sind, passiert es einfach. Also nein, ich hatte keine schriftliche Einverständniserklärung, aber ich bin auch nicht der verdammte Bill Cosby. Ich habe ihr keine Drogen verabreicht oder sie betrunken gemacht, um sie rumzukriegen. Wir haben uns bei einer Party kennengelernt, zusammen gefeiert, miteinander geschlafen. Ende der Geschichte.«

Seine Muskeln spannten sich an, als er sein computeranimiertes Alter Ego durch die Antarktis donnern ließ und alles zum Explodieren brachte, was ihm in die Quere kam. Ich schwieg, damit er weiterredete.

»Und was Elena betrifft: Ich schätze mal, sie dachte, ohne Harvard, ohne die sorgfältig von ihren Eltern geplante Mikrozukunft …« Er fixierte mich eindringlich, während der Biker aus der Kurve flog und in orangefarbene Flammen aufging. »Game over.«

Danach mied ich Ty so gut wie möglich, aber irgendwann fand ich eine mit Eselsohren und Markierungen versehene Taschenbuchausgabe der *Selbstmord-Schwestern* auf meinem Bett – eine Art perverses Geschenk von ihm. Erst warf ich es angewidert beiseite und ignorierte es eine Woche lang, dann fing ich an zu lesen und konnte die ganze Nacht nicht mehr aufhören.

Die Geschichte der fünf Schwestern im Teenageralter mit den absurd religiösen und überbehütenden Eltern, die ihnen nicht das kleinste bisschen heiß ersehnte Freiheit lassen, fesselte mich. Eine von ihnen begehrt schließlich auf und schläft mit dem Mädchenschwarm der Kleinstadtschule. Als der sie verlässt, bringen die Schwestern sich auf verschiedene Weise (Gasherd, Erhängen, Kohlenmonoxidvergiftung, Schlaftabletten) um.

Erzählt wird das alles von den Nachbarsjungen, die mittlerweile erwachsen sind, aber immer noch fasziniert von den schönen Gefangenen.

Schöne, gefangene Teenager.

Wie die Zug-Kids.

Wie wir.

Die Nachbarsjungen können den Gruppenselbstmord nicht nachvollziehen, doch mir war am Ende alles klar. Der Tod war ihr ultimativer Stinkefinger an die Eltern, vor allem an die Mutter. Ihr endgültiger Befreiungsschlag.

Es war das genialste und verstörendste Buch, das ich je gelesen hatte.

»Verstehst du Elena jetzt besser?«, hatte mein Stiefbruder in seiner kühnen Handschrift auf die letzte Seite gekritzelt.

Das tat ich.

Und es machte mir entsetzliche Angst.

19

Jetzt

Als Mom das mit Dads Gesundheitszustand zugibt, eskaliert die Situation. Ich schreie, sie schreit, sie weint, dann weinen wir beide. Am Ende lege ich einfach auf und hasse mich dafür. Ich hasse, dass sie recht hat. Dass der Mensch, der ich zu Hause war, nicht gekommen wäre, wenn er gewusst hätte, wie schlecht es Dad geht. Wie nah er dem Tod steht. Nach allem, was passiert ist, hätte ich das nicht gekonnt. Ich wäre überall hingegangen, nur um ihn so nicht sehen zu müssen.

Irgendwann finden Dad und Anna mich neben dem Van, wo ich so tue, als würde ich mit einer Freundin telefonieren.

»Alles okay, Paige?«, fragt Anna.

»Klar«, sage ich und weiche ihrem Blick aus.

Auf der langen Fahrt zurück zur Ranch hören wir Cowboys zu, die darüber klagen, dass sie ihre Frauen an den Alkohol und andere Männer verloren haben, und Frauen, die ihren Männern drohen, dass sie ihnen, sollten sie sie jemals wieder betrügen, die Reifen aufschlitzen oder die Köpfe mit einer Brechstange einschlagen. Vielleicht ist das der Grund für die vielbesungene Schweigsamkeit der Cowboys – sie drücken ihre Gefühle in Liedern aus und müssen deswegen im echten Leben nicht alles totreden.

Jakes Jeep steht in der Auffahrt und ich klammere mich an den Anblick wie an einen Rettungsring. Das zweite Fahrzeug, ein goldener Luxus-Pick-up, überrascht mich, genau wie der übergewichtige Kerl mit der überdimensionalen Gürtelschnalle daneben, der das Haus anstarrt wie ein Löwe einen Kanarienvogelkäfig.

»Wer ist das?«, frage ich, unwillkürlich abgestoßen.

Anna runzelt die Stirn. »Ich hatte ganz vergessen, dass er heute kommt.« Sie wirft meinem Dad durch den Rückspiegel einen entschuldigenden Blick zu. »Er will das Anwesen besichtigen.«

Eine unheilvolle Vorahnung steigt in mir auf. »Warum?«

»Weil er es vielleicht kaufen will.«

»Kaufen? Die Ranch steht nicht zum Verkauf!« Ich berühre ihren Arm. »Oder?«

Sie antwortet nicht, sondern konzentriert sich auf ihre übliche Routine, drückt den Knopf und wartet, bis die Metallplattform Dad auf sein Grundstück befördert hat. Ich springe aus dem Auto – fast so schnell wie Jake – und laufe den beiden hinterher, zu dem schmierigen Typen hinüber.

Statt ein Gewehr zu holen und darauf zu bestehen, dass er unseren Grund und Boden verlässt, wie ich es mir wünschen würde, streckt Anna ihm die Hand hin. Er schüttelt sie und die beiden fangen ein Gespräch über die Ranch an: ihre Größe, die Rinder, die Pferde. Die Scheune.

»Dad.« Ich hocke mich neben ihn und lege ihm die Hand

aufs Knie. »Wir verkaufen die Ranch doch nicht wirklich, oder?«

»Müssen wir womöglich.« Jake taucht buchstäblich aus dem Nichts auf, nachdem er zwei Tage wie vom Erdboden verschluckt war.

»Warum denn? Ich dachte, sie müsste nur ein bisschen auf Vordermann gebracht werden. Ich weiß, dass uns das Geld ausgeht, aber … die Ranch verkaufen?«

Wir folgen meinem Vater über die Rampe ins Haus. Jake redet mit ihm, während er den Flur hinunter bis in sein Büro fährt, dann zieht er mich beiseite.

»Das ist nicht der richtige Moment, um eine Szene zu machen«, sagt er leise und schroff.

Ich befreie meinen Ellbogen aus seinem Griff. »Ich mache keine Szene. Wo warst du überhaupt das ganze Wochenende?«

»Was interessiert dich das?«

»Tut es eben.«

Oh mein Gott, habe ich gerade zugegeben, dass ich mich für Jake interessiere?

»Du hast eine komische Art, das zu zeigen.« Jake schließt die Haustür und wirbelt herum. »Dieser Mann da draußen könnte uns aus den roten Zahlen holen, Paige. Er ist ein Investor. Und wenn du tausend Fragen stellst und Probleme verursachst, setzt er sich gleich wieder in seinen teuren Pick-up und verschwindet.« Er deutet mit dem Daumen in Richtung Auffahrt, um seine Worte zu unterstreichen, wofür ich ihm am liebsten eine verpassen würde.

»Wenn er ein Investor ist, warum hat er dann nicht Dad begrüßt? Warum verhandelt er nur mit Anna?«

»Ist dir vielleicht mal in den Sinn gekommen, wie schwierig das alles für Gus ist? Nicht genug damit, dass er in diesem Rollstuhl gefangen ist und sein Essen durch einen Strohhalm trinken muss wie ein Baby, nein, seine Gesundheitskosten gefährden sein geliebtes Zuhause, den Ort, der seit Generationen im Besitz seiner Familie ist.« Er wirft einen Blick zum Büro. Durch die halb offene Tür erkennt man ein Stück der Rollstuhlreifen vor Dads Schreibtisch. »Sein Leben war schon ein Scherbenhaufen, bevor –«

»Bevor ich aufgetaucht bin, oder? Und alles noch schlimmer gemacht habe.«

Er weicht meinen Augen aus. »Das habe ich nicht gesagt.«

»Das musst du auch nicht. Und ich versuche ja, mich so schnell wie möglich an alles zu gewöhnen, aber das ist nicht gerade einfach.« Die Worte verfangen sich in meinem Hals.

Jake räuspert sich, ehe er weiterspricht. »Ich habe es nicht so gemeint, wie es klang, aber … in ein paar Wochen packst du deinen schicken Koffer und bist auf und davon.« Dieses Mal gestikuliert er in Richtung Fenster, in Richtung Himmel. »Und lässt uns mit dem ganzen Schlamassel allein.« Seine Stimme ist nur noch ein raues Flüstern, als er den Abstand zwischen uns verringert. Ich schnappe nach Luft. »Mit Stapeln von Arztrechnungen, die wir nicht bezahlen können, und einem Mann, bei dem wir uns nicht immer sicher sind, ob wir das Richtige für ihn tun. Anna und ich geben hier unser Bestes, also überlass das Geschäftliche bitte uns und behalt deine Meinung für dich.«

Aaah! Er macht mich noch verrückt. »Erstens ist mein Koffer nicht schick und zweitens sieht es vielleicht so aus, als wäre mir alles egal, weil ich seit Jahren nicht mehr hier war, aber das stimmt nicht. Diese Ranch gehört meiner Familie. Und es ist mir nicht egal, dass sie den Bach runtergeht und wir sie uns nicht mehr leisten können. Mein Dad hat sie von seinem Dad geerbt und der sie wiederum von seinem, selbst während der Wirtschaftskrise haben sie sie irgendwie über Wasser gehalten, da werde ich jetzt nicht kampflos danebenstehen, wenn ihr sie diesem Widerling verkauft.«

Jake hakt die Daumen in die Gürtelschlaufen seiner Jeans. »Woher willst du wissen, dass er ein Widerling ist? Und was soll das überhaupt heißen?«

»Nur so ein Gefühl. Hast du mir zugehört?«

»Ein Gefühl?« Er schüttelt den Kopf. »Ja, habe ich, aber hier geht es ums Geschäft, Paige, und soweit ich weiß, verschwindest du im August aufs College und bist raus aus diesem ›Kampf‹, so gut deine Absichten auch sein mögen. Und wir sitzen ohne einen potenziellen Käufer da, weil du diesen ›Widerling‹ verscheucht hast, ohne die ganze Geschichte zu kennen.«

Das würde ich nicht zulassen. Das hatte die Eight Hands Ranch nicht verdient. Oder Jake. Oder Anna. Und am allerwenigsten Dad. »Ich gehe nirgendwohin, bevor wir einen Plan haben, wie wir die Ranch retten können.«

»Großartig. Dann lass deine genialen Ideen mal hören.« Er schaut mich herausfordernd an, die Hände in die Hüften gestemmt. »Ich bin langsam mit meinem Latein am Ende.«

»Ich … im Moment habe ich noch keine, aber ich lasse mir was einfallen.«

»Gut. Solange gehe ich schon mal raus zu Reverend Hal.«

Er stößt die Tür auf und die grelle, grausame Sonne strömt herein. Ich packe ihn am Unterarm und zerre ihn zurück, werfe die Tür mit dem Fuß zu und sperre das Licht aus, sodass wir schließlich wieder allein im dunklen Flur stehen. Er wirkt verblüfft – ob über meine Kraft oder meine Hartnäckigkeit, kann ich nicht genau sagen. Ich stelle mich auf die Zehenspitzen, bis mein Gesicht nur noch ein paar Zentimeter von seinem entfernt ist. »Nicht, Jake. Warte. Bitte verkauf ihm die Ranch nicht. Sie ist … alles, was ich habe.«

»Hey. Ganz ruhig, Paige.«

Hoffentlich bemerkt er die Tränen nicht, die mir in die Augen schießen. Bei seinem beschwichtigenden Tonfall wird mir flau im Magen. »Und warum sagst du immer *wir*? Soweit ich weiß, gehörst du nicht zur Familie, Jake.«

Meine Worte sind leise, aber ich sehe, dass sie ihn treffen, genau wie seine eben mich.

Er schaut kurz auf meine Finger hinunter, die sich in sein Fleisch graben, dann hebt er den Blick, mit überraschter Miene. Als er weiterspricht, ist seine Stimme weicher, beinahe schuldbewusst, aber er ist auch immer noch wütend. Und er hat mir etwas mitzuteilen. »Als du vor ’ner Woche in deinem rosa Glitzertop hier aufgetaucht bist, hast du mich gefragt, wieso aus den sechs Händen plötzlich acht geworden sind. Jetzt rate mal, wem die beiden neuen gehören.«

»Keine Ahnung.«

Er legt den Kopf schief und seine blauen Augen bohren sich in meine.

Da wird es mir klar.

Dir, denke ich. *Dir und Anna*.

Ich muss es nicht einmal aussprechen.

Oder fragen, warum.

Dieser Ort bedeutet ihnen etwas. Anders als meiner Mom. Anders als mir, bevor ich hergekommen bin. Dad hat ein Stück der Ranch den Menschen gegeben, die sie so lieben wie er.

»Jep.« Jake nickt. »Die Ranch gehört uns zu gleichen Teilen. Das alles hier.« Er deutet auf die endlosen goldenen Felder zwischen den hohen Bergen. Dann spüre ich seine Finger auf meinem Arm. »Wenn ich diesen Kerl wegschicke, ist es *unser* Problem. Kapierst du das, Paige?«

»Ich weiß das mit deinem Dad, Jake. Was mit ihm passiert ist. Anna hat es mir erzählt.«

Er runzelt die Stirn und presst die Lippen zusammen.

Ich schlucke und greife nach seinen Gürtelschlaufen. Schaue nicht weg, als er die Augen aufreißt. Lehne mich an ihn. Ich kann nicht anders, selbst wenn ich es versuchen würde. »Ja, ich kapier's.«

20

Damals

Nach der Sache mit Elena war es an der Schule relativ ruhig – Zombieteenager, die ihrem Zombiealltag nachgingen. Bis sich noch ein Junge umbrachte.

Dieses Mal ein Zehntklässler, abends auf dem Nachhauseweg von der Suppenküche, in der er aushalf (alles für die perfekte Collegebewerbung). Angeblich ein Nervenzusammenbruch wegen der SATs und seiner zahlreichen außerschulischen Aktivitäten.

Eine Woche später der Nächste. Ein sehr beliebter Elftklässler. Gerüchten zufolge glaubte er, seinen Eltern mit irgendetwas Schulischem Schande bereitet zu haben, und warf sich lieber vor den Zug, als sich ihrer Enttäuschung zu stellen.

Das war der vierte Selbstmord.

Der vierte Zugtod.

Die Eltern drehten durch. Cornell war ein Einzelfall gewesen. Elena eine tragische Nachahmungstäterin. Aber nach Nummer drei und vier – beides Jungen mit asiatischen Wurzeln – versank die Schule im Chaos. Alle hatten panische

Angst, dass jemand, den sie kannten, oder, noch schlimmer, sie selbst der Nächste sein könnten.

Offiziell hieß es, das Tabu des Suizids sei gebrochen worden, deshalb würden meine Altersgenossen jetzt den körperlichen Schmerz durch Züge und Rasierklingen dem seelischen Schmerz durch Enttäuschungen und Liebeskummer vorziehen. Wir seien darauf gedrillt worden, perfekt zu sein. Wir könnten nicht mit Enttäuschungen umgehen. Oder mit Fehlschlägen. Niemand hätte uns beigebracht, nach einer Niederlage wieder aufzustehen. Deshalb hätten die Jugendlichen auf den Gleisen gewartet, bis ein Pendlerzug sie mit achtzig Sachen niederwalzte, statt einfach die Zähne zusammenzubeißen und es hinzunehmen wie mein Vater seine entsetzliche Krankheit.

GENUG IST GENUG, verkündeten die örtlichen Schlagzeilen in Großbuchstaben.

Die Eltern gründeten eine *Koalition der Willigen*: willig, vom Morgengrauen bis lange nach Einbruch der Nacht zu beiden Seiten der Gleise zu sitzen, in unbequemen Campingstühlen, deren Metallbeine sich immer tiefer in den blutgetränkten Schotter bohrten.

Mit individualisierten Thermosbechern voll Fairtrade-Kaffee mit Sojamilch in der Hand ließen sie ängstlich den Blick über den Trampelpfad, den Feuilletonteil der New York Times und die Gleise wandern. Sie warteten. Warteten und wachten unter dem grellen Neonscheinwerfer, den die Polizei aufgestellt hatte, ihrem künstlichen Mond.

Je weiter ich weg bin, desto klarer erkenne ich, wie gestört das alles war. Wir waren Teenager. Warum belegten wir schon in der Highschool Collegekurse? Warum hockten wir Stunde um Stunde in unseren Zimmern oder der Bibliothek und lernten, statt zu Footballspielen oder Partys oder Schulbällen zu gehen?

Unsere Realität hatte doch nichts mit der unserer Eltern zu tun.

Nach dem großen Tamtam um Cornell und später Elena versuchte man es jetzt mit dem minimalistischen Ansatz. Weniger ist mehr. Oder weniger ist weniger. Das Ganze erinnerte mich an das Lebensmotto meiner Mutter: *Wenn ich es ignoriere, ist es nicht passiert.* Meine Mäusefreunde ackerten also brav weiter, tanzten auf ihren Glasbühnen, während die Lehrer sich darauf konzentrierten, uns am Leben zu halten, und nicht darüber nachdachten, warum die anderen tot waren – wahrscheinlich aus Angst, dass sie eine Teilschuld trugen.

Später lernte ich, dass das die erste Stufe der Trauer ist: das Leugnen.

Tick, tack, tick, tack.

Mein Englischlehrer Mr T. nahm mich nach dem Unterricht beiseite. Alle Lehrer machten jetzt einen auf Therapeuten. Sprachen mit uns über unsere Gefühle, unser Stresslevel. Heute war ich an der Reihe.

»Meine Mom hat erst mich gekriegt, bevor sie aufs College gegangen ist. Wirtschaftswissenschaften. Sie hat alles selbst finanziert. Mein Dad ist ein Cowboy. Er lebt in Wyoming. Mir ist eigentlich egal, auf welches College ich komme, Hauptsache –«

Weit weg von hier. Mr T. schaute mich komisch an, also redete ich weiter.

»Ich habe schon eine Zusage von der Wesleyan. Da gibt es ganz gute Kurse im kreativen Schreiben und das will ich machen, also …«

Er schaute mich immer noch an. Wartete.

»Hören Sie, selbst wenn die mich nicht genommen hätten, meine Mom hat alle Einwegrasierer in den Müll geworfen, sehr zum Leidwesen meines Stiefvaters, also müssen Sie sich nicht den Kopf zerbrechen.«

Mr T. wirkte, als würde er sich unwohl fühlen, doch nach einem Schluck Wasser setzte er ein Lächeln auf. Er schien die Gehaltserhöhung förmlich riechen zu können, so weit, wie er über seine Jobbeschreibung hinausging. Als hätte er die hoch angesehene Stellung eines Mentors inne. Um ehrlich zu sein, hätte ich ihn mir tatsächlich als Mentor gewünscht. Nur nicht in emotionaler Hinsicht.

»Das sind ja wunderbare Neuigkeiten. Die Wesleyan ist ein hervorragendes Kunstcollege. Wie läuft es mit deinem Schreibprojekt?«

»Gut. Ich meine, ganz okay. Es fällt mir schwer, richtig reinzukommen. Ich bin ständig so … abgelenkt.«

»Es ist ja auch einiges los. Ich finde manchmal, das ist die beste Zeit zum Schreiben. Wenn um einen herum so viel passiert, dass nur das geschriebene Wort Ordnung in das Chaos bringen kann.«

»Klingt logisch.«

»Wenigstens etwas«, erwiderte er mit einem Blick, als wäre sein Hund gestorben.

21

Jetzt

Nach fast drei Wochen zusammen haben wir eine Routine gefunden, die für uns alle zu funktionieren scheint. Vormittags fahre ich mit dem alten grünen Ford zur Futterscheune, wo Jake die Luzerne einlädt, die wir anschließend in den Trögen der Pferde verteilen. Die Kühe ernähren sich größtenteils von Gras, aber manchmal füttern wir auch die. Dabei unterhalten wir uns und lachen und Jake zeigt mir alles Mögliche.

Die andere Hälfte des Tages kümmere ich mich um Dad, vor allem um den Essensteil seiner Pflege. Die privateren Dinge macht weiterhin Anna, weil es ihm unangenehm wäre, wenn ich ihn aufs Klo bringen oder waschen würde, und das ist mir recht.

Früher habe ich dich gefüttert, schreibt er einmal beim Mittagessen. *Sieht aus, als hätte der Kreis sich geschlossen.*

Ich zwinge mich zu einem Lächeln und beiße mir auf die Lippe, und als das nicht hilft, entschuldige ich mich und lasse die Tränen im Badezimmer heraus. Als ich zurückkomme, tätschelt Jake unter dem Tisch meine Hand. Ich ziehe sie nicht weg. Auf dem Papier ist er immer noch ein Fremder. Abgesehen von dem Angelausflug als Kinder kennen wir uns gerade ein paar Wochen, aber wir hatten sofort einen Draht zueinander, der sich allmählich zu einem stillen Verständnis entwickelt, auf das ich mich mehr verlasse, als ich zugeben will.

Ich spüre Jakes Berührung noch, als wir später auf der Hollywoodschaukel sitzen und sanft hin und her schwingen, während mächtige Blitze über den Himmel zucken. Dicke Regentropfen hämmern unnachgiebig auf die Erde ein und der Donner grollt so laut, dass er die Veranda, die Schaukel, unsere Körper zum Vibrieren bringt. Ich fahre zusammen und kippe mir Annas selbst gemachten Eistee übers T-Shirt.

Wortlos reicht Jake mir eine dünne rote Decke.

»Offenbar haben wir die Götter erzürnt«, sagt er und sein *Wir* ängstigt und freut mich gleichermaßen.

»Das hier ist großartig. Solche Gewitter gibt es in Kalifornien nicht.«

»Da regnet es doch nicht mal, oder?«

»Ja, die Dürre ist ziemlich schlimm. Unsere schönen grünen Rasen haben sich in kleine Wüstenstriche verwandelt. Sieht echt deprimierend aus.«

Die frische Luft fühlt sich an wie eine kalte Dusche, nur ohne das beißende Unbehagen. Die grauen Regenschlieren lassen den Geruch von nassem Heu aufsteigen. Jake nimmt einen Schluck von seiner Dr Pepper light. Die trinkt er den ganzen Tag dosenweise. Wahrscheinlich hat er deshalb immer so viel Energie. Ich sage es ihm.

»Nö, die kommt daher.« Er deutet auf das Land und den Himmel vor uns.

Ich lächle. »Gewitter laden deine Akkus auf? Endlich kenne ich dein Geheimnis.«

»Gewitter … und natürlich mein unendlicher Vorrat an Prickelbrause.«

Prickelbrause. Ha.

Seit unserem Streit über Reverend Hal ist zwischen Jake und mir alles gut. Besser als gut. Wir sind Partner. Sein Blick schweift dankbar über die Ranch. Auch ich weiß sie mit jedem Tag mehr zu schätzen. So wie ihn. Und Anna.

Ich habe nicht weiter nachgefragt, wie Anna und mein Vater zueinander stehen, aber da ihr ein Teil der Ranch gehört, ist klar, dass sie nicht bloß eine Pflegerin oder Sekretärin ist. So wie Jake nicht bloß ein Ranchhelfer ist.

Die beiden sind Dads Familie. Und allmählich auch meine.

»Dir ist schon bewusst, wie viele Farbstoffe da drin sind, oder? Du solltest lieber auf Tee umsteigen. Wenn ich das ganze Jahr über hier leben würde, würde ich dich dazu zwingen.«

Anna hat mich mit dem Zeug angefixt. Sie serviert ihn eisgekühlt, mit einer dicken Zitronenspalte darin und ein paar perfekt gebackenen Schokocookies dazu: innen weich, außen knusprig. Tee, Schokolade, Dr Pepper light – wir stehen so ziemlich den gesamten Tag unter Koffein. Das hilft bei der Plackerei und elektrisiert die bleierne Traurigkeit, die uns einhüllt. Verleiht uns Kraft, die Dunkelheit zu bekämpfen.

»Was für Farbstoffe?« Jake runzelt argwöhnisch die Stirn. »Außerdem würdest du nicht das ganze Jahr über hier leben wollen, Cowgirl.«

»Wer sagt das?«

»Ich kenne dich. Du würdest nie aus der Stadt wegziehen.«

»Stimmt doch gar nicht.«

Aber eigentlich hat er recht. Ich erinnere mich noch gut an die Winter hier. Die Einsamkeit. So schrecklich das letzte Jahr in Kalifornien auch war, es fehlt mir, einfach Essen bestellen zu können. Ich vermisse die große Auswahl an Restaurants – jede Nationalität, jederzeit. Das Summen der kreativen Köpfe. Den Trubel.

Als ich nichts mehr hinzufüge, wiederholt er seine Frage zu den Farbstoffen.

»Zuckercouleur zum Beispiel«, antworte ich. »Ganz zu schweigen von dem vielen Rohrzucker. Wusstest du, dass eine Dose neuneinviertel Teelöffel enthält? Oder eine Riesenmenge Maissirup.«

»Deswegen trinke ich ja light«, erwidert er und wedelt mit der Dose vor meiner Nase herum.

»Das ist noch schlimmer. Aspartam verursacht Krebs.«

»Irgendwann müssen wir alle sterben.«

Ich ziehe die Augenbrauen zusammen. »Sag so was nicht.«

»Ist doch wahr. Denk nur an deinen alten Daddy. Glaubst du, der hätte damit gerechnet, dass er sich irgendwann eine seltene Krankheit einfängt? Anna könnte einen Gehirntumor kriegen. Himmel, wir könnten vom Blitz getroffen und direkt auf der Veranda gegrillt werden.«

»Danke, da fühle ich mich gleich besser.«

»Ich mein ja nur … Wir haben alle unsere Laster und das hier ist meins.«

Er schwenkt die Dr Pepper noch einmal. Die Dose ist fast leer und ich höre die Flüssigkeit an die Wand klatschen.

»Vermutlich hast du recht. Obwohl man bei dir nicht das

Gefühl hat, dass du jemals stirbst. Du bist unbezwingbar oder so.«

Er schnaubt. »Unbezwingbar? Nein. Ich hab bloß bisher Glück gehabt.«

Seine strahlend blauen Augen funkeln und halten meine Welt im Gleichgewicht. Wir sitzen ganz nah beieinander und mit jedem Donnerschlag rutsche ich noch ein Stück näher. Irgendwann werde ich rot und schaue zu Boden, murmle etwas darüber, wie heiß es ist. »Also, das Wetter.« Er grinst, als wüsste er genau, dass meine Reaktion auf ihn rein gar nichts mit der Lufttemperatur zu tun hat.

»Dann hoffen wir mal, dass uns dein Glück auch hilft, die Ranch zu retten«, sage ich, um meine Verlegenheit zu überspielen.

Sein Kiefer spannt sich an, als er den Blick wieder über unser ausgedehntes, zerfallendes Zuhause wandern lässt.

Plötzlich deutet er über das Tal. »Guck dir das an.«

»Wow«, flüstere ich. Als hätte Zeus sie eigenhändig geschleudert, zerteilen Zickzacklinien die Wolken und tauchen die Tetons in grelles Licht. Der Himmel gleicht einem Gemälde in Grau und Blau und Weiß. »Das sieht total unwirklich aus.«

»Deswegen brauchen wir euren ganzen Technikkram nicht. Wir haben das hier.«

Ich kann ihn durch das Vibrieren der Schaukel atmen spüren und meine Atmung passt sich seiner an. Wenn wir schon nicht körperlich zusammen sein können, dann können wir wenigstens gemeinsam atmen. Ein und aus. Unsere Füße stehen dicht nebeneinander und schwingen die Schaukel vor und zurück, vor und zurück. Ich presse die Hand auf das harte Holz in der schmalen Lücke zwischen uns. Wäre es wirklich so schlimm, wenn er jetzt seine Hand auf meine legen würde, wie vorhin beim Abendessen?

Ja.

Ja, das wäre es. Aber allein die Tatsache, dass ich mich nach Berührung sehne – menschlicher Berührung, *seiner* Berührung –, bedeutet etwas. Es geht mir besser. Die Ranch tut mir gut. *Er* tut mir gut.

»Wir könnten eine *YouFundIt*-Kampagne starten«, schlage ich vor.

»Was ist das?«

»Das läuft über die sozialen Medien. Man beschreibt seinen Zweck und sammelt dann Geld dafür.«

»Und x-beliebige Leute spenden?«

»Jep.«

»Warum?«

»Keine Ahnung. Weil sie sich für die Idee begeistern.«

»Haben die keine eigenen Probleme, für die sie Geld brauchen?«

»Wahrscheinlich schon. Oder nicht. Darüber habe ich noch nie nachgedacht.«

Plötzlich klingt die Crowdfunding-Idee auch in meinen Ohren seltsam. Aber es funktioniert. Ich kenne eine Menge Leute, die so das Startkapital für Frauenprogramme in Entwicklungsländern, Indiefilme oder Buchprojekte aufgebracht haben.

»Ich will nicht in der Schuld von irgendwelchen Fremden stehen.«

Cowboy Jake ist und bleibt Cowboy Jake. Habe ich wirklich etwas anderes erwartet?

Also nicke ich nur lächelnd. Es ist sinnlos, jemandem die Welthauptstadt der Technologie und Bitcoins und Start-ups erklären zu wollen, der nie mehr als zwanzig Meilen aus seinem Geburtsort rausgekommen ist. Vielleicht genauso sinnlos wie Crowdfunding. Ich weiß es nicht.

»War eine blöde Idee.«

»Sag so was nicht. Ich mag dein kluges Köpfchen, Paige. Es läuft ohne Unterlass.« Seine Finger zeichnen Kreise in die Luft neben meine Stirn, wie Hubschrauberpropeller.

»Es läuft davon. Das ist mein Laster, wie du ja schon bemerkt hast.«

Er zuckt mit den Achseln. Seine Art, sich zu entschuldigen. »Da war ich bloß sauer. Außerdem laufe ich manchmal selbst davon. Ist leichter. Aber das habe ich nicht gemeint. Laufen im Sinne von arbeiten. Denken. Überstunden machen. Wenn ich dich anschaue, grübelst du fast immer über irgendwas nach.«

»Echt?«

»Jep.«

»Du schaust mich an?«

»Klar.«

Jake nimmt mich wahr, wie ich ihn wahrnehme. Und er gibt es einfach zu.

Wir bleiben noch eine Weile sitzen und beobachten das Gewitter. Ich starre auf Jakes staubige Stiefel. Plötzlich möchte ich den Rest meines Lebens nichts anderes mehr sehen. Nur Jakes staubige Stiefel neben meinen.

Und einen Augenblick lang erlaube ich mir zu träumen.

Mich nach Jake zu sehnen.

Vielleicht spürt er diese Elektrizität zwischen uns, die genauso real ist wie die Blitze am Himmel, denn er lehnt sich leicht in meine Richtung, nicht so weit, dass wir uns berühren, gerade genug, dass ich mich frage, ob er möglicherweise auch so über mich denkt.

22

Damals

Ich beschloss, Ty seine Version der Geschichte zu glauben. Ich brauchte jemanden, mit dem ich reden konnte, der mich verstand. Lucy hatte erst einen Nervenzusammenbruch bekommen und war dann mit einer vorzeitigen Zusage nach Princeton verschwunden, ohne sich zu verabschieden. Und mit meinen weinenden, sich umarmenden Klassenkameraden oder den weinenden, sich umarmenden Lehrern konnte ich nichts anfangen. Ich fühlte mich wie ein Alien auf einem merkwürdigen und deprimierenden Planeten.

Ich brauchte einen anderen Alien.

Ich brauchte Ty.

So ungern ich es auch zugab, er fehlte mir.

Wir näherten uns einander gerade wieder an – knufften uns im Schulkorridor, wechselten vielsagende Blicke beim gemeinsamen Lieferservice-Essen mit Mom und Phil –, als das mit Elliot passierte.

Elliot war der Fünfte.

Und für Ty war er der Schlimmste.

Es geschah Mitte Mai, als wir schon dachten, die Selbstmordserie sei vorüber. Als die Koalition der Willigen allmählich zerbröckelte und die Eltern ihre wertvollen Körper wieder mit Pilates vor Sonnenaufgang, frühmorgendlichen Meetings, Fairtrade-Kaffees mit Investoren und Grünkohlsmoothies mit Wagniskapitalgebern auf der Suche nach dem nächsten großen Ding stählten.

Ty und Elliot waren früher in Brooklyn zusammen in einem Baseballteam gewesen, den Cardinals, in der zweiten Klasse. Elliot war ein paar Jahre vor Ty nach Kalifornien gezogen. Ty erzählte mir, Elliot sei ein ruhiges, bescheidenes Kind mit einem Händchen für Double Play gewesen. Weil er so klein war, sei das andere Team immer näher herangerückt, und wenn er den Ball dann ans andere Ende des Stadions befördert hätte, seien sie durcheinandergetaumelt wie Eier in einem Mixer.

Ty als Shortstop und Elliot als First Baseman hatten ein großartiges Team abgegeben. Der schlaksige Ty fing den Ball und warf ihn flach zu Elliot, der den gegnerischen Läufer direkt an der ersten Base rauskickte. Danach klatschten sie sich ab, jagten einander übers Spielfeld und mopsten in der Pause eine zweite Tüte Doritos.

Im Jahr darauf war Ty in die nächsthöhere Mannschaft aufgestiegen. Elliot hatte nicht weiterspielen dürfen. Seine Eltern hatten darauf bestanden, dass er in seinem Terminkalender Platz für wichtigere Dinge schaffte. So wie Geige und Nachhilfe.

Ty hatte sich total gefreut, als er ihn nach seinem Umzug letztes Jahr wiedergetroffen hatte, aber die Freundschaft war nicht zu retten gewesen. Die beiden hatten nichts mehr gemeinsam gehabt und Elliot hatte Ty abblitzen lassen, wenn der etwas unternehmen wollte. »Ich muss lernen«, hatte er immer gesagt.

Wahrscheinlich habe Elliot ihn für einen schlechten Einfluss gehalten, mutmaßte Ty später. Für jemanden, der ihn mit in den Abgrund zerren, seine Pläne durchkreuzen würde – ganz anders als in diesen fröhlichen Kindertagen, als höchstens ein Ball zwischen die beiden kommen konnte, mit dem sie zusammen leicht fertigwurden.

Als Elliot auf den Gleisen stand, redeten die beiden nicht einmal mehr miteinander, sondern grüßten sich nur halbherzig auf dem Korridor. Doch sein Tod erschütterte Ty so tief, dass ich dachte, er würde sich nie davon erholen.

Statt nach der Schule Videospiele zu spielen oder mit mir in der Küche herumzualbern, lag er jetzt bloß noch auf dem Bett und warf seinen alten Baseball gegen die Wand, wieder und wieder und wieder. Aus Tagen wurden Wochen und aus Wochen ein Monat.

»Ty?« Ich klopfte leise an den Türrahmen. »Kann ich reinkommen?«

Sein Zimmer stank wie ein Kofferraum, den lange niemand geöffnet hatte.

Donk. Donk. Donk.

Sein Kinderbaseballtrikot lag ausgebreitet auf dem Schreibtisch, ganz glatt, als hätte er mit der Hand viele Male über das T-Shirt in Größe 128 gestrichen. Daneben lagen die winzige weiße Hose mit den verblichenen Grasflecken und die roten Kniestrümpfe.

Die Kappe, klein und rot mit einem Kardinal darauf, saß umgedreht auf seinem Kopf. Er hatte die Lasche geöffnet, damit es überhaupt passte.

Er sah aus wie ein Verrückter, umgeben von seinen Kindheitserinnerungen.

»Mir egal«, antwortete er.

»Ist es nicht.«

Ich schloss die Tür hinter mir. Sperrte sie zu.

»Ty.«

Ich sank neben ihm aufs Bett.

Seine Augen waren rot und geschwollen und ließen mein Herz in tausend Stücke zerspringen.

»Was kann ich tun?«, fragte ich.

»Besorg mir eine Zeitmaschine. Damit ich zurückgehen und seine Eltern davon abhalten kann, sich wie beschissene Arschlöcher zu benehmen. Damit sie ihn mit Baseball weitermachen lassen, der einen Sache, die er wirklich geliebt hat, statt ihn zu einem Leben zu zwingen, das er gar nicht führen wollte. Hast du eine Zeitmaschine, Sis?«

Seine Stimme klang wütend und das *Sis* triefte vor Sarkasmus. Aber das war nur eine Maske.

»Ich wünschte, ich hätte eine.«

Donk. Donk.

»Warum willst du mir überhaupt helfen, Paige? Ich bin ein Vergewaltiger, schon vergessen?« Den letzten Satz spuckte er beinahe aus.

»Ty.«

»Was? Du hast ihnen geglaubt! Und wahrscheinlich tust du es immer noch.«

»Ich wohne nur ein paar Zimmer neben dir. Da ist es ja wohl mein gutes Recht, Angst zu haben.«

Er erstarrte. Sein zorniges Funkeln wich blankem Entsetzen und seine Augen füllten sich mit Tränen. »Denkst du wirklich, ich könnte dir wehtun, Paige?«

»Nein. Ich meine … keine Ahnung.«

»BLÖDE. SCHEISS. MISTWELT!«

Er bat mich nicht zu gehen. Also blieb ich.

»Sein Dad ist ein verdammter Wichser, ganz einfach.« Während seiner Schimpftirade warf er weiter den Ball gegen die Wand. »Er ackert, wie lange? Elf, zwölf Stunden pro Tag in dieser Irrenanstalt. Er hat sich nie Zeit genommen, um mit Elliot zu spielen, selbst, als wir klein waren. Unser Coach war derjenige, der sein Talent erkannt, ihn gefördert hat. Wusstest du, dass ich dabei war, als der Mistkerl dem Coach erklärt hat, dass Elliot nächstes Jahr nicht mehr kommt, nicht mit uns anderen aufsteigt? Und Elliot musste danebenstehen und sich alles anhören. Er hat kein Wort gesagt. Er hat nicht mal geatmet.«

»Was hast du gemacht?«

»Ich bin natürlich ausgeflippt. Habe ihn angefleht, Elliot weitermachen zu lassen. Wir waren ein Team. Jeden Samstag im Park und jeden Sonntag im Schlagkäfig. Das haben wir geliebt. Das *waren* wir.«

»Was ist dann passiert?«

»Er hat gesagt, ich solle mich um meinen eigenen Kram kümmern. Dass das nur Zeitverschwendung sei, oder wolle Elliot vielleicht Baseballprofi werden? Sie hätten gewisse Erwartungen an ihn.«

Donk. Donk.

»Echt blöd.«

Ty fixierte die Wand. »Das war nicht *blöd*. Eine grüne Ampel zu verpassen, ist blöd. Das war kompletter Irrsinn. Ein Achtjähriger muss doch kein Profi-Irgendwas werden. Was zur Hölle? Baseball soll Spaß machen. Wir waren KINDER. Gott, manchmal hasse ich diese erfolgreichen Arschlöcher so sehr. Die klauen uns die Kindheit für das leere Versprechen irgendeiner Bilderbuchzukunft. Das ist es nämlich im Endeffekt. Beim Versuch, die Bilderbuchzukunft zu sichern, bringen sie ihre Kinder um, im wahrsten Sinne des Wortes.«

Damit sprang er auf, riss die Schranktür auf, holte seinen Baseballschläger heraus und fing an, ihn durch die Luft zu schwingen. Ich wich zurück und redete in einem leisen, beschwichtigenden Tonfall auf ihn ein, den ich eigentlich nur für … Himmel, ich hatte keinen blassen Schimmer, wann ich ihn das letzte Mal benutzt hatte. Vermutlich noch in Wyoming, als Dad wieder einmal getrunken hatte. Beim Gedanken daran schauderte ich.

»Weißt du, warum ich nicht bei seiner Beisetzung war, Paige? Warum ich mich nicht an den Altar gestellt und für meinen Freund gesungen habe wie damals bei Elena?« Tys dunkler Blick ging mir durch und durch. Ich schnappte nach Luft. Er hatte den Baseballschläger über den Kopf erhoben. Eine falsche Bewegung und ich wäre tot. Ich wäre die Nächste.

»Weil du sonst seinen Vater umgebracht hättest?«, fragte ich. Meine Stimme war kaum lauter als ein Flüstern.

Er schaute mich an, als würde er mich zum ersten Mal sehen.

»Nein, verdammt. Glaubst du, ich will lebenslänglich in den Knast? Auf keinen Fall!« Er starrte auf den Schläger und schien jetzt erst zu merken, wie drohend er ihn hochhielt. Er warf ihn aufs Bett und kam auf mich zu, langsam, entschlossen, wie eine Raubkatze. »Ich hätte ihm gesagt: *Sie waren das!*« Er zielte mit dem Zeigefinger auf mein Gesicht. »*Elliot hat sich nicht selbst getötet. Das waren Sie. Vor neun Jahren. Als Kind war er stark wie ein Bär. Es hat bis jetzt gedauert, um sein Herz zum Stillstand zu bringen. Aber Elliot war ein so lieber Kerl, er wollte seinen Vater nicht enttäuschen.*«

Das Zimmer war erfüllt von Leidenschaft und Schmerz. Von diesem Moment an wusste ich, dass Ty zu so ziemlich allem fähig war. Er war beides, Engel und Teufel. Ich hatte bloß keine Ahnung, was für eine Rolle ich spielte, wer ich für ihn war, welche seiner Persönlichkeiten er für mich reserviert hatte. Es war nur eine Frage der Zeit, bis meine Neugier siegen und ich es herausfinden würde.

23

Jetzt

Nachdem wir die Arbeit für diesen Tag beendet, zu Abend gegessen und ein paar alte Filme mit meinem Dad geschaut haben, setzen Anna und ich uns auf die Veranda und sehen zu, wie die Sonne auf den Pferch vor uns brennt und den nassen Boden in eine rissige Kruste verwandelt. Als ich die Spannung in der Luft spüre, die die zwanglose Pause zu etwas Förmlicherem macht, frage ich: »Wo steckt Jake?«

Das ist mein neues Allheilmittel, sobald mir die Panik vom Bauch in die Brust steigt und als Wutanfall oder Heulkrampf – was es wird, weiß ich vorher nie – aus mir herausbrechen will. Er muss gar nicht aktiv mit mir reden, allein sein lässiges Selbstvertrauen wirkt besser als jede Beruhigungstablette. Ich habe ihn gern in meiner Nähe.

»Der kümmert sich um die Vorbereitungen.«

»Welche Vorbereitungen?«

Sie nimmt einen großen Schluck aus dem hohen, mit Erdbeeren bedruckten Glas und schaut mich über den Rand hinweg an. »Für unseren Dreitagestrip.«

Mein Herz klopft schneller. »Dreitagestrip? Über Nacht?«

»Was sonst? Tanya, eine Freundin aus der Stadt, bleibt bei deinem Daddy, während wir eine Viehherde zusammentreiben, die in den Bergen grast.«

»Wir?«

»Du, ich und Jake.«

Donk. Mein Herz. Fast wie Tys Baseball an der Wand. »Oh.«

Jake und ich auf einem Übernachtungsausflug? Nur wir drei, den ganzen Tag? Die ganze Nacht? Über. Nacht. Sterne. Schlafsäcke.

Panik. »Ich kann nicht mit. Ich muss noch total viel ... schreiben.«

»Du schreibst nicht. Du sitzt da und starrst auf den Bildschirm.«

Scheiße.

»Das nennt man Schreibblockade, das ist völlig normal ... Hab ich gehört. Und ich schreibe woanders. Nicht, dass dich das ... Außerdem sollten wir nicht einfach abhauen und Dad bei dieser Fremden lassen.«

»Gus und Tanya verstehen sich bestens.«

»Warum reitet nicht nur ihr zwei?«

»Könnten wir. Aber wir wollen dich dabeihaben.«

Irgendetwas stimmt da nicht. Anna und Jake sind beide begeisterte Anhänger des persönlichen Freiraums.

Plötzlich dämmert es mir. »Ihr wollt mich nicht allein lassen, oder?«

»Deine Mutter hat darum gebeten.«

»Verbringt Jake deswegen so viel Zeit mit mir? Weil ihr ihn dafür bezahlt, dass er mich babysittet?«

»Jake? Nein. Jake macht, was er will. Wenn er Zeit mit dir verbringt, dann von sich aus.«

Ich komme mir dumm vor. Und bin unglaublich erleichtert. Ich wende mich schnell ab, damit sie mein Gesicht nicht sieht.

»Wovor genau hat meine Mom denn Angst?«

Anna trinkt noch einen Schluck Tee. Die Eiswürfel klirren. Sie muss meine Frage nicht beantworten. Es war bescheuert, sie überhaupt zu stellen. Wollte ich tatsächlich, dass sie es ausspricht? Dass ich unter Selbstmordverdacht stehe? Dass ich hergeschickt worden bin, weil sie befürchten, ich sei die Nächste?

Wir wechseln einen Blick und mir wird klar, dass jeder Widerstand zwecklos ist. Anna gehört jetzt auch zur Koalition der Willigen – nur dass sie auf dem Rücken eines Pferds statt in einem Campingstuhl sitzt. »Schön. Wann brechen wir auf?« Ich will sowieso nicht alleine hierbleiben. Ich bin viel lieber mit Anna und Jake zusammen, so ungern ich es mir auch eingestehe.

»Morgen bei Sonnenaufgang. Das heißt, du schwingst deinen Hintern am besten noch heute in einen Sattel.«

Sehr subtil.

Um ehrlich zu sein, liebe ich Pferde. Reiten war früher meine absolute Lieblingsbeschäftigung. Die Pferde haben mir schrecklich gefehlt, als Mom mit mir weggezogen ist. Ihr Geruch, das Gefühl ihres jagenden Herzschlags, das feuchte Fell nach einem langen Ritt. Sogar das Stallausmisten (auch wenn ich das damals nie zugegeben hätte).

Jetzt bin ich wieder hier. Ich bin zurück.

Alles ist anders. *Ich* bin anders. Völlig umgekrempelt. Doch diese … Ehrfurcht und Zuneigung den majestätischen Vierbeinern gegenüber wallt wie von selbst wieder in mir auf. Ich habe diese rot-goldene Stute schon eine ganze Weile im Visier. Teile meine Äpfel mit ihr. Bewundere ihre Stärke, ihre wilde Schönheit, meist aus der Ferne. Sie will nichts mit mir zu tun haben, aber wer könnte es ihr verdenken? Ich fühle mich ihr irgendwie verwandt. Genau wie ich ist sie gefangen und stinkwütend darüber.

Mir ist klar, dass ich sie nicht reiten kann. Sie ist nicht gezähmt.

Aber es gibt ja noch andere Pferde auf der Ranch. Warum habe ich bisher nie gefragt, ob ich ausreiten darf?

Ich weiß, warum. Weil *sie* es nicht mehr können. Meine früher so lebendigen Schulkameraden, die zu Asche und Knochenstaub zerfallen sind. Ihre Zukunft ruht in gravierten Urnen aus Holz, Metall, Gusseisen, Keramik oder Glas auf den Kaminsimsen ihrer Eltern. Und bald schon könnte die meines Vaters auf dem meinen ruhen. Ihnen allen wurde viel zu früh die Möglichkeit geraubt zu tun, was sie lieben. Warum sollte ich sie haben?

24

Damals

»Es war nicht nur die Schuld seines Vaters«, gestand Ty, als wäre ich ein Pfarrer und unser schummeriges, modern eingerichtetes Wohnzimmer ein Beichtstuhl. Unsere Eltern waren bei einer Wohltätigkeitsgala für die Suizidprävention bei Jugendlichen.

Ein Black Tie Event.

Während fünf Jugendliche nur noch Asche waren.

Wir saßen auf gegenüberliegenden Enden des Sofas und die Spannung zwischen uns war beinahe greifbar. Ich hatte immer noch Angst vor ihm, war unsicher und zugleich sicher, dass er mich nicht verletzen würde. Er war wie ein kleiner Junge, der sich verlaufen hatte. Ein Problem, das ich lösen wollte. Ein Rätsel.

»Nein?«

»Nein. Es war auch meine. Ich hätte nicht zulassen dürfen, dass die Baseballgeschichte zwischen uns steht. Wir hätten trotzdem Freunde bleiben können.«

»Ty.«

»Was?«

»Du hast was echt Kluges zu mir gesagt, als ich dasselbe von Elena behauptet habe.«

Er sah mich beinahe flehend an. »Und zwar?«

»Glaubst du echt, jemand würde Selbstmord begehen, bloß weil irgendwer eine blöde Bemerkung gemacht hat?«

Seine Augen blitzten. »Vergleich Elliot nicht mit Elena. Sie war eine egoistische Schlampe.«

»Ja, *war*«, erwiderte ich. »Und Elliot *war* dein Freund. Präteritum. Denk doch mal rational. Meinst du, du hättest seinen Tod verhindern können, wenn ihr noch zusammen Baseball gespielt hättet?«

»Ja.«

»Aber … wie?«

»Man bringt sich um, weil man keine Hoffnung mehr hat. Beim Baseball gibt es immer Hoffnung. Ein neues Spiel, eine neue Saison, ein neues, spannendes Abenteuer.«

»Du spielst doch selbst seit Ewigkeiten nicht mehr.«

»Und?«

»Und.«

Ich wollte es nicht aussprechen. Er war am Leben. Das alles hatte weder mit Baseball noch mit ihm zu tun.

Also wiederholte ich, was er mir damals gesagt hatte: »Die Sache ist größer als du, Ty.«

Ich dachte, er hätte zugehört, aber am darauffolgenden Morgen las ich in der Zeitung, dass jemand in der Parkgarage des Krankenhauses alle Scheiben eines BMWs eingeschlagen hatte – dem des renommierten Herzchirurgen Dr. Lu.

Ich suchte in Tys Zimmer nach seinem Baseballschläger.

Überprüfte ihn auf Glassplitter.

Er war sorgfältig poliert und neben dem Rest der Erinnerungsstücke an die Kindheit im Stadion platziert worden. An die Zeit, in der Ty fälschlicherweise geglaubt hatte, dass sein Leben perfekt sei, dass Elliots Leben grenzenlose Möglichkeiten biete.

Dass sie eines Tages beide Baseballprofis werden würden.

Jetzt hatte ich den Beweis, dass Ty mehr Teufel als Engel war.

Und trotzdem hielt ich mich nicht von ihm fern.

25

Jetzt

Als ich in den Stall stolpere, sattelt Jake gerade einen alten Wallach.

»Ich bin beeindruckt«, sagt er mit einem ironischen Grinsen.

»Wovon?« Ich nehme noch einen Schluck von dem Cowboy-Kaffee, den Anna mir in die Hand gedrückt hat, bevor ich, noch halb bewusstlos, aus der Tür geschoben wurde. Um fünf Uhr fünfundzwanzig.

»Dass du aufgestanden bist.«

»Haha«, mache ich. »Als hätte ich eine Wahl gehabt.«

»Hattest du nicht. Trotzdem.«

»Na, vielen Dank.«

»Na, sehr gerne.«

Bei seinem Blick frage ich mich, wie um alles in der Welt ich einen Dreitagesritt mit diesem blauäugigen Cowboy überstehen soll.

Ich klopfe dem Pferd auf den großen, gefleckten Hintern und wechsle das Thema. »Wen haben wir denn hier?«

»Das ist Old Blue.«

»Und was ist mit ihr?«, frage ich und deute auf meine rotgoldene Schönheit draußen im Pferch, die so wütend herumhüpft, als hätte sie eine Biene unter dem Brautkleid.

Jake stößt sein typisches Lach-Schnauben aus und schüttelt den Kopf.

»Was?«

»Sie ist nicht mal eingebrochen.«

Ich zucke mit den Achseln.

»Weißt du überhaupt noch *irgendwas* übers Reiten, Cowgirl?«

»Ich hab gehört, man muss aufs richtige Pferd setzen.«

»Haha«, äfft er mich nach, während er Sattel, Zügel und Trense befestigt, an dieser Schnalle zieht, an jenen Riemen zupft und dabei seine Schulter gegen den schweren Körper stemmt.

Er erklärt mir, wie man das Zaumzeug anlegt. Wenn Cowboys einem etwas beibringen, zeigen sie es einem einmal und erwarten dann, dass man es beherrscht. Ich hatte schon vermutet, dass Jake genauso ist. Dass ich den Mund aufmachen und nachfragen muss, wenn ich etwas nicht verstehe. In diesem speziellen Fall ist das zwar gar nicht nötig, weil ich mich ganz gut an alles erinnere, aber ich will ihm den Spaß nicht verderben.

»Okay«, sagt er schließlich und tippt auf die Spitze meines Stiefels. »Stell den Fuß hierhin und dann hoch mit dir.«

»Ich weiß, wie man auf ein Pferd steigt, Jake.«

»Mhm«, murmelt er.

»Was? Tu ich wirklich. So was verlernt man nicht.«

»Du wolltest gleich beim ersten Mal einen wilden Mustang reiten. Sei mir nicht böse, Cowgirl, aber hier draußen bestimme ich, wo's langgeht. Wenn du dir das Kreuz brichst, bricht Anna mir die Nase.«

»Ist notiert.«

Jakes Gesicht ist vollkommen in seiner Unvollkommenheit. Mittlerweile sehe ich es fast immer, wenn ich die Augen schließe. Es ist eins der wenigen schönen Dinge in meiner völlig verkorksten Welt und es wäre echt schade, wenn ihm etwas zustieße. Vor allem durch Anna. Ich wette, sie hat eine ordentliche Rechte.

Ich greife mit beiden Händen nach dem Sattelknauf und spüre Dreck und Schweiß an meinen Fingern, während ich den linken Fuß in den Steigbügel stelle und mich in den Sattel hieve.

»Zehen nach oben«, sagt Jake. »Fersen nach unten.«

»Ich weiß.«

»Warum tust du's dann nicht?« Er schiebt meinen Stiefel sanft in Position. »Wenn man was macht, dann gleich richtig.«

Er sucht meinen Blick und redet, glaube ich, nicht nur über meine Reithaltung.

Ich blinzle. »Das ist nicht so leicht, wie es klingt.«

Ich rücke meinen Fuß nach seinen Anweisungen zurecht.

»Besser«, sagt er, nimmt den leuchtend blauen Strick und führt mich aus dem Stall.

»Wo ist dein Klepper?«

Er lächelt. Keine Ahnung, ob wegen des Worts oder wegen mir. »Ich komme nicht mit.«

»Ich dachte, wir reiten alle zusammen.«

»Das ist dein Übungsritt, Cowgirl. Damit du wieder sattelfest wirst.«

Mein Herz setzt aus und ich reiße unwillkürlich an den Zügeln. Das Pferd wiehert und wirft den Kopf zurück. Jake legt ihm beschwichtigend die Hand auf den Nasenrücken. »Hey, ganz ruhig, alter Junge. Halt die Zügel lockerer, Paige. Keine Panik, du schaffst das. Nur daran ziehen, wenn er stehen bleiben soll. Unser Blue hier ist ein ehrwürdiger Greis, also wird das bloß ein gemächlicher Spaziergang. Bleib einfach auf dem Rundweg und –«

»Jake, ich habe seit Jahren nicht mehr auf einem Pferd gesessen. Was, wenn –«

»Keine Sorge, wenn du in einer halben Stunde nicht zurück bist, reite ich dir hinterher. Ich muss noch den Proviant zusammenpacken und die anderen Pferde satteln.«

Der grau melierte Wallach mit der struppigen weißen Mähne niest. Zumindest glaube ich, dass es ein Niesen ist. Vielleicht will er auch seinen Protest kundtun. Als ich die Zügel straffe, schüttelt er wieder den Kopf.

»Das wird lustig.« Jake greift nach meiner Hand, um meine Zügelhaltung zu korrigieren. »Nicht so fest. So ist es besser.« Er macht es mir vor, ehe er meine Finger auf den weichen Riemen platziert. »Als hättest du eine Eistüte in der Hand. Lass ein Stück überhängen. Genau so.«

Ungefähr fünfzehn Zentimeter dünnes Leder baumeln auf der Seite herunter. »Ich glaube, mein Eis tropft.«

»Dann ist es richtig.«

»Aber Jake«, stammle ich nervös. »Anna will bestimmt, dass du mich begleitest.«

»Wenn Anna wollen würde, dass ich dich begleite, hätte sie es mir gesagt. Und jetzt ab mit dir!« Er gibt dem Wallach einen Klaps auf den Hintern. »Ich hab noch was zu erledigen. Schau immer nach vorn, Paige, nicht zurück.«

Blue trottet in einem seltsamen Trab-Schritt los und ich ziehe ängstlich an den Zügeln. »Jake?«

»Augen auf den Weg. Zeig ihm, wer der Boss ist. Halt die Zügel locker, aber nicht zu locker.«

»Was, wenn wir uns verirren?«

»Manchmal muss man Dinge tun, vor denen man Angst hat, Paige«, ruft er mir hinterher. »Nur so weiß man, dass man noch lebt.«

Jake hatte recht, was Blue betrifft.

Er ist unmotiviert bis zum Gehtnichtmehr und nach dem anfänglichen Energieausbruch schaffe ich es kaum, ihn zum Weiterlaufen zu bewegen. Bei jedem Busch hält er an und schnuppert, bevor er das Maul aufreißt und sich darüber hermacht. Ich muss alle paar Meter an seinem Kopf zerren, damit er auf dem Weg bleibt. Trotzdem fühle ich mich wohl auf seinem Rücken. Als würde ich hierhergehören. Wie wenn man nach einem langen, verregneten Winter in der Vorstadt am ersten sonnigen Tag sein Fahrrad rausholt und einfach losfährt, den Wind in den Haaren und ein Lied im Ohr.

Ich erinnere mich an diesen Weg.

Es ist der Anfängerrundweg, auf dem die kleinsten Ranchgäste reiten. Nach einer Weile erinnere ich mich sogar an den greisen Wallach. Damals war er natürlich noch jünger, aber schon genauso ruhig. Freundlich. Kinderlieb.

Eine Zeit lang zuckeln wir in stiller Eintracht dahin. Das Ganze ähnelt meiner Beziehung zu Anna – da wir einander nicht loswerden, müssen wir eben miteinander auskommen.

Kriechtiere rascheln durchs Unterholz, ein Backenhörnchen hopst wie verrückt im Kreis herum, wie aus dem Nichts taucht ein Fischadler auf und hält im Sturzflug auf einen See zu, um sein Frühstück zu jagen, während die Singvögel ihre Morgenarien schmettern.

Außer den Geräuschen der Natur höre ich nur den Atem meines Pferds, den Klang seiner Hufe auf dem harten Boden und mein Herz, das sich allmählich ans Alleinsein gewöhnt.

»Du hast es überlebt«, bemerkt Jake grinsend, als wir ungefähr zwanzig Minuten später zurückkehren. Mein Wallach steuert schnurstracks auf die Tränke im Pferch zu. Als er den Kopf senkt, um das Wasser aufzusaugen, beuge ich mich ebenfalls vor und klopfe ihm auf den Hals.

Jake tätschelt Old Blue liebevoll. »Hat der alte Herr dich gut behandelt?«

»Allerdings«, antworte ich. »Wir haben uns bestens verstanden. Kann ich jetzt absteigen?«

»Klar.«

Er streckt mir die Hand hin und ich schwinge das Bein über den Rücken des Pferds und lande mit einem dumpfen Rums auf dem Boden. Jakes Hände gleiten zu meiner Hüfte und stützen mich, während meine Finger auf dieser harten und gleichzeitig weichen Stelle zwischen seiner Brust und seiner Schulter zum Liegen kommen.

Wären wir andere Menschen an einem anderen Ort, könnten wir tanzen. Mein Körper versteift sich und Jake lässt schnell los, wischt sich die Hände an den Chaps ab.

»Und, wie war's?«, fragt er, um die Spannung zwischen uns aufzulösen.

»Schön«, sage ich. »Gut.« Aber was heißt das überhaupt?

Jake nickt, als wüsste er, dass es zwar nicht gut, aber zumindest *etwas* war, dann nimmt er seinen Hut ab, kratzt sich und setzt ihn wieder auf.

Ich mag, wie sich seine Hände auf mir anfühlen, das ist offensichtlich. Es zu leugnen, wäre sinnlos. Aber ich kann Jake nicht an mich heranlassen. Dazu bin ich noch nicht bereit. Womöglich werde ich es nie sein. Wie soll ich bloß den Ausflug überleben?

»Können wir in einer halben Stunde los?«

»Kein Problem. Ich laufe nur kurz rein und verabschiede mich von Dad.«

»Hm.« Er mustert mich mit dem gleichen Blick wie damals, als ich am Flughafen neben seinem Jeep gestanden habe.

»Was?«

»Vielleicht gibt es doch noch Hoffnung bei dir.« Er lacht, als ich ihm in den Arm boxe.

26

»Wie fühlst du dich, Cowgirl?«, fragt Jake mich genau eine halbe Stunde später.

»Als hätte ich besser nicht noch einen Zwischenstopp in meinem Zimmer eingelegt«, brumme ich, während ich den Fuß in den Steigbügel stelle, mich am Sattelknauf hochziehe und das Bein über Old Blues Rücken schwinge. »Mein Bett ist eindeutig bequemer als dieser Sattel.«

Jake klopft meinem Wallach auf die Flanke und lächelt.

Hör auf, mit ihm zu flirten.

Lass es einfach.

Tu es nicht. Und frag dich auch nicht ständig, was er wohl nachts treibt, denn das geht dich verdammt noch mal nichts an.

Mit neuer Entschlossenheit halte ich den Blick nach vorn gerichtet, auf Annas Rücken. Ihre Jacke ist aus Wildleder und mit langen, breiten Fransen besetzt, als hätte sie sie vom Filmset von *Der mit dem Wolf tanzt* geklaut. Eine Hälfte von mir will ein Foto davon schießen, es Ty schicken und sich mit ihm darüber lustig machen. Die andere will sich an den letzten Rest ihrer geistigen Gesundheit klammern und nicht mehr an

Ty denken, also konzentriere ich mich auf die hin und her schwingenden Fransen unter dem frühmorgendlichen, mit rosafarbenen Sonnenschlieren bedeckten Himmel. Am liebsten würde ich ihr ewig nachreiten.

»Zeit zum Futterfassen«, verkündet Jake eine ganze Weile später. Ich habe weder mein Handy noch eine Uhr, also bin ich vollkommen auf Anna und Jake angewiesen.

Jakes Pferd bleibt stehen, Annas Pferd bleibt stehen. Meins trottet weiter, bis seine Nase fast im Schwanz des Vordermanns steckt, dann zuckt es plötzlich zurück und versenkt den Kopf in einem Busch. Ich kralle mich fest, um nicht über seinen Hals zu rutschen.

»Halt die Zügel straff, Paige. Und du benimm dich, Blue.« Jake springt lässig ab und reicht seine eigenen Zügel Anna, ehe er nach Blues Zaumzeug greift und sanft den Kopf des Wallachs nach oben zieht.

Ich schirme die Augen gegen die Sonne ab. »Er ist nicht mehr der Jüngste. Wahrscheinlich sollte er gar nicht mehr so weit laufen.«

»Warum steigst du dann nicht ab und gönnst ihm eine Pause?«, fragt Jake neckend und streckt mir die Hand hin.

»Immer mit der Ruhe«, erwidere ich.

Jake lacht leise und murmelt etwas, das wie »Wie ein alter Viehtreiber« klingt.

»Was?«

»Nichts, nichts, Cowgirl.«

»Man muss sich schon daran gewöhnen. Ich bin jedenfalls nicht unglücklich, dass du mich zu dem kleinen Trainingsritt heute früh gezwungen hast.«

»Siehst du? Aber sei nicht so streng mit dir, du machst das super.« Jake bindet Blue an einen Baum. »Ich hol ihm was zu trinken.«

Ich beobachte, wie er einen Wassereimer füllt und ihn an Blues Halfter befestigt. »Hast du Hunger?«, fragt er dann. »Am ersten Tag ist das Frühstück immer am besten. Die Eier und der Speck bleiben nicht viel länger frisch.«

»Eier und Speck, im Ernst?«

»Sicher, warum nicht?«

»Wenn mich keiner braucht, schlendere ich mal den Weg hoch und schaue mich um«, sagt Anna. Jake und ich blicken überrascht auf. Ich hatte ganz vergessen, dass sie noch da ist. Unsere Augen treffen sich und wir müssen beide lachen.

»Alles klar. Frühstück ist in 'ner Viertelstunde fertig«, erwidert Jake.

Ich wippe rastlos auf und ab, während ich ihm beim Kochen zusehe. Das Feuer brennt innerhalb von Sekunden und ich darf keinen Handgriff tun. Jake schlägt die braunen Eier auf und lässt ihren Inhalt in die schwere Pfanne gleiten. Neben ihnen brutzelt der Speck und sein Duft vermischt sich mit dem der Kiefern. Gott, das ist ungefähr das Beste, was ich je gerochen habe.

Mein Magen knurrt laut und vernehmlich, als ich mich Jake gegenüber auf einen Stein setze, und dann sieht er *mir* zu, wie ich mit einem Stück Brot auch den letzten Tropfen Eigelb von meinem Teller wische. Sein amüsierter Gesichtsausdruck verrät, dass er sich fragt, wer ich bin und was ich mit Paige gemacht habe. Anna war rechtzeitig zum Frühstück zurück und isst mit Appetit.

Schließlich packen wir die Sachen zusammen und sitzen wieder auf. Unterwegs reden wir über dies und das. Manchmal schweigen wir auch. Jake deutet auf einen Adler, der über den spitzen Wipfeln kreist.

Ein paar Stunden später machen wir noch eine Pause.

Ich entschuldige mich und verschwinde dankbar im Wald. Dabei muss ich an meinen ersten Tag hier zurückdenken, als ich aus Jakes Jeep gesprintet bin. Ich träufle mir ein bisschen Desinfektionsmittel auf die Hände, und als ich mich wieder zu den anderen beiden geselle, reicht Anna mir ein Sandwich: Erdnussbutter und Marmelade auf Toast. Jake lehnt an einem Baum wie ein verdammtes Model für ein Westernmagazin, mit Grashalm im Mund und allem. Als er meinen Blick bemerkt, lächelt er leicht und starrt hinunter auf seine abgewetzten Stiefel.

Diese Stiefel.

Ich nehme mir fest vor, ein Foto von ihnen zu schießen, wenn wir zurück auf der Ranch sind, aber dann rufe ich mir die goldene Regel für diesen Ausflug in Erinnerung:

Halte dich von ihm fern. Flirte nicht mit ihm. Flirten ist der Anfang vom Ende.

Während Jake arbeitet, sich um die Pferde kümmert, richte ich meine Aufmerksamkeit auf den endlos weiten Himmel, das vertrocknete Unterholz, Old Blue und seinen peitschenden Schweif, mit dem er nervige Fliegen verscheucht – egal, Hauptsache nicht auf Jake.

Nach dem Mittagessen halten wir erst am Abend wieder, an einem kleinen See, der wie ein beinahe voller Mond geformt ist.

Der Sonnenuntergang färbt den Himmel rosa und orange und violett. Das Schauspiel ist mit Abstand das Schönste, was ich je gesehen habe. Ich wandere allein zum Ufer hinunter. Das Wasser liegt so still da, als wäre es aus Glas. Ein Vogel gleitet darüber, taucht die Krallen hinein. Ich bin überrascht, dass kein Kratzer zurückbleibt, als er wieder in die Luft steigt.

»Hübsch, oder?«, ertönt Jakes Stimme hinter mir.

»Unglaublich. Wie ... unberührt. Das klingt dumm.«

»Überhaupt nicht. Es stimmt sogar fast. Dieses Land gehört deinem Daddy. Niemand außer uns kommt hier hoch und wir lassen es so zurück, wie wir es vorgefunden haben.«

»Irgendwie fühlt sich das nicht richtig an. Dass so viel Schönheit vergeudet wird.«

Jake rümpft die Nase. »Nur weil hier keine Touristen Videos drehen, wird sie doch nicht vergeudet.«

»Ich rede nicht von Touristen.«

»Sondern?«

»Da bin ich mir noch nicht sicher.« Ich reiße mich von den Rosa- und Lavendeltönen los und blicke ihn an. »Wer hat das gesagt, dein Dad?«

»Allerdings. Und er war nicht der Einzige.«

Ich warte eine Weile, nehme alles in mich auf. Die Natur, die Gefühle. Ihn. »Danke, Jake.«

»Wofür?«

»Dass du mich hergebracht hast. Das hättest du nicht tun müssen.«

Er kaut noch ein paarmal auf seinem Grashalm herum, ehe er erwidert: »Wahrscheinlich hätten wir einen Babysitter finden können, der 'ne Nacht auf dich aufpasst.«

Ich knuffe ihn in die Rippen. »Ich brauche keinen Babysitter!«

Er weicht zurück und lässt die Augen über meinen Körper wandern. »Da hast du recht«, meint er, als würde ihm gefallen, was er sieht. Als würde er es auch so meinen. »Und ich bin froh, dass wir dich mitgenommen haben. Es ist schön, dass du dabei bist.«

»Es ist schön, dabei zu *sein*«, sage ich, weil es die Wahrheit ist. Und die Wahrheit zu sagen, ist kein Flirten.

Das Abendessen besteht aus einer Dose Bohnen, die Jake über dem offenen Feuer in der Eierpfanne von heute Morgen erhitzt (am Rand klebt noch ein Rest Eigelb als Erinnerung). Die Sterne funkeln so hell, dass eine Campinglampe auf einem umgestürzten Baumstamm als Beleuchtung ausreicht.

Wir essen in entspanntem Schweigen. Die Bohnen schmecken rauchig, wie der Speck beim Frühstück.

Jake sitzt auf einem Stein schräg links vor mir, sodass ich beim Essen sein Profil betrachten kann. Den Knick in seinen Locken. Huthaare. Cowboyhuthaare. Er schlingt die Bohnen hinunter, als wäre es seine Henkersmahlzeit, und wischt sich danach den Mund am Ärmel ab. Ich liebe es, wie er isst. Wie er alles macht. Schnell. Effizient. Er erledigt es einfach. Schon als kleines Mädchen habe ich immer erst abgewartet, mir jede Situation genau angesehen. Während die anderen Kinder sich mit Arschbomben in den Fluss stürzten, habe ich überlegt, was passieren könnte. Was, wenn das Wasser zu kalt war und ich schrie und mich blamierte? Was, wenn mich ein Fisch streifte oder, noch schlimmer, eine Wasserschlange? Die gibt es hier nämlich. Zuerst riefen mir alle aufmunternd zu und winkten, aber irgendwann vergaßen sie mich, weil sie so beschäftigt damit waren, Spaß zu haben. Zu *haben*. Nicht, darüber nachzudenken.

Jake zuckt leicht zusammen, als würde er meine Augen auf sich spüren. Vielleicht verscheucht er auch nur eine Mücke. Auf jeden Fall schielt er mit einem amüsierten Stirnrunzeln zu mir herüber.

Später beobachte ich, wie Jake und Anna ihre Schlafsäcke ausrollen. Anna sucht sich ein grasbewachsenes Fleckchen unter einem Baum und bereitet ihr Nachtlager sorgfältig vor. Auch Jake trifft seine Entscheidung mit Bedacht, so wie eigentlich immer. Er wirft einen Blick in den Himmel, schätzt die Entfernung zum Feuer ab und testet mit dem Absatz seines Stiefels die Beschaffenheit des Bodens.

Dann entfernt er geschickt die Schnur um seinen Schlafsack. Zwei Wolldecken und noch ein zweiter Schlafsack kommen zum Vorschein. Er legt die Wolldecken gewissenhaft übereinander, platziert einen Schlafsack darauf, und anstatt sich die Schuhe von den Füßen zu schleudern und sich lang zu machen, dreht er sich zu mir und verkündet mit einer einladenden Handbewegung: »Voilà … Es ist nicht das Ritz, aber hoffentlich bequem genug.«

»Das ist für mich?«

»Jep.«

»Danke!«

»Gern geschehen. Los.« Er klopft auf den Schlafsack. »Teste mal. Ich hab den Boden nach Steinen abgesucht, aber manchmal sind die, die man nicht sieht, die spitzesten.«

Wieder meint er mehr, als er sagt. »Klingt gemütlich.«

»Nicht so spitz, dass man sie ständig spürt. Sie rauben dir nicht den Schlaf, aber am nächsten Morgen tut dir alles weh und du hast blaue Flecken.«

Anna ist immer noch mit ihrer Schlafstätte beschäftigt, verrückt die Laterne, kümmert sich um die Pferde. Ich bin dankbar dafür, wie viel Freiraum sie mir – uns – gibt, einfach zu sein.

»Okay.« Ich lächle. Jake ist so verdammt süß.

»Also prüf noch mal, ob nichts drückt, bevor du die Augen zumachst.«

Ich setze mich auf den Schlafsack und rutsche ein bisschen hin und her.

»Gut?«

»Ja, danke.«

»Sicher?« Er schaut mich an und ich will nicht, dass er damit aufhört, aber das muss er. Er muss weggehen. Abstand zu mir halten.

»Jep. Danke.«

»Das hast du schon gesagt«, erwidert er belustigt.

»Was?«

»Danke. Du hast mir schon gedankt. Mehrfach.«

»Wahrscheinlich bin ich es einfach nicht gewohnt, dass Leute so viel für mich tun. Solche Sachen.«

»Ich hab nur einen Schlafsack ausgerollt, Cowgirl.«

»Wenn du meinst«, sage ich.

Er freut sich, dass es mir aufgefallen ist, das merke ich daran, wie seine Augen im Dunkeln glitzern.

Wir unterhalten uns noch eine Weile, dann wünscht Anna

uns eine gute Nacht und kuschelt sich in ihr Bett unter den Sternen. Erst als sie sich umgedreht hat, rollt auch Jake seinen Schlafsack aus, vielleicht eineinhalb Meter von meinem entfernt. Nah genug, aber nicht zu nah.

Kurz darauf liegt er auf dem Rücken, den Cowboyhut auf dem Gesicht. Seine Stiefel stehen ordentlich am Fußende. Das Ganze sieht aus wie eine Szene aus einem Western.

Wieder scheint er meinen Blick zu spüren, denn er hebt den Hut ein Stück an und wir tauschen ein Lächeln.

»Schlaf gut, Cowgirl.«

»Ich habe auch einen Namen, weißt du?« Ich stütze mich auf die Ellbogen.

»Jep«, antwortet er und schaut mir noch einen Moment in die Augen, bevor er wieder unter dem Hut verschwindet.

»Gute Nacht, Jake.«

Ich will zu ihm hinüberrutschen. Wenn ich den Arm ausstrecke, kann ich ihn berühren. Aber ich darf Jake nicht berühren. Sonst würde eins zum anderen führen.

Sein Gesicht ist verborgen, aber ich fühle, dass auch er über mich nachdenkt. So etwas versteht man nur, wenn man es selbst erlebt hat – die Anziehung, den langsamen, treibenden Rhythmus tief in einem, wie Musik, die nur du und die andere Person hören können. Sie ist laut, aber ich tue mein Bestes, um sie zum Verstummen zu bringen. Leiser zu stellen. Zu ignorieren.

Nach ein paar Minuten wird Jakes Atem flach und regelmäßig.

Sobald ich sicher bin, dass er schläft, versinke ich in seinem Anblick und beobachte, wie seine Brust sich hebt und senkt.

27

Damals

Ty erholte sich nie ganz von der Sache mit Elliot.

Genauso wenig wie die Schule.

Oder die Stadt.

Niemand konnte mehr so tun, als wäre es keine ausgewachsene Epidemie.

Die Koalition der Willigen war ratlos. Und erschöpft. Sie konnten die Gleise nicht vierundzwanzig Stunden am Tag bewachen. Schließlich stellte die Polizei einen neuen Maschendrahtzaun auf, mit Stacheldrahtschlingen und riesigen Schildern, auf denen *Sie brauchen Hilfe?* stand und darunter eine kostenlose Nummer für die Verzweifelten. Und für alle, die sich leicht ins Bockshorn jagen ließen, hing direkt daneben noch ein Schild: *Spielen auf und an den Gleisen verboten. Das Zuwiderhandeln wird mit einem Bußgeld von bis zu 1.000 Dollar geahndet.* Ich las diese Schilder wieder und wieder.

Das Tabu war gebrochen. Meine Altersgenossen hatten eine Fluchttür aus der Kindheit gefunden und die führte nicht ins Erwachsenenleben.

Das alles war grässlich und verwirrend. Ich bekam Panikattacken. In der Schule. Zu Hause. Meine Mom brachte mich zu unserem Hausarzt, der mich zu einer Kinder- und Jugendpsychiaterin überwies. Die sagte, das alles sei einfach zu viel für mich. Es kämen gerade ständig Kinder aus meiner Schule zu ihr, eins nach dem anderen. »In dieser Phase ist euer Leben sowieso schon voller Unsicherheiten – Collegebewerbungen, der nahende Auszug von zu Hause und jetzt noch die Trauer.« Sie schaute mich mitleidig an und verschrieb mir ein Antidepressivum und Xanax gegen die Angst. »Bei Bedarf.«

Ich kapierte es nicht. Das mit dem College war längst entschieden. Ich hatte von vier meiner sechs Favoriten eine Zusage bekommen und würde ab Herbst die Wesleyan an der Ostküste besuchen. Ich weiß, das klingt total klischeehaft, aber sie erinnerte mich an die kleinen Kunstcolleges aus dem Fernsehen, wo Mädchen sich in den Schreibkursen in ihre Professoren verknallen und aus flittchenhaften Mitbewohnerinnen mit Herzen aus Gold beste Freundinnen werden. Genau das wollte ich: Wintermäntel und dampfende Kaffeebecher und vereiste Straßen. Etwas Neues, weit weg von hier.

Also fürchtete ich mich nicht vor dem College an sich oder davor, von meiner Mom und meinem Kinderzimmer getrennt zu sein. Seit ich aus Wyoming hatte wegziehen müssen, war mein Leben ohnehin nicht mehr so stark verwurzelt, diese schmerzhafte Erfahrung hatte ich schon hinter mir. Aber ich machte mir Sorgen um Ty. Und darüber, die Stadt zu verlassen … so generell. Es kam mir vor, als wäre unsere Klasse verflucht. Game over. Das Ende.

Unsere neue Devise zu Hause und in der Schule war das

höfliche, leidenschaftslose Existieren. Aus Angst, jemanden zu stören, zu kränken, ja, durch falsches Atmen dazu zu treiben, dass er sich vor einen Zug warf oder auf einer Party eine Überdosis seiner frisch verschriebenen Antidepressiva schluckte.

Nach einem dieser schier endlosen Tage, an dem wir in der Schule unseren Eiertanz aufführten und vor unserem eigenen Schatten erschreckten, schauten wir beim »Familienabend« den dümmsten Film aller Zeiten. Danach schaute Ty mir beim Zähneputzen zu.

Er trug seine Batman-Pyjamahose und ein weißes T-Shirt, das an den Oberarmen spannte. Als er sich streckte und die Hände gegen den Rahmen der Badezimmertür presste, hob sich der Saum und gab den Blick auf seinen Bauchnabel frei. Wann war Ty so verdammt heiß geworden?

»Willst du ein verrücktes Funny-or-die-Video sehen?«, fragte er.

»Wo sind die Erzeuger?«

»Im Bett.«

Ihr Schlafzimmer befand sich im Erdgeschoss. Unsere waren im ersten Stock.

»Schlafen sie?«

»Ja. Ich hab nachgeguckt.«

Er hatte nachgeguckt?

Warum sollte er das tun?

Ein Schauder lief mir über den Rücken, aber keiner von der schlechten Sorte. Der Abstand zwischen ihm in der Tür und mir am Waschbecken schmolz zu einem Nichts zusammen. In seinen Augen, seiner Stimme lag alles, was ich fühlte.

Warum mussten unsere Eltern schlafen, damit ich mir mit ihm in seinem Zimmer ein Video ansehen konnte?

»Bin gleich da.« *Scheiß drauf.* Ich war es leid, die ganze Zeit so … übervorsichtig zu sein. Nur einmal, für eine Nacht, wollte ich die Eierschalen zum Bersten bringen. Was sollte schon passieren?

Er nickte und ich schob mit dem Fuß die Tür zu. Spritzte mir noch mehr Wasser ins Gesicht. Ich musste mir nicht in die Wangen kneifen, um Farbe zu bekommen. Ich erkannte mich im Spiegel kaum wieder. Diese glänzenden, verhangenen Augen, diese roten Flecken. Ich trug ein weißes Tanktop und Boxershorts. Warum hatte ich es okay gefunden, so vor ihm herumzulaufen? Weil unsere Eltern letztes Jahr geheiratet hatten, gerade mal sechs Monate nachdem sie sich kennengelernt hatten?

Er war trotzdem ein Junge.

Ich war trotzdem ein Mädchen.

Ich klopfte leise an seine Tür.

»Ty?«

»Ja?« Sein Blick wanderte über meine Brust, meinen Bauch, meine Beine, und meine Haut kribbelte, als wären es seine Finger.

»Ähm … dein Laptop ist aus.«

Er kam auf mich zugeschlendert. Strich langsam über meine nackte Schulter, meinen Arm, mein Handgelenk, meine Hand. Verschränkte die Finger mit meinen und hielt sie fest. Mit dem anderen Arm zog er mich an sich. Ich legte den Kopf in den Nacken und begegnete seinen Lippen so glühend und hungrig, dass es mich selbst überraschte. Meine Arme schlangen sich um seinen Hals und klammerten sich an ihn. Seine Zunge war wie von Sinnen, grub sich in meinen Mund und leckte an meinen Lippen. Wäre er irgendjemand anders gewesen, wäre ich zurückgewichen, aber so ließ ich ihn gewähren. Stieß ihn auf die blaue Bettdecke und fiel über ihn her, wie er über mich herfiel. Er kramte eine Fernbedienung unter dem Kopfkissen hervor und drehte die Musik auf volle Lautstärke, während wir unsere Wut und Frustration und Trauer und Verwirrung aneinander ausließen.

»Hast du … ein Kondom?«, fragte ich.

»Echt jetzt?«

»Ähm …«

Ich schaute auf mein zerrissenes Top und seine auf Halbmast hängende Hose hinunter.

Wir waren beide verschwitzt und heiß.

War Sex nicht der offensichtliche nächste Schritt?

»Nein.«

Ich zerrte meine Boxershorts wieder nach oben und stolperte in Richtung Tür.

»Wo willst du hin?«

»Eins holen.«

»Du hast Kondome in deinem Zimmer?«, fragte er belustigt.

»Scheiße, Ty, sei leise!«

»Sorry.« Aber er sah nicht aus, als täte es ihm leid.

»Ich dachte, *du* hättest welche.«

»Warum?«

»Na ja, du hast mich hierher eingeladen.«

Seine Augen funkelten. »Um ein Video anzugucken.«

»Ja, klar. Warte kurz, bin gleich zurück.«

Ich schlich durch den dunklen Flur in mein Zimmer, zur obersten Schublade meines Nachttischs, wo ich das kleine, mit Glitzersteinen besetzte Kästchen mit Nur-für-den-Fall-Kondomen von Mom aufbewahrte.

Ich hatte noch nie mit jemandem geschlafen.

Ty schon. Zumindest ein Mal, von dem ich wusste. Ich hielt kurz inne. Mir schwirrte der Kopf. War das wirklich eine gute Idee? Natürlich nicht. Es war eine total beschissene Idee. Aber als ich ihn vor mir auf seinem Bett sah, wollte ich bei ihm sein. Ich wollte Ty. Und ich hatte die Vorsicht so satt, die Gefühllosigkeit, die Angst. Zum Teufel damit!

Ich schnappte mir zwei Kondome und klemmte sie mir in den Hosenbund.

»Da sind sie«, sagte ich, als ich wieder in sein Zimmer trat, und schwenkte sie wie Bonbons.

»Zwei? Da ist aber jemand ehrgeizig.« Seine Stimme klang so süß und er küsste so gut und ich konnte es kaum erwarten, seine weiche Haut und die harten Muskeln zu spüren. Ich hatte keine Ahnung, wie genau sich dieser nächste Schritt anfühlen würde, aber in meinem Halbdelirium stellte ich mir etwas ziemlich Bedeutsames vor.

Er bewegte sich im Dunkeln, ein wenig ungeschickt. »Hier, ich helfe dir.«

In Sekundenschnelle lag er auf mir. Es tat gar nicht so weh, wie Elena behauptet hatte, nach einem kurzen Schmerz war es gut.

Er stöhnte und seine Nase und seine Lippen bohrten sich in meinen Hals.

Einen Moment später schlief er tief und fest, während ich so hibbelig war wie nie.

Wo blieb das Feuer?

War's das? Im Ernst? Ich war noch total aufgedreht. Das konnte doch nicht schon alles gewesen sein.

»Ty. Ty?«

»Mhm«, murmelte er, das Gesicht in meinem Haar vergraben. Das war's. Er würde nicht mehr aufwachen.

28

Jetzt

Ich bleibe viel zu lange wach, schaue Jake beim Schlafen zu und schreibe im Schutz meines Schlafsacks Tagebuch. Als ich mit sandigen Augen und einem widerlichen Geschmack im Mund aufwache, glaube ich erst, ich würde noch träumen, weil ich Jake dabei erwische, wie er mich beobachtet.

»Guten Morgen, Schlafmütze«, sagt er langsam, mit einer Stimme, bei der ich dahinschmelze und alles andere vergesse.

Verdammt.

»Hi.«

»Hast du vor, irgendwann dieses Jahrzehnt noch aufzustehen, oder sollen wir die Kühe einfach auf den nächsten Berg wandern lassen?«

»Scheiße. Sorry!« Ich springe so schnell auf, dass meine Füße sich verheddern. Jake streckt die Arme aus und ich falle direkt hinein.

Er hilft mir aus meinem Schlafsack. »Okay, fürs Sackhüpfen am 4. Juli bist du schon mal raus.«

»Von wegen. Ich bin der Joker«, erwidere ich und werde vor Verlegenheit knallrot.

Jakes Augen huschen zu einem Buch auf dem Boden. »Was ist das?«

Mein Tagebuch.

»Nichts. Bloß …«

Ich bücke mich und stopfe es hastig in meine Tasche. *Himmel!*

»Ist das ein Tagebuch?«

»Nein.«

Er grinst. »Hast du über mich geschrieben?«

»Ähm.« Ich wünschte, es wäre so. Dass mein Tagebuch sich nur um Jake drehen würde. Wie ich ihm begegnet bin. Wiederbegegnet. Ich könnte die Berge beschreiben. Die Geräusche. Die Gerüche. Lang und breit schildern, wie mein Bauch kribbelt, wenn sich unsere Blicke treffen. Oder wie unglaublich sicher ich mich fühle, wenn er meinen Namen sagt.

Aber das hier ist ein anderes Tagebuch.

Und er darf es auf keinen Fall lesen.

Niemals.

»Nein. Über ein paar … Sachen, die mich gerade beschäftigen.« Na bitte. Das ist keine Lüge. Nicht einmal eine Halbwahrheit, sondern die volle. »Und nein, du darfst es nicht lesen.«

»Okay.« Er wischt sich die Hände an der staubigen Jeans ab und wechselt das Thema. »Ich hab dir was vom Frühstück aufgehoben. Anna wollte schon ohne dich weiter – sie ist echt ein Arbeitstier –, aber ich konnte sie überreden, dich nicht zurückzulassen.«

Seine Augen funkeln.

Lächelnd mache ich mich über die Portion Bohnen und Maisbrei her und genieße die frische Bergluft.

»Da sind Kühe. Viele Kühe«, bemerke ich.

Jake schnaubt. »Jep.«

Weiße und braune, gefleckte und einfarbige, und alle stehen faul herum und kauen, als würde man ihnen nur den Mindestlohn bezahlen und der Chef wäre heute nicht da.

Ein paar schauen gelangweilt auf, als sie uns bemerken, bevor sie den Kopf wieder zum Gras senken. Der Rest beachtet uns gar nicht. Als würden hier ständig Leute vorbeikommen, obwohl wir die ersten seit mindestens sechs Monaten sind.

Ich spreche den Gedanken laut aus und füge trocken hinzu: »Als würden sie denken: *Ach, ihr seid's bloß.*« Anna und Jake lachen.

»Kühe sind nicht gerade die emotionalsten Tiere«, meint Anna.

»Dafür schmecken sie verdammt lecker.« Jake macht ein Schmatzgeräusch.

»Jake!«

Es ist ein guter Morgen, hell und leicht – fast erschreckend nach den definitiv nicht leichten Einträgen, die ich im Licht der Sterne in mein Tagebuch gekritzelt habe. Doch so schwer es auch ist, diese Erinnerungen heraufzubeschwören, je mehr ich schreibe, desto weniger Gewicht lastet auf meiner Brust. Je quälender die Worte, desto schneller löst sich der Knoten in meinem Bauch. Erst zieht er sich noch fester zusammen, aber danach wird es besser. Als hätte man endlich die Stelle gefunden, an der man die verworrenen Fäden lockern kann.

Auf jeden Fall gewöhne ich mich allmählich an den Sattel. Ich vermisse ihn beinahe, als wir eine Mittagspause einlegen und die Pferde am Bachufer tränken. Das Gefühl des Leders, das beruhigende Schaukeln, den Rhythmus, ja, sogar das lästige Reiben an der Innenseite meiner Oberschenkel. Mein Hintern tut weh, aber auf angenehme Art. Wie nach dem Sport. So habe ich mich früher gefühlt, wenn ich am Strand Joggen war. Das habe ich schon eine ganze Weile nicht mehr gemacht. Vielleicht frage ich Jake, ob er irgendwann mit mir wandern geht. Das könnte guttun. Einfach einen Berg hinaufsteigen.

Ich plaudere mit Blue, klopfe ihm auf den schweißfeuchten Hals, gebe ihm einen Apfel. Mir fällt auf, dass er nicht mehr ständig stehen bleibt, um an Büschen zu knabbern.

»Er wird warm mit dir«, meint Jake. »Er will dich glücklich machen.«

»Ich liebe ihn«, sage ich.

»Du *liebst* ihn?« Jakes Augenbrauen schnellen in die Höhe.

»Was? Er ist ein toller Kerl.«

Statt mich auszulachen, grinst Jake breit und ehrlich und ich erwidere sein Lächeln, bevor mir klar wird, dass ich diesen alten Wallach nicht wirklich liebe. Ich liebe das Gefühl. Die heiße Sonne, die durch mein schmutziges Karohemd brennt. Mein letzter richtig guter Tag ist schon so lange her. Ich wünschte, der hier würde niemals enden.

29

Damals

Nach dem ersten Mal kam Ty eine Woche lang jede Nacht in mein Zimmer. Der Sexteil wurde besser. Also, zumindest hielt er länger durch und schlief hinterher nicht sofort ein. Das Ganze lief immer nach dem gleichen Muster ab. Wir putzten uns die Zähne, wuschen uns und schlüpften in unsere Schlafanzüge. Dann warteten wir, bis es bei meiner Mom und seinem Dad ruhig wurde, bis das Geklapper ihrer Laptoptastaturen vollständig verstummte. Wir hatten einen Geheimcode. Zwei leise Klopfer.

Ty schlich herein und schloss die Tür ab.

Wir schalteten nie das Licht ein und hatten einen Plan für den Fall, dass plötzlich ein Elternteil vor der Tür stand. Dass der Rauchmelder losging oder das Telefon klingelte und wir unterbrochen wurden. Ty würde sich auf den Boden werfen und unters Bett kriechen.

Im Dunkeln würde ihn niemand sehen.

Ich wollte ihn, wollte ihn so sehr, manchmal immer wieder. Im Dunkeln konnte ich so tun, als wäre er echt. Als wäre er mein Freund und nicht mein Stiefbruder. Als würden wir auf eine normale Highschool gehen, wo die gesamte Klasse den Abschluss macht, wo es Schulbälle gibt statt Beisetzungen. Im Dunkeln konnte ich so tun, als wäre er jemand anders, als wäre ich jemand anders. Oder als wären wir irgendwo anders, gemeinsam.

»Ich liebe dich«, flüsterte Ty einmal danach, die Nase in meinem Haar, sein Atem heiß an meinem Hals.

»Echt?« Ich wich zurück. Ich wusste, dass er mich mochte, aber Liebe? Nein. Ty durfte mich nicht lieben. Nicht so. »Warum?«

»Keine Ahnung.« Er runzelte die Stirn. »Tue ich einfach. Du musst nicht gleich gemein werden.«

Ich rollte von ihm weg. Das war nicht gut. Das wollte ich nicht.

»Was ist los?«, fragte er und stützte sich auf einen Ellbogen.

»Nichts.«

»Lüg mich nicht an. Was ist los?« Seine Stimme brach. »Liebst du mich etwa nicht?«

»Doch, natürlich. Ich liebe … es, mit dir zusammen zu sein, aber das hier ist falsch, auf so vielen Ebenen. Es gibt noch andere Mädchen da draußen, Ty. Passendere Mädchen. Die nicht deine Stiefschwester sind.«

»Aber ich will dich.«

Ich starrte ihn an.

»Was? Schau nicht so. Ich will dich.«

»Wieso? Weil es falsch ist? Weil du es nicht darfst?«

Ich schluckte. Wieso wollte Ty mich? Wieso sollte er mich lieben?

»Warum denkst du das? Nein. Ich will dich, weil du *du* bist. Ich liebe dich, weil du *du* bist.«

Das hatte ich schon mal gehört. Mein Dad hatte meine Mom auch geliebt, und wo das hingeführt hat, wissen wir ja.

»Du kennst mich doch nicht mal«, protestierte ich schwach.

»Das stimmt nicht. Warum sagst du so was, Paige?«

Angewidert von mir selbst, angewidert von Ty, weil er plötzlich so sentimental war, wälzte ich mich aus dem Bett und zog mich an. Ich entschuldigte mich, verschwand ins Bad, verschloss die Tür und pinkelte. Anschließend säuberte ich mich mit einem halben Dutzend Feuchttücher, obwohl wir immer ein Kondom benutzten, und nahm eine lange, heiße Dusche. Er mochte mich nicht um meinetwillen. Er mochte mich, weil das, was wir taten, nicht richtig war und es ihm schlecht ging und er wieder etwas fühlen wollte. Deswegen tat ich es zumindest und andere Gründe würde ich auch von ihm nicht akzeptieren. So gern ich ihn hatte, die Sache zwischen uns wurde allmählich zu verrückt. Ich musste es beenden, bevor noch jemand verletzt wurde.

30

Jetzt

Abends essen wir wieder Bohnen.

Anna macht Wasser heiß und wir trinken Kakao aus Blechtassen, an die ich mich noch von früher erinnere.

»Ich wünschte, Dad wäre hier«, sage ich.

Anna und Jake nicken. Sie verstehen es. Sie vermissen ihn auch, in vielerlei Hinsicht wahrscheinlich mehr als ich, weil sie ihn die ganzen letzten Jahre über erlebt haben. Sie kannten ihn stark und fit und tüchtig und sie kennen ihn jetzt. Sie müssen zusehen, wie er vor ihren Augen verschwindet, unfähig, etwas dagegen zu tun, wie in diesen Albträumen, in denen man wegrennen will, aber die Füße kleben am Boden fest. Und ich verstehe ihre Hilflosigkeit, weil es mir mit Ty so ging.

Als wir ausgetrunken haben, legen wir uns auf den Rücken, den Kopf auf den zusammengerollten Schlafsäcken, und schauen in den Himmel, wo die Sterne durch das Schwarz lugen. Wir lauschen dem Knistern des Feuers, schmiegen uns an seine Wärme, und Anna stimmt einen alten Countrysong an. Wie auf Kommando zieht Jake eine Mundharmonika aus der Brusttasche seines Hemds und ich singe mit – ein trauriges Klagelied, das niemand von uns so geplant hat.

Plötzlich hört Jake auf zu spielen und mustert mich mit sanften, besorgten Augen. »Was ist?«, frage ich.

»Du weinst«, sagt Anna.

»Was?«

Ich berühre meine Wangen und sie sind nass.

Meine Stimme bricht, und mir wird bewusst, dass sie recht hat. All die Erinnerungen an Ty, hier oben auf diesem Berg, auf dem ich früher mit Dad war – das ist zu viel, viel zu viel. Vorher konnte ich es ignorieren, unter der Taubheit verbergen, mit meinem vom Hunger schmerzenden Magen überdecken, aber jetzt, wo ich gesund bin und mein Kopf so klar ist wie der See bei Sonnenaufgang, fühle ich es, fühle alles, und das ist unerträglich.

Anna schlingt die Arme um meinen zitternden, nein, zuckenden Körper und hält mich fest. Ihr Hemd und die Lederjacke riechen nach meinem Dad. Nach meiner Kindheit. »Es tut mir leid, es tut mir leid, es tut mir leid«, murmle ich immer wieder, »es tut mir so leid«, und sie wiegt mich hin und her und flüstert: »Es ist okay. Alles wird gut.«

Als ich die verquollenen Augen öffne, sehe ich über ihre Schulter Jake. Und dieses Mal will ich nicht wegschauen, mich nicht vor seiner Sorge, seiner Wärme verstecken. Also tue ich es nicht.

Aber ich sollte.

31

Damals

»Komm schon, bitte«, bettelte er.

»Ich hab keine Lust«, erwiderte ich.

»Warum nicht? Hab ich irgendwas falsch gemacht?«

»Ja. Du bist mein Stiefbruder.« *Und möglicherweise ein Vergewaltiger. Du liebst mich nicht, nicht richtig. Wir schlafen nur miteinander, weil wir ein schlechtes Gewissen haben, dass wir noch am Leben sind.* Aber wenn ich das alles ausgesprochen hätte, wäre er durchgedreht oder hätte angefangen zu weinen und mir immer wieder versichert, dass er unschuldig sei, dann über Elliot geredet und gesagt, dass ich nicht so egoistisch sein solle, das ganze Trara. Ich wollte nicht gemein sein, aber das konnte ich heute Abend einfach nicht.

»Das war ich die anderen Male auch.«

»Ty. Wir dürfen das nicht mehr tun.« *Ich will es nicht. Ich will dich nicht. Es ist vorbei.*

»Kann ich trotzdem hierbleiben?«

Mein Magen verkrampfte sich. »Wieso?«

»Ich will nicht allein sein.«

»Gut, aber das ist das letzte Mal, Ty, okay?«

Falls er mich gehört hatte, antwortete er nicht. Falls er mich gehört hatte, war er anderer Meinung, denn als ich mitten in der Nacht aufwachte, lag er auf mir. Sobald ich begriff, was da geschah, stieß ich ihn weg, aber es war schon zu spät.

32

Jetzt

Ich sitze an einem Felsvorsprung und lasse die Beine über dem schwarzen Abgrund, über dem weiten Nichts tief unter mir baumeln.

Wenn ich mich nur ein paar Zentimeter bewegen würde, wär's das für mich.

Drei, zwei, eins, weg ist sie.

Weg ist Paige, genau wie die anderen.

Warum haben sie es getan? Warum sind sie stehen geblieben, anstatt in letzter Sekunde zur Seite zu springen? Warum hat Elena sich die Haut aufgeschlitzt und ist mit tropfenden Handgelenken zu den Gleisen gewandert? Sie muss doch nach einem Handtuch gesucht haben, um die Blutung zu stillen. Ihr Handy in die Hand genommen und darüber nachgedacht haben, den Notruf zu wählen, um sich vor diesem sinnlosen Tod zu bewahren. Warum hat sie es nicht getan?

Warum bleibe ich hier oben sitzen?

Was bringt den einen dazu, sich für den Tod, und den anderen, sich für das Leben zu entscheiden?

Ist es die Last der Traurigkeit, die einen in die Knie zwingt, eine so bodenlose Hoffnungslosigkeit, dass sie einen wie Blei in die Tiefe zerrt, weg von allen gesunden, rationalen Gedanken, bis man aufgibt? Oder ein Tag, eine Nacht wie diese, in der man plötzlich vom Glück überwältigt und daran erinnert wird, wie beschissen das Leben normalerweise ist? Wie schwer, wie fast unmöglich es ist, sich an die schönen Momente zu klammern, die uns am Leben halten. Die dafür sorgen, dass wir uns durch die dunklen Zeiten kämpfen.

Ich kann es nicht sagen.

Je mehr ich grüble, desto weniger Antworten habe ich.

Dad in diesem Rollstuhl zu sehen, seinen harten Kampf, dass er alles dafür geben würde, reden zu können, selbstständig zu atmen, die Finger der Frau, die er liebt, zu drücken, sein einziges Kind zu umarmen, Jake auf den Rücken zu klopfen, um ihm zu zeigen, dass er stolz auf ihn ist – das alles lässt mich vermuten, dass sie es einfach nicht besser wussten. Dass sie aus dem Blick verloren hatten, wie groß das Leben ist. Egal, was ihre Familie und ihre Freunde sagten, egal, wie viel Druck sie spürten, die Aufnahme in dieses oder jenes College war nur das erste Aufblitzen einer Andeutung ihrer Zukunft.

Hätten sie unter den Sternen sitzen können, begreifen, wie winzig wir im Vergleich zum gewaltigen Ganzen sind, wie viel Potenzial unter der dünnen Schicht unserer Haut steckt, dass wir uns einen Platz in diesem unermesslichen Wunder erarbeiten müssen …

Ich meine, ich weiß, dass Depressionen real sind. Dass psychische Krankheiten existieren und dass manche Menschen die Finsternis nur eine gewisse Zeit lang zurückdrängen können, ehe sie ihr erliegen. Das verstehe ich. Aber diese fast seuchenhaften Trittbrettselbstmorde waren kein Ausdruck von Depressionen. Die waren etwas anderes.

Eine Flucht von der Überholspur.

Ein Ausweg durchs Hintertürchen.

Hastig rutsche ich zurück, in sichere Entfernung zum Abgrund. Ich schaudere, als ich daran denke, wie tief er ist, wie dumm es war, ihm so nah zu kommen. Vor allem in meinem momentanen Geisteszustand. Es war richtig von Mom, mich nach Wyoming zu schicken.

Aber es war falsch, mich damals von hier fortzuschleifen, an einen Ort, an dem die Menschen vergessen haben, was wirklich wichtig ist. An dem *ich* vergessen habe, was wichtig für mich ist. Mom bedeuten all die Dinge dort vielleicht etwas. Sie war nie glücklich hier. Es war die Hölle für sie. Aber nicht für mich. Kalifornien hat mir die Luft zum Atmen geraubt. Hier bin ich frei.

Während mir dieses Gedankenwirrwarr durch den Kopf schwirrt, lausche ich dem Malmen der Kühe, und plötzlich sitzt er neben mir, noch warm vom Lagerfeuer. Er riecht nach Eichenholz und Rauch und kaut wie so oft auf einem Grashalm herum.

»Wollte nur schauen, ob alles in Ordnung ist.«

»Danke.«

»Jetzt fängt das wieder an … Du brauchst mir nicht dafür zu danken, dass ich nach dir sehe.«

»Was soll ich denn sonst sagen?« Ich wische mir über die nassen Wangen, weil ich nicht will, dass er noch mehr meiner Tränen bemerkt.

»Manchmal muss man gar nichts sagen.«

Ich drehe mich zu ihm. »Ich bin kein Cowgirl, Jake. Ich bin nicht wie ihr.«

»Wer sagt, dass du das sein musst?« Pause. »Was war da eben los?«

»Das klingt bestimmt total bescheuert.«

»Bestimmt nicht.« Er berührt meine Schulter mit der seinen.

Ich senke den Blick und rücke ein Stück weg. »Ich – ich war glücklich.«

Jake nimmt mich in den Arm und reicht mir ein Taschentuch.

Ich putze mir die Nase und entschuldige mich schon wieder.

»Und was genau tut dir jetzt leid? Dass du in das Taschentuch geschnäuzt hast, das ich dir gegeben habe? Wenn ich gewollt hätte, dass es sauber bleibt, hätte ich es in einen Rahmen gesteckt und mir übers Bett gehängt.«

Das bringt mich zum Lächeln. Ich fühle mich schon besser. »Wie hoch sind wir hier?«

Er drückt mich noch einmal, dann lässt er mich los, lehnt sich zurück und stützt sich auf die Hände. Ich kann die Muskeln in seinen Armen nicht sehen, aber sie sind da und tragen ihn. »Ziemlich hoch.«

Ich blinzle und starre in Richtung Abgrund. »Wenn ich dir erzähle, was passiert ist, hasst du mich.«

»Ganz sicher nicht.«

Ich schlucke und fahre mit dem Zeigefinger durch die Erde.

»Hör mal, ich weiß, dass irgendwas Schlimmes in der Schule passiert ist. Ich weiß, dass dein Daddy stirbt, dass die Ranch den Bach runtergeht und wir kaum über die Runden kommen und du weit weg bist von zu Hause. Aber ich weiß auch, dass die Paige, die diesen Ort damals zurückgelassen hat, ihn allmählich wiederfindet. Dieses Land …« Er klopft auf den Boden. »Diese Tiere … das alles ist ein Teil von dir. Ich erinnere mich gut an das hitzköpfige Mädchen unten am Fluss und es ist immer noch irgendwo da drin. Was in Kalifornien war, bleibt in Kalifornien. Du kriegst eine zweite Chance. Hier. Mit uns.«

So lange hat er noch nie am Stück geredet, zumindest nicht mit mir. Seine Worte sind klug und wahr und spiegeln genau das wider, was ich vorhin gedacht habe.

Ich lege den Kopf in den Nacken und schaue hinauf in den endlosen Himmel, zu den zahllosen Sternen. Wie soll ich Jake erklären, was ich selbst nicht begreife?

»Komm her.« Er lässt sich nach hinten sinken und tippt auf die Stelle, wo seine Schulter in die Brust übergeht. Ich schmiege mich an ihn und er hält mich. Er ist so warm, so lebendig, dass ich unwillkürlich die Augen schließe, den Geruch des Lagerfeuers und seine Cowboyweisheit in mich aufsauge und zu hoffen wage, dass er recht hat. Er versucht nicht, mich zu küssen oder meine Hand zu nehmen. Er verlangt nichts, zu dem ich noch nicht bereit bin.

Stattdessen gibt er mir, was ich brauche.

33

Am nächsten Tag geht es mir schon besser. Jake und Anna bringen mir bei, wie man Kühe treibt.

Es ist wie in diesem Film *Die Großstadt-Helden*. Wir haben sogar einen besonderen *Yee-haw*-Ruf. Jake ist natürlich großartig. Die Kühe gehorchen ihm aufs Wort. Anna ist auch gut und ich bin zu meiner eigenen Überraschung gar nicht so übel. Anscheinend habe ich nicht alles verlernt. Ich galoppiere hinter den Tieren her, schwinge das Lasso und versuche mein Glück. Die Hälfte der Zeit treffe ich, springe vom Pferd und ziehe das Seil um den Hals einer ziemlich genervten Kuh fest. Eigentlich will sie nur weiterfressen und ich störe sie dabei.

»Ich hab's dir doch gesagt, Cowgirl: Du hast es im Blut«, ruft Jake mir mit einem Augenzwinkern zu. Ich grinse und weiche seinem Blick aus. Keiner von uns beiden erwähnt die letzte Nacht. Warum sollten wir sie verderben? Darüber zu reden, würde sie real machen, und real funktioniert nicht. Real hält nicht.

Aber wir beide wissen, wie lange ich auf diesem Felsvorsprung in seinem Arm gelegen habe.

Nach einer Weile hat er mir Geschichten über die Ranch

und meinen Dad erzählt. Lustige Geschichten, leichte Geschichten, bei denen sich mein Herz auf eine gute Art zusammenkrampfte. Ich hatte ihn noch nie so viel reden hören. Noch nie hatte sich jemand so sehr um mein Wohlergehen bemüht, ohne eine Gegenleistung zu erwarten.

Auf dem Rückweg nahm er meine Hand – »Hier liegen viele Steine rum, nicht, dass du stolperst.« – und ich ließ es zu, verschränkte schweigend die Finger mit seinen, während wir einfach gingen. Gingen und waren. Als wir das Lagerfeuer erreichten, war bloß ein verkohlter Holzscheit mit ein paar Glutnestern übrig. Anna schlief tief und fest. Ich schaute auf unsere Hände hinunter und sagte: »Wenn wir zurück sind und du es immer noch wissen möchtest, erzähle ich es dir. Alles.«

»Nur, wenn du es mir wirklich erzählen willst.«

»Ich habe Angst, dass du … mich in einem anderen Licht siehst, sobald du es weißt. Und das könnte ich gerade nicht ertragen.«

Seine Haut schimmerte im letzten Glimmen des Feuers. »Quatsch«, sagte er so aufrichtig, dass ich ihm glaubte. »Falls es dir noch nicht aufgefallen ist: Ich hab eine Schwäche für Cowgirls.«

34

Damals

»Tanz mit mir.«

»Nein. Ty – hör auf damit.«

»Bitte, Paigylein.«

»Nein!«

Er war betrunken. Natürlich. Kein Wunder, dass jeder den Partyvergewaltigungsgerüchten Glauben schenkte. Sein Benehmen trug nicht gerade dazu bei, sie zu entkräften, und nach gestern Nacht hatte ich keine Zweifel mehr an seiner Schuld.

Diese ganze Veranstaltung widerte mich an. Unser Abschlussball … oder zumindest so was in der Art. Eigentlich hatten sie vorgehabt, ihn abzusagen, sich dann aber doch umentschieden. Also fand er statt, nur kleiner, reduzierter, aus Rücksicht auf die Tragödien. Anstatt einen glamourösen Ballsaal zu mieten, war die Turnhalle geschmückt worden. Anstatt einen festen Tanzpartner zu wählen und uns in schicke Kleider und edle Smokings zu schmeißen, durften wir kommen, mit wem, und tragen, was wir wollten. Es war so was wie der Anti-Abschlussball und, wie die meisten Dinge in jenem Frühjahr, absolut zum Kotzen. Trotzdem war ich da, nahm teil, brachte mich ein.

Ich stand mit einer Gruppe Freundinnen an der Seite, direkt unter dem riesigen Bild unseres Maskottchens, das sehr viel gefährlicher wirkte als unsere Sportmannschaften, als Ty in Baggyjeans, Hemd und dunkler Sonnenbrille herübergeschlendert kam.

Papierlianen baumelten von der Decke. Giraffen und Affen und Pandabären aus Plüsch säumten die Wände. Stroboskoplicht blendete uns.

»Warum hast du eine Sonnenbrille auf?«, fragte ich. »Siehst du damit überhaupt was?«

»Ich sehe genug.« Er schob sich die Brille auf den Kopf und warf mir einen bedeutungsvollen Blick zu.

»Ty, lass das.« Ich versuchte, mich seinen Augen zu entwinden, die über meine Brust wanderten und mitten in meinem Dekolleté verharrten.

»Dann eben später«, hauchte er mir mit seiner Alkoholfahne ins Ohr.

Ich ignorierte den Schauder, der mich überlief, und hoffte, dass die Kalte-Schulter-Taktik funktionieren würde.

»Bis dann, Ladys«, säuselte Ty, bevor er mit einem gespielt schmollenden Schmunzeln abzog.

Sara seufzte. »Ist es nicht schwer, einen so heißen Stiefbruder zu haben?«

Wenn sie damit meinen erschöpften, gestressten und schweißnassen Zustand meinte, ja. »Ty ist heiß? Ist mir noch gar nicht aufgefallen.« Früher hatte ich ihn attraktiv gefunden, jetzt wurde mir bei seinem Anblick übel.

Sie schaute ihm nach. »Dann solltest du mal deine Augen untersuchen lassen.«

»Er steht auf dich, das sieht doch ein Blinder«, schaltete Keoni sich ein.

»So ein Quatsch.« *Themenwechsel bitte.*

»Ach komm schon, Paige. Er hat was, trotz der unheimlichen Gerüchte. Er ist sexy. Was hat er dir ins Ohr geflüstert?«

»Gar nichts.«

»Glaubst du, an der Geschichte ist was dran? Du weißt schon, die Vergewaltigung? Ihr wohnt im selben Haus. Hat er mal … na ja, irgendwas versucht?«

»Oh mein Gott, natürlich nicht. Er ist mein Stiefbruder!«

»Das hat die *Blumen der Nacht* auch nicht aufgehalten und die waren sogar echte Geschwister.«

»Okay, können wir jetzt bitte über was anderes reden?« Mir kam die Galle hoch, mein Herz hämmerte und ich war kurz davor umzukippen. »Ich muss aufs Klo.«

Sara grinste mindestens so spöttisch wie Ty, als sie einen wissenden Blick mit Keoni wechselte. Ehrlich, am liebsten hätte ich die beiden am Ellbogen gepackt, zur Mädchentoilette gezerrt und ihnen alles erzählt. Die Schuld, die Lust, den Schmerz, die Verlegenheit. Was gestern Nacht passiert war. Dass ich nie geahnt hätte, wie viele unterschiedliche Gefühle man für einen Menschen empfinden kann. Dass Ty mich gleichzeitig anzog und abstieß. Dass ich seine Berührung brauchte und hasste.

Doch was wäre, wenn sie es wüssten? Die Wahrheit. Die *ganze* Wahrheit. Und es herumposaunen würden? Ich würde sterben vor Scham. Schlimm genug, sich zu seinem Stiefbruder hingezogen zu fühlen, aber dem tatsächlich nachzugeben? Sex mit ihm zu haben? Mit jemandem, um den sich ohnehin schon hässliche und höchstwahrscheinlich wahre Gerüchte rankten? Das Wasser stand mir bis zum Hals und ich sank immer tiefer. Das musste in so ziemlich jeder Kultur ein Tabu sein. Andererseits schien das Brechen von Tabus ja unser Schulmotto zu sein. Was konnte noch eins da schaden?

Ich seufzte, angewidert von mir selbst.

»Du musst gar nicht aufs Klo, oder? Du gehst deinem Stiefbruder hinterher«, sagte Keoni. Sie meinte es nicht böse, eher als Witz. Weder sie noch Sara waren gemeine Menschen und keine der beiden hatte schon einmal einen Freund gehabt. Sie hatten keine Ahnung, wovon sie da redeten.

Ich musste sie von Ty und mir ablenken. Ein zittriges Lachen entwischte mir und ich war dankbar für die Dunkelheit. »Hey, Matt Jansen sieht heute echt gut aus.«

Keonis schwarzer Bob schwang vor und zurück, als sie nickte. »Ich war in der Sechsten mit ihm im Schachclub, aber ich glaube, er weiß nicht einmal, dass ich existiere.«

»Warum fragst du ihn nicht, ob er tanzen will, K?«

»Auf keinen Fall! Er ist viel zu beliebt.«

Ich ließ den Blick durch die strobobelichtete Turnhalle schweifen.

»Warum fragst *du* ihn nicht, Paige?«

Ich konnte Ty nirgendwo entdecken, aber das bedeutete nicht, dass er nicht da war. In der Menge. Mich beobachtete. Darauf lauerte, ob ich ihn suchte.

Schließlich fand ich ihn. Er saß oben auf der Tribüne und starrte mich an.

Ich musste meinen Freundinnen beweisen, dass zwischen Ty und mir nichts lief. Ich musste Ty beweisen, dass ich nicht sein Eigentum war. Dass er nicht über mich bestimmen konnte. Mich nicht einfach manipulieren oder vor meinen Freunden in Verlegenheit bringen durfte.

»Na schön«, sagte ich.

Matt Jansen stand mit ein paar Freunden am Büfett. Eigentlich fand ich ihn gar nicht toll. Er war nicht mein Typ. Ganz attraktiv und nett, klar, aber es funkte kein bisschen zwischen uns. Trotzdem hob er, als er meinen Blick bemerkte, neugierig eine Augenbraue und machte sich auf den Weg durch die frisch gebohnerte Turnhalle.

»Guck nicht hin, aber er kommt rüber.«

»Cool«, sagte ich.

Matt war in der Wasserballmannschaft, genau wie Cornell früher. Die blonden Haare, die grünen Augen und die selbstbewusste Körperhaltung schrien geradezu *Player*. Gerüchten zufolge hatte er schon das gesamte Cheerleadingteam durch. Zweimal.

»Hey, Paige«, sagte er. Ein zuckender Schatten im Strobolicht.

»Hey, Matt.«

»Schönes Kleid.«

Ich schaute auf mein schulterfreies Babydollkleid und die Riemchensandalen hinunter.

»Danke. Schöne …« Ich scannte sein Poloshirt mit dem aufgestellten Kragen, die beigefarbene Hose und die glänzenden weißen – »Schuhe«.

»Ach, die alten Dinger?«

Golfschuhe. Matt spielte an den Wochenenden Golf. Er hatte schon mit sechs Jahren angefangen und war mittlerweile Profi. In der Vierten hatte er mir einmal erzählt, dass er nicht auf Bäume klettern durfte, weil eine Verletzung seine Golfkarriere ruinieren könnte.

Er war so ziemlich das Gegenteil meines Typs.

Doch allein die Tatsache, dass er nicht Ty war, sicherte ihm heute Abend meine Aufmerksamkeit. Deswegen fiel mir die Antwort nicht schwer, als er den Kopf schief legte und fragte: »Hast du Lust zu tanzen?«

Am Ende landete ich auf dem Rücksitz von Matts Auto.

Das war ungefähr der letzte Ort, an dem ich sein wollte, aber ich musste meinen Freundinnen zeigen, dass ich nicht auf Ty stand. Ich musste Ty zeigen, dass er keinen Anspruch auf mich hatte. Dass er keine Forderungen an mich stellen konnte. Dass er keinen Sex mit mir haben durfte, während ich schlief.

Er hatte noch immer auf der Tribüne gesessen, als Matt und ich Hand in Hand die Turnhalle verlassen hatten. Und uns mit finsterem Blick beobachtet.

Matt hatte einen Flachmann dabei und ich lehnte mich an den ledernen Sitz und nahm einen großen Schluck. Mein Hals brannte wie Feuer. Ich mochte das Gefühl, mochte die Art, wie der Alkohol mich betäubte. Diese grässliche Realität verschwimmen ließ. Matts Augen waren feucht und gerötet und sein Lächeln war so schwach wie meine Entschlossenheit stark.

»Der Ball war irgendwie komisch, oder? Nach allem, was passiert ist.«

Seine Bemerkung überraschte mich. Ich hatte eher so was wie »Können wir loslegen?« erwartet. So was wie bei Ty. Andere Erfahrungen hatte ich nicht.

»Das Komitee dachte, es würde uns guttun. Alles normalisieren.«

»Und hat es das für dich? Irgendwas normalisiert?«

Er war betrunken. Verletzlich. Er wollte sich unterhalten, eine Verbindung aufbauen.

Ich nicht. Ich nahm noch einen Schluck aus dem Flachmann. Wodka?

»Cornell war ein guter Freund von mir.« Pause. »Scheiße.« Er raufte sich das chlorgebleichte Haar. »Ich kann kaum seinen Namen aussprechen, ohne dass mir schlecht wird. Ich kapier einfach nicht, warum er es getan hat. Klar, er hatte Probleme mit seiner Freundin und seinen Eltern, aber wer hat die nicht? So ist das nun mal auf der Highschool ... im Leben. Ich ... er fehlt mir. Und das wird nicht besser, nur weil sie ein paar Plüschaffen aufstellen. Davon geht es nicht weg, verstehst du?«

»Tut mir leid«, murmelte ich.

Mir war schwindelig. Die Realität trieb davon.

»Ja, mir auch.« In seinen Augen glänzten Tränen. »Du bist klug, Paige. Klug und sexy, das findet man nicht oft. Und echt cool. Und lustig. Das ... das gefällt mir.«

Himmel, er war richtig blau. Anscheinend hatte er ziemlich krass vorgeglüht.

»Danke.« Ich schielte zum Türgriff. Ich konnte immer noch raus aus der ganzen Sache. Zurück in die Turnhalle, meine Freundinnen suchen, nach Hause fahren.

Aber das hier war besser. Vielleicht würde der Wasserballer die Erinnerung an Ty auslöschen. Die Spuren, die er wie Schneckenschleim überall auf meinem Körper hinterlassen hatte. Die Schuldgefühle, weil unsere heimliche Lust mit dem Blut unserer Klassenkameraden erkauft war, und die Scham, weil er mein Nein nicht mehr als Antwort akzeptierte. So konnte ich nicht leben.

Besagter Wasserballer, den ich von klein auf kannte und über den ich doch nichts wusste, lehnte sich schwer an mich und knabberte an meinem Ohr herum.

Ich nahm noch einen Schluck. Definitiv Wodka.

»Hast du Freunde verloren?« Seine Lippen waren feucht und seine Stimme klang flehend.

»Eigentlich nicht«, erwiderte ich.

»Dann hast du Glück gehabt.«

»Vermutlich.«

»Ich nicht.« Er redete und redete und fummelte dabei ungeschickt an meiner Brust herum. Allmählich stieg der Alkohol auch mir zu Kopf. Bald war ich so angeschickert, dass das Auto sich drehte und überschlug, obwohl wir auf dem Parkplatz standen. Mein Kopf schlingerte, während ich versuchte, mich zu konzentrieren. Zuzuhören.

»Du bist total im Arsch«, lallte ich. »Aber mach dir nichts draus, wir sind alle total im Arsch.«

»Und warum dieses Dschungelmotto? Warum nicht *Unten im Meer* oder *Märchenland* oder *New York, New York*? Das ist doch eine Metapher. Weil das da draußen ein Dschungel ist, gefährlich und undurchdringlich. Oder? *Oder*?«

Vielleicht sollte ich ihm das mit Ty erzählen. Dass er mich

im Schlaf vergewaltigt hatte. Dass ich es vorher auch gewollt hatte, ihn aber jetzt am liebsten auf sein Bett schubsen, mit Benzin übergießen und das ganze Haus niederbrennen würde. Dass nur Ty den Banshee-Teil in mir verstand, der in die Nacht hinausschrie. Dieser schreckliche Junge, nach dem ich mich früher gesehnt hatte und den ich jetzt verachtete. Dass ich weinend vor der Schlafzimmertür meiner Mutter gestanden hatte, die Hand halb erhoben, als wollte ich klopfen, es aber dann doch nicht getan hatte, denn was hätte ich sagen sollen? *Ich habe mit Ty geschlafen, und als ich es beenden wollte, hat er mich nicht gelassen?* Klar, das hätte ich machen können, aber sie hätte nichts unternommen. Sie hätte mich entweder ignoriert, vorgetäuscht, dass sie mich nicht gehört hat, oder mich irgendwo hingeschickt. Ich konnte hier nicht weg. Nicht bevor ich meinen Abschluss hatte. Am Ende hatte ich bloß die Laken von meinem Bett gezerrt und sie in die Mülltonne gestopft.

Meine Mitschüler waren tot. Dagegen war die schmutzige Sexbeziehung zu meinem Stiefbruder gar nichts.

Ich erzählte es dem Wasserballer nicht. Ich saß nur da und nickte. Als ich sein endloses Geschwafel nicht eine Sekunde länger aushielt, packte ich seine Hand und führte sie zu meiner Hüfte. Ich wollte das hier hinter mich bringen und nach Hause.

Er reagierte prompt. Ich starrte währenddessen die ganze Zeit über seine Schulter auf die abgetretenen Absätze seiner Schuhe, die ordentlich auf dem Boden vor dem Rücksitz standen, und dachte, dass er sich als Kind lieber fürs Klettern als fürs Golfen hätte entscheiden sollen. Und dass er seine Schuhe mal wieder putzen müsste.

Wie angekündigt, kam Ty später in dieser Nacht noch in mein Zimmer.

Er stolperte betrunken herein, taumelte wie die Scheißvogelscheuche im *Zauberer von Oz*, nachdem Dorothy sie von ihrem Pfahl befreit hat, und hielt eine seiner Ansprachen.

Dieses Mal war ich vorbereitet.

»Du kapierst es einfach nicht, Paige. Das mit gestern Nacht tut mir leid, aber ich hab alles verloren. Alle sind weg und ich hör ständig den Zug heulen und die Bremsen kreischen und Elliot schreien, immer und immer wieder. Nur wenn ich hier bin, bei dir, ist es ein paar Minuten lang still in meinem Kopf.« Er streckte beschwichtigend die Hände aus. »Ich versteh ja, dass du mich erbärmlich findest und dass ich nicht hier sein sollte, ich komme mir selbst vor wie der letzte Loser, doch, wirklich. Glaubst du, ich merke nicht, was du denkst, wie du mich ansiehst? Aber wenn ich bei dir bin, nur wenn ich bei dir bin, hören die Schreie und das Kreischen und das Heulen auf.«

»Du bist ein Lügner, Ty. Und ein Vergewaltiger. Ich hätte mich nie auf dich einlassen sollen.«

»Nein. Nein. Sag so was nicht!«

»Es ist die Wahrheit und das weißt du auch. Raus aus meinem Zimmer oder ich erzähle es meiner Mom, Ty, ich schwör's. Ich schreie.«

»Ich ertrage es nicht, dich mit anderen Kerlen zu sehen«, stöhnte er in die Dunkelheit. »Bitte tu mir das nicht an, Paigylein. Wenn ich dich noch mal mit ihm sehe, kann ich für nichts garantieren.«

»Verschwinde, Ty. Geh ins Bett. Ich schlafe, mit wem ich will. Wir sind fertig miteinander.«

35

Jetzt

Grelle Lichter, kreischende Bremsen und stinkender Alkoholatem tosen durch meinen finsteren Albtraum und ich schreie. Aber kein Zug, kein Ty reißt mich aus dem Schlaf, sondern Jake. Er rüttelt mich sanft wach, und weil ich noch völlig im Delirium bin, werfe ich die Arme um ihn und er hält mich, behutsam, aber fest, bis ich keine Angst mehr habe.

»Danke«, flüstere ich nach einer Weile, die Lippen an seinem Hals. »Ich glaube, es geht wieder.«

»Wann hörst du endlich auf, dich ständig bei mir zu bedanken?«, flüstert er leise und bedeutungsvoll zurück, bevor er mir eine schweißfeuchte Strähne hinters Ohr schiebt. Vielleicht gibt er mir sogar einen Kuss auf die Wange, aber das wäre selbst für einen Traum zu süß.

Am nächsten Morgen reiten wir in entspanntem, gemütlichem Tempo zur Ranch zurück. Anna reitet voraus, während Jake und ich ein wenig langsamer machen, uns unterhalten. Hin und wieder zeigt er mir etwas. Ein Adlernest oben auf einer hohen Kiefer, die Erosionen vom letzten Winter, seinen Lieblingsangelplatz. Er respektiert, was ich gestern Nacht gesagt habe, stellt mir keine Fragen über Kalifornien, und ich bin dankbar, dass er mich nicht drängt.

Als wir mittags kurz anhalten, verteilt er Erdnussbutter auf zwei Scheiben Vollkorntoast. »Marmelade?«, fragt er.

»Gern, wenn du hast.«

Er nickt, reißt ein Tütchen mit den Zähnen auf und quetscht die violette Masse auf das cremige Hellbraun. »Leider nur gekaufte.«

»Schon okay. Man kann nicht jeden Tag Annas Selbstgemachte haben«, sage ich grinsend. »Du hast Vollkorntoast mitgebracht?«

»Ja. Das weiße Zeug magst du ja nicht, du Gesundheitsfanatikerin«, neckt er mich.

»Wie lieb von dir.«

Er zieht die Nase kraus und winkt ab, als wäre es nicht der Rede wert.

Dabei ist es das sehr wohl. Er hat an mich gedacht und zwar nicht nur im Sinne von *Alles klar bei dir?*, sondern auch im Sinne von *Ich höre dir zu und merke mir, was du magst*, und das fühlt sich richtig gut an.

»Weiß Anna von dieser gekauften Traubenmarmelade?«

»Was?«

»Na ja, allein die Tatsache, dass es nicht Erdbeere ist, könnte sie verärgern.«

Jake lacht und beugt sich vor. Sein Atem streift mein Ohr. »Nur unter uns: Ich hab Erdbeeren langsam satt.«

Wir gucken uns an und prusten los.

»Worüber lacht ihr zwei denn schon wieder?« Anna wirft uns einen scharfen Blick zu, aber ihre Augen funkeln.

»Gar nichts«, sagen wir im Chor und lachen noch ein bisschen mehr.

Als wir die Ranch erreichen, sitzt Dad mit der Aushilfspflegerin am Küchentisch und trinkt seinen Smoothie. Nach dem ersten allgemeinen Hallo schreibt er: *Sieht aus, als hättet ihr drei einen schönen Ausflug gehabt.*

»Ja«, bestätige ich und liefere ihm einen ausführlichen Bericht.

Er tippt: *Es macht mich glücklich, dass du glücklich bist.*

Ich schaue verstohlen zu Jake hinüber, einem der Hauptgründe für mein Glück, und plötzlich packen mich wieder Schuldgefühle.

Ich sollte nicht glücklich sein, während Dad leidet. Während … Dad bemerkt mein Unbehagen. *Es ist okay zu lächeln, Paige. Du hattest immer ein so schönes Lächeln.*

»Danke, Daddy«, sage ich. Dann fällt mein Blick auf die aufgeschlagene Jackson Hole Gazette vor ihm. »Was ist das?« Ich überfliege die Zeilen.

STARTGEBÜHREN

Mustangreiten	50 $	Kälberfangen	35 $
ohne Sattel	50 $	*Kinder*	15 $
Bullenreiten	50 $	Rindertrennen	50 $
Kinder	25 $	Freestyle	50 $
Tonnenrennen	30 $	*ohne Zaumzeug*	50 $
Kinder	10 $	Schafreiten	10 $

»Jake? Was ist das?« Ich folge ihm zur Theke und deute auf die Anzeige. Während ich auf seine Antwort warte, nehme ich eine der ordentlich aufgereihten Tassen vom Regalbrett – eine dunkelblaue mit der Aufschrift GOD BLESS COWBOYS – und schenke mir einen Kaffee ein.

Jake holt sich eine Dr Pepper light aus dem Kühlschrank. »Startgebühren fürs Rodeo.«

»Oh.«

»Die meiste Kohle kann man beim Bullenreiten machen«, murmelt er in die schon halb leere, gluckernde Dose.

Ich erinnere mich daran, was Anna mir über den Tod seines Vaters erzählt hat.

»Mustangreiten ist weniger gefährlich und das Preisgeld ist immer noch hoch«, bemerkt Anna vom anderen Ende der Küche aus, wo sie die schmutzigen Klamotten aus unseren Campingtaschen in die Waschmaschine steckt.

»Nicht hoch genug.«

»Es muss reichen.«

»Worüber redet ihr da?«, frage ich.

»Den Wettkampf. Jake will Bullenreiten. Wir wissen beide, dass das zu gefährlich ist.«

»Man kriegt richtig gut Geld, Paige«, sagt er zu mir.

»Genug, um die Ranch zu retten?«

Grinsend dreht er sich zurück zu Anna. »Paige kapiert es.«

»Weil sie die Gefahr nicht einschätzen kann. Nicht so wie du und ich. Wie du und ich *sollten*.« Sie wischt sich die Hände an ihrer Schürze ab und bedenkt ihn mit einem strengen Blick.

»Aber Jake reitet doch schon Rodeo, oder? Das hat er mir zumindest erzählt.«

»Er reitet Wildpferde wie Maverick da draußen im Pferch. Das ist zwar auch nicht ungefährlich, aber besser als die Bullen.«

Sie haben diese prächtige, temperamentvolle Stute *Maverick* getauft? Urgs. »Wie viel höher ist das Preisgeld genau?«

»Kommt drauf an, wie weit man es schafft«, erklärt Jake. »Es könnte reichen.«

»Um die Ranch aus den roten Zahlen zu holen?«

»Möglich. Wenn wir Anna überreden können, dass ich teilnehmen darf.«

»Aber wieso –« Ich unterbreche mich, bevor Annas Augen es tun.

Sie antwortet trotzdem. »Wir sind eine Familie. Wir entscheiden solche Dinge gemeinsam. Keine Bullen mehr, das haben wir Jakes Mommy versprochen, nachdem das mit seinem Daddy passiert ist.«

Mit zusammengepressten Lippen wirft Jake Anna einen verärgerten Blick zu und schüttelt leicht den Kopf, als wäre ein solches Versprechen völlig lächerlich. »Warum musst du das immer als Ausrede benutzen?«

Um die Spannung zu lösen, sage ich: »Ich habe früher Tonnenreiten gemacht, das war lustig. Wir hatten draußen im Pferch einen Übungsparcours, weißt du noch, Dad?« Ich schlendere wieder zum Tisch hinüber und setze mich neben ihn.

Du warst richtig gut, schreibt er. Anna und Jake gesellen sich zu uns. Jakes Stuhl schrappt über den Boden.

»Vielleicht kann ich auch in irgendeiner Kategorie teilnehmen«, überlege ich laut, hauptsächlich, um Anna und Jake vom heiklen Thema Bullenreiten abzulenken.

Dafür müsstest du aber noch viel trainieren, schreibt Dad.

»Jake kann mir helfen«, sage ich, ohne nachzudenken. »Das kannst du doch, oder, Jake?«

Jake mustert mich über den Rand seiner Dose hinweg, um sicherzugehen, dass ich es ernst meine. Schließlich nickt er.

»Auf Maverick?«, frage ich weiter. Ich finde den Namen immer noch scheußlich.

»Die du schon die ganze Woche mit Äpfeln bestichst?«

Anna seufzt. »Dahin verschwinden meine Äpfel also? Dabei wollte ich Apfelkuchen backen.«

Jake und ich grinsen uns an. Die Schatten von gerade eben verziehen sich. »Na ja, ich hatte diese Woche sowieso vor, mit dem Einbrechen anzufangen, aber keine Ahnung, ob sie bis zum Rodeo so weit ist. Oder ob du so weit bist.«

»Auf Blue fühle ich mich mittlerweile ziemlich wohl.«

»Klar, aber Blue hat mit diesem Mustang ungefähr so viel gemein wie Annas Apfelkuchen mit Jalapeños. Maverick hat ordentlich Feuer.«

»Ich will es trotzdem probieren.«

»Hm. Zugucken kann ja erst mal nicht schaden«, sagt er und schaut fragend zu Anna. Die zuckt mit den Achseln, nickt und stapft davon, irgendetwas über Apfeldiebe und Sturköpfe vor sich hin brummend.

Maverick ist völlig anders als Old Blue. Sie hat wilde Augen und einen weißen Fleck auf der Stirn. Ihr schlanker, muskulöser Körper verrät, dass sie gerade genug frisst, um stark zu bleiben. Als Jake sich ihr langsam nähert, stampft sie auf den Boden ein und schnaubt so heftig, dass ich fast damit rechne,

Rauch aus ihren Nüstern strömen zu sehen. Sie funkelt ihn an, als würde sie ihm bei der kleinsten falschen Bewegung die Brust eintreten.

Er bleibt stehen und murmelt immer wieder beruhigend »Sch, sch, sch«, während er sich ein dickes blaues Seil um den Unterarm wickelt. Dabei meidet er jeden Augenkontakt mit dem rasenden Tier. Nach einer Weile hört Maverick auf zu stampfen, ihr Schnauben wird natürlicher und regelmäßiger.

Mit gesenktem Kopf schiebt Jake sich vor, Zentimeter für Zentimeter, bis er schließlich nah genug ist, um die Stute an seiner ausgestreckten Hand schnuppern zu lassen. Maverick nimmt seinen Geruch in sich auf, doch statt ihn wie im Film freundlich anzustupsen, wiehert sie wütend, wirft den Kopf herum und weicht zurück.

36

Am nächsten Tag versucht Jake es noch einmal.

»Sie muss sich bloß an mich gewöhnen«, sagt er unerschütterlich optimistisch, nachdem Maverick ihn aus ihrem Pferch gescheucht hat. Er ist ihrem Zorn nur knapp entwischt, indem er über den Zaun und in mich hineingesprungen ist. Jetzt liegen wir beide auf dem Boden.

Maverick schaut mich an, und ihrem Blick nach zu urteilen, lacht sie uns aus.

»Vielleicht kann sie dich nicht leiden, weil du ihr einen Jungennamen gegeben hast.« Ich kann die Augen nicht von ihr abwenden. Sie ist ein so prächtiges Tier.

Jake schnaubt und reibt sich die Hüfte. »Maverick ist ein super Name.«

»Nicht für ein Mädchen.«

»Sie ist kein Mädchen, sondern eine Stute. Und ein halber Mustang. Sie ist ein Wildpferd und zwar ein ziemlich gutes.«

»Weil sie sich so leicht zähmen lässt?«

Er kontert meinen Scherz mit einer hochgezogenen Augenbraue. »Nein, du Klugscheißerin. Außerdem geben viele Cowboys ihren Stuten Jungennamen. Fällt dir ein besserer ein?«

Ich stütze den Kopf in die Hände und betrachte ihre weiße Stirnzeichnung.

»Scout.«

»Scout?« Jake nickt. »Ich hatte schon mal 'ne Stute namens Scout. Das ist ein guter Name.«

»Schön, dass er dir gefällt.«

»Wie bist du drauf gekommen?«

»Der weiße Fleck sieht aus wie ein gebrochener Flügel, da musste ich an *Wer die Nachtigall stört* denken – du weißt schon, von Harper Lee. Deswegen Scout, nach der Hauptfigur.«

»Dein Gehirn muss ein interessanter Ort sein.«

»Interessant … So kann man es auch nennen«, bemerke ich trocken.

Er lacht. »Schauen wir mal, ob sie mich mit ihrem neuen Namen lieber mag.«

Er versucht es.

Erst umkreist er sie, nähert sich langsam. Dreck fliegt durch die Gegend, eine warme Nase tut schnaubend ihren Unmut kund und das Ganze endet wieder mit einem Platzverweis. Jake flüchtet sich über den Zaun und landet auf dem Hintern. Er wirft die Arme in die Luft. »Ich weiß echt nicht, was ich falsch mache.«

Amüsiert strecke ich ihm die Hand hin, um ihm aufzuhelfen. »Ist das die erste Stute, die deinem Charme nicht sofort erliegt?«

»Ja, falls es dich interessiert.«

»Du hast dir ihre Gunst einfach noch nicht verdient.«

»Ach, wirklich, du Genie? Dann probier du doch mal dein

Glück.« Er drückt mir das Seil in die Hand. Es ist so dick wie eine Boa constrictor.

»Warum nicht?« Ich bin mir sicher, dass sie mir nichts tun wird. Sie wollte auch Jake nichts tun, sondern ihn nur aus ihrem Bereich verjagen.

»Aber halt Abstand. Und bleib ruhig«, rät er mir unnötigerweise. »Dieses Geräusch, das ich gemacht habe – so beruhigt man auch weinende Babys, also mach es immer wieder. *Sch, sch, sch.*«

Ähm, ja. Er spitzt die Lippen, was halb lustig, halb heiß aussieht, und schon übe ich es auch. *Sch, sch, sch.* Scout mustert mich, als wäre ich völlig durchgeknallt.

»Schau ihr nicht direkt in die Augen, sonst glaubt sie, du willst sie herausfordern. Und schön langsam.«

Vorsichtig klettere ich über den Zaun und versuche, Scout nicht anzuschauen. Stattdessen fixiere ich Jake.

Scouts Stimmung ändert sich, als ich den Pferch betrete. Sie senkt den Kopf und stampft mit den Hufen, scharrt schnaubend und zähneknirschend im Staub. Ich sende einen stummen Hilferuf an Jake. Was, wenn ich unrecht hatte? Schaffe ich es über den Zaun, wenn sie auf mich losgeht?

Sein Nicken bestärkt mich. »Alles ist gut. Langsam.«

Ich halte einen Moment lang inne, den Blick auf ihre Hufe gerichtet. »Sch, sch, sch«, sage ich unablässig, während Scout sich an meine Anwesenheit gewöhnt.

Dann mache ich einen Schritt nach vorn.

Und noch einen.

Behutsam umkreise ich sie in der Mittagshitze, beobachte ihren angespannten, muskulösen Körper aus dem Augenwinkel und nähere mich ihr unmerklich, sodass ihr gar nicht auffällt, wie nah ich tatsächlich bin.

Bis ich plötzlich neben ihr stehe.

»Ruhig, mein Mädchen, ganz ruhig.« Ich strecke die Hand aus, damit sie daran schnuppern kann. Ich berühre sie nicht. Und ich schaue sie nicht direkt an, aber ich sehe das Glühen in ihren Augen und ich weiß, dass unsere neu entdeckte Vertrautheit von kurzer Dauer sein wird, wenn ich zu schnell zu viel will.

37

Damals

Ich denke viel über Geheimnisse nach.

Dass jeder sie hat: Elena und der Goldjunge und Elliot und Ty und ich. Mom. Wir verstecken unsere wahren Empfindungen so tief in uns, dass niemand weiß, was wir wirklich fühlen, bis es zu spät ist. Zu spät, um zu helfen. Um sich durch den Berg Müll zu wühlen und den Schatz zu finden.

Ich wollte Ty überzeugen, dass wir füreinander da sein können, ohne es miteinander zu tun. Vergeblich.

»Die nächste Gruppe, bitte.« Der Vertrauenslehrer stand im Türrahmen. Wir wurden jeweils in Vierergruppen aus unseren Klassenleiterstunden geholt, für eine von ganz oben verordnete Traumatherapie.

Da Ty neben mir saß, waren wir in derselben Gruppe. Der Vertrauenslehrer brachte uns in einen kargen Raum mit Hotelzimmerkunst an den Wänden und wir verteilten uns um einen runden Tisch mit einer Platte aus Holzimitat, die einen intensiven Geruch nach Desinfektionsspray verströmte.

Beim Anblick der metallenen Klappstühle musste ich an das

Kaugummi und wer weiß was sonst noch alles denken, das unter der blitzsauberen Oberfläche klebte.

»Wie fühlt ihr euch?«, fragte Mr Fenrick und beugte sich vor. Er trug Hemd und Krawatte und die kahle Stelle auf seinem Kopf glänzte, als hätte er sie genauso poliert wie den Tisch, aber seine braunen Augen waren freundlich.

»Ganz okay«, sagte das andere Mädchen, Rachel.

»Gut«, sagte der andere Junge, A. J.

»Beschissen«, sagte mein Stiefbruder.

Statt ihn für den Kraftausdruck zu rügen, sagte Mr Fenrick: »Danke, dass du so ehrlich bist. Warum?«

»Es kommt mir vor, als wäre ich in einem Videospiel gefangen, ohne Exit-Knopf.«

»Hm. Und wie fühlst du dich dabei?«

»Beschissen.«

»Richtig.«

»Ty«, sagte ich leise. Ich hatte gehofft, das hier würde schnell gehen. Rein und raus. Diese Gruppentherapie mussten jetzt alle einmal die Woche machen. Ein kleiner Check-in, damit niemand auscheckte.

»Was?« Er funkelte mich an.

»Wie geht es den anderen? Paige?«, fragte Mr Fenrick. »Kannst du nachempfinden, was Tyler sagt?«

»Klar, aber ich würde es nicht so formulieren.«

»Jeder drückt sich auf andere Weise aus.«

Ja. Manche von uns hämmern jede Nacht an die Zimmertür ihrer Schwester, während andere ihren iPod so laut drehen, dass sie irgendwann einen irreparablen Hörschaden davontragen.

»Wie würdest du es denn sagen?« Mr Fenrick legte den Kopf schief. Sein Blick war warm und offen. Bekam man so was als Vertrauenslehrer beigebracht? Zuhören? Die Aufmerksamkeit war mir unangenehm.

In meiner Familie beschränkte sich fast alles auf kurze Fragen und Aussagen. *Wer will was vom Thailänder? Hast du den Müll rausgebracht? Ich komme erst spät zurück, also vergiss nicht, die Haustür abzuschließen.* Direkten Augenkontakt hatten wir nur selten.

Ich wand mich auf dem Metallstuhl.

»Na ja, die Situation ist nicht gerade toll. An unserer Schule gab es mehrere Selbstmorde, die angeblich ansteckend sind, nur dass uns kein Gegenmittel oder Impfstoff davor bewahren kann. Und uns ist allen klar, wie lächerlich das klingt. Ich meine, mir ist es klar, und ich bin diejenige, die es sagt. Wie soll so was wie der Wunsch, sich umzubringen, ansteckend sein? Da geht es nicht um eine laufende Nase, sondern um dein Leben. Ty hat schon irgendwie recht, es kommt einem wirklich vor, als wäre man in einem Videospiel gefangen.«

»Und siehst du einen Ausgang? Einen Ausweg?«

Ich zuckte mit den Schultern. »Es gibt immer einen.«

»Danke, Paige. Es stimmt, das alles fühlt sich völlig grund- und sinnlos an. Manchmal suchen Menschen nach einem Ausweg. Einem Ausweg aus ihrer Not. Da kann ein tragischer Selbstmord genügen, damit alle Dämme brechen, das Tabu aufgehoben wird und andere folgen.«

»Also hatten die anderen längst vor, sich umzubringen, und als einer es durchgezogen hat, hatten sie sozusagen grünes Licht? Das glaube ich nicht.«

Das *konnte* ich nicht glauben.

Ging es so vielen von uns so schlecht?

Ging es *mir* so schlecht?

Ich betrachtete meine Mitschüler. Rachel und ihren Bobhaarschnitt, den sie schon seit der Fünften trug. Die immer zu ihrem Poloshirt passenden Socken und die weißen Tennisschuhe, von denen sie zwanzig Paar besitzen musste, so sauber waren sie. Den Griff ihres Tennisschlägers, der aus dem hellblauen Rucksack ragte. Wahrscheinlich hatte sie nach der Schule noch Training.

Wollte sie sterben? Und wenn ja, wie? Wann? Auf dem Tennisplatz? Bei einem Spiel? Danach?

Und A. J. mit seinen schwarzen Locken, den braunen Augen hinter der Hipsterbrille, dem karierten Hipsterhemd? Er fingerte an den Ohrstöpseln herum, die aus seiner weißen Baggyjeans hingen. Er wollte weiter Musik hören. In seinem Kopf lief gerade welche, das verrieten die schmuddeligen schwarzweißen Vans, die im Takt auf den Boden klopften.

Wollte er sterben?

Nein.

Auf keinen Fall.

Oder doch?

Mr Fenrick wandte sich wieder an Ty. »Ich habe zwar seit meiner Kindheit keine Videospiele mehr gespielt, aber wenn man ein Level durch hat, kommt man doch einfach ins nächste, oder?«

»Solange man nicht stirbt.«

»Richtig. Was mir ziemlich oft passiert ist.« Keiner von uns lachte über seinen Scherz. »Okay, Leute, als Hausaufgabe für diese Woche stellt ihr euch bitte vor, wie ihr ins nächste Level kommt. Weitergeht. Nach vorne blickt. Denkt euch verschiedene Enden für das Spiel aus und schreibt sie auf. Ihr könnt so kreativ sein, wie ihr wollt.«

»Kriegen wir dafür Extrapunkte?«, fragte Tennis-Rachel.

»Sicher. Ich freue mich auf eure Texte.«

Wir mussten nach vorne blicken. Das alles hinter uns lassen. Einander.

Als ich über die Hausaufgabe nachdachte, sah ich Folgendes: Ein Videospiel-Ich, das in die eine Richtung rennt.

Einen Videospiel-Ty, der in die andere rennt.

Ein sauberer Schnitt.

Das sagte ich Ty, als ich ihm nach der Schule von der Tür aus beim Spielen zuschaute.

Er drehte sich nicht um.

»Dann hat dir unser kleiner Besuch beim Seelenklempner also gefallen?«, fragte er.

»Ich fand ihn ganz hilfreich, ja.«

»Genauso hilfreich, wie mit diesem Wasserballwichser zu verschwinden?«

»Was ich tue oder lasse, geht dich nichts an.«

Er schnaubte. »Du wolltest mich doch sowieso nur eifersüchtig machen.«

Aufgepumpte Soldaten explodierten auf dem Flachbildfernseher. Blut spritzte. Maschinengewehre ratterten. Bomben gingen hoch. *Bum. Bum!*

»Wollte ich nicht.«

»Na klar. Weil du tatsächlich auf Wasserballwichser stehst. Die sind genau dein Typ.«

»Was ist das?« Ich verzog das Gesicht und deutete auf die ziemlich realistische Gewaltdarstellung. »Das sieht widerlich aus.«

»Aber es ist lustig. Willst du mitspielen?«

»Nein.«

»Ach, komm schon, du Spaßbremse.«

Er gab mir einen Controller und ich ließ mich neben ihn plumpsen. »Darf ich mir einen Soldaten aussuchen?«

»Klar.«

Er unterbrach das Spiel und ging zurück ins Menü. Ich konnte zwischen einem Muskelprotz namens Buzz wählen, der noch aufgedunsener war als der gerade explodierte Kerl, einem großen Rotschopf mit dem passenden Namen Red und der wohlproportionierten Goldie mit der wasserstoffblonden Wallemähne.

»Das ist so was von sexistisch. Als könnte sie in der Uniform Leute erschießen. Ihre Brüste fallen ja halb raus.«

»Machst du Witze? Sie ist heiß.«

»Ähm, ja, aber praktisch ist ihr Outfit nicht. Weder für den Krieg noch für irgendwas anderes.«

Vollkommen ernst erwiderte Ty: »In dieser futuristischen Welt lauern hinter jeder Ecke Zombies und das Chaos. Da ist Praxistauglichkeit das geringste Problem. Es geht ums Überleben.«

»Trotzdem«, meinte ich.

Obwohl das Thema völlig lächerlich war, fand ich es schön, mit ihm herumzualbern. Fast als wäre wieder alles in Ordnung zwischen uns. Doch in seiner Stimme lag etwas Scharfes, also blieb ich auf der Hut.

»Dann zeig mal, was in deiner Uniform steckt.« Seine Augen funkelten herausfordernd.

»Sehr nett, Ty.«

»Du weißt, wie ich es meine.«

»Na gut«, erwiderte ich im selben Tonfall.

Wenn wir weitergehen, nach vorne blicken wollten, mussten wir Sachen zusammen machen, die normale Geschwister machten.

Auf dem Boden sitzen.

Videospiele spielen.

Ganz normal.

Also wählte ich Goldie, und sie und ich töteten Zombies wie eine verdammte Maschine. Am Ende war ich total aufgedreht, überall lagen Zombieleichen herum und mein Zombodycount stand bei hundertsiebenundvierzig.

»Das heißt also *nach vorne blicken* bei dir?«, fragte Ty. »Du überlässt mich eiskalt den Untoten?«

»Ich hab dich doch nicht … oh.« Er hatte natürlich Buzz genommen und der ruhte inmitten eines Zombiehaufens, mit halb gefressenem Gehirn.

»Sorry«, sagte ich kleinlaut. »Du hättest es fast bis in die Sicherheitszone geschafft.«

»Knapp daneben ist auch vorbei«, erwiderte er. »Außer bei Handgranaten.«

»Ich bin mir ziemlich sicher, dass der Zusatz nicht zum Sprichwort gehört.«

»Und ich bin mir ziemlich sicher, dass du genau wusstest, dass du nicht mit Matt abziehen musst, damit ich dich will.«

»Darum ging es nicht, Ty.«

»Wen interessiert's? Ich habe es bemerkt. Ende. Willst du jetzt neu starten und noch mal spielen oder nicht?«

Wollte ich neu starten und noch mal spielen?

Nein. Ich wollte mit ihm befreundet sein. Stiefbruder und Stiefschwester. Hier auf dem Boden vor einem bescheuerten Videospiel hatte das alles überhaupt erst angefangen, also war es nur logisch, dass es hier auch endete. Zumindest für mich.

Vielleicht lag es an seiner Stimme. An der Dunkelheit in seinen Augen. Oder an meinem Verhalten auf dem Ball. Dass ich meine Freundinnen angelogen hatte und mit dem nächstbesten Typen abgehauen war.

Nichts davon wollte ich.

Nicht einmal ansatzweise.

Plötzlich machte es in mir *klick*. Ich konnte mir nicht länger über Tys Gefühle den Kopf zerbrechen. Wenn er mich für immer hassen würde, dann war das eben so.

38

Jetzt

Am nächsten Morgen gehe ich gleich wieder zu Scout.

Sie blickt von ihrem Frühstück auf und beäugt mich halb neugierig, halb wiedererkennend, aber kein bisschen unterwürfig.

Ich weiß ihre Ehrlichkeit zu schätzen.

Ich stelle mich auf die unterste Sprosse des verwitterten Zauns, lehne mich nach hinten und schaue in den Himmel. Erst als Scout satt und zufrieden wirkt, klettere ich vorsichtig in den Pferch.

Dieses Mal ist es leichter. Sie stampft und schnaubt nicht, während ich mich ihr nähere.

Mein Herz hämmert, als ich die Hand ausstrecke, doch anstatt sich aufzubäumen und mich mit ihren mächtigen Hufen zu Tode zu trampeln, stupst sie die samtene Nase gegen meine Finger. Ich greife in die Tasche und halte ihr eine Handvoll Süßfutter hin, eine Mischung aus Hafer, Mais und Sirup, die sie gierig verschlingt. Auch die nächste Handvoll wird gnädig akzeptiert. Wir wiederholen das Spielchen noch ein paarmal und keine von uns meidet dabei den Blick der anderen. Wir schauen einander in die Augen, tief und fest. Es passiert ganz spontan und ist wahrscheinlich leicht verrückt, aber plötzlich weiß ich genau, was ich will. Was ich zu tun habe, wie ich alles wieder in Ordnung bringen kann. Ich renne zurück ins Haus und verkünde: »Ich werde am Rodeo teilnehmen und zwar auf Scout!«

Anna spuckt den Schluck Kaffee in ihrem Mund über den Tisch und mustert mich mit einer Mischung aus Verärgerung und Neugier wie Scout am ersten Tag, während sie die heiße Flüssigkeit mit einer handbestickten Serviette aufwischt.

»Ich muss mich wohl verhört haben. Du willst auf Scout beim Rodeo starten?«

»Jep.«

»Was? Wie?« Anna ist sprachlos – das habe ich vorher noch nie geschafft. Ihr Blick wandert zu Jake, der nur mit den Achseln zuckt, nach dem Motto: *Hör dir erst mal an, was sie zu sagen hat.*

»Sie mag mich. Frag Jake. Sie lässt mich an sich ran, ohne mich zu treten oder aus dem Pferch zu jagen wie gewisse andere Leute.«

»Hey! Willst du meine Unterstützung oder nicht?«

Ich schaue Jake an und grinse.

»Nur weil sie Leckereien aus deiner Hand frisst, heißt das noch lange nicht, dass sie sich von dir reiten lässt, in einem Stadion mit Hunderten lauten Zuschauern, das ist dir schon klar, oder? Du müsstest sie einbrechen. Sie wird dich abwerfen«, sagt Anna.

Ich hebe die Schultern. »Soll sie ruhig, das ist mir egal.«

»Paige …« Anna seufzt und wendet sich gereizt an Jake. »Du darfst mir jederzeit beispringen.«

»Scout scheint Paige wirklich zu mögen«, erwidert er. »Mich lässt sie nicht mal in ihre Nähe, dabei wollte ich sie beim Rodeo reiten.«

»Also hilfst du mir?«, frage ich.

»Hab ich denn eine Wahl?« Sein Ton ist trocken, wahrscheinlich Anna zuliebe, aber das Glitzern in seinen Augen verrät, wie sehr er sich auf die Herausforderung freut, sowohl die Stadtpflanze als auch die Stute einzubrechen.

Ich klatsche triumphierend in die Hände. »Dann ist es abgemacht. Wo kann ich mich anmelden?«

Anna seufzt noch einmal und tippt sich an die Schläfe. »Es ist dein Kopf, Kleine. Aber bevor sich irgendwer irgendwo anmeldet, muss erst dein Daddy seine Zustimmung geben.«

39

Ich klopfe leise an die Tür.

Dad sitzt in seinem Rollstuhl am Fenster. Zögerlich trete ich neben ihn.

Wenn ich ihn ein paar Stunden lang nicht sehe, vergesse ich manchmal, dass er krank ist. In meinen Erinnerungen ist er wie früher, läuft auf der Ranch herum, schiebt sich den Cowboyhut in den Nacken, galoppiert durch die Steppe. Wenn ich dann seinem heutigen Ich wieder gegenüberstehe, trifft mich der Anblick jedes Mal genauso wie bei meiner Ankunft, als er auf die Veranda gerollt kam, völlig verwandelt, verwelkt, Tag für Tag mehr dahinschwindend.

Das Brummen seines Sauerstoffgeräts ist das einzige Geräusch in dem riesigen Schlafzimmer, das er sich mal mit Mom geteilt hat. Das Bett ist selbst gebaut, aus astigem Kiefernholz, und die Tagesdecke und die Kissenbezüge aus pastellblauem Gingan sind noch die gleichen wie damals. Das Schlafzimmer von Mom und Tys Vater in Kalifornien sieht ganz anders aus. Das Bett ist silbern, an den Wänden hängen drei gerahmte Tuschezeichnungen mit chinesischen Schriftzeichen und die Kommode ziert eine schlichte Bambuspflanze.

Ich kann mir die Mom von heute gar nicht mehr in diesem Zimmer vorstellen, aber kaum blinzle ich einmal, sitzt sie mit Dad im Bett, liest Zeitung und trinkt Kaffee. Die beiden lachen über irgendetwas, das ich gesagt habe. Ich bin acht und habe große Zähne und dünne Beine, die sich noch nicht an meinen Wachstumsschub gewöhnt haben. Ich stehe am Fußende und bettle Dad an, mit mir angeln zu gehen.

»Gönn deinem Daddy doch mal ein bisschen Ruhe, Paige.«

»Welcher Cowboy könnte schon Nein sagen, wenn eine hübsche Lady ihn zum Angeln einlädt?« Dad zwinkert mir zu, springt aus dem Bett und schlüpft in seine Jeans.

»Aber das ist der einzige Tag, an dem du mal ausschlafen kannst«, wirft Mom ein.

»Schlafen kann ich, wenn ich tot bin«, erwidert er. »Und wir zwei machen es uns später gemütlich«, fügt er in einem Ton hinzu, bei dem mein achtjähriges Ich sich vor Ekel schüttelt. Heute würde ich alles dafür geben, ihn noch einmal zu hören. Ihre Reaktion zu sehen, das breite, liebevolle Lächeln.

»Na dann, viel Spaß, ihr zwei! Und fangt ein paar Forellen fürs Abendessen.«

Jetzt starrt Dad stumm aus dem Fenster.

Ich schlucke. Es wird nicht leichter.

Ich berühre seine Schulter und setze mich in den Sessel mit der hohen Lehne, in dem Mom sitzen würde, wenn sie hier wäre.

»Daddy? Ich habe einen Plan. Bitte lass mich erst mal ausreden, bevor du was sagst.«

Seine tränenden Augen fixieren mich. Das rechte ist ein wenig verklebt. Ich will nach dem kleinen Handtuch greifen, das für solche Zwecke an seinem Rollstuhl hängt, bremse mich aber. Ich werde später Anna Bescheid geben. Sie will nicht, dass ich mich um Dads Hygiene kümmere. Das wäre zu erniedrigend für ihn, findet sie. Ich sehe das anders. Wenn ich schon da bin, warum darf ich dann nicht helfen?

Doch ich respektiere ihre Wünsche. Seine Wünsche. Ich bemühe mich, die normale Tochter zu mimen. Normale Töchter wischen nicht an den verklebten Augen ihrer Väter herum. Vielleicht in einer idealen Welt, aber in so einer leben wir nun mal nicht. Egal. Man muss sich seine Schlachten aussuchen.

Und das tue ich gerade.

Ich räuspere mich. »Dad, ich würde gern versuchen, den Mustang – sie heißt jetzt Scout – zu reiten, beim Rodeo, ohne Sattel, wenn … wenn du damit einverstanden bist.«

Seine Augen zucken – seine Version von Aufreißen.

Ich schlucke. »Ich weiß, das klingt total verrückt, aber ich glaube, dass ich es hinkriegen könnte. Sie mag mich, das sagt sogar Jake, und wenn ich richtig viel mit ihr arbeite, lässt sie mich bestimmt auf ihren Rücken und …«

Ich verstumme, als seine Finger über die Tastatur huschen, die ihm Worte verleiht.

Ohne Sattel ist es noch mal was völlig anderes, mein Schatz. Sie wird dich einfach abwerfen.

»Das glaube ich nicht, Daddy. Ich will es wenigstens ausprobieren.«

Nein. Du könntest sterben oder, noch schlimmer, so enden wie ich.

Ich zucke zusammen. »So zu enden wie du, ist nicht schlimmer, als zu sterben. Sag so was nicht.«

Er antwortet nicht. Meint er es ernst? Will er sterben? Denkt er tatsächlich, das wäre besser?

Ich bin dankbar für jeden Sonnenaufgang und jeden Sonnenuntergang, schreibt er.

»Ich auch«, erwidere ich und es stimmt. »Aber ich würde es gern probieren. Wirklich gern.«

Ich bin stolz auf dich, Paige. Wir lassen uns etwas anderes einfallen, okay?

Wäre das hier einer meiner Tagträume, würde er nicht die Augen schließen, während sein Sauerstoffgerät brummt und die Sonne die viel zu große graue Jogginghose mit gelben Streifen überzieht, nein, er würde aufspringen, mit der einen Hand meine und mit der anderen seinen Angelkoffer packen und mit mir zum Fluss hinunterlaufen. Wir würden Pläne schmieden, kluge und mutige Pläne, an diesem noch jungen Morgen.

Im wahren Leben lehne ich den Kopf an seinen Arm und hoffe, dass er seine Meinung ändert, während wir uns auf diese neue Art unterhalten.

40

Damals

Eine Woche später saßen wir wieder auf denselben unfassbar unbequemen Stühlen um denselben Tisch herum. Ty war an der Reihe, über seine Gefühle zu reden.

»Ich habe neben der Videospielsache noch ein anderes Problem«, sagte er.

»Ja?« Der Vertrauenslehrer beugte sich vor, hörte aktiv zu.

»Ich bin in jemanden verliebt. Aber sie nicht in mich.«

»Die Irrungen und Wirrungen der Liebe«, bemerkte Mr Fenrick, als würde er einen Vortrag über Shakespeare halten. Ich stöhnte und machte mich so klein wie möglich. »Ist dieses Mädchen deine Freundin?«

Ty zog eine Augenbraue hoch und warf mir einen Blick zu. »Nicht direkt.«

Boden, tu dich auf. Oder ein Erdbeben?

»Erwidert sie deine Gefühle?«

Oh. Mein. Gott.

»Am Anfang schon. Jetzt spielt sie nur noch mit mir. Sie kennen solche Frauen ja.«

Mr Fenrick runzelte die Stirn. Nahm seine Brille ab und stützte sich auf die Ellbogen. »Nicht unbedingt. Was meinst du damit?«

»Sie wissen schon ... erst machen sie einen an, aber kurz bevor es zur Sache geht, kriegt man einen Korb.«

Er war so ein Arschloch. Meine Hände ballten sich unter dem Tisch zu Fäusten. Hitze kroch mir von den Oberschenkeln in den Bauch, wo sie sich in Galle verwandelte.

»Klingt, als hätte sie ihre Meinung geändert. Und als verantwortungsvoller junger Mann solltest du das respektieren.«

»Ganz genau«, sagte ich laut.

Rachel und A. J. schauten verwirrt zwischen Ty und mir hin und her. Ty kippelte so schwungvoll mit seinem Stuhl, dass er fast hintenüberfiel. *Hoffentlich bricht er sich den Hals!*

»Mr Fenrick«, stammelte ich. »Ich – wir ... ich meine, kann ich bitte aufs Klo?«

Ich schnappte mir meinen Kram und floh aus dem Zimmer. Auf der Toilette drehte ich den Hahn auf und spritzte mir kaltes Wasser ins Gesicht. Als ich in den Spiegel sah, stand auf einmal Ty neben mir. Mit einem spitzen Schrei sprang ich zurück und wirbelte herum. »Bist du jetzt völlig durchgeknallt? Was treibst du hier drin?«

»Wir müssen reden.«

»Nein.« Ich stieß ihm den Finger in die Brust. »Du musst zuhören. Du musst mich in Ruhe lassen. Du musst aufhören, an mich zu denken. Was sollte das gerade, hm? Wolltest du uns vor Mr Fenrick outen – vor der gesamten Schule? Haben wir nicht schon genug Probleme, ohne dass unsere Privatangelegenheiten in der Öffentlichkeit breitgetreten werden?«

»Vielleicht.« Er starrte mich an, auf seine typische, grässlich eindringliche Art. *Blinzle, Ty.* Er blinzelte nicht. »Keine Ahnung.«

Ich schluckte. Er war verrückt. Das hier war gefährlich und es wurde mit jedem Tag schlimmer. Als ich versuchte, mich an ihm vorbeizudrängen, stützte er die Hände links und rechts von mir auf das nasse Waschbecken. Ich saß in der Falle. »Lass mich durch, Ty.«

»Nein. Dann rennst du wieder weg. Was in dieser einen Nacht passiert ist … das hätte ich nicht tun dürfen. Ich dachte, du willst es auch. Du hast mich bei dir schlafen lassen und du hast so gut gerochen … und als ich angefangen habe, schien es dir zu gefallen.«

»Ich habe Nein gesagt, Ty! Ich habe dich weggestoßen. Wenn du nicht mein Stiefbruder wärst, wenn ich nicht verhindern müsste, dass irgendwer das mit uns rausfindet, würdest du dafür in den Knast wandern.«

Sein Gesicht war nur noch ein paar Zentimeter von meinem entfernt, als er knurrte: »Ja, klar. Wer würde dir denn schon glauben?«

»Du bist wahnsinnig.«

»Du treibst mich doch dazu!«

Seine Züge verzerrten sich wie bei einem Psychotiker im Film – in der einen Sekunde wütend, in der nächsten verzweifelt und mitleiderregend. Dachte er tatsächlich, er hätte nichts falsch gemacht? Ich hielt inne. »Ich treibe dich dazu? Ty.« Ich warf einen schnellen Blick zur Tür, um sicherzustellen, dass niemand hereinkam. »Ich habe die Sache zwischen uns beendet. Ich will das Richtige tun.«

Ich versuchte, seine Arme wegzuschieben.

»Das Richtige für dich vielleicht. Aber was ist mit dem Richtigen für mich?«

»Ich kann nicht die Richtige für dich sein.« Er umklammerte weiter den Waschbeckenrand, seine Muskeln spannten sich unter meinem Griff an. »Ty, lass mich durch.«

»Nein. Du darfst nicht wieder weglaufen. Du willst es doch auch, Paige. Erinnere dich. Erinnere dich, wie gut wir zusammenpassen.«

Er wollte mich küssen. Ich wich zurück und gab ihm eine schallende Ohrfeige. Dann stieß ich ihn mit so viel Kraft beiseite, dass er gegen die Wand taumelte, und rannte aus der Toilette, durch den leeren Korridor. Als ich nicht mehr konnte, verlangsamte ich meine Schritte zu einem schnellen Gehen. Mein Herz hämmerte. Mit zitternden Händen holte ich mein Handy heraus und rief meine Mutter an. Erreichte nur den Anrufbeantworter und legte wieder auf. Ich hatte gedacht, ich hätte es unter Kontrolle. Ich hatte gedacht, ich hätte Ty unter Kontrolle. Aber das stimmte nicht.

Er folgte mir aus der Schule. Die Bürgersteige entlang. Den gesamten Weg bis nach Hause. Wir schwiegen, bis wir ein paar Straßen von allen potenziellen Mithörern entfernt waren.

»Es tut mir leid. Warte auf mich. Paige. Es tut mir leid!«

»Lass mich in Ruhe, Ty.« Ich hantierte ungeschickt mit dem Schlüssel herum. Aber was würde es bringen, ins Haus zu flüchten? Er würde mich drinnen weiter belästigen. Oder angreifen.

»Ich will nur dich!«

Ich schüttelte so heftig den Kopf, dass mir die Ohren klingelten. »Red keinen Quatsch.«

»Das ist kein Quatsch!« Er packte mich am Handgelenk.

»Ty, hör endlich auf, sonst –«

»Sonst was? Sonst erzählst du es deiner Mom? Meinem Dad? Als ob.« Jetzt grinste er, so herausfordernd, dass ich ihn am liebsten umgebracht hätte.

»Geh weg«, sagte ich. »Du … du machst mir Angst.«

Sein Blick verdüsterte sich so plötzlich wie der Himmel bei einem Sommergewitter. Mit hängendem Kopf ließ er sich auf die Veranda fallen und fuhr sich durchs Haar. »Und wenn ich nicht dein Stiefbruder wäre? Würde das etwas ändern?«, fragte er mit leiser Hoffnung in der Stimme.

»Nicht nach allem, was in dieser einen Nacht passiert ist. Und eben auf der Toilette. Nein.«

Er verengte die Augen. »Ich hab doch gesagt, dass es mir leidtut.«

Ich schaute ihn an. Seine viel zu große Designerjeans, das umgedrehte Basecap, die Zweihundert-Dollar-Sonnenbrille, sein laszives Grinsen und die sarkastischen Sprüche, hinter denen er sich versteckte – alles Fallen. Wie diese Klebedinger gegen Ratten und Mäuse, auf denen die Tiere verhungerten, ohne je das verschimmelte Käseklümpchen zu erreichen, das sie überhaupt erst hingelockt hatte.

Ich war die Maus in Tys Falle und ich hatte keinen Schimmer, wie ich entkommen sollte.

41

Jetzt

Ob mit oder ohne Sattel, ich will Scout reiten, ohne sie einzubrechen.

Ich hasse diesen Ausdruck, ein Pferd einbrechen, und als wir auf den Pferch zugehen, sage ich Jake das auch.

»Können wir uns nicht ein Wort ausdenken, das weniger brutal klingt? Ich will sie nicht brechen. Ich will nicht, dass sie etwas gegen ihren Willen tut.«

»Es ist doch bloß ein Wort.«

»Ja, genau wie Mord oder Ver-« Ich versuche, *Vergewaltigung* zu sagen, aber es geht nicht. »Du weißt schon, was ich meine.«

Er runzelt die Stirn. »Ein Pferd einzubrechen, ist nicht das Gleiche wie Mord oder Vergewaltigung. Und überhaupt, ist das nicht ein bisschen verlogen? Einerseits soll sie dir vertrauen, andererseits willst du sie zum Rodeo zwingen.«

»Das ist was anderes.«

»Ja. Nötigung.«

Ich verschränke die Arme. »Ist es Nötigung, wenn man

einem Hund Sitz beibringt? Oder aufs Wort zu hören? Nein. Das ist Dressur. Und es funktioniert.«

»Nötigung durch Süßfutter«, stichelt Jake, aber ich lasse mich nicht darauf ein.

Ich kehre ihm den Rücken zu und nähere mich Scout vorsichtig. Erst wirkt sie misstrauisch, aber nachdem sie gewittert hat, was sie bei meiner Begrüßung erwartet, kommt sie auf mich zu und verschlingt gierig die Leckereien in meiner Hand. Als ich ihr allerdings das Seilhalfter über den Kopf streifen will, bäumt sie sich auf und weicht zurück.

»Schon gut. Braves Mädchen. Das ist nur ein dünnes Seil. Es tut gar nicht weh.«

Ich folge ihr langsam, das Halfter fest umklammert. Ich lese die widerstreitenden Gefühle in ihrem Blick: Sie will das Futter, aber nicht das Seil.

Sie will mich, aber nicht mein Hilfsmittel.

Sie ist nicht schwach.

Sie wird sich mir nicht für ein paar Leckereien oder ein kurzes Ohrenkraulen beugen.

»Schon gut, mein Mädchen«, beruhige ich sie weiter, bleibe stehen. »Ist ja gut. Kein Problem.«

Ich werfe den Strick in den Staub und trete einen Schritt vor, lasse sie trotz allem noch eine Handvoll Süßfutter aufschlecken.

»Bei der Geschwindigkeit hast du sie im Nullkommanichts aufgezäumt und zeigst es jeder Rinderherde«, ruft Jake vom Zaun herüber.

»Scout und ich schaffen das schon. Aber auf meine Art.«

»Das hab ich nie bezweifelt«, erwidert er völlig aufrichtig.

Wir gönnen uns eine Pause von der sengenden Hitze, setzen uns auf die Hollywoodschaukel auf der Veranda, trinken Limonade und gehen unsere Optionen durch.

»Dad ist nicht gerade begeistert von der Idee, dass ich Scout ohne Sattel reite«, sage ich. »Aber ich glaube, ich kann ihn noch überzeugen.«

»Scout wirkt auch nicht gerade begeistert«, meint Jake. »Wann willst du *sie* überzeugen?«

Ich schneide eine Grimasse. »Das dauert eben. Sie traut mir noch nicht. Sie denkt wahrscheinlich, ich springe ihr einfach auf den Rücken und erschrecke sie zu Tode, wie gewisse andere Cowboys hier in der Gegend.«

»Ich mach nur meine Arbeit«, sagt Jake grinsend.

»Na, jedenfalls eins nach dem anderen.«

Jake nimmt den Hut ab und fährt sich mit der Hand durchs Haar. »Selbst wenn es mit Scout nicht klappt, solltest du dich aufs Rindertrennen konzentrieren. Wir holen uns ein paar Kälber von der Herde auf dem Berg. Jungtiere, die noch nicht verbrannt sind …«

»Verbrannt?« Das ist ein seltsamer Ausdruck. Ich sehe Kälber auf einem Scheiterhaufen vor mir. Kein schöner Gedanke.

»Nicht an Menschen gewöhnt. Sodass sie Scheu vor dir und Scout haben. Wir brauchen auch noch jemanden für den Tag selbst. Ich kann den Herdholder machen, aber uns fehlt ein Turnback …«

»Okay, Cowboy, jetzt mal langsam. Ich versteh nur Bahnhof.«

»Sorry.« Er lacht. »Ich vergesse immer, was für ein Greenhorn du bist. Das wusstest du doch alles mal.«

»Tja.«

»Hm.« Er kratzt sich am Kopf und überlegt. »Ich hab ’ne DVD, die können wir uns angucken. Da wird es ganz gut erklärt.«

»Uh, eine DVD. Wird so was überhaupt noch produziert?«

Er hebt eine Augenbraue. »Machst du dich über mich lustig, Cowgirl?«

Warum muss er bloß so verdammt süß sein? »Könnte man so sagen. Bei uns zu Hause schaut niemand mehr DVDs. Da streamen alle nur noch, Netflix und so …« Die gleiche Unterhaltung habe ich schon mit Anna geführt. »Ach, ist nicht so wichtig.«

»Also, wenn du diesen Kram lernen willst, musst du wohl oder übel mit der Uralttechnik hier in Wyoming vorliebnehmen. Aber keine Angst, Farbfernsehen gibt’s schon.« Jake nippt an seiner Limo. Es muss eine Qual für ihn sein, etwas anderes als Dr Pepper light zu trinken. »Bist du schon mal Freestyle geritten? Kann mir zwar nicht vorstellen, dass dein Daddy dir das früher erlaubt hat, aber wer weiß.«

»Nö, ich hab’s mal probiert, bin aber runtergefallen.« Als ich daran zurückdenke, muss ich lachen. »Damals war ich ziemlich wild. Immer dreckig. Meine Mom musste mich abends fast in die Wanne zerren.«

»Ha. Wenn du das hier wirklich durchziehen willst, gewöhnst du dich besser wieder an das Gefühl.«

»Kein Problem.« Ich habe definitiv schon Schlimmeres erlebt. »Ich will es auf jeden Fall versuchen.«

Jake nickt und nimmt einen großen Schluck aus seinem Erdbeerglas. Damit ist die Sache für ihn anscheinend geritzt. Dass ich es versuchen will, reicht ihm völlig. Ich bin stolz und auch ein bisschen nervös. Worauf lasse ich mich da eigentlich ein? Plötzlich sagt er: »Weißt du, wie die Indianer früher Wildpferde eingebrochen haben?«

»Du meinst die amerikanischen Ureinwohner?«

Er schaut mich verständnislos an und redet einfach weiter. »Sie haben sie in den Fluss getrieben, mitten ins Wasser, und sind dann aufgesprungen. Die Pferde haben natürlich wie verrückt gebuckelt, aber sie konnten nirgendwohin flüchten, und wenn man abgeworfen wurde, hat man sich schlimmstenfalls einen Mund voll Wasser und nasse Stiefel eingehandelt und nicht gleich das Genick gebrochen.«

»Klingt gut. Machst du das auch?«, frage ich.

»Nö.« Er winkt ab. »Ich falle gern auf die nackte Erde. Das härtet ab.«

»Oder knackst dir das Steißbein an.«

Wir lachen beide und schweigen eine Weile. Die Hollywoodschaukel knarrt bei jeder Bewegung.

»Also, wenn wir dieses Rindertrennen ausprobieren, hilfst du mir?«, frage ich leise.

»Klar«, sagt er.

Ich will ihm danken, aber weil er mich dauernd damit aufzieht, starre ich bloß in mein Glas. Schwenke es und höre zu, wie die Eiswürfel aneinanderklirren, in der süßen Flüssigkeit zischen.

»Es gäbe auch noch Tonnenrennen«, meint Jake und ich bin froh über den Themenwechsel. »Aber das muss man lange üben, dafür haben wir nicht genug Zeit. Der letzte Termin für die Anmeldung ist schon nächste Woche.«

»Ich mache, was du für am aussichtsreichsten hältst, um das Preisgeld zu gewinnen.«

Jake legt die Hände flach auf seine Oberschenkel in der schmutzigen Jeans. »Das ist mal was ganz Neues – du willst auf meinen Rat hören?«

»Diesmal geht es ja um was. Ich will die Ranch retten.«

»Ach so.« Sein Blick ist nach unten gerichtet, aber ich sehe, wie seine Mundwinkel bei meinen Worten zucken. Er senkt die Absätze seiner Stiefel auf das Holz der Veranda und hebt sie wieder, im sanften Rhythmus der schwingenden Schaukel und unserer Unterhaltung. Als die Schaukel schließlich stehen bleibt, schaut er mir direkt in die Augen. »Du hast echt Mumm, Paige, aber auch wenn wir hart trainieren – und glaub mir, das werden wir –, wir treten gegen Leute an, die das schon ihr gesamtes Leben lang tun. Richtige Rodeocracks. Waschechte Cowgirls. Also sei nicht zu enttäuscht, wenn wir nicht gewinnen.«

Ich lächle. »Es gab mal eine Zeit, da war ich auch ein waschechtes Cowgirl, schon vergessen? Und in unserer Situation ist Verlieren ausgeschlossen.« Mir schnürt sich die Kehle zu, so sehr wünsche ich mir, dass er begreift, wie wichtig diese Sache ist. »Du hast gesagt, ich soll mir was überlegen, und das habe ich getan. Es muss einfach klappen.«

Auf einmal liegt Jakes Hand auf meinem Bein, sacht, leicht, aber *da*.

Wie auf Kommando schiebt Anna Dad auf die Veranda. Jakes Hand zuckt zurück und er springt auf. Durch sein fehlendes Gewicht schlingert die Schaukel zur Seite und ein Schwall Limo ergießt sich über mein T-Shirt. Na toll. Ist wohl ein neuer Trend, dass ich mir Getränke über die Klamotten kippe.

Anna schnappt sich eins der kleinen Handtücher, die immer an Dads Rollstuhl hängen, und tupft damit auf meiner Brust herum. Das wird ja immer besser.

»Schon okay.« Ich entwinde mich ihrer Säuberungsaktion.

Jake lehnt am Geländer und sieht aus, als würde er gleich losprusten. Sein langer Körper nimmt, genau wie seine Worte oft, unglaublich viel Raum ein, ohne dass es ihn die geringste Mühe zu kosten scheint.

Hat Anna bemerkt, wo seine Hand eben lag? Hat sie unser Gespräch mitangehört oder war es bloß richtig schlechtes Timing? Wollte Jake mir nur aufmunternd das Bein tätscheln oder wäre seine Hand länger dort geblieben, wenn wir nicht gestört worden wären?

»Wie war dein Nickerchen, Daddy?«

Dad nickt kaum merklich, was bei ihm *okay* bedeutet.

Dann fängt er an zu tippen.

Du weißt noch, wie Rindertrennen geht, oder? Jake zeigt dir alles. Nach deinem alten Herrn ist er der beste Rodeolehrer in ganz Wyoming.

Ich drücke seine Hand und lächle.

»Aber meinst du, Scout ist rechtzeitig bereit? Ich konnte ihr heute Morgen nicht mal das Seilhalfter überziehen, geschweige denn einen Sattel auflegen. Und Jake hat mir gerade erzählt« – vor dieser ganzen Hand-auf-Bein-Geschichte –, »dass Rindertrennen nicht so einfach ist.«

Dads Gesicht zeigt keine Regung. Ich wünschte, er könnte sprechen. Ich würde so gern noch einmal seine Stimme hören, seine echte Stimme, die mir ruhig und präzise erklärt, was ich zu tun habe.

Es ist wie Fahrradfahren, Paige. Das verlernt man nicht.

»Hoffentlich muss ich nicht erst runterfliegen, um mich an alles zu erinnern.«

42

Nach dem Abendessen füttert Jake die Pferde und verkündet dann, dass er in die Stadt fährt, um einzukaufen. »Wir haben keinen Speck mehr. Brauchst du sonst noch irgendwas?«

Es freut mich, dass er nachfragt, aber ich schüttle den Kopf. Ich stehe auf einer Sprosse des Pferchs und bin einfach nur dankbar, hier zu sein, auf diesem Zaun. Dass ich noch da bin, während so viele meiner Mitschüler es nicht geschafft haben. Je länger ich über das alles nachdenke, je mehr Erinnerungen ich zulasse, desto überraschter bin ich, dass ich bis jetzt durchgehalten habe. Und das macht mich stolz, aber es ist auch zermürbend.

Ich schnappe mir ein bisschen Süßfutter und steige in den Pferch. Scouts Gegenwart wird mich beruhigen. Aber Scout ist gar nicht da. Das Gatter steht offen.

»Scout!« Ich renne in den Stall, doch da ist sie auch nicht.

Ich sprinte ins Haus, entscheide mich allerdings dagegen, laut zu rufen, für den Fall, dass Dad schläft. Anna. Wo steckt Anna? Sie ist weder in der Küche noch im Wohnzimmer, wo sie oft sitzt und Eselsohren in ihre Do-it-yourself-Magazine aus den Achtzigern mit rustikalen Einrichtungstipps macht.

Scheiße.

Dads Tür am Ende des dunklen Flurs ist nur angelehnt. Ich klopfe nicht an, gehe nicht hinein, sondern werfe einen Blick durch den Spalt und sehe Anna in dem geblümten Sessel, in dem kurz zuvor noch ich gesessen habe. Sie spricht leise mit Dad. Ihre Hand ruht auf seinem Bein.

Ich zucke zurück und drehe um. Ich will sie nicht stören und Jake will ich mit dieser Sache auch nicht nerven. Sein Handy hat auf der Schotterpiste sowieso keinen Empfang. Außerdem war ich bestimmt diejenige, die das Gatter offen gelassen hat. Ich muss Scout auf eigene Faust wiederfinden.

An der Haustür schnappe ich mir Jakes Staubmantel – ich weiß nicht genau, wie lange ich unterwegs sein werde, und nach Sonnenuntergang wird es in den Bergen schnell kalt –, lasse eine Taschenlampe in eine der tiefen Taschen gleiten und mache mich auf den Weg.

Die Abenddämmerung wirft silbrige Schatten auf die Felsen und die staubige Landschaft ringsum. Nach etwa einer Meile höre ich plötzlich ein Rascheln unten am Fluss.

Mein erster Gedanke: *Puma.*

Bis auf die Taschenlampe, die ich dem Tier über den Schädel ziehen könnte, bin ich unbewaffnet. Ich bekomme Panik, hole die Lampe hervor und halte sie zitternd vor mich. Noch einmal höre ich es rascheln, dann ein vertrautes Wiehern.

»Scout!«, rufe ich. »Bist du das, mein Mädchen?«

Das Gras steht hoch und ich passe auf, dass ich auf meinem Weg die steile Böschung hinab nicht auf eine Schlange oder in einen Erdhörnchenbau trete. Bis ich Scout trinkend am Ufer finde, ist es längst dunkel.

»Hey, du«, murmle ich.

Sie schaut kurz auf, als wollte sie sagen: *Selber hey*, und trinkt weiter.

»Was treibst du denn hier? Los, wir müssen zurück. Hier gibt's Pumas und Bären.«

Sie beachtet mich gar nicht, als würde sie denken: *Mir doch egal. Ich bin stärker als alle anderen hier draußen.*

Der Fluss ist breit wie ein großer Strom, fließt jedoch gemächlich dahin. Klares Wasser bricht sich leise gluckernd an glatten Granitfelsen.

Jakes Worte kommen mir wieder in den Sinn: *Die Indianer haben ihre Pferde früher im Fluss eingebrochen.*

So richtig im Fluss steht Scout zwar nicht, aber auf der einen Seite ist nur die matschige Böschung und auf der anderen Wasser. Wesentlich ungefährlicher als der harte, steißbeinanknacksende Boden im Pferch.

»Na, mein Mädchen«, sage ich mit besänftigender Stimme. »Wie wär's, wenn wir dein kleines Abenteuer noch ein bisschen lustiger machen?«

Sie blickt auf und lässt mich näher herantreten, steckt die Nüstern in Jakes Staubmantel, auf der Suche nach Süßfutter. Ich kraule sie hinter den Ohren und sie drückt das Gesicht an meine Brust.

Den Arm um ihren samtweichen Kopf geschlungen, erkläre ich ihr ganz ruhig, was ich vorhabe. »Ich will was ausprobieren, aber ich will dich damit nicht erschrecken. Es ist echt kein großes Ding. Ich springe einfach auf deinen Rücken und wir gucken, was passiert, okay?«

Ich kraule sie weiter. Ich will ihr auf keinen Fall Angst einjagen oder, schlimmer noch, das Vertrauen verspielen, das ich mir so mühsam erarbeitet habe. Ich will, dass wir uns verstehen.

Aber wie soll ich ihr das begreiflich machen?

Manchmal muss man Dinge tun, vor denen man Angst hat, Paige. Nur so weiß man, dass man noch lebt.

Schon wieder Jakes Stimme in meinem Kopf.

Während Scout mir noch aus der Hand frisst, steige ich auf einen Findling, greife in ihre Mähne, schwinge mich auf ihren Rücken und halte mich fest, so gut ich kann.

Sie bäumt sich auf. Ich umklammere ihren Hals, aber sie bockt und buckelt, stürzt mit einem galoppähnlichen Satz nach vorn und schüttelt mich beinahe ab. Schnell hieve ich mich wieder in die Mitte und versuche, mein Gleichgewicht zurückzugewinnen, doch bevor ich mich richtig gefangen habe, steigt sie noch einmal, wild und entschlossen. Meine Zähne schlagen so hart aufeinander, dass mir die Ohren klingeln, und plötzlich … bin ich nass? Ich reiße die Augen auf, in der Erwartung, dass der Fluss Scout nur bis zu den Knöcheln reicht, aber ihre Beine sind vollständig unter Wasser. Sie bricht abrupt nach rechts aus, wiehert in den Nachthimmel und wird mich endlich los. Ich segle durch die Dunkelheit und denke: *Das war's, ich bin tot.* In den hellen Schlieren über mir sehe ich keine Sterne, sondern die Scheinwerfer eines kreischenden Zugs.

43

»Paige? Paige?«

Ich ertrinke oder bin schon tot. Bin ich tot? Mein Kopf ist auf einen Felsen aufgeschlagen und ich liege am Grund des Flusses. Durch das trübe Wasser sehe ich ein Gesicht oder den Himmel und verschwommene bläuliche Sterne. Ich strecke die Arme aus, zum Licht. »Sie kommt zu sich.«

Ich erkenne seine Stimme, werfe mich ihr mit aller Macht entgegen. Ich will nicht ertrinken. Ich will an die Luft geholt werden.

Ich keuche und mein Kopf dröhnt. Ich spüre seine Hand auf meiner. »Paige? Hörst du mich?«

Ich nicke. Hufe trommeln auf meinen Schädel ein.

Das verschwommene Blau sind keine Sterne, sondern Jakes Augen.

»Oh, Gott sei Dank.« Anna. »Paige, Kleines, wo tut's weh?«

Ich stöhne.

»Was hat sie gesagt?«

Jake lacht leise. »Überall, glaube ich.«

»Es geht ihr gut«, sagt Anna. »Es geht ihr gut.« Sie wiederholt es noch mehrere Male, aber das Zuhören schmerzt in den

Ohren. Genau wie das Begreifen im Gehirn. Und jede Regung im Rücken.

»Kannst du die Beine bewegen?«

Ich versuche es mit dem linken. Meine Zehen wackeln ein wenig.

»Was ist mit dem rechten?«

Es tut weh. Sehr weh. Aber es funktioniert.

»Ihre Beine sind in Ordnung.« Jake tastet meine Muskeln ab. »Und die Arme? Probier mal die Finger, Paige.«

Ich hebe die Hände und drücke gegen die seinen. Er will testen, ob ich irgendwelche Lähmungen habe.

»Gut. Bleib liegen.«

Jake stützt meinen Kopf, hebt ihn auf etwas Weiches. Seine Jacke. Die andere Jacke. Den Staubmantel habe ich ruiniert. Ich zittere. Mein Kopf tut weh. Alles tut weh. *Scout! Wo ist Scout?*

»Wir haben dich hier am Flussufer gefunden.«

»Ich wollte ... wie die amerikanischen Ureinwohner.«

Jake kapiert sofort, was ich meine. »Du hast versucht, Scout zu reiten?«

Ich nicke.

»Und sie hat dich abgeworfen«, fährt er sachlich fort.

»Scout muss sie aus dem Fluss gezogen haben«, sagt Anna. »Sie war bewusstlos, als wir angekommen sind, und ihre Klamotten sind triefnass, also muss sie mitten im Wasser gelandet sein.«

»Sie wollte mir nicht wehtun«, murmle ich mit Mühe gegen die Nägel an, die mir jemand in den Schädel hämmert.

»Na ja, sie wollte dich zumindest abwerfen, sonst würdest

du nicht hier liegen. Aber nein, wehtun wollte sie dir wohl nicht. Sie hat uns hergeführt.« Jakes Stimme. Worte, so sanft wie der Flanellstoff unter meinem schmerzenden Kopf, wohltuend wie seine Finger, die mir nasse Strähnen von der Wange streichen. »Zu dir.«

Als ich das nächste Mal wach werde, fällt mein Blick auf eine Wand. Ich starre sie angestrengt an, um herauszufinden, wo ich bin.

Tapete mit Veilchen.

Altmodischer Nachttisch.

Vertraute und fremde Stimmen.

Ich liege in meinem Zimmer auf der Ranch. Wie lange habe ich geschlafen? Ich versuche, die Wortpuzzleteile zusammenzusetzen. Ein Arzt ist da. »Sie hat eine ordentliche Gehirnerschütterung, aber sonst ist ihr Zustand ganz in Ordnung, abgesehen von ein paar leichten Prellungen. Ins Krankenhaus muss sie nicht.«

»Gus fragt, ob sie ein MRT oder ein CT braucht.«

»Ich glaube nicht. Sie ist wach. Ihre Pupillen sehen gut aus. Und sie hat mit Ihnen gesprochen, als sie zu Bewusstsein gekommen ist, oder?«

»Ja.« Jakes Stimme. Er ist auch hier. Sie stehen um mein Bett herum. Das alles ist mir unendlich peinlich. Wieso habe ich nur gedacht, ich könnte einfach auf Scouts Rücken springen? Was habe ich erwartet? Dass ich heroisch auf ihr zurück zum Pferch trabe, wie Tristan Ludlow in *Legenden der Leidenschaft*, dem Lieblingsfilm meiner Mutter aus den Neunzigern?

Der Arzt stellt mir Fragen. Sie beschließen, dass mich heute

Nacht stündlich jemand wecken soll. Jake bietet sich an, und nach einigem Hin und Her willigen Anna und Dad ein. Anna bleibt bei Dad – sie muss sich ja schon um ihn kümmern. Und Jake kümmert sich jetzt also um mich.

Ich schweige eine Weile. Durch das Medikament, das sie mir verabreicht haben, ist das Pochen in meinem Kopf schwächer geworden. Ich glaube, es war Vicodin. Eine echte Hammerpille.

Ich muss weggedämmert sein, denn als ich wieder aufwache, sitzt Jake neben mir, die Hand auf meiner Schulter. Ich bin froh über diese Hand und hoffe, dass er sie liegen lässt.

»Hi«, sage ich. Meine Stimme zittert, als würde ich mich kaum trauen zu sprechen.

»Hi.«

Ich kann seine Miene nicht deuten. Ich muss fragen.

»Bist du sauer auf mich?«

Er nickt, aber sein Blick ist weich. »Du hast mir einen ziemlichen Schrecken eingejagt«, sagt er. Sein Daumen malt Kreise auf meine Schulter, warme, kleine Sonnen.

Ich rechne damit, dass er mir einen Vortrag über nächtliche Alleingänge oder die Gefahren des Reitens ohne Sattel hält, doch stattdessen beugt er sich vor und küsst mich sanft und lange auf die Lippen. Ich atme scharf ein und greife nach seiner Hand. Er erwidert die Geste, als würde sie ihn kein bisschen überraschen, fährt mit dem Daumen an meinem Daumen entlang, erst an der Oberseite, dann an der empfindlichen Unterseite. Seine übrigen vier Finger verschränken sich mit meinen, sacht und langsam, als würden sie sie zum Tanz auffordern. Meine Finger kommen der Aufforderung nach, bewegen sich zur selben Musik, und so verweilen wir in friedlicher Stille, bis ich wieder in den Schlaf gleite.

Ich wache schweißgebadet auf und kann kaum atmen.

Ich bin unter Wasser.

Nein.

Ich liege auf den Gleisen.

Nein.

Ich liege unter Wasser auf den Gleisen und schreie, aber niemand hört mich. Dann eine Stimme. Tys Stimme. Er ist wütend. Er sagt, ich würde diese Menschen nicht verdienen. Diese zweite Chance.

Jakes Züge tauchen vor meinen Augen auf, ersetzen Tys Geist. Er hat in einem Sessel in der Ecke gesessen und gelesen. Jetzt lässt er das Buch zu Boden fallen und stürzt an meine Seite. Ich werfe ihm die Arme um den Hals und stammle etwas, keine Ahnung, was genau. Er streicht mir übers Haar und murmelt: »Sch, sch, sch«, legt sich neben mich ins Bett und ich schmiege das Gesicht an seine Brust. Er zieht mich fest an sich und ich hoffe, dass er kein Traum ist. Dass er echt ist.

44

Als ich das nächste Mal aufwache, bin ich allein. Trotz der hellen Sonne, die durch die Vorhänge dringt, zittere ich vor trostloser Kälte, weil mir Jakes Berührung fehlt. Durch die Gehirnerschütterung bin ich wie benebelt, durch den Albtraum beklommen, durch die Medikamente beduselt. Habe ich nur geträumt, dass ich in seinen Armen lag?

Den Kuss habe ich jedenfalls nicht geträumt.

Und die kleinen Sonnen auch nicht, die er auf meine Schulter gemalt hat.

Jake und Anna und Dad sind kein Traum.

Vielleicht verdiene ich es nicht, dass sie wie Engel über mich wachen, aber sie tun es.

Die Blumenknospen auf der Tapete scheinen aufzubrechen und zu erblühen.

45

Ich muss zwei volle Wochen lang Bettruhe halten und darf nur aufstehen, um zu essen, zu duschen und auf die Toilette zu gehen. Anna und Dad reden mir gut zu (Dad per Computer). Jake nicht. Statt auf die übliche zuversichtliche Art mit mir zu scherzen, behandelt er mich wie ein rohes Ei. Er ist freundlich und zurückhaltend. Er sitzt an meinem Bett und wir spielen Karten. Und wir unterhalten uns. Richtig.

Er erzählt mir von seiner Familie, von seiner Mom, ein bisschen von seinem Dad. Ich spüre, dass er sich Sorgen macht. Dass er mir näherkommt, vielleicht zu nah. Und das macht *mir* Sorgen. Ich werde bald abreisen. Das hier sollte nur eine Durchgangsstation sein, ein Ort, an dem ich meine in Trümmern liegende Existenz wieder zusammensetze. Keiner, an dem ich mir eine neue aufbaue. Aber genau das geschieht gerade. Ich habe Gefühle, die ich nicht beherrschen kann. Nicht vorhersehen. Ich bin den Menschen hier wichtig. *Wirklich* wichtig. Und das jagt mir eine Heidenangst ein.

Im Augenblick diskutieren Jake und ich über das bevorstehende Rodeo – ich bin pro, Jake contra, und das stresst mich mehr als die Gehirnerschütterung.

»Wir können trotzdem teilnehmen –«

»Nein. Du hast doch gehört, was Doc Rhodes gesagt hat. Du hast eine schwere Gehirnerschütterung. Wenn du innerhalb der nächsten drei Monate noch eine bekommst, könnte dein Gehirn nachhaltig geschädigt werden.«

»Das ist es längst.«

»Nicht witzig.«

»Nicht mal ein bisschen?«

Er runzelt die Stirn. »Da ich dich bereits angemeldet habe …«

»Na also. Perfekt!«

»Du trittst nicht an. Nicht mit diesem Kopf.«

»Aber Jake, ich –«

Statt weiter mit mir zu streiten, wechselt er das Thema. »Du machst einen ganz fitten Eindruck, also fahre ich kurz in die Stadt. Wir brauchen frische Eier und Luzerne.«

»Wir brauchen eine Paige, die am Rodeo teilnimmt.«

Er droht mir mit dem Finger und sagt: »Erinnerst du dich noch, wie ich dich auf unserem Dreitagestrip einen alten Viehtreiber genannt habe? Du benimmst dich schon wieder wie einer. Viehtreiberallüren vom Feinsten: stur, sattelgesteuert und völlig irre.«

Er wirkt allerdings nicht sauer, sondern stolz. Küsst mich auf die Stirn und auf die Nasenspitze, und jetzt bin ich mir sicher, dass er mich auch in der Nacht geküsst hat.

Ich stemme mich in eine Sitzposition. »Du wolltest doch, dass ich Dinge tue, die mir Angst machen. Nur so weiß man, dass man noch lebt, richtig?«

Er bleibt im Türrahmen stehen, dreht sich zu mir um. »Damit habe ich nicht gemeint: Spring nachts im Fluss auf Scouts Rücken.«

»Ich will mich unbedingt lebendig fühlen.«

Diese Wahrheit ist ein kaum vernehmliches Flüstern, aber ich spreche sie aus. Nach all der Taubheit habe ich endlich wieder eine Ahnung davon, wie es sich anfühlt zu leben. Und ich möchte nur noch eins: dieses Gefühl einfangen und festhalten. Ich werde es nicht aufgeben. Ich werde gar nichts aufgeben, weder Scout noch Jake noch die Chance, die Ranch zu retten und meinem Dad zu helfen. Nichts. Wenn es sein muss, werde ich darum kämpfen.

»Du bist genau wie dein Daddy«, sagt Jake mit einem Cowboygrinsen, schlüpft aus dem Zimmer und lässt mich mit meinen Plänen allein.

46

Als ich zum ersten Mal wieder nach draußen darf, mache ich mich gleich auf den Weg zu Scout.

Natürlich geht gerade ein Nachmittagsgewitter nieder – die gibt es hier in den Sommermonaten ständig –, also muss ich wohl oder übel durch den vom grollenden Himmel prasselnden Regen laufen.

Scout lungert im Unterstand des Pferchs herum. »Tolles Wetter, was?« Ich schmiege die Wange an ihre Stirn und sie stupst mich an und schnaubt eine Pferdebegrüßung.

»Eigentlich hast du das gar nicht verdient, nachdem du mir zwei Wochen Bettruhe eingebrockt und fast unsere Chancen aufs Rodeo vermasselt hast, aber ich will mal nicht so sein.«

Dankbar verschlingt sie die Körnermischung, die ich ihr hinhalte, und vergräbt die Nüstern an meiner Brust, als wüsste sie, dass ich genau das jetzt nötig habe, als täte es ihr leid, dass sie mir wehgetan hat. Ich liebkose sie ebenfalls, streichle ihren schönen Kopf und kraule sie hinter den Ohren, so wie sie es am liebsten mag.

»Ich hab gehört, du hast mich gerettet, mein Mädchen. Da ist wohl ein Dankeschön angebracht.«

Sie stupst mich noch einmal sanft an und schmatzt mit den Lippen.

»Ich will es dir ja nicht zu sehr unter die Nase reiben, aber hättest du mich nicht abgeworfen, hättest du mich auch nicht retten müssen.«

Sie schaut mich an, als wollte sie sagen: *Ach was. Und wenn du nicht auf meinen Rücken gesprungen wärst, hätte ich dich nicht abwerfen müssen.*

»Touché.«

Nebeneinander beobachten wir, wie die silbernen Regentropfen auf den roten Lehmboden klatschen. Ich atme den frischen Duft ein und bin unendlich glücklich, am Leben zu sein.

Wir warten, bis der Regen aufhört. Die Schauer sind schnell und heftig und ich liebe das Geräusch der auf die Erde prasselnden Tropfen. Während wir warten, denke ich nach. Erinnere mich. Dann lichten sich die Wolken, verwandeln sich von der Rache eines zornigen Gottes in einen pastellfarbenen Sonnenuntergang. Ich weiß nicht, ob ich an Gott glaube, aber dieses Naturschauspiel ist so magisch, dass ich es als Zeichen werte, von wem oder was auch immer.

Ich will Scout wieder reiten.

Ich will es unbedingt.

Der Abend ist eine perfekte Mischung aus wie geläutert wirkendem Himmel und orangefarbenem Glühen.

Ich will Scout so dringend reiten, dass es wehtut.

Mit einer Handvoll Süßfutter locke ich sie zum Tritt beim Zaun. Als sie nah genug ist, steige ich auf die oberste Stufe. Sie ist völlig aufs Fressen fixiert, während ich mein rechtes Bein über ihren Rücken schwinge. Sie zuckt und bäumt sich leicht auf, wirft mich aber nicht ab. Stattdessen frisst sie mir weiter aus der Hand und ich lehne mich vor, klopfe ihr mit der anderen Hand auf den Hals und mache Jakes Beschwichtigungsgeräusche, flüstere: »Gutes Mädchen. Braves Mädchen. Sch, sch, sch.« Als das Futter zur Neige geht, dreht Scout den Kopf herum und schaut mich an, wie ich selbst es bei einem Kind tun würde, das plötzlich auf meinem Rücken sitzt – nicht wütend, sondern neugierig, nach dem Motto: *Was suchst du denn da oben?*

Ich setze mein besänftigendes Gemurmel fort.

Sch. Sch. Sch.

Streiche ihr über das samtige Fell.

Sie wiehert.

Sch. Sch. Sch.

Und dann überrascht sie mich.

Sie läuft los.

Ich habe das Gatter beim Reinkommen nicht geschlossen. Der Regen war so stark, dass ich bloß den Kopf eingezogen habe und unter den Unterstand gehuscht bin. Selbst schuld, denn jetzt stürzt sie ins Freie. Ich beuge mich vor und klammere mich an ihrer Mähne fest, während sie den breiten Weg entlanggaloppiert, den wir auch bei unserem Übernachtungsritt genommen haben. Feuchte Erde spritzt in alle Richtungen, ihre Hufe donnern über nassen Stein, der Wind zerrt an meinen Haaren und peitscht mir ihre Mähne ins Gesicht. Es ist belebend, wie fliegen, ohne sich vom Boden zu lösen. Obwohl ich mich zu Tode ängstige, ist es genau das, was ich will, genau das, was ich brauche.

Ich passe mich dem Rhythmus ihres kraftvollen Körpers an, während wir durch die feuchte Bergluft jagen, den Pfad hinaufdonnern, Bäume und Gestrüpp und alle Logik hinter uns lassen. Scout läuft und läuft und läuft, als würde auch sie es brauchen, und als sie schließlich anhält, ist es nicht mein Verdienst, sondern ihre eigene Entscheidung. Sie ist erschöpft. Wir sind meilenweit von zu Hause weg. Sie senkt schnaubend und verschwitzt den Kopf und knabbert an einem Strauch. Ich rutsche von ihrem Rücken und falle beinahe um. Ich kann kaum noch stehen, so fest habe ich die ganze Zeit über die Oberschenkel um ihren Körper gepresst. Reiten ohne Sattel ist ein völlig neues Abenteuer.

Mein Herz schlägt überschallschnell. Ich versuche, einen Schritt zu machen, aber meine Knie sind zu wackelig.

Scout hebt den Kopf vom Strauch, schaut mich an und scheint zu denken: *Du bist schon wieder auf meinen Rücken gesprungen. Was hast du erwartet?*

»Anna wird begeistert sein«, ächze ich fröhlich.

Und ich schwöre bei allem, was mir heilig ist, es wirkt, als würde Scout zustimmend nicken.

47

Als ich die Ranch erreiche, ist es längst dunkel.

Anna und Jake sind draußen und rufen nach mir, leuchten mit Taschenlampen in die Finsternis.

»Ich bin hier«, sage ich und versuche, die Aufregung in meiner Stimme zu unterdrücken, aber es gelingt mir nicht richtig. Mir ist geradezu schwindelig vor Freude, weil Scout mir erlaubt hat, sie zu reiten. Weil ich unverletzt bin. Weil ich den Rückweg im Dunkeln heil überstanden habe.

Jake und Anna rennen auf mich zu und Jake packt meinen Ellbogen, als wollte er mich umarmen, doch Anna kommt ihm zuvor und zieht mich fest an sich. »Geht's dir gut? Was ist passiert? Wir hatten solche Angst um dich.«

»Tut mir leid. Ich habe … na ja, ich hab sie gefüttert und dann dachte ich, wieso eigentlich nicht, ich probier's einfach mal, und plötzlich ist sie losgerannt, durchs Gatter … Ich hab mich festgeklammert, aber sie hat gar nicht versucht, mich abzuwerfen, und ist erst stehen geblieben, als wir schon meilenweit weg waren.«

Jake schüttelt den Kopf, doch seine Augen lächeln und er kann nicht verbergen, dass er zumindest ein bisschen stolz auf mich ist. Bei Anna sieht die Sache allerdings anders aus. Die Sorgenfalten zwischen ihren Brauen vertiefen sich. »Wo ist sie?«

»Noch oben auf dem Berg. Sie wollte nicht mit mir zurückkommen.«

»Darum kümmern wir uns später. Schnell rein mit dir, es ist kalt. Dieses Gewitter … Ich dachte, du sitzt irgendwo fest, ganz allein im Dunkeln. Und du siehst zum Fürchten aus, halb erfroren. Reiten in der Nacht …« Vor sich hin murmelnd stürmt sie ins Haus und erwartet, dass wir ihr folgen.

Das tun wir auch, nur langsamer.

Ich greife nach Jakes rauem Jackenärmel, halte ihn zurück. »Sie hat mich auf sich reiten lassen, Jake. Es war unglaublich! Sie hat überhaupt nicht versucht, mich abzuwerfen. So ein Gefühl hatte ich noch nie.«

»Wie ein echtes Cowgirl, was?«

Ich strahle. »Es wird allmählich.«

»Na schön, Cowgirl. Jetzt musst du erst mal die Folgen ausbaden«, meint er trocken, legt mir jedoch den Arm um die Schultern und drückt mich kurz an sich. Die Wolle seines Mantels riecht nach allem Guten: nach Pferd, Bergluft und Jake im Regen.

Als wir durch die Tür treten, zählt Anna immer noch lautstark meine Sünden auf, stapft durch die Küche, knallt mit den Schranktüren und sucht geräuschvoll irgendetwas zusammen. Hoffentlich die Zutaten für Kaffee und Sandwiches – wenn sie mir etwas zu essen macht, kann sie nicht total sauer auf mich sein, oder? Als sie mit einem Tablett voll Sandwiches und Kaffee ins Wohnzimmer kommt (Bingo!), deutet sie auf einen

Stuhl. Ich setze mich, und nachdem sie mir eine Tasse eingeschenkt hat, nimmt sie mir gegenüber Platz und fordert mit verschränkten Armen und dem gespenstisch ruhigen Tonfall eines Richters: »Und jetzt erklär mir mal, was du dir dabei gedacht hast, im Dunkeln einen ungezähmten Mustang zu reiten. Schon wieder.«

»Tut mir leid. Ich hab keine Entschuldigung. Ich wollte sie sehen. Ich war so lange hier drin eingesperrt – selbst schuld, ich weiß – und wir standen nur so rum und haben dem Regen zugeschaut. Und dann hat er aufgehört und der Sonnenuntergang war so wunderschön, dass ich sie einfach reiten wollte. Sie war noch ganz hibbelig vom Gewitter, aber sie hat mich gelassen, also hab ich's versucht.«

Ich beäuge die Sandwiches. Putenstücke, Salatblätter und Tomatenscheiben quellen zwischen dem dicken, selbst gebackenen Brot hervor. Mein Magen knurrt. Anna schiebt mir ein Sandwich hin und ich schlinge es hungrig hinunter, während ich mir ihre Standpauke anhöre.

»Hast du aus den zwei Wochen im Bett gar nichts gelernt? Gott sei Dank schläft dein Vater schon.«

Ich wische mir Tomatensaft vom Kinn. »Du hast ihm nichts gesagt? Puh.«

»Damit er krank wird vor Sorge? In den letzten zwei Wochen ist er kaum von deiner Seite gewichen. Einmal kann so was ja vorkommen, aber nach dem zweiten Mal frage ich mich ernsthaft, ob da vielleicht was anderes dahintersteckt.«

»Was meinst du damit?« Das Herz schlägt mir immer noch bis zum Hals von all dem Adrenalin. Ich wünschte, Anna würde endlich verschwinden, damit ich Jake in eine ruhige

Ecke ziehen und ihm alles in den schillerndsten Farben schildern kann. Es ist offensichtlich, dass meine Freude über den Ritt auf Scout Annas Ärger nur weiter anfacht. Ich möchte meinen Triumph auskosten. Es hat geklappt. Wir haben uns aneinander gewöhnt.

»Na ja …« Sie wirft Jake einen Blick zu. »Vielleicht *willst* du ja, dass dir was passiert.«

Ich erstarre. Lasse die Schultern sinken und lege den Rest des Sandwiches auf den Teller zurück. »Nein, das … ganz bestimmt nicht.«

»Warum sonst solltest du ständig ein Pferd reiten, das nicht geritten werden will?« Annas Gesicht ist feuerrot. Ich habe sie noch nie so wütend erlebt. So aufgebracht. So besorgt. Genau wie meine Mutter, als sie mich am Flughafen von San Francisco abgesetzt hat. Ich wollte Mom damals keine Angst machen. Und Anna jetzt genauso wenig.

»Sorry, dass ich dich erschreckt habe.« Ich will ihr erklären, dass diese Aktion das Gegenteil von dem Versuch war, mir etwas anzutun. Ich will nicht sterben. Ich will leben! Aber sie unterbricht mich, bevor ich richtig angefangen habe.

»Tut mir leid, aber das hab ich schon mal gehört.« Sie beugt sich vor, schaut mich eindringlich an. »Weißt du, was deinen Vater am Leben hält, in seinem Rollstuhl, mit seinem Babybrei? Du, Paige. Deine Anwesenheit.« Sie schlägt mit der flachen Hand auf das erdbeergemusterte Tischtuch. »Bevor du gekommen bist – entschuldige, dass ich das so offen sage, aber die Wahrheit tut nun mal oft weh –, hat er darüber nachgedacht, dem Ganzen ein Ende zu bereiten, alle Maschinen abzuschalten und –«

»Anna«, sagt Jake warnend.

Er rückt mit seinem Stuhl näher an mich heran, lehnt seinen Oberarm gegen meinen, als wollte er mich stützen. Eine ebenso diskrete wie starke Geste und ich bin ihm unendlich dankbar.

Ich sehe ihn fragend an und er nickt, zuckt bedauernd mit den Achseln, eine Bestätigung, die Wahrheit.

»Du, hier auf der Ranch, Paige. Bei ihm.« Anna klopft auf den Tisch. »Das hat ihn umgestimmt. Das hat ihn ins Leben zurückgeholt. Er will die Zeit, die er noch hat, so gut wie möglich nutzen.«

»Das ist doch Quatsch«, sage ich abwehrend. »Er liebt dich. Er liebt Jake. Er will für euch leben.«

Anna schüttelt den Kopf. »Weißt du, wie schwer es für ihn ist, jeden Tag aufzuwachen und seine Hände nicht bewegen zu können? Keinen Satz sprechen, nicht selbst aufs Klo gehen zu können? Er ist ein Cowboy, Paige. Er ist tapfer und er hat alles gegeben, aber er war einfach am Ende. Und eins ist dir anscheinend nicht klar, vielleicht wegen allem, was du in Kalifornien durchmachen musstest – und ich weiß, dass das unglaublich hart war, viel härter, als man einem Menschen in deinem Alter zumuten sollte. Aber Paige, dir bleibt nicht mehr viel Zeit mit ihm. Du bist seine Tochter. Meinst du, Jake und ich könnten da auch nur ansatzweise mithalten? Du musst aufhören, nur an dich zu denken, dich wegen der Dinge zu quälen, die bei euch zu Hause passiert sind, und stattdessen mehr an ihn denken. An deinen Daddy, der dich schon dein Leben lang liebt, der alles dafür tun würde, wieder durch dieses Zimmer marschieren zu können und dich in die Arme zu schließen, ganz zu schweigen davon, auf ein Pferd zu steigen.«

Dad wollte sein Sauerstoffgerät ausschalten, die Magensonde kappen und dann auf den Tod warten? Meine Gegenwart hat ihm neuen Lebenswillen geschenkt? Tja, dann sollte ich wohl verdammt gut auf mich achtgeben.

Kein Wunder, dass mein Unfall Jake und Anna so mitgenommen hat.

Plötzlich kommt mir ein entsetzlicher Gedanke. Ein Satz, der sich, einmal gedacht, immer wieder in meinem aufgewühlten Gehirn überschlägt. *Mein ganzes Leben dreht sich um den Tod.* Egal, was ich versuche, um ihm zu entfliehen, es ist zwecklos. Er folgt mir überallhin. Die Trauer lastet tonnenschwer auf meiner Brust, ein dumpfer, nicht enden wollender Schmerz, den ich längst hinter mir gewähnt hatte. Ich wische mir eine heiße Träne von der Wange und schlucke gegen die anderen an. Warum weine ich überhaupt?

Ich blicke auf meine Hände hinab. Sie wirken mit einem Mal so klein. »Ich muss lernen, auf Scout zu reiten, um die Ranch zu retten.«

»Es gibt andere Lösungen«, sagt Anna.

»Nein, die gibt es nicht. Er darf die Ranch nicht verlieren. *Wir* dürfen die Ranch nicht verlieren.«

Jake greift nach meiner Hand, und als ich zu ihm und Anna aufschaue, sind ihre Gesichter verschwommen.

»Scout ist also noch oben auf dem Berg?«, fragt Jake.

Ich nicke. »Ich wollte die Nacht über bei ihr bleiben, aber ich hab mir schon gedacht, dass ihr euch Sorgen macht.«

»Das hast du dir also schon gedacht, ja? Paige, wofür rede ich mir hier eigentlich den Mund fusselig? Wir waren *krank* vor Angst«, stöhnt Anna. »Nach allem, was du durchgestanden hast. Ich will nicht ins Detail gehen, aber du … Paige, wir *müssen* uns doch einfach Sorgen um dich machen.«

Das trifft mich wie ein Huftritt. Sie *müssen* sich Sorgen um mich machen? Ihr Mitleid kann mir gestohlen bleiben. Zu Hause in Kalifornien hat mich auch niemand beachtet. Meine Mutter war zu beschäftigt, um sich mit meinen Problemen abzugeben. Zu desinteressiert, um sich zu kümmern, und selbst als sie sich dann kümmern wollte, wusste sie nicht, wie es geht. Ich bin so was nicht gewohnt.

Ich winde mich auf meinem Stuhl. Sogar Jakes warme Finger fühlen sich allmählich an wie eine zu dicke Decke, heiß und erdrückend, und ich würde sie am liebsten abschütteln. Aber das brauche ich gar nicht. Er steht auf und stapft zur Tür, wo er in Dads alten, karierten Mantel schlüpft.

»Wo willst du hin?«

»Ich suche Scout.«

Ich springe auf. »Ich komme mit.« Auf keinen Fall bleibe ich allein mit der wütenden Anna und ihren fürchterlichen Wahrheiten.

»Nein. Geh du dich waschen und schlaf ein bisschen«, sagt er zu mir, bevor er, kaum hörbar, in Annas Richtung murmelt: »Hoffentlich ist sie nicht zu ihrer alten Herde zurückgekehrt.«

»Ihrer alten Herde?«, frage ich.

Anna reibt sich die Stirn. »Oh nein …«

»Welche alte Herde?«

»Hast du ihr nichts von Scouts Abstammung erzählt?«, fragt Anna.

»Nein«, antwortet Jake und zieht sich die Reithandschuhe über.

»Was? Jetzt kommt schon. Seit ich hier bin, habt ihr Geheimnisse vor mir. Bitte sagt es mir einfach.«

Anna wirft mir einen scharfen Blick zu, als wollte sie mir zu verstehen geben, dass gerade ich mich ja wohl kaum über Geheimniskrämerei beschweren darf.

Ich schaue weg. Will einerseits mit der Wand verschmelzen, um einem Gespräch über Ty zu entgehen, andererseits mehr über Scouts Herkunft erfahren. Da spricht Jake, der noch immer in Cowboyhut und dem langen Mantel vor der geschlossenen Tür steht, die Worte aus, für die ich ihm am liebsten um den Hals fallen und ihn nie wieder loslassen würde: »Ich erzähl's ihr unterwegs. Vergiss deinen Mantel nicht, Stadtpflanze.«

»Echt?«

»Du hast sie ausreißen lassen, also kannst du sie auch wieder einfangen.«

Tonlos forme ich ein *Danke* und er nickt. Ich schnappe mir meinen Mantel und folge ihm nach draußen, bevor Anna mich aufhalten kann.

Im Dunkeln satteln Jake und ich Blue und Thunderbolt, setzen Stirnlampen auf und reiten im Licht ihrer kleinen Kreise und des Monds los. Grillen zirpen in der trockenen Nachtluft.

»Scouts Mutter ist Luna, unsere preisgekrönte Stute«, sagt Jake nach einer Weile. Seine unaufgeregte Stimme durchdringt die Finsternis und macht mich sofort ruhiger. Ich atme tief durch und konzentriere mich ganz auf ihren Klang.

»Bis vor ein paar Jahren war sie ein echter Champion im Rindertrennen. Eines Tages, als dein Daddy die Diagnose gekriegt hat, waren wir alle in der Stadt beim Arzt. Da hatten wir natürlich anderes im Kopf als die Pferde. So viel stürzte gleichzeitig auf uns ein, wir haben gar nicht daran gedacht, dass Luna rossig ist. Als wir zurückgekommen sind, war ein Teil des Pferchs zerstört und Luna weg.«

»Weg? Hat sie jemand gestohlen?«

»So was in der Art.« Ich höre Jake lächeln. »Das Wort *durchbrennen* trifft es besser.«

»Wie meinst du das?«

»Na ja, einer von den Mustangs, die dein Daddy für die Regierung hält – du weißt schon, oben auf dem Berg bei unserem Lagerplatz –, war wohl so scharf auf die gute Luna, dass er den Zaun niedergetrampelt und sie irgendwie dazu überredet hat, mit ihm auszureißen.«

»Ein richtiger Draufgänger.«

»So kann man es auch nennen.« Wieder höre ich das Lächeln in seiner Stimme. »Dafür sind Mustangs berüchtigt. Als wir sie schließlich gefunden haben, hat Luna seelenruhig bei seiner Herde gegrast und ist nur sehr widerwillig mit uns gegangen. Elf Monate später wurde deine Scout geboren.«

Deine Scout. Wenn man so Seite an Seite durch die Dunkelheit reitet, fällt das Reden nicht schwer. Wir zuckeln dahin und Jake erzählt. Ich könnte ihm ewig zuhören.

»Für sie war das ein Segen. Die meisten Turnierpferde werden heutzutage durch Inzucht gezeugt. Die Champions paaren sich mit ihren Cousins, Tanten, Großvätern, alles schon vorgekommen, und dann müssen die Fohlen oft eingeschläfert werden. Scout ist ein halber Mustang. Und eine halbe Preisstute. Sie hat Feuer und sie ist eine geborene Gewinnerin. Deswegen waren wir so enttäuscht, dass sie sich nicht reiten lässt. Deswegen hab ich es immer wieder probiert.«

»Ich probiere es weiter. Mich hat sie gelassen, Jake. Dass ich aufsteigen durfte, war ein Schritt in die richtige Richtung. Das könnte Daddy Kraft geben. Ihn am Leben halten, verstehst du?«

Jake weiß sofort, wie ich es meine. »Hör nicht auf das, was Anna vorhin gesagt hat. Sie macht sich bloß Sorgen um ihn.« Ich mustere ihn von der Seite. Er wendet den Kopf und sieht mich an. »Und um dich.«

Missmutig erwidere ich seinen Blick. »Du musst mich nicht schonen oder Entschuldigungen für Anna finden. Ich bin ein großes Mädchen und habe einen ziemlich guten Bullshit-Detektor. Anna sagt offen ihre Meinung und meistens ist es die Wahrheit. Das vorhin auf jeden Fall.«

»Dass er drüber nachgedacht hat, Schluss zu machen, ja, aber die meisten ALS-Patienten gehen gar nicht erst so weit wie er, um am Leben zu bleiben. Sobald sie nicht mehr allein essen können, lassen sie … der Natur ihren Lauf.«

»Sie geben auf?« Der Gedanke ist schrecklich, beinahe unerträglich.

»Na ja, was anderes können sie sich meistens schlicht nicht leisten. Hast du eine Ahnung, wie viel diese Maschinen kosten? Oder was man für eine Vollzeitpflegekraft bezahlt? Wenn Anna nicht wäre, sähe die Sache ganz anders aus.«

»Aber ich bin doch jetzt da. Ich könnte Annas Aufgaben übernehmen. Wenn sie mich lassen würde.«

»Wir wussten nicht, dass du kommst. Ob du kommst. Er wusste es nicht.«

»Was ich nicht kapiere …« Ich lege den Kopf in den Nacken, verschlinge die unzähligen Sterne. »Warum hat es mir keiner gesagt?«

»Wir haben es versucht.«

»Ihr hättet euch mehr anstrengen müssen. Mich zum Zuhören zwingen.«

»Du hast uns nie zurückgerufen. Und deine Mom kriegt man auch nicht gerade leicht ans Telefon.«

»Sie kommuniziert eher … elektronisch.« Ich lache, obwohl es kein bisschen lustig ist.

»Wie ein Roboter, meinst du wohl«, sagt Jake trocken und ich muss noch mehr lachen. »Wie kann sie das alles so wenig kümmern? Immerhin war sie mal mit ihm verheiratet.«

»Es kümmert sie schon. Auf ihre Art.«

»Hä?«

»Das ist nicht so einfach.«

Jake rückt seinen Hut zurecht. »Die Art verstehe ich nicht.«

»Wo wir leben, laufen die Dinge eben anders. Was euch hier wichtig ist, ist den Leuten dort egal.«

»Sterbende Angehörige? Welchem halbwegs normalen Menschen kann so was denn egal sein?«

»Warst du jemals so von etwas eingenommen, vom Rodeotraining zum Beispiel, dass du an nichts anderes mehr denken konntest, morgens, mittags, abends? Du gehst damit schlafen und wachst damit auf, bis es dich so sehr beherrscht, dass du die Dinge vernachlässigst, die dich eigentlich beschäftigen sollten.«

Er zuckt mit den Achseln. »Kann sein.«

»So ist es mit meiner Mom und ihrer Karriere. Mein Stiefvater ist genauso. Wenn sie nicht bei der Arbeit sind, hängen sie permanent an ihren Computern. Nachdem wir die Ranch verlassen hatten, war es, als wollte Mom alles abschütteln, was sie in Wyoming ausgemacht hat. Sie erzählt den Leuten auch nie, wo sie herkommt. Keine Ahnung … vielleicht hat Dad sie zu sehr verletzt.«

»Das kann ich mir bei Gus kaum vorstellen. Wobei, er hat so seine Phasen …«

»Seine Phasen?«

»Na ja, wenn … das willst du bestimmt nicht hören.«

»Schon okay. Was für Phasen?«

»Erst ist er ganz normal und plötzlich macht er irgendwie dicht. Trinkt mehr. Auch am Tag. Sitzt in seinem Arbeitszimmer, mit runtergelassenen Rollläden, und starrt ins Leere. Manchmal war es echt schlimm.«

»Wie meinst du das?«

Jake schweigt.

»Jetzt sag schon.«

»Ich hab mir einfach Sorgen um ihn gemacht. Aber dann wurde es Frühling und er war wieder draußen und hat Pferdemist weggekratzt, als wäre nichts gewesen.«

»Ja, wenn Mom sich über Dad aufregt, dann über die melancholischen Anfälle, das Trinken. Sie wollte, dass er sich wegen der Depressionen behandeln lässt, aber er hat sich wohl immer darum gedrückt. Das war einer ihrer größten Streitpunkte.«

»War er auch schon so, als du klein warst?«

Ich runzle die Stirn. »Darüber hab ich noch nie richtig nachgedacht. Aber jetzt, wo du fragst … ja. Ich weiß noch, dass er oft Pfannkuchen gebacken und gelacht und mich huckepack genommen hat. Und manchmal ist er urplötzlich ... verschwunden. Mom ist dann meistens mit mir nach Kalifornien oder Hawaii oder New York gefahren. Ein paar Wochen später ging es ihm wieder gut. Alles tat ihm leid, das Haus war voller Blumen und meine Eltern haben zu Countrymusik getanzt. Irgendwann haben Mom und ich uns in Kalifornien Häuser angeschaut und sind einfach dortgeblieben.«

»Klingt ziemlich verstörend.«

»War es auch. Daran hab ich seit Jahren nicht mehr gedacht.«

Jakes Silhouette wiegt sich im Rhythmus des Pferdegangs. »Komisch, wie all diese Dinge, an die wir gar nicht mehr denken, noch irgendwo in uns drinstecken und nur darauf warten, hervorgeholt zu werden.«

»Total.« Es ist, als würde ich über einen beschlagenen Spiegel wischen und meine eigene Vergangenheit sehen. »Mit der Zeit muss es schlimmer geworden sein. Wahrscheinlich hat Mom deswegen nicht erlaubt, dass ich ihn besuche. Sie konnte nie wissen, wie er drauf ist.«

»Also wollte sie dich schützen.«

Ein Teil meines früheren Zorns verwandelt sich in Anerkennung. Mom ist nicht perfekt, aber sie wollte nur mein Bestes, damals zumindest. Vielleicht auch jetzt noch. Vielleicht war das der Grund, warum sie mich zum Flughafen gebracht hat. Sie wusste, dass mir das hier guttun würde. Dass die Ranch gerade der beste Ort für mich ist. »Kann schon sein.«

»Vielleicht hat auch dein Daddy sein Bestes gegeben. Sogar damals.«

Ich nicke. »Vielleicht haben wir das alle.«

48

Schweigend und irgendwie traurig reiten wir weiter, bis ich irgendwann gestehe: »Bei mir zu Hause gibt es so eine Normalität gar nicht. Das Leben im Silicon Valley besteht nur aus Start-ups und Wagniskapitalgebern und den neuesten Innovationen. Man muss immer den nächsten Meilenstein erreichen, den nächsten Gipfel stürmen, und es ist unheimlich wichtig, in diesem Test die beste Note zu schreiben, jenen Wettkampf zu gewinnen und noch einen Freiwilligendienst zu machen, um an genau dieses College zu kommen, jenes Praktikum zu ergattern und dann diesen Job ...« Ich denke kurz an Ty und daran, was er über seine Mom gesagt hat. Über Elena.

So war ich früher auch. Bevor all die Tode meinen Ehrgeiz ausgebremst haben. Plötzlich hatte ich nicht nur Angst vor dem nächsten Schritt, ich hatte Angst, mich überhaupt zu regen. Zu atmen. Weil ich die Nächste sein könnte.

»Jetzt wird mir einiges klar«, meint Jake.

»Was denn?«

»Das mit dem Rodeo zum Beispiel. Du bist voll bei der Sache, aber das ist nicht alles. Dir scheint es nur ums Gewinnen zu gehen. Nur um den Sieg statt um das Erlebnis.«

»Das …« Ich runzle überrascht die Stirn. »Ist das so?«

Jakes schwarze Gestalt zuckt mit den Achseln.

»Und was bitte ist falsch daran, gewinnen zu wollen?«

Schon als ich es ausspreche, weiß ich, dass ich im Grunde nicht dahinterstehe. Die Leute zu Hause wollten so dringend gewinnen, dass ihnen alles entglitten ist. Auf ihrem Weg nach oben sind sie gestrauchelt und haben das Wichtigste verloren.

»Nach deinem ersten Versuch hast du zwei Wochen flachgelegen. Und heute hattest du einfach Glück.«

Im Dunkeln ist es leichter, ehrlich zu sein. »Selbst wenn ihr beide glaubt, dass ich sterben will, es stimmt nicht. Und es geht mir auch nicht nur ums Gewinnen. Wirklich. In Kalifornien habe ich geglaubt, ich würde mein Leben leben, aber das habe ich nicht. Ich war immer in Bewegung, aber das ist nicht das Gleiche, wie sich lebendig zu fühlen. Das hier. Das Gefühl, wenn ich morgens die Adler am Himmel beobachte, wenn ich bei Scout bin, wenn ich bei …«

Wenn ich bei dir bin. Ich sehe ihn an und er hält meinen Blick. Ich schaue nicht weg, entziehe mich ihm nicht. Wie soll man sich einer solchen Wahrheit entziehen?

Ich rede weiter. »Zu Hause habe ich nur Wasser getreten. Überlebt. Gerade so. Ich hab nicht mal mehr gegessen. Ich hatte überhaupt keinen Hunger. Hier habe ich ständig Hunger. Bärenhunger. Überleben ist was anderes als leben, Jake. Du weißt das. Du hast es mir selbst gesagt, also erzähl mir jetzt nicht, dass ich aufhören soll.«

»Ich bin froh, dass du hier glücklich bist. Ich will nur nicht, dass du wieder verletzt wirst.«

»Das will ich auch nicht. Und es macht mich total fertig,

dass Dad sterben wollte, bevor ich hergekommen bin. Was, wenn ich nicht gekommen wäre? Viel hat nicht gefehlt. Wenn nicht alles so schlimm gewesen wäre, dass es einfach keine andere Möglichkeit gab, wäre ich dortgeblieben. Ich darf gar nicht daran denken.« Ich atme einmal tief durch. Die Stirnlampe beleuchtet nur den Weg direkt vor den Hufen meines Pferds. Dahinter ist alles schwarz.

Die Grillen singen ihr Lied.

Der Wind tanzt seinen Tanz.

Und wir tanzen unseren.

»Sehe ich heute anders aus, Jake? Anders als früher, als wir Kinder waren?«

Ich denke zurück an den Tag an der Flussbiegung, ich mit Zöpfen, er mit Topfschnitt in zerrissenen Jeans und rotem Flanellhemd. Er tut, als würde er mich im Dunkeln mustern. »Nö. Genau wie damals.«

»Du auch. Aber alles andere ist anders.«

»Dann müssen wir eben wieder hinbiegen, was wir hinbiegen können.«

»Und der Rest?«

Es dauert den Bruchteil einer Sekunde, bis er antwortet, und ich fürchte mich vor der Wahrheit.

»Tja, ich schätze, den müssen wir wohl loslassen.«

Danach sagen wir nichts mehr, zumindest nicht mit Worten, bis wir den letzten Anstieg überwunden haben. Die Leute erzählen ja gern von atemberaubenden Aussichten, aber der Blick von hier oben ist tatsächlich so unglaublich schön, dass es fast wehtut. Glühender Silberglanz. Die vor uns aufragenden Grand Tetons scheinbar zum Greifen nah. Der Vollmond, der eine breite Lichtbahn über die schroffen Felswände wirft und sich über die Wiese ergießt wie die Flutlichter auf einem Footballfeld.

Doch das wirklich Atemberaubende ist, wie Jake mich ansieht.

Ein Lächeln umspielt seine Lippen, als er mit einem Seufzen sagt: »Also, wenn du sie dazu bringst, sich aufzäumen zu lassen …«

Yes! Säße ich nicht auf einem Pferd, würde ich ihm in die Arme fallen, in der Hoffnung, dass er mich im Kreis herumwirbelt.

»Danke, Jake. Aber … na ja, sie mag das alles nicht. Sie will frei sein. Wenn wir vielleicht …«

»Manchmal muss man Dinge tun, die man nicht mag, um zu den guten Sachen zu kommen.«

Ich hebe eine Augenbraue. Er redet nicht nur über Scout, das ist so klar wie der Nachthimmel.

»Aber pass auf: Wenn sie das Zaumzeug tatsächlich nicht akzeptiert, gäbe es noch eine andere Möglichkeit. Eine neue Kategorie, Freestyle ohne Zaumzeug. Stacy Westfall hat sie bei ihrem Sieg 2006 eingeführt.« Jake versucht, mein Mienenspiel zu lesen. »Wenn du es noch mal probieren willst, sobald wir sie wieder im Pferch haben, wäre das eine Überlegung wert.«

»Gibt es dafür ein Preisgeld?«

»Sicher, und nicht zu knapp. Aber es ist auch ziemlich riskant, Paige.«

»Würdest du mir helfen?«

»Klar.«

Ich will noch etwas sagen, doch meine Worte werden von einem derart lauten Donnern übertönt, dass Old Blue sich mit einem erschrockenen Wiehern aufbäumt. Von seinem Pferd aus greift Jake zu mir herüber und schnappt sich meine Zügel, aber ich habe keinen Halt mehr und rutsche zur Seite, wie im Fluss. Jake springt gerade ab, um mir zu helfen, als Blue so ruckartig ausbricht, dass ich auf ihn falle und wir unsanft im Gebüsch landen. Jake fängt meinen Sturz größtenteils ab, aber meine Hüfte knallt auf den Boden und mein Gesicht auf seine Brust, während er mit einem Arm meinen Kopf schützt und mit dem anderen meinen Ellbogen stützt.

»Alles okay?«, fragt er und sieht mir direkt in die Augen.

»Ja, und bei dir?«

»Geht schon. Du hast da« – er zupft etwas aus meinen Haaren – »eine Brombeere. Sogar reif.« Seine Finger verweilen einen Moment länger als nötig auf meiner Wange, bis sich ein weiteres donnerartiges Getöse entlädt und die Erde unter uns zittert.

»Was *ist* das?« Der Himmel über uns ist pechschwarz, aber wolkenlos. Ich erkenne jeden einzelnen Stern. Der tosende Lärm kommt immer näher. »Ein Flugzeug?«

Jake steht auf und reicht mir die Hand. »Das ist die Herde.« Er klingt angespannt.

»Kühe? Und die machen so einen Lärm?« Ich muss die Stimme erheben, damit er mich überhaupt versteht. Instinktiv rücke ich näher zu ihm.

Jake legt mir beruhigend den Arm um die Schultern und schaut über meinen Kopf hinweg. »Keine Kühe. Pferde.«

Pferde? »Wo ist Blue?« Plötzlich mache ich mir Sorgen.

»Vermutlich schon halb den Berg runter«, erwidert Jake belustigt. »Er ist ein alter Angsthase.«

Das Crescendo der herannahenden Pferde erreicht einen neuen Höhepunkt. Es ist so ohrenbetäubend, dass ich mich noch enger an Jake schmiege. Jetzt sehen wir sie auch. »Die trampeln uns aber nicht nieder, oder?«

»Glaub ich nicht. Hey, guck mal, wer uns da beehrt.«

Mein Blick folgt Jakes Zeigefinger, und tatsächlich: Inmitten der Mustangherde jagt Scout dahin, in Wogen aus Schweifen und Hufen und Anmut.

»So ein ungezogenes Mädchen.«

»Das kannst du laut sagen.«

»Aber sie scheint im siebten Himmel zu sein.«

Wir beobachten unsere feurige Schönheit, wie sie frei unter dem Sternenzelt galoppiert.

»Hi, Scout!«, rufe ich, was Jake zum Schnauben bringt.

»Als ob sie dich jetzt beachten würde.«

Doch das tut sie. Sie schaut auf, erwidert meinen Blick, wiehert gen Mond und donnert den Hang hinunter, die restliche Bande dicht auf den Fersen.

»Krass.«

»Ganz schön wild, was?«

»Aber hallo.«

Ich will nicht, dass unsere Unterhaltung endet. Wenn ich nichts mehr sage, wird Jake sich an die Arbeit machen. Also behelfe ich mir mit der einzigen Floskel, die mir einfällt: »Was für ein verrückter Tag.«

»Auch nicht viel verrückter als gestern oder wahrscheinlich morgen.«

Ich drehe den Kopf und meine Schläfe stößt sanft gegen sein Kinn, so nah sind wir uns. »Hast du eigentlich immer einen schlauen Spruch auf Lager?«, frage ich schnippisch und er lacht.

»Was soll ich darauf antworten, ohne mir deinen ewigen Zorn zuzuziehen? Im Ernst, du bist kein bisschen besser als dein durchgeknalltes Pferd.«

Ein größeres Kompliment hätte er mir nicht machen können und ich grinse so breit, dass er eine Brombeere pflückt und sie mir in den Mund steckt. Er beobachtet meine Lippen, während ich kaue, so bedächtig wie er normalerweise. Hitze breitet sich in meinem Nacken aus. Beim Sturz haben wir unsere Stirnlampen verloren und ich bin froh, dass Jake mich im Dunkeln nicht erröten sieht. Schließlich wende ich mich ab und tue so, als müsste ich mir klebrigen Beerensaft von den Fingern wischen.

Als das Getrappel der Herde verklungen und es wieder ruhig und friedlich ist, gestehe ich Jake: »Ich will nicht zurück.«

Er wirkt überrascht. »Du willst hier oben übernachten?«

»Geht das?«

Schon lächelt er wieder. »Ich hab sicherheitshalber alles dabei.«

»Echt?«

»Klar. Immer, wenn ich abends so weit ausreite.«

Ich liebe es, wie er das Wort *abends* ausspricht. Gedehnt und gefühlvoll. Vielversprechend.

»Hast du auch irgendwelchen … Proviant?«

Er lacht. »Konserven und Wasser, wenn du das meinst. Aber

deinen Superkaffee gibt es dieses Mal nicht. Du wirst dich mit dem guten alten Cowboykaffee begnügen müssen. Wenn wir dich vor dem Rodeo rechtzeitig fit kriegen wollen, ist die Schonzeit vorbei.«

Ich reiße die Augen auf. »Im Ernst? Nehmen wir am Freestyle teil?«

»Wenn du es schaffst, deinen wilden Mustang einzufangen, können wir es probieren. Aber jetzt krieg dich wieder ein und hilf mir beim Auspacken.«

Das lasse ich mir nicht zweimal sagen. Als ich unsere Schlafsäcke in der Hand halte, frage ich etwas verlegen: »Wo willst du dein, ähm, Lager aufschlagen?«

»Na, neben deinem.«

Hoffentlich sieht er mir nicht an, wie mein Herz bei dieser Vorstellung rast.

»Wenn ich da hinten unterm Baum liege, wie soll ich dich dann vor den Bären und Pumas beschützen, von denen ihr Städter immer faselt?«

Mein Gesicht ist garantiert röter als das Feuer, das Jake in einem improvisierten Steinkreis anfacht. »Gutes Argument«, murmle ich und verberge ein Grinsen.

Wir arbeiten wie ein eingespieltes Team. Ich bin total überdreht, zwinge mich aber zur Gelassenheit. Jake reicht mir einen Dosenöffner und ich mache zwei Dosen Chili auf und gebe sie ihm zurück, ein wenig besorgt über die Riesenmenge Bohnen für diesen Trip. Er schüttet den Inhalt in einen kleinen Topf und hält ihn über die Flammen, gerade tief genug, um das Chili zu erwärmen. Dabei rückt er näher an mich heran, bis unsere Schultern sich berühren, und zeigt mir, wie es geht. Ich bin aufgeregt und angespannt und begeistert und lasse die positiven Gefühle ausnahmsweise einmal zu.

»Was ist mit den Pferden?«, frage ich.

»Ach, die unterhalten sich auch ohne uns ganz gut«, wischt Jake den Einwand lässig und scherzhaft beiseite.

»Ich wollte kein Puppentheater für sie aufführen.«

Jake kichert leise, aufrichtig amüsiert. »Was ist dann deine Frage?«

»Was machen wir jetzt? Wegen Scout, meine ich.«

»Lass ihr heute Nacht ihren Spaß. Wir sammeln sie morgen früh ein und versuchen, sie nach Hause zu locken.«

Die Flammen des Lagerfeuers flackern. Trotz ihrer Wärme fröstle ich.

»Willst du Kaffee?«, fragt Jake.

»Dann kann ich nicht einschlafen.« Das fällt mir bestimmt auch so schon schwer genug, unter dem Sternenhimmel, direkt neben Jake. Er nickt und bietet mir stattdessen Kräutertee an. Kräutertee! Jake, der Cowboy. Er hat echt an alles gedacht. Als hätte er irgendwie geahnt, dass wir hier draußen bleiben. Ist er genauso aufgekratzt wie ich? Falls ja, verbirgt er es gut. Ganz Gentleman wartet er geduldig auf meine Antwort. »Gern, danke.«

Wir trinken unseren Tee aus kleinen Blechtassen und schauen uns dabei immer wieder in die Augen. Als wir ausgetrunken haben, starren wir ins Feuer, bis die Flammen zu glühender Asche verglimmen. Wir sagen nichts, aber das ist gut so. Angenehm. Später verschwindet Jake im Gebüsch und danach ich, was ziemlich lustig ist. Ich achte darauf, mich nicht aus Versehen auf eine Gifteiche oder, noch schlimmer, über ein Schlangenloch zu hocken. Als ich zurückkomme, erzähle ich es Jake. Wir müssen beide lachen und er kontert mit einer Klapperschlangenanekdote aus seiner Kindheit.

Anschließend setze ich mich auf meinen Schlafsack und sehe zu, wie er routiniert unser Lager für die Nacht vorbereitet. Ich könnte Jake den ganzen Tag zusehen. Er bewegt sich mit solcher Anmut. Als er sich neben mir ausstreckt, bin ich so nervös, dass ich beim Ratschen meines eigenen Reißverschlusses zusammenzucke. »Himmel!«

Jake lacht. »Was ist denn in *dich* gefahren?«

»Vielleicht die Schlangengeschichte. Die hättest du echt für dich behalten können. Jetzt hab ich bestimmt bei jedem Buschgang Panik.«

»Ach komm, die mochtest du doch.«

»Ja, schon.«

Pause.

»Ich mag alle deine Geschichten.«

Er klappt überrascht den Mund auf. »Das hört man gern.«

»Es ist die Wahrheit.«

Ich halte seinen Blick und er den meinen, im letzten Glühen des Lagerfeuers.

»Das hier ist schön«, sagt Jake.

»Ja, das ist es.«

Schön. Es ist mehr als schön. Jake und ich verbringen die Nacht zusammen. Gleichzeitig jagt es mir riesige Angst ein. Was, wenn zwischen uns irgendetwas passiert und alles kaputtmacht? Ich bin hergekommen, um mich aus einer ungesunden Beziehung zu befreien. Und ich bin noch nicht so weit, eine neue einzugehen. Aber Jake sieht mich mit diesem ganz besonderen Blick an und ich will einfach nur in seine Arme sinken und alles vergessen.

»Gut.« Er legt sich auf den Rücken und zieht sich den Cowboyhut übers Gesicht, genau wie beim letzten Mal.

Ich bin hellwach.

Hell. Wach.

Ich kaue auf meiner Unterlippe herum. Verknote die Finger. Will er jetzt echt schlafen? Ich kann das nicht. Er ist mir so nah, dass ich mir einbilde, seinen Herzschlag zu spüren.

»Ich hab mal einen Astronomiekurs belegt und musste Sternbilder auswendig lernen«, platze ich heraus.

»Ach ja?«, fragt er unter seinem Hut hervor. »Welche denn?«

»Na, das da über uns ist Pegasus. Siehst du die Flügel? Jake. Du musst schon den Hut wegnehmen.« Kichernd gehorcht er. »Schon besser«, sage ich. »Okay. Das da hinten ist der Schütze. Erkennst du Pfeil und Bogen? So stehen die Sterne nur im Sommer. Im Winter sieht man andere Konstellationen.«

»Das gefällt mir. Dieser Wandel.«

Er schaut mich wieder an. Sein Blick ist jetzt ruhiger. Hält meinen gefangen. So intensiv, dass ich die Augen nie mehr abwenden will.

»Was?«, frage ich leise.

»Nichts. Ich bin bloß froh, dass du da bist.«

Ich schlucke. Spreche aus, was ich denke. »Und ich bin froh, dass *du* da bist.«

Er dreht sich auf die Seite und streckt die Hand aus. Ich reagiere sofort und verschränke die Finger mit seinen.

»Jake?«

»Ja.«

»Danke für alles. Genau das habe ich gebraucht.«

»Ja, die Damenwelt scheint meinen Tee zu schätzen.«

»Du weißt, was ich meine.«

»Ja … gern geschehen.«

»Jake?«

»Ja?«

»Glaubst du, wenn es so weit gekommen wäre … die Maschinen abzustellen … glaubst du, er hätte es durchgezogen?«

Jake stützt sich auf den Ellbogen. »Der sture alte Bock? Auf keinen Fall.«

Mein Herz macht einen kleinen Satz. »Und das sagst du jetzt nicht bloß, damit ich mich besser fühle?«

»Zwei Dinge solltest du über mich wissen, wenn wir hier weitermachen wollen. Erstens: Ich werde dich niemals anlügen. Und zweitens: Ich habe auch einen ziemlich guten – wie war das noch gleich? – Bullshit-Detektor. Und dein alter Herr ist genauso starrsinnig wie du.«

»Soll heißen?«

»Soll heißen, dass er nichts, was ihm lieb ist, kampflos aufgibt. Und dieses Leben hier?« Jakes Blick wandert hinauf zu den Sommersternbildern, zu Pegasus und dem Schützen und zurück zu mir. »Das ist doch einen Kampf wert, findest du nicht?«

»Aber wieso hat er dann darüber nachgedacht, Schluss zu machen? Das wäre doch reine Kapitulation gewesen.«

»Ich schätze, dabei ging es ihm mehr um uns als um sich selbst.«

»Du meinst, er …« Mir schnürt sich die Kehle zu. »Er glaubt, er würde uns zur Last fallen?«

»Ich meine, er will in seinem Zustand nicht länger leben als nötig. Komplett verkabelt. Wenn er sich uns irgendwann nicht mehr verständlich machen kann, was bleibt ihm dann noch? Wenn ihm das genommen wird, dann ist das doch kein richtiges Leben mehr, oder?«

Ich nicke und eine Träne rollt mir über die Wange.

Meine Finger klammern sich fester an Jakes. Obwohl mein gesamter Körper sich neben ihm so lebendig und pulsierend anfühlt, rutsche ich nicht näher, und er rührt sich ebenso wenig. Als hätten wir beide nicht nur unsere Bedeutungslosigkeit angesichts des unendlichen Universums, sondern auch die Brüchigkeit dieses Augenblicks erkannt. Als wüssten wir, dass die kleinste Bewegung alles zunichtemachen könnte. Die Ordnung durcheinanderbringen. Dass, so sehr ich mich auch danach sehne, mich an ihn zu schmiegen, seine Lippen auf meinen zu spüren, seine kräftigen Hände auf meinen Wangen, wir noch nicht bereit dazu sind. Plötzlich liegt etwas auf meinem Gesicht. Etwas Warmes, das nach Jake duftet. Lächelnd nehme ich es ab. Es ist sein Cowboyhut. »Schlaf jetzt, Cowgirl.«

Meine Träume handeln nicht vom Tod. Nicht von Zügen oder Rollstühlen oder meinem Vater, der an seinem Babybrei erstickt. Nicht davon, wie ein Junge ein Mädchen zu etwas drängt, das vielleicht beide nie gewollt haben. Stattdessen sind sie Wildpferde, die über die Wolken eilen. Hufe, die im Schein des Vollmonds dahindonnern. Meine Träume handeln von Jake und mir, wie wir über die hohen, schroffen Felsen der Tetons taumeln und überlegen, ob wir gemeinsam in die warmen Bergseen unter uns tauchen.

49

Am nächsten Morgen schafft Jake es nach vielen Anläufen, Scout das Seilhalfter überzuziehen, aber so wie sie den Kopf hin und her wirft und es wieder abzustreifen versucht, ist schnell klar, dass sie es eher als Galgenstrick empfindet.

Bei jedem unwirschen Ruck ihres Halses, jedem trotzigen Wiehern zweifle ich an meiner Entscheidung.

Ich berühre Jake an der Schulter. »Vielleicht sollten wir sie einfach hierlassen?«

»Sie gewöhnt sich schon dran.«

»Und wenn nicht?«

»Vertrau mir. Wir können sie nicht hierlassen und wir müssen zurück.«

»Aber sie ist so glücklich bei ihrer Herde.«

»Das ist nicht ihre Herde. Sie ist bloß ein halbes Wildpferd.«

»Trotzdem. Sie gehört dazu.«

Jake wischt sich den Schweiß von der Stirn. Es ist erst acht, aber schon sengend heiß. Er hat eine halbe Stunde gebraucht, um das Seil über Scouts Kopf zu kriegen, und jetzt schlage ich ihm vor, es wieder abzumachen.

»Tut mir leid. Ich mein ja nur: Was, wenn das hier der richtige Ort für sie ist?«

»Ich weiß, was du sagen willst, aber ihre Mutter ist eine Preisstute. Wenn Scout beim Freestyle gewinnt, kann ihr Wert leicht auf zweihunderttausend steigen.«

Ich schnappe nach Luft. »Zweihunderttausend *Dollar*?«

»Jep.«

»Wow.«

»Genau. Findest du immer noch, dass wir sie weiter hier oben mit der Herde spielen lassen sollten?«

»Ja. Aber ich finde auch, dass wir sie mit nach Hause nehmen sollten.«

»Schade, dass man nicht alles haben kann«, bemerkt Jake und meint, wie so oft, nicht nur diese Situation.

Obwohl Scout noch ein bisschen sauer wirkt, weil wir sie von ihren Mustangfreunden weggeschleift haben, lässt sie sich von Jake den Berg hinunter und in den Pferch führen. Anschließend steuert sie geradewegs wieder auf das Gatter zu, doch wir schließen es und Jake hält mir seine verschränkten Hände als Steigbügel hin.

Scout scheut, aber als ich ihr die Schenkel in die Flanken drücke, bleibt sie zu meiner Überraschung stehen.

»Wie hast du das gemacht?«, fragt Jake.

»Keine Ahnung. Ich hab einfach die Beine zusammengepresst.«

»Probier mal, ob du sie wieder zum Laufen kriegst.«

»Indem ich sie antreibe, wie mit Sporen?«

»Ja.«

Ich stupse Scout mit den Stiefelabsätzen in die Seiten und sie trabt gemächlich los. Ich treibe sie stärker an und sie verfällt in zögerlichen Galopp, wird schneller, jagt mit mir dahin. Ich beuge mich vor und klammere mich an ihrer flatternden Mähne fest. Als wir an Jake vorüberdonnern, feuert er uns lautstark an und schwenkt seinen Cowboyhut wie ein Lasso über dem Kopf.

50

»Paige und Scout machen beim Rodeo im Freestyle ohne Zaumzeug mit. Sie sind schon angemeldet, also ist die Sache geritzt«, ruft Jake, als wir ins Wohnzimmer platzen.

Es ist eine Feststellung, kein Vorschlag.

Wir stehen Schulter an Schulter, eine Mauer der Entschlossenheit, die Anna nicht durchbrechen kann.

»Euch auch einen guten Morgen«, erwidert sie belustigt.

»Ach ja, guten Morgen.« Jake tippt sich an den Hut, setzt ihn dann ab und hängt ihn an die Garderobe neben dem Eingang. »Wir haben oben auf dem Berg übernachtet, nachdem wir Scout gefunden hatten. Es war zu spät, um nach Hause zu kommen.«

»Das hab ich mir schon gedacht.«

»Wo ist Dad?«, frage ich.

»Noch im Bett. Er hat unruhig geschlafen.« Anna nimmt einen großen Schluck Kaffee. »Bah, der ist ja kalt. Ich war wohl mit den Gedanken woanders und hab ihn zu lange stehen lassen.«

»Ich wärme ihn dir auf«, bietet Jake an und schnappt sich die Erdbeertasse, die einen feuchten, kreisrunden Fleck auf dem Tisch hinterlässt. Schnell wischt er mit dem karierten Hemdsärmel darüber und verschwindet in die Küche. Ich höre, wie er den Kaffee in einen Topf gießt und ihn auf den Herd stellt. Hier auf der Ranch gibt es keine Mikrowelle.

»Wie geht es dir, Paige?« Anna schaut mich an.

»Okay.« Ich zucke mit den Achseln. »Gut.«

»Hattest du eine gute Nacht?«

»Ja. Weiß … weiß Dad, dass ich die ganze Zeit mit Jake zusammen war?« Ich warte angespannt auf ihre Antwort.

»Nein. Willst du, dass ich es ihm erzähle?«

»Nein.«

Sie mustert mich nachdenklich. »Ich glaube aber nicht, dass es ihn stören würde. Er vertraut Jake.«

»Okay. Gut.«

»Jake ist ein guter Kerl.«

»Ja.«

»Also schön.« Anna faltet die Hände.

»Schön?«, wiederholt Jake, der gerade durch die Tür tritt. »Was, die Idee mit dem Freestyle? Hier, bitte, dein Kaffee, wie frisch gebrüht.« Er stellt die Tasse vor Anna hin. »Das wird total super.«

»*Total super*?« Anna hebt eine Augenbraue. »Du klingst schon wie ein Städter.«

»Ist das so schlimm?«

»Nein, nein. Solange es dich glücklich macht …«

»Das macht sie … äh, es.« So verlegen habe ich Jake noch nie erlebt. Er wirbelt herum, stapft zur Garderobe und stülpt sich den Hut wieder über den Kopf, als wollte er ein Feuer damit ersticken.

»Dann solltet ihr euch wohl an die Arbeit machen und anfangen, Stacy Westfalls Tricks zu studieren.«

»Das ist der Plan.« Mit einem raschen Blick fordert Jake mich auf, ihm zu folgen, und wir laufen nach draußen, aus dem Dunkel zurück ins Sonnenlicht.

Wir haben einiges vor.

Am Nachmittag sitzen Jake und ich auf der rissigen Ledercouch in Dads Arbeitszimmer, wo noch immer der Geruch nach Zigarren und Pfefferminz in der Luft hängt, essen frisches Popcorn mit geschmolzener Butter und sehen uns Videos von vergangenen Rodeos an. Anschließend überlegen wir uns eine eigene Kür und trainieren den ganzen Abend. Ich bringe Scout dazu, vorwärts und rückwärts zu gehen und sich im Kreis zu drehen, treibe sie zum Galopp an und bremse sie wieder zum Trab, und sie gehorcht mir. Wir sind ein gutes Team. Als wir aufhören, strahle ich, von oben bis unten staubig und verschwitzt, und Jake auf dem Zaun grinst ebenfalls bis über beide Ohren.

Er klettert in den Pferch und ich springe von Scout direkt in seine Arme. Er wirbelt mich herum und johlt: »Verdammt, Cowgirl, du hast es echt drauf!«

Ich lache und klammere mich an ihn. Irgendwann setzt er mich ab und schenkt mir sein breitestes Lächeln. »Das müssen wir feiern.«

»Und wie?«

»Anna und Gus fahren heute Abend in die Stadt, da hab ich mir gedacht, wir zwei könnten auf das erfolgreiche Training anstoßen.«

»Klingt gut«, sage ich, aber innerlich schrillen die Alarmglocken. Meint er mit Bier? Alkohol? Das könnte zu etwas ganz anderem führen, etwas, von dem ich genau weiß, dass ich dazu noch nicht bereit bin. Was, wenn wir alles vermasseln? Das Risiko ist zu hoch. Aber wir haben heute mit Scout so viel erreicht …

»Oder wie wär's mit einem Picknick?«, schlage ich vor. Picknicke sind okay. Picknicke sind harmlos.

»Gute Idee.«

»Und wo?«, frage ich. Das Wo ist entscheidend.

»Wie wär's mit dem Heuboden? Da scheinst du dich ja wohlzufühlen.«

Also sind ihm meine Stunden in der Scheune nicht entgangen. Ich bin sowohl geschmeichelt als auch nervös.

»Super«, erwidere ich. Das ist es, aber ich darf nicht zu enthusiastisch wirken. Ich will ihm auf keinen Fall etwas vormachen. So sehr ich Jake mag, er soll nicht denken, dass zwischen uns irgendwas laufen könnte.

»Ich mach uns ein paar Sandwiches«, sagt er und klatscht in die Hände, als wollte er ein Ausrufezeichen dahintersetzen.

»Und ich springe unter die Dusche.« Ich klinge genauso aufgeregt wie er und wir müssen lachen.

»Dann bis gleich«, meint er und fügt bedeutungsvoll hinzu: »Viel Spaß beim Duschen.«

Ich laufe rot an. Warum habe ich das nur gesagt? Ich kann an seinen Augen ablesen, dass er sich gerade vorstellt, wie ich unter dem heißen Wasserstrahl stehe. *Oje.* Wir trennen uns. Ich bin einerseits erfreut, andererseits ziemlich erschrocken über seine Reaktion. Und besorgt.

Ich darf das mit Jake nicht vermasseln.

Ich darf das mit Jake nicht vermasseln.

Ich darf das mit Jake nicht vermasseln.

Ich komme bald aufs College. Ich werde fortgehen. Und ich will unbedingt, dass wir Freunde bleiben. Es ist *wichtig*, dass wir Freunde bleiben. Dad braucht ihn. Anna braucht ihn. Er ist mein Rettungsanker auf der Ranch. Wenn wir es versuchen und es seltsam ist oder, noch schlimmer, völlig schiefläuft … das darf einfach nicht passieren. Also machen wir jetzt dieses Picknick – als Freunde – und vielleicht spreche ich die Sache an. Vielleicht ist es auch an der Zeit, die andere Sache anzusprechen.

Das mit Ty.

Aber schon der Gedanke, Ty an diesen geborgenen Ort zu holen, fühlt sich ganz und gar falsch an. Ich will diese beiden Stränge meines Lebens nicht miteinander verflechten. Schnell steige ich aus der Dusche, trockne mich ab und binde mir das Haar zu einem lockeren Knoten. Ich ziehe ein sauberes weißes Top an und schnappe mir die Skinnyjeans aus Kalifornien mit den Knöpfen auf den Gesäßtaschen, die mir an meinem ersten Tag hier noch viel zu weit war. Jetzt fülle ich sie perfekt aus. Darüber streife ich eine schmal geschnittene Bluse und stecke sie in den Hosenbund. Ich erkenne mich selbst kaum wieder, als ich mich im alten Wandspiegel betrachte. Dieses Mädchen mit den rosigen Wangen sieht überhaupt nicht abgemagert und traurig aus, sondern zufrieden und wohlgenährt.

Glücklich.

51

»Drei, zwei, eins, weg ist sie«, murmle ich, während ich dabei zusehe, wie die rosafarbene Sonne hinter den Bergen versinkt. »Das hat Dad immer gesagt.«

Aber ich bin nicht traurig. Ich lächle. Es ist eine schöne Erinnerung. Gerade ist alles schön. Nein, sogar perfekt.

Unsere Beine baumeln nebeneinander vom Rand des Heubodens. Unsere Oberschenkel berühren sich. Unsere Stiefel schlagen ab und zu spielerisch gegeneinander.

Wir lecken uns die Barbecuesoße aus Jakes Hühnchensandwiches von den Fingern und er öffnet zwei Flaschen Root Beer. »Das ist aber nicht dein erstes Bier, oder?«

»Wohl kaum.« Ich lache. »Ich würde auch ein richtiges trinken, aber ich weiß nicht, ob Dad das so gut fände.«

»Verständlich. Ich hab riesigen Respekt vor Gus.«

»Ich weiß.«

»Ich trinke selbst nicht viel. Weil wir das vor Gus grundsätzlich nicht machen, aber vor allem wegen meiner Mom. Sie ist bei den Anonymen Alkoholikern.«

»Und vielleicht, weil du erst neunzehn bist?«

Er lacht. »Das auch. Obwohl uns das in Wyoming eigentlich nicht abhält. Hier fangen die meisten schon als Kinder an.«

»In euren gut ausgestatteten Ranchküchen?«

»Überall.« Er zuckt mit den Achseln. »Wir werden hier schnell erwachsen. Alles passiert früher. Wir reiten mit sechs, fahren mit zwölf Auto, trinken mit … verdammt, wenn ich mich bloß an mein erstes Bier erinnern könnte! Ist auf jeden Fall lange her.«

»Ich wette, ein paar von den Mädels, mit denen ich in der ersten und zweiten Klasse war, sind jetzt schon schwanger.« Ich denke an einige meiner Freundinnen von damals zurück.

»Ein paar bestimmt, ja. Sie heiraten früh und kriegen früh Kinder … so ist das hier eben. Wenn man's bis zum Ende der Highschool schafft, ist man schon gut – College kannst du dir abschminken.«

Ich nicke und frage mich, warum Jake noch nicht verheiratet ist. Er wäre der perfekte Ehemann für ein glückliches Mädchen aus Jackson. Ein eifersüchtiger Stich durchfährt mich, als ich ihn mir mit einem dieser Cowgirls vorstelle, deshalb verdränge ich den Gedanken wieder.

»In Kalifornien werden wir auch ziemlich früh erwachsen. Zumindest intellektuell. Was das Praktische angeht, vielleicht nicht. Die meisten meiner Freunde haben noch nie in ihrem Leben einen Teller abgespült, geschweige denn gekocht oder so was. Sie sprechen drei Sprachen und können programmieren, haben aber keine Ahnung, wo bei ihnen zu Hause die Mülltonne steht. In bestimmten Dingen müssen wir viel reifer sein, als es unserem Alter entspricht, in anderen fehlen uns die Fähigkeiten eines durchschnittlichen Zwölfjährigen.«

»Typisch Städter«, bemerkt Jake.

»Ja, ja. Außerdem sind wir zu naiv oder womöglich zu beschränkt, um zu erkennen, dass man manche Entscheidungen nicht rückgängig machen kann.« Ich denke an all die Selbstmorde. »Manche Entscheidungen sind unwiderruflich.«

Ty schießt mir durch den Kopf, wie er das Motorrad seines Bikers in diesem dämlichen Computerspiel zu Schrott gefahren hat. Wie er mich angeschaut hat, mit seinen schon uralten Augen. »Game over«, hat er gesagt.

Mich fröstelt und ich reibe mir die Arme. »Mit irgendwas hat man wohl immer zu kämpfen, egal, wo man aufwächst. Hier hätte ich Angst, dass mich jemand schwängert, bevor ich überhaupt den Führerschein habe.«

»Ja. Und deine schnieken Collegepläne könntest du auch vergessen. Wenn man hier in der Stadt wohnt, arbeitet man in 'nem Diner oder 'nem Hotel. Und wenn du geblieben wärst, würdest du jetzt die Ranch bewirtschaften.«

Ich lasse den Blick über die endlose, wunderschöne Landschaft schweifen, die ich noch einmal neu kennen- und lieben gelernt habe. »Wäre das so schlimm?«

»Es hätte zumindest deine Möglichkeiten ziemlich eingeschränkt, so viel ist sicher.«

»Ich weiß nicht … mir gefällt es hier.« Ich betrachte die blassrosa Weiten, die noch ganz frisch vom Sonnenuntergang sind, rau und tröstlich zugleich.

»Wenn du hier aufgewachsen wärst, würdest du das vielleicht anders sehen. Die Mädchen aus Jackson wollen alle bloß weg. Die haben keinen Bock mehr auf die Touristen und die versnobten Filmstars, die nur für ein paar Wochen einfliegen.

Auf die kalten Winter und die viel zu heißen Sommer. Auf einen schlecht bezahlten Job nach dem anderen. Und auf den Pferdemist.«

Ich muss lachen und male sie mir aus, diese andere Version von mir. Würde ich mir auch nichts sehnlicher wünschen, als von hier abzuhauen? Darum betteln, in die Großstadt ziehen zu dürfen? Eine verrückte Vorstellung. Wahrscheinlich ist Mom genau deswegen mit mir fortgegangen. Um mich davor zu bewahren. Ab dem Herbst werde ich aufs College gehen. Auf ein gutes College, wo ich kreatives Schreiben studieren und meine Träume verwirklichen kann. Ich habe in der Highschool hart gearbeitet und darf jetzt auf das College meiner Wahl. Wäre ich hiergeblieben, würde ich auf der Ranch arbeiten, Stadtkindern das Reiten beibringen und nebenher in einem Diner kellnern.

Als hätte Jake meine Gedanken gelesen, sagt er: »Man will immer das, was man nicht hat.«

»Stimmt«, gebe ich zu und trinke von meinem Root Beer. Ist das wirklich mein erster Softdrink, seit Jake mir am Tag meiner Ankunft auf der holprigen Fahrt eine Dr Pepper angeboten hat? Ich kann mich kaum noch an das Mädchen von damals erinnern – so kaputt und krank und ausgehungert und verunsichert. Ein totales Wrack. Aber vielleicht hat Jake trotzdem recht. Vielleicht würde ich all das hier hassen, wenn ich nie rausgekommen wäre. Vielleicht war es doch zu etwas gut, dass ich den Großteil meines Lebens in Kalifornien verbracht habe, trotz der Schrecken des letzten Jahres.

Die hinter dem Horizont immer noch strahlende Sonne taucht alles in einen goldenen Schimmer.

»Ich bin seit über einem Monat da und habe einen wilden Mustang gezähmt. Werde ich jetzt offiziell in die Ranchchronik aufgenommen oder darf wenigstens mit einem echten Cowboy ein echtes Bier trinken?« Ich lehne mich zu Jake und stupse ihn mit der Schulter an. Sein Karohemd ist weich, die Muskeln darunter fest.

Er stupst zurück. »Ach, du meinst also, du bist jetzt ein waschechtes Cowgirl?«

»Ich bin zumindest auf einem guten Weg.«

Er zieht zwei dunkle Flaschen aus der kleinen Kühlbox neben sich. »Ich hab echtes Bier dabei, wenn du doch magst.«

»Klar, danke.« Plötzlich kommt es mir wie eine tolle Idee vor. Ein bisschen unanständig. Und so wunderbar normal. Ein Bier in die Scheune seines Vaters zu schmuggeln, mit dem Jungen, in den man sich gerade verknallt. Ich will den Moment auskosten.

Jake öffnet die Flaschen und ich nehme einen kräftigen Schluck. Das Bier ist mild und schmeckt nach Weizen und irgendwie … fruchtig. »Hast du mir ein Mädchenbier mitgebracht?«

»Ja.«

»Wozu hast du Mädchenbier in deiner Hütte?«

»Man weiß nie, wann ein waschechtes Cowgirl ein Picknick auf dem Heuboden vorschlägt.«

»Gutes Argument.«

Jake ist so verdammt süß.

Ich liebe es, wie er mich ansieht.

Ich liebe es, wie er mit mir spricht.

Ich liebe es, wie er ist. Wie wir miteinander umgehen.

Ich liebe das Grübchen auf seiner Wange, seinen Hals, seine Arme, seine Brust, einfach alles an ihm.

Wir schweigen eine Weile einträchtig. »Meinst du echt, wir haben eine Chance zu gewinnen?«, frage ich nach einem weiteren Schluck Bier. Sonnengewärmte Aprikosen.

»Wenn es jemand schafft, dann du.«

Ich fühle mich ganz leicht und ein wenig benommen. Mein Herz klopft so laut, dass er es bestimmt hört. »Danke, dass du an mich glaubst, Jake. Das klingt jetzt total kitschig, aber ich mein's ernst.«

»Du hast nicht nur Scout gezähmt«, erwidert er leise. Ich warte, dass er den Blick abwendet, aber das tut er nicht. Unwillkürlich beuge ich mich vor.

Sein Gesicht ist meinem so nah, dass mir schwindelig wird. Ich verliere mich in diesem Augenblick. Die Luft duftet nach Heu und Kindheit, frisch und sauber und gut. Diesen Geruch hatte ich ganz vergessen.

Aber ich darf jetzt nicht nachgeben. Das geht nicht. Es würde alles kaputtmachen, und ohne Jake und Anna und Dad kann ich nicht überleben.

Ich atme scharf ein und weiche zurück.

»Paige?« Jakes Stimme ist sanft. Verwirrt.

»Ich … ich kann das nicht.«

»Warum nicht?«

»Es … es fühlt sich zu richtig an.«

»Wie sollte es dann falsch sein?«

»Ich gehe bald weg von hier. Ich … ich hatte zu Hause eine schlimme Beziehung und ich will das, was zwischen uns ist, nicht aufs Spiel setzen – denn es ist perfekt!«

Er holt tief Luft und trinkt einen Schluck. Seine Hand zittert. Als er die Flasche abstellt, stößt er sie aus Versehen um. Schaum sickert ins Heu und er flucht leise.

»Hier.« Ich ziehe meine Bluse aus, beuge mich über ihn und wische damit das Bier auf, ohne auf seine Einwände zu achten, lieber sein Hemd zu nehmen oder es einfach sein zu lassen. Es ist bloß Heu. Es ist bloß ein Schuppen. »Schon gut, die ist sowieso alt«, sage ich. Dann fällt mir plötzlich auf, dass ich nur noch in meinem möglicherweise durchscheinenden weißen Top dasitze. Ich richte mich ruckartig auf und verschränke die Arme vor der Brust, damit er mir nicht vorwerfen kann, ihn anzumachen. Ihn zu verführen und am Ende doch zurückzuweisen. Wie Ty.

Ich erinnere mich an seine grausamen Worte: *Du treibst mich doch dazu. Du willst es doch auch, Paige.*

Ich schaudere.

Jake ist kein bisschen wie Ty, aber Ty ist immer noch da, verfolgt mich, sucht mich heim, lauert in jedem kühlen Windhauch, in jedem nächtlichen Schatten.

»Hey.« Jake schaut von der triefenden Bluse auf, berührt sacht meine Schulter. »Was ist los?«

»Es liegt nicht an dir, Jake. Ich finde dich großartig. Wenn ich hierbleiben könnte … wenn die Situation anders wäre …«

Er nickt ernst und sein Blick sagt Dinge, die er nicht aussprechen kann, Dinge, von denen er wünschte, sie wären anders. Diesen Blick wechseln Dad und Anna viele Male am Tag. Und allmählich hasse ich ihn für seine Schwäche, für seine deprimierende Leere – gut gemeint, aber letztlich wertlos, wie all die bescheuerten Floskeln bei den Beisetzungen, die den nun kinderlosen Müttern und Vätern darüber hinweghelfen sollten, dass sie den allerwertvollsten Menschen verloren hatten. *Tut mir leid, dass Ihnen das Herz aus der Brust gerissen wurde. Ich hoffe, Sie kommen darüber hinweg.* Ja, genau. Als ob Worte auch nur das Geringste gegen einen solchen Schmerz ausrichten könnten. Als ob ein gentechnikfreier Rührkuchen mit einem Haufen Schlagsahne und Erdbeeren vom Biobäcker oder ein Dutzend weiße Lilien den Verlust eines unendlich geliebten Menschen vergessen machen würden.

Ich erwidere Jakes Blick, bis ich es nicht mehr aushalte, weil es zu schwer, zu traurig ist.

Dann beiße ich mir auf die Unterlippe und starre auf die absplitternde Farbe an der Heubodenwand, damit er die Tränen in meinen Augen nicht sieht. Seine warmen Hände greifen nach der meinen, umfassen sie, heben sie an seine Lippen, und ich lasse es geschehen, lasse meine Finger in seinen ruhen und hoffe, dass dieses Sandkorn Hoffnung und Sicherheit und Verheißung sich in eine Perle verwandelt.

Ich sinke in seinen wartenden Arm, lege den Kopf an seine Schulter, lehne mich gegen seine Brust. Spüre, wie er mir einen Kuss aufs Haar drückt, fest und sanft, hart und weich zugleich. Typisch Jake eben. Und so bleiben wir sitzen, ganz nah beieinander, berühren uns so viel wie möglich, ohne die imaginäre Grenze zwischen *Vorübergehend* und *Für immer* zu überschreiten.

An diesem Abend schreibe ich zum ersten Mal seit einer gefühlten Ewigkeit wieder in mein Tagebuch.

Ich muss die Geschichte von damals abschließen. Die Geschichte von vorher.

Damit ich im Jetzt eine Zukunft habe.

52

Damals

Es klopfte zwei Mal.

Dann noch zwei Mal, lauter.

»Das waren vier«, sagte ich und öffnete die Tür. »Was willst du, Ty?«

Er musterte mein T-Shirt mit dem *Alice-im-Wunderland*-Aufdruck, das ich mir vor ein paar Jahren im Disneyland gekauft hatte. »Schönes Shirt.«

Früher hatte es mir mal bis zu den Knien gereicht, jetzt war es fast bauchfrei. Nach unserer Auseinandersetzung hatte ich nicht mehr mit nächtlichem Besuch gerechnet. Ich schlang die Arme um den Oberkörper, um mich zu bedecken, und erwiderte nervös: »Wie geht's, wie steht's?«

»Soll das eine Anspielung sein?«

Sofort wurden mein Tonfall und meine Haltung abweisender. Ich würde ihn auf keinen Fall in mein Zimmer lassen. Ich warf einen Blick auf die blau-weiße Vase auf meiner Kommode. Zur Not würde ich ihm die über den hübschen Schädel ziehen. »Nein, soll es nicht. Was willst du?«

»Mom und Dad sind nicht da.«

»Und?«

»Und da hab ich gedacht …« Er versuchte, sich an mir vorbeizuwinden, als wären wir zwei Tänzer.

Ich streckte den Arm aus, stemmte die Hand gegen das Holz des Türrahmens und versperrte ihm den Weg. »Das war kein Witz, Ty. Wir müssen diese … Sache vergessen und wieder wie normale Stiefgeschwister miteinander umgehen oder einfach gar nicht mehr miteinander reden. Ehrlich gesagt, wäre mir das sogar am liebsten.«

»Jetzt klingst du schon wie der Seelenklempner.«

»Ich mein's ernst, Ty.«

»Ich auch. Ich bin ernsthaft *geil.*«

Igitt. »Du bist widerlich. Hast du getrunken?« Ich beugte mich gerade so weit vor, dass ich seinen Atem riechen konnte. Salzbrezeln, kein Alkohol.

»Nein.«

»Drogen?«

»Hmmm …«

Ich verschränkte die Arme vor der Brust. »Was hast du eingeworfen?«

»Wieso sollte ich dir das verraten?«

Er war eindeutig high. Seine Pupillen waren geweitet und sein Körper wirkte ganz schlaff, als wäre er aus Knete. Notfalls könnte ich es mit ihm aufnehmen. Ich wollte zwar nicht, dass unsere Eltern Ty bei ihrer Rückkehr blutend inmitten von zerbrochenem italienischem Porzellan auf dem Teppich vorfänden, aber wenn er noch einen Schritt näher kam … »Letzte Warnung, Ty. Raus hier.«

Ich beäugte die Vase. Es würde bloß eine Sekunde dauern, sie zu packen und auf seinem Kopf zu zertrümmern. Es juckte mir sogar fast in den Fingern. *Na los, Ty, noch einen Schritt.*

Er beugte sich vor. Versuchte, mich zu küssen. Ich stieß ihn von mir und er fiel rückwärts gegen die Flurwand. Ich knallte meine Zimmertür zu und schloss ab.

Mit klopfendem Herzen schnappte ich mir mein Handy und rief Mom an.

»Ich fahre gerade in den Tunnel, Paige. Was ist los?«

Sie klang genervt. Als würde ich sie bei etwas Wichtigem stören. »Ach, n-nichts.«

»Was? Ich hör dich so schlecht. Die Verbindung bricht gleich ab.«

»Schon okay. Kommst du nach Hause?«

»Ja. Wenn der Verkehr nicht zu – Hast du sie noch alle, du Vollidiot? Ein Prius hat mich geschnitten. Da soll noch mal einer sagen, die BMW-Fahrer wären die Arschlöcher. Ich komme so schnell wie möglich, okay?«

»Okay, dann bis in einer Stunde oder so«, sagte ich mit zittriger Stimme.

Klick.

Ich ließ mich gegen die Wand sinken. Vielleicht würde Ty mich wenigstens so lange in Ruhe lassen, bis Mom zurück war. Vielleicht könnten wir uns später alle zusammensetzen und er –

Mein Handy vibrierte.

Du machst mich absichtlich an.

Scheiße. Er würde nicht aufhören. Und wenn er wollte, konnte er mein Schloss mit einer Haarnadel aufstochern. Das hatte ich selbst schon mal getan. Ich warf das Handy aufs Bett und schob die Kommode vor die Tür.

Du kannst nicht in so einem Aufzug die Tür aufmachen und dann erwarten, dass ich nicht scharf werde.

Ich weiß, dass du das liest.

Antworte mir.

Du wirst mir nie glauben, dass ich diesem Mädchen nichts getan habe, egal, wie oft ich es dir versichere. Du hältst mich für ein Monster. Sag's einfach. Sag, dass du mich hasst, und ich lasse dich in Ruhe. Für immer.

Er würde mir nicht zuhören.

Er würde mein Nein nie akzeptieren.

Ich dachte an seine schlabbrigen Küsse und die Bierfahne auf meinem Gesicht, während ich zitternd in meinem *Alice-im-Wunderland*-Shirt dastand, verdrängte alles Gute an ihm, alles, was ich einmal gemocht hatte.

Ich schrieb etwas, das ich in diesem Augenblick wirklich empfand. Drei Worte, die ich später bereuen würde, immer und immer und immer wieder in meinem Kopf hin und her wenden. Worte, die mich Nacht für Nacht heimsuchen. Worte wie das Kreischen eines herannahenden Zugs.

Ich hasse dich, tippte ich und drückte auf *Senden*.

53

Jetzt

Meine Zeit in Jackson neigt sich dem Ende, und ich hasse den Gedanken, aber der Sommer ist fast vorbei. Als Mom mir ein Rückflugticket nach San Francisco mailt, ignoriere ich es, doch Anna (die klugerweise in CC steht – cleverer Schachzug, Mom) druckt es aus und bringt es mir ins Zimmer. Ich stopfe es in eine Schublade wie einen Glückskekszettel, der drohende Verdammnis prophezeit.

Nach dem Treffen mit Jake auf dem Heuboden bin ich alles, was wir gesagt und getan haben, noch zigmal im Kopf durchgegangen. Und ich bin mir nicht über viel im Klaren, aber eins weiß ich: Ich bin noch nicht bereit zu gehen. Ich kann mir nicht vorstellen, die Ranch zu verlassen oder von hier wegzuziehen.

Als ich hier angekommen bin, hatte ich nichts, wofür es sich zu leben lohnte. Alles war taub, geschmacklos. Ich war am Ende. Ich war mir nicht einmal sicher, ob es die Mühe wert wäre, die zerborstenen Überreste meines Lebens zusammenzusetzen. Aber Jake und Anna und Dad, die waren sich sicher.

Gemeinsam haben wir die Scherben abgeschliffen, die Kanten geglättet.

Und mit einem Mal passte alles wieder zusammen.

Ich war so dankbar, meine eigene Heilung zu spüren.

Jedes Lächeln, jeder Sonnenuntergang, jeder Blick in diesen unglaublich blauen Himmel macht mich froh, am Leben zu sein. Und das habe ich allein ihnen zu verdanken.

Hier bei Dad zu sein, Jake kennenzulernen, sogar Annas scharfe Augen und ihre gesunden Mahlzeiten, die sie mir unerbittlich vorsetzt, bis ich sie gegessen habe –, das alles hat mich verändert.

Es abzustreiten, wäre sinnlos. Und um ehrlich zu sein, bin ich es leid, mich selbst zu belügen. Es klappt sowieso nicht. Ich habe Angst davor, abzureisen und mich meiner Mutter zu stellen. Dem Haus, aus dem ich geflohen bin. Den Geistern, die in meinem Zimmer auf mich warten.

Also verdränge ich das Rückflugticket, so gut ich kann, und konzentriere mich stattdessen auf die Zeit, die mir hier noch bleibt. Koste sie aus, denn wie alle vergänglichen, schönen, scheinbar unverdienten Momente – vom Wind zerstreute Fetzen eines größeren Ganzen – wird sie vergehen, egal, wie sehr ich mir das Gegenteil wünsche.

Drei Tage, bevor ich zurück nach Hause soll, um fürs College zu packen, ist Jackson völlig von den Festlichkeiten fürs Rodeo eingenommen.

Amerikanische Flaggen hängen vor jedem Geschäft. Die Rodeostadt gibt sich noch cowboyvernarrter als üblich, falls das überhaupt möglich ist. Hat man sich für eine der Wettkampfkategorien angemeldet, isst man in den meisten Restaurants zum halben Preis und wird quasi wie ein Promi behandelt. Als Anna und ich am Nachmittag ein Rodeokostüm für mich kaufen, kommen wir auch in diesen Genuss.

»Wenn das mal nicht Gus Masons Tochter ist! Zurück in Wyoming, um beim Freestyle abzuräumen, wie man hört«, begrüßt der Inhaber des Steakhauses uns am Eingang. Der süße Duft von über Holzkohle gegrilltem Fleisch schlägt uns entgegen und mir knurrt der Magen. »Na, wie fühlt es sich an, nach all der Zeit in der Großstadt wieder im Sattel zu sitzen, Kleine?«

Er legt mir einen kräftigen Bärenarm um die Schultern.

»Genau deswegen spare ich mir den gleich. Zu kompliziert«, antworte ich.

Er lacht und seine Augen funkeln wie ein Feuerwerk. Die Lautstärke seiner Stimme kann es auch mit einem aufnehmen.

»Ein echter Wildfang«, verkündet er für alle in Hörweite und darüber hinaus. »Ganz der Daddy.« Als er sich Anna zuwendet, wirkt sein ausdrucksvolles Gesicht plötzlich bekümmert. »Wie geht's dem alten Gus?«

»Er hält sich tapfer, Pete. Ist nicht leicht für ihn.«

»Kann ich mir vorstellen«, erwidert Pete so betreten, als hätte sie einen unliebsamen Präsidenten erwähnt, über den sie sich politisch uneins sind. »Er fehlt uns. Bring ihn bald mal wieder mit, okay?«

»Du kannst uns jederzeit besuchen. Du bist immer willkommen auf der Ranch und er würde sich sicher freuen.« Annas Tonfall ist klar und entschieden.

»Das haben Patty und ich schon länger fest vor, ehrlich, aber mit dem Geschäft und den Kindern und allem … du weißt ja, wie das ist.«

Pete schnappt sich zwei Speisekarten und führt uns zu einem Tisch am Fenster, ohne Anna noch einmal anzusehen.

»Danke«, sage ich und rutsche in die braune Kunststoffsitzecke. Die Luft zwischen Anna und diesem Typen könnte man mit einem der Steakmesser schneiden, die vor uns auf den rotweiß-blauen Papierservietten liegen. Kaum ist er weg, gucke ich Anna fragend an.

Sie seufzt. »Pete ist – war – einer der besten Freunde deines Daddys. Nachdem Gus die Diagnose bekommen hat, haben Pete und seine Frau Patty oft vorbeigeschaut, auf der Ranch ausgeholfen und mit uns zu Abend gegessen. Aber vor einem Jahr ungefähr, als Gus fast alle körperlichen Fähigkeiten eingebüßt hatte, sind die Besuche immer seltener geworden. Er sagt nichts dazu, aber ich weiß, dass es ihn verletzt.«

»Warum kommen sie nicht mehr?«

Doch ich kenne die Antwort bereits. Sie bringen es nicht fertig. Sie wollen den Tatsachen nicht ins Auge blicken. Ähnlich wie Mom vielleicht. Es ist schwierig, die Dinge zu akzeptieren, wie sie sind. Als würde man in einen blank polierten Spiegel gucken, wenn man jahrelang nur sein beschlagenes Bild gewohnt war.

»Man lernt eine Menge über die Leute, wenn einem so was zustößt. Pete zum Beispiel … Er ist ein toller Kerl, ein echter Cowboy vom alten Schlag, einer der ältesten und engsten Freunde deines Daddys, aber er kann seinen Anblick kaum ertragen.«

»War das bei Jake am Anfang auch so?«

»Natürlich nicht. Keine Sekunde. Das kannst du dir doch denken.«

Ich lächle. Ich kann nicht anders. »Er ist unglaublich.«

»Er ist ein Guter, so viel ist sicher.«

»Der Beste.«

Wir trinken einen Schluck und ich kämpfe gegen die überwältigenden Gefühle an, die mir die Kehle zuschnüren. Dann studieren wir die fleckigen Speisekarten. Als die Kellnerin an unseren Tisch kommt, bestelle ich einen gemischten Salat und ein halbes Vollkorn-Puten-Sandwich. Anna wählt Thunfisch mit Sprossen auf Pita und schaufelt drei Löffel Zucker in ihr großes Glas Eistee.

»Ich will nicht weg von hier, Anna«, platze ich unvermittelt heraus. »Kann ich nicht bleiben? Bitte. Bitte, bitte, bitte.« Ich habe ein Rückflugticket. Ich muss nach Hause, um fürs College zu packen. Aber ich muss es trotzdem versuchen. Ich will nicht weg und Anna ist meine einzige Hoffnung.

»Es ist die Ranch deines Daddys, Paige. Dein Zuhause. Du kannst so lange bleiben, wie du willst. Wenn du möchtest, auch für immer.«

Für immer.

Die Luft, die ich ängstlich angehalten hatte, entströmt meiner Lunge. Ich habe wieder Appetit. »Kannst du das meiner Mom sagen, wenn sie anruft?«

»Klar. Oder du sagst es ihr selbst. Du bist achtzehn und darfst nach dem Gesetz dieses Landes allein über dein Leben bestimmen.«

Anna. So klug und weise. Kein Wunder, dass Dad sich in sie verliebt hat. Ich darf bleiben. Die Entscheidung liegt bei mir.

Ich muss endlich nicht mehr vor den Geistern der Vergangenheit davonlaufen oder meiner Zukunft hinterherjagen, sondern kann einfach hierbleiben, in all dieser … Behaglichkeit. Das erscheint mir so logisch. Ich kann es kaum erwarten, nach Hause zu kommen und Jake davon zu erzählen.

Unsere Sandwiches werden serviert und wir essen schweigend. Zum Nachtisch bestellt Anna Eiscreme-Soda für uns beide, und wir übergießen unsere Vanilleeiskugeln mit schäumendem Root Beer. Anna erhebt ihr dickwandiges Glas und wir stoßen auf Scout und Daddy und die Eight Hands Ranch an, aber in Wirklichkeit trinke ich auf meine Zukunft. Auf ein mögliches *Für immer*.

»Ist das dein Ernst?«

Nach dem Essen spielen wir Modenschau und ich bin buchstäblich von Kopf bis Fuß in Silber gehüllt – ein silberner durchgeknöpfter Body mit silbernen Paillettensternchen auf den Schultern und silbernen Sternschnuppen auf Kragen, Ärmelaufschlägen und Rückenpartie steckt in einer silbernen, unten ausgestellten Reithose.

»Probier mal die Stiefel dazu«, ruft Anna, hellauf begeistert.

Ich stopfe die Schlaghose in die silbernen Cowboystiefel.

»Echt jetzt?«, frage ich noch einmal, während Anna an mir herumzupft. Ich drehe mich vorsichtig um die eigene Achse. In dem großen Garderobenspiegel sieht der Body einfach nur albern aus und fühlt sich auch so an.

»Perfekt«, verkündet Anna, leicht nuschelnd wegen der Stecknadeln zwischen den Lippen. »Dir soll beim Reiten ja nicht das Hemd aus der Hose rutschen.«

Ich ziehe an dem Body. »Der ist wie so ein Babyanzug.«

»Ein Strampler? Ja, stimmt. Sehr praktischer Schnitt.«

Ich stöhne. »Ich komme mir vor wie ein –«

»Cowgirl? Das sollst du auch.«

Mit zusammengekniffenen Augen mustere ich mein Spiegelbild. Ich will nicht in diesem Outfit auf Scout in die Arena reiten. Ich will damit nicht mal die Umkleide verlassen. Aber ich will Anna auch nicht enttäuschen.

»Ist das nicht ein bisschen …« Wie drücke ich das höflich aus? »Übertrieben?«

»Nö. Pinke Pailletten am Hutband oder ein Clown auf der Gürtelschnalle wären übertrieben, aber das hier ist ein klassischer Look. Geradlinig. Schlicht.«

Schlicht?! Ich sehe aus wie ein mit glitzernder Silberfarbe besprühter C-3PO. Aber da ich keine Ahnung vom Rodeo und der richtigen Wettkampfkleidung habe, halte ich mich wohl besser zurück. Es ist bloß ein Kostüm. Ich nehme an einem Turnier teil und will mir die optimalen Gewinnchancen sichern. Das ist wie beim Eiskunstlauf, das Outfit zählt mit. Okay. Ich betrachte es einfach als Spiel.

»Passt alles? Nicht, dass dir gleich am Anfang die Hose reißt.«

»Bloß nicht«, stöhne ich und ziehe den Bauch ein. Ehrlich gesagt, ist die Hose ganz schön eng, aber sie sitzt gut und das Material ist dehnbar. »Das meiste wird doch eh von den Chaps verdeckt.«

»Nur die Unterschenkel.«

Als ich auf die Preisschilder gucke, kriege ich fast einen Herzinfarkt. Der Body kostet 330 Dollar, die Hose 120. Die

Stiefel lagen mindestens bei 200 und wir haben noch nicht einmal nach einem (jede Wette: silbernen) Hut geschaut.

»Anna, das ist viel zu teuer.«

»Das ist ein normaler Preis. Wirklich. Wir … zahlen einfach mit Kreditkarte.«

Hitze kriecht mir den Hals hinauf, überzieht mein Gesicht. Ich kann sie nicht so viel Geld für etwas ausgeben lassen, das ich höchstwahrscheinlich vermasseln werde. »Ich bitte Mom, dass sie euch das Geld zurückzahlt.«

»Das ist lieb von dir, aber ich schätze mal, deine Mom wird von deinem Vorhaben nicht begeistert sein. Mach dir keine Sorgen deswegen. Wenn du gut aussiehst, wirst du dich auch gut fühlen.«

Ich weiß aus Erfahrung, dass das nicht stimmt. Ich habe schon oft gut ausgesehen, mich aber gefühlt wie Scouts Stallboden vor dem Ausmisten.

»Eine Jacke brauchen wir noch. Magst du lieber weißes, schwarzes oder rosafarbenes Leder?«

»Es gibt so was auch in Rosa?«

Anna kapituliert und hetzt mir eine Verkäuferin auf den Hals, die sagt: »Wir hätten Magenta da. Das ist dieses Jahr sehr beliebt.«

Die Magentajacke ist eng geschnitten und hat aufgestickte Schmetterlinge auf dem Rücken und den Ärmeln. Offenbar der letzte Schrei.

Die weiße Variante wirkt am wenigsten protzig und die Paillettenmuster passen zu meinem Strampler, also entscheide ich mich für die. Anna ist zufrieden und handelt einen guten Preis aus.

Wir verlassen das Geschäft mit unseren riesigen Einkaufstüten und ich bin so froh, endlich wieder in meinen Jeansshorts und dem Top zu stecken, dass ich wie auf Wolken schwebe … bis Anna mir verkündet, dass wir uns jetzt um meine Nägel kümmern.

»Was stimmt denn nicht mit meinen Nägeln?«

»Die Frage ist eher: Was stimmt mit ihnen?«

Ich betrachte meine kurz geschnittenen Fingernägel, unter denen zugegebenermaßen ein bisschen Dreck klebt. »Ziemlich viel?«

»Falsch. Komm mit.«

Sobald wir zurück auf der Ranch sind, rufe ich vom roten Festnetztelefon in der Küche aus Mom an.

»Mom?«

»Paige! Hast du das Rückflugticket bekommen? Du hast wieder nicht auf meine Anrufe reagiert. Und keine einzige Mail geschrieben … Ich hab mir Sorgen um dich gemacht.«

»Tut mir leid. Wie geht es dir so? Und Phil?«

»Den Umständen entsprechend.«

Selbst durch den Telefonhörer spüre ich das Gewicht ihrer Worte. »Hm.«

»Und wie geht es dir?«

»Gut. Wirklich.« Ich wickle mir das altmodische Telefonkabel um den Finger und starre eine besonders große Keksdose mit Erdbeermotiv auf der Küchentheke an. »Es war richtig, dass du mich hergeschickt hast. Ich fühle mich viel besser. Und ich … ich möchte hierbleiben.«

»Wie meinst du das?«

»Ich möchte hierbleiben und Dad und Anna auf der Ranch helfen.«

»Das geht nicht, Schatz. Du musst nach Hause kommen und deine Sachen fürs College packen.«

»Ich will das mit dem Studium verschieben. Um ein Semester oder so.«

»Verschieben? Auf keinen Fall.«

»*Doch*, Mom. Ich muss bei Dad bleiben. Es geht ihm schlecht. Ich will bei ihm bleiben. Ich will sie nicht allein lassen.«

Mom schweigt einen Moment. »Darüber reden wir, wenn du zu Hause bist, okay?«

»Nein. Dann sagst du eh nur Nein.« Ich fahre die großen Geschütze auf. »Ich bin achtzehn – du kannst mir gar nichts mehr vorschreiben.«

Sie seufzt. »Wenn du das wirklich willst, lasse ich es mir durch den Kopf gehen.«

»Echt?«

»Ja, echt. Ich liebe dich, Paige. Ich will nur, dass du glücklich bist.«

Wenn Glück doch bloß so leicht zu haben wäre wie diese Beteuerung.

Nach dem Telefonat erzähle ich Anna, dass ich vielleicht bleibe. Sie sagt, ich solle mit Dad darüber sprechen. Er hält gerade ein Nickerchen, also verschiebe ich das Gespräch auf später.

Jake ist draußen und trainiert mit Scout. Ich sehe ihm eine

Weile von der Veranda aus zu. Ich kann es kaum erwarten, ihm die Neuigkeiten zu überbringen. Das wird alles ändern.

Mir schlägt das Herz bis zum Hals, als ich auf den Pferch zugehe.

Jake schaut lächelnd auf. »Hey.«

»Hey.« Ich kann das übermütige Grinsen einfach nicht zurückhalten.

»Du siehst aus, als hättest du dich in der Stadt amüsiert.«

»Jep. Und ich muss dir gleich was erzählen. Was Gutes.«

»Das mag ich am liebsten.«

Ich kichere. »Was machst du?«

»Ich will Scout an ein anderes Gewicht als deins gewöhnen. Mit der Satteltasche voll Reis hier. Wie du dir vorstellen kannst, ist sie begeistert.«

Scout wirft die Tasche ab, bevor er sie überhaupt festzurren kann, und tritt dann so schnell und heftig aus, dass Jake sich wegducken muss, damit sie ihn nicht mitten ins Gesicht trifft.

»Deine Idee scheint ihr nicht sonderlich zu gefallen.«

Jake klaubt seinen Hut vom Boden und setzt ihn wieder auf. »Sieht ganz so aus. Willst *du* es mal probieren, du Rodeo-Ass?«

»Nein danke. Ich darf es mir vor dem Turnier nicht mit ihr verscherzen.«

»Stimmt auch wieder.«

Wir gehen zum Abendessen ins Haus. Ich denke an Pete und bin gespannt, ob Anna unsere Begegnung mit ihm wohl erwähnt, aber das tut sie nicht. Sie plaudert über dies und das, während sie Dad füttert und ihm ab und zu sanft das Kinn abwischt. Als ich Dad erzähle, was ich mit Mom besprochen habe, strahlt gerade die Abendsonne durchs Fenster.

»Ich würde gerne noch eine Weile auf der Ranch bleiben, Daddy. Wärst du damit einverstanden?«

Er schluckt den Rest seines grünen Gemüse-Protein-Smoothies hinunter und schreibt: *Noch ein paar Wochen? Absolut, Kleines. Das würde mich freuen.*

»Ich dachte sogar länger. Vielleicht ein ganzes Jahr.«

Jake mir gegenüber reißt die Augen auf.

Ich glaube nicht, dass das eine gute Idee ist, mein Schatz. Den Sommer über, ja. Danach musst du aufs College.

»Aber ich möchte hier bei dir sein.«

Darüber können wir am Ende des Sommers noch mal reden. Bis dahin lass uns bitte den ursprünglichen Plan beibehalten. Du bist doch mein kleines Mädchen, Paige. Man lässt sich so leicht ablenken und entgleist. Ich will, dass du in der Spur bleibst.

Entgleisen. In der Spur bleiben.

Die Ironie seiner Wortwahl entgeht mir nicht, auch wenn ihm die Doppeldeutigkeit sicher nicht bewusst ist. Ich bin noch nicht bereit, in die normale Gesellschaft zurückzukehren. Der Gedanke ans College, an Kurse und fremde Menschen lässt mir das Blut in den Adern stocken. Aber ich merke Dads Worten an, dass ich hier vorerst nichts erreiche. Ich werde das Thema später noch mal ansprechen. So habe ich immerhin ein paar Wochen mehr. Ich habe Scout, ich habe Jake und ich habe die Ranch. Ich bin in Sicherheit.

Wie läuft das Training mit Scout?

»Gut. Sie ist ein Schlitzohr.«

Genau wie ihre Reiterin. ☺

Ich muss lachen. Dad tippt weiter.

Erinnerst du dich, wie du als Kind am Rodeo teilgenommen hast? Du solltest einem Kalb die Beine zusammenbinden und konntest es nicht. Du hast es ständig wieder befreit. Da warst du vielleicht sechs oder sieben.

»Oh Gott«, stöhne ich. »Das hab ich total vergessen. Bestimmt mit Absicht.«

Du hattest eben schon immer ein großes Herz. Das hast du auch heute noch. Die Menschen mit den größten Herzen leiden am meisten, wenn etwas Schlimmes passiert. Aber …

»Was?«

Wenn solche Herzen heilen, werden sie stärker denn je.

Ich erwidere nichts. Jedenfalls nicht mit Worten. Ich beuge mich vor und küsse ihn auf die Wange, schmiege die Nase an seine weiche Haut, die kratzigen Bartstoppeln. Als ich aufschaue, lächelt Jake mich an. Er weiß nicht, was Dad geschrieben hat, aber das ist egal. In diesem Augenblick erlaube ich mir einen Funken Hoffnung.

54

Damals

Ich rede mir aus den unterschiedlichsten Gründen gerne ein, dass meine Mutter nicht Bescheid wusste. Dass sie das mit Ty und mir nie herausgefunden hat. Aber das ist eine Lüge.

Sie wollten spät nach Hause kommen. Das hatten sie jedenfalls gesagt.

Die Sache zwischen ihm und mir war ganz frisch und wir schauten Filme im Wohnzimmer – einen Marathon mit alten, schlüpfrigen Klassikern aus den Achtzigern wie *Lockere Geschäfte* oder *Porky's*. Ty war entsetzt, dass ich die noch nicht kannte. Offensichtlich hatte er als Schlüsselkind allen möglichen Mist geguckt, während seine Eltern bei der Arbeit waren. Seit wir nach Kalifornien gezogen waren, hatte Mom immer darauf geachtet, dass ich mit etwas Sinnvollem beschäftigt war: Ich konnte ziemlich gut eislaufen, Französisch sprechen und Wasserball spielen, war im Schwimmteam und im Gymnastikkurs … es gab praktisch nichts, was ich nicht mal gemacht hatte.

»Oh mein Gott, wie eklig!«, rief ich, als ich zwischen den

Fingern hindurch beobachtete, wie ein Typ seinen Penis durch ein Loch in der Wand der Mädchenumkleide steckte.

»Du musst hinschauen! Guck dir mal an, wie groß das Teil ist.« Gackernd warf Ty ein Kissen nach dem Fernseher. »So was wird heute gar nicht mehr gedreht. Das würde nie 'ne Jugendfreigabe kriegen.«

»*Shades of Porky's*?«, bemerkte ich trocken.

»Genau.« Er rutschte näher zu mir und legte mir den Arm um die Schultern. »Den sollten wir uns mal ausleihen und alle zusammen gucken.«

»Machst du Witze?«

»Wieso? Wir könnten einen richtigen Familienabend draus machen: du, ich, Phil, Carol.«

»Igitt. Du bist echt krank.«

»Ich weiß. Das liebst du doch so an mir.«

Dann knutschten wir rum, denn darauf lief es damals immer hinaus.

Ty schaute Filme am liebsten in voller Lautstärke und mit Surroundsound. Kein Wunder also, dass wir die Tür und auch die klackernden Stilettos nicht hörten, bis es zu spät war.

»Was zum Teufel treibt ihr zwei da vor ...?« Mom verstummte, denn sie sah ja, was wir da vor dem Fernseher trieben, und die Antwort lautete nicht fernsehen.

Ich wich zurück und stieß Ty von mir, hechtete ans andere Ende des Sofas und starrte den Fernsehschirm an, auf dem gerade ein Pärchen in einer Sauna rummachte, als wäre das die fesselndste Sache der Welt.

»Müssen wir etwa ein Kindermädchen für euch einstellen?« Mom bemühte sich um einen lässigen Tonfall, aber ich hörte die Kälte in ihrer Stimme und die jagte mir einen eisigen Schauer über den Rücken.

»Nein, Ma'am«, erwiderte Ty und salutierte. »Alles unter Kontrolle. Sorry, dass ich Paige diesen Achtziger-Jahre-Pornos ausgesetzt habe. Wir schalten sofort auf was Altersgerechteres um.« Er richtete die Fernbedienung auf den Fernseher und wechselte zu BBC News, wo ein fremdes Land die Einwohner eines anderen fremden Lands abschlachtete. Ich zählte die Opfer mit.

»Wenn man solchen Müll guckt, kann auch nur Müll rauskommen«, bemerkte Mom spitz.

»Sehr richtig«, stimmte Ty ihr zu. »Ab jetzt bemühen wir uns um nützlichen Kompost.«

Mom lachte schrill und falsch. Verglichen mit ihrem Das-ist-kein-bisschen-lustig-Lachen war das hysterische Gekreische der meisten anderen Frauen ein Witz. Mir wäre es lieber gewesen, sie hätte uns angeschrien. Uns Hausarrest verpasst, gedroht … irgendwas.

»Würdest du das bitte ausmachen, Tyler? Genau deswegen lese ich die Nachrichten immer online.«

»Aber gern, Ma'am.« Er salutierte noch einmal.

Wie konnte er bloß so gelassen bleiben? Hatte er keine Angst, dass meine Mom alles seinem Dad erzählen und unser Zuhause sich in ein elektronikfreies Straflager verwandeln würde? Dass wir ab jetzt direkt nach der Schule heimkommen müssten oder, noch schlimmer, für den Rest unseres Lebens getrennt würden?

»Paige?«

Ich drehte mich nicht zu ihr um. »Ja?«

»Schau mich an, wenn ich mit dir rede.«

Ich wandte den Kopf. Sobald unsere Blicke sich trafen, verengten sich ihre Augen zu Schlitzen. Ihre Nasenflügel bebten. Oh, sie war eindeutig sauer. Sie wollte nur nicht, dass wir mitkriegten, wie sich ihr der Kunstpelz sträubte.

Ich war schon halb aufgestanden, weil ich mit so etwas wie *Wir unterhalten uns in der Küche weiter* rechnete, doch stattdessen meinte sie nur: »Bleib nicht zu lange auf.«

Ich ließ mich zurück auf die Kissen sinken, verwirrt und – was vielleicht komisch klingt – fast enttäuscht. Mehr hatte sie dazu nicht zu sagen? Ich hatte immerhin mit meinem Stiefbruder geknutscht, ihrem Stiefsohn, dem Sohn ihres Ehemanns, auf *ihrem* Sofa.

»Okay.«

Ty schaltete um auf *Eine Frage der Ehre*, einen Film aus den Neunzigern mit Tom Cruise als softballspielendem Anwalt, der Jack Nicholson dazu bringt, ein wichtiges Geheimnis zu offenbaren.

»Sie wollen die Wahrheit? Sie können die Wahrheit doch gar nicht vertragen!«, platzte Ty in bester Jack-Nicholson-Manier hervor und warf uns einen vollkommen unschuldigen Blick über die Schulter zu. »Was, zu früh?«

Aus dem Augenwinkel sah ich Mom zusammenzucken. Ich konnte ihre Gedanken förmlich hören. *Lohnt es sich wirklich, das mit ihnen auszudiskutieren? Soll ich dieses Fass aufmachen und Phil da mit reinziehen?* Das würde alles verkomplizieren. Die Selbstmorde waren schlimm genug gewesen, aber das hier könnte ihrem perfekten Leben ein jähes Ende bereiten. Nach all den Jahren, in denen es nur uns beide gegeben und Mom sich in einer von Männern dominierten Welt (ihre Worte) hochgearbeitet und CEOs und Wagniskapitalgeber gedatet hatte. Mit dem süßen Phil hatte sie sich endlich ein behagliches Nest gebaut. Phil, mit dem sie Golf spielte und den sie auf Wohltätigkeitsempfängen an ihrem Arm vorführte. Phil, der so positiv und umgänglich war, ihr bester Freund (ebenfalls ihre Worte). Sie würde niemals riskieren, Phil zu verlieren – selbst wenn das bedeutete, dass sie mir nach einem kolossalen Fehltritt nicht auf den rechten Weg zurückhalf.

Also ignorierte sie Tys Seitenhieb und sagte nur: »Den Film mochte ich schon immer. Demi Moore sieht einfach toll aus mit kurzen Haaren.«

»Total«, bekräftigte Ty. »Willst du mitgucken?«

»Nein danke, Tyler. Dein Vater hat Kopfschmerzen. Deshalb sind wir auch früher als geplant zurück.« Sie schaute mich scharf an. »Ich glaube, ich gehe ins Bett. Gute Nacht, Kinder.«

»Gute Nacht, Carol«, flötete Ty.

Wie hatte er wissen können, dass sie nichts unternehmen würde? Er balancierte am Abgrund, das war sein Leben. Das fand er aufregend. Ich nicht. Ich war nicht einmal sicher, ob ich es bis in unser gemeinsames Badezimmer schaffen würde, bevor ich kotzen musste.

55

Jetzt

Ob die Sonne sich gerade in den Himmel erhebt oder hinter den Bergen versinkt, das Training mit Scout und Jake ist die beste Zeit meines Tages.

Dad und Anna schauen sich unsere letzte Trainingseinheit vor dem Rodeo von der Veranda aus an. Jakes kraftvolle Gesten. Scout, die auf die Kommandos meiner Stimme und den Druck meiner Schenkel reagiert, während ihr der Schweiß vom Hals perlt. Wie üblich besteht das Training aus einer Reihe von Misserfolgen und Höhepunkten. Jake, der unter dem rosa-blauen Himmel auf einem Heuhalm kaut, meinen Blick sucht und mich auf den geflügelten Schatten eines Adlers auf dem Boden aufmerksam macht. Annas Hand auf Dads Bein. Sie lächelt und ich vermute, dass auch er innerlich lächelt, obwohl man es seinem Mund nicht ansieht.

Ich gehe in diesem Moment auf, nehme jeden einzelnen meiner Herzschläge wahr, denn das hier ist es – aus solchen Erfahrungen entstehen all die Klischees à la *Carpe diem* oder *YOLO*, die ich jetzt wirklich nachvollziehen kann. Dieses Gefühl ist real und ich kämpfe mit aller Macht darum, es nicht zu verlieren, trotz der nagenden Schuld in meinem Hinterkopf, die immerzu auf ihre Chance lauert. Ich bin kurz davor zu glauben, dass ich Jake die Wahrheit erzählen kann und Anna und meinem Dad, dass sie mich trotzdem lieben werden. Dass sie trotzdem noch wollen, dass ich bleibe.

Alles andere hieße, sich zu verstecken – vor der Vergangenheit, meinen Fehlern, der Wahrheit – und es fühlt sich nicht richtig an hierzubleiben, solange ich eine Lüge lebe. Ich kann nicht bleiben, solange sie nicht die ganze Geschichte kennen. Und das tun sie nicht. Aber das müssen sie.

»Du siehst toll aus da oben«, sagt Jake, nachdem Scout und ich unsere Kür vorgeführt haben. Die Musik, die aus seinem kleinen Lautsprecher oben auf dem Zaun des Pferchs schallt, nähert sich ihren wunderschönen Schlussakkorden, und alles ist so dramatisch und motivierend und hoffnungsvoll, dass ich fast überzeugt bin, es schaffen zu können.

»Findest du?«, frage ich.

Er nickt anerkennend. »Klar.«

Er meint es ernst. Jake sagt nichts, was er nicht auch so meint.

»Scout ist bereit.« Er klopft ihr den feuchten Hals. »Du hattest recht mit ihr. Ihr zwei seid ein tolles Team.«

Ich werde es tun. Nach dem Rodeo werde ich ihm die Wahrheit sagen. Ich schlucke die letzten Zweifel hinunter, schwinge das Bein über Scouts Rücken und springe in Jakes Arme. Er dreht sich einmal mit mir im Kreis, bevor er mich an seinem Körper entlang zu Boden gleiten lässt, und ich drücke ihm einen schnellen Kuss auf die Wange.

»Wofür war *der* denn?« Er schaut mich an, fragend und freudig überrascht.

»Dafür.« Ich umarme ihn fest. »Egal, was beim Turnier passiert«, flüstere ich ihm ins Ohr. »Danke, Jake.«

»Du musst mir nicht ständig danken.«

»Ich weiß.«

Zwei Tage später habe ich wieder den verrückten Silberbody und die silberne Schlaghose in den silbernen Cowboystiefeln an.

Auf meine frisch manikürten Nägel ist die amerikanische Flagge gepinselt (kein Scherz!) und ich bin herausgeputzt wie eine Kandidatin bei der Misswahl. Meine Haare sind aufgedreht und zurechtgeföhnt und ich trage mehr Foundation als damals beim Schulmusical, knallroten Lippenstift und so viel Mascara, dass ich kaum die Lider heben kann.

Ich fühle mich total verkleidet, aber das ist schon okay. Im Kopf gehe ich immer wieder meine Kür durch und im Herzen die Worte, die ich später zu Jake sagen will. Um ihm von Ty zu erzählen und von allem anderen. Gegen diese Aussicht ist das Rodeo doch ein Klacks. Da spiele ich bloß eine Rolle, will einen Preis gewinnen. Das zwischen Jake und mir ist nicht nur Fassade, das bin ich selbst. Bittere Wahrheit und blindes Vertrauen.

Aber erst einmal muss ich den Wettkampf überstehen.

Als Jake durch die Tür kommt und mich sieht, bleibt er wie angewurzelt stehen und pfeift durch die Zähne.

Ich zupfe verlegen am Saum meiner Lederjacke. »Komisch, oder?«

Er mustert mich anerkennend von oben bis unten. »Komisch würde ich das nicht nennen.«

Hitze kriecht mir in die Wangen. Ich gehe auf ihn zu und boxe ihm in den Arm.

Er hebt die Augenbrauen und ein Lächeln umspielt seine Lippen. »Wofür war *das* denn? Hast du erwartet, dass es mich kaltlässt, wenn du in so einem Aufzug um die Ecke spazierst?«

»Keine Ahnung«, murmle ich. »Ich hatte vergessen, dass du so auf dieses Cowgirl-Ding abfährst.«

Er nickt. »Das kann man wohl sagen.«

»Oh Gott, lass es uns einfach schnell hinter uns bringen. Ich muss mir nachher wahrscheinlich das Lösemittel aus deiner Werkzeugkiste borgen, um das ganze Make-up wieder abzukriegen.«

Grinsend lässt er eine meiner Locken springen. »Süß.«

Ich stöhne, freue mich aber über das Kompliment. Ich greife nach seiner Hand und will ihn in Richtung Van ziehen, wo Dad und Anna schon auf uns warten, doch er stößt die Haustür zu und versperrt mir den Weg, sodass wir allein im dunklen Flur stehen. Das erinnert mich an Ty und plötzlich habe ich Angst, aber Jakes Blick ist begehrlich und zugleich bewundernd, und ich weiß, dass er mir niemals wehtun würde.

»Ich muss dir noch was sagen.«

»Was denn?«

»Mach deine harte Arbeit da draußen nicht zunichte.«

Ich lache und fühle mich wieder leicht. »Wie damals, als ich das Kalb losgebunden habe? Wusstest du das noch oder hat Dad dich daran erinnert?«

»Erinnert? Wie könnte ich das je vergessen? Das ist eine Mason-Familienlegende.«

»Wie peinlich!«

»Quatsch. Das war verdammt niedlich.« Er drückt mir liebevoll den Arm. »Aber wenn du heute da rausgehst, lass dich nicht von deinen Gefühlen überwältigen. Die Zuschauer, die anderen Teilnehmer – lass dich von ihnen nicht ablenken. Da draußen gibt es nur dich und Scout, okay?«

Ich nicke. »Okay.« *Und später gibt es nur dich und mich, Jake. Und das will ich genauso wenig versauen. Ich* darf *es nicht versauen.*

»Hals- und Beinbruch, Cowgirl.«

Er küsst mich mitten auf den Mund und lässt mich blinzelnd und mit klopfendem Herzen im Flur stehen, während er hinaus in den Sonnenschein schlüpft.

56

Jake hatte recht, was die Zuschauer betrifft. Sie einschüchternd zu nennen, wäre eine Untertreibung. Ich denke an das Xanax, das ich für den Notfall eingesteckt habe, und frage mich, ob ich es wohl brauche. Ich hätte die Packung schon mehrmals fast weggeworfen. Ich wollte das Zeug zu Hause nie nehmen, aber wenn es sein muss, werde ich es tun.

Ich umarme Anna und gebe Dad einen Kuss auf die Wange. Als sie mir viel Glück wünschen, werde ich noch nervöser, denn ich weiß, was mein Sieg für sie bedeuten könnte, für die Ranch, für unsere Schulden wegen Dads Medikamenten und Arztrechnungen. Jake begleitet mich zum Bereich hinter der Arena, wo die Teilnehmer warten. Die meisten Cowboys sitzen auf langen Holzbänken und spucken in Konservenbüchsen. Einige laufen auf und ab und schwingen ihre Lassos durch die Luft. Die jüngeren sind eher still, wie das bei nervösen Jungs so ist.

»Alles in Ordnung?«, fragt Jake, als wir eine ruhige Ecke gefunden haben.

»Ja.«

Aber das stimmt nicht.

Meine Lederjacke fühlt sich an wie die Dolly-Parton-Version einer Zwangsjacke und meine Hose rutscht mir ständig in den Hintern. Plötzlich juckt mir auch noch die Fußsohle.

»Dann zieh den Stiefel aus und kratz dich«, meint Jake.

»Hier?«

Eine Schar Frauen in Paillettenoutfits und Dreihundert-Dollar-Hüten kommt vorbei und wirft uns unter überschminkten Wimpern fiese Zickenblicke zu.

»Wo sonst?«

»Ach, schon okay.« Ich spüre, wie sich die Röte auf meinem Hals ausbreitet. Ich will in Gegenwart dieser alten Hasen auf keinen Fall unprofessionell wirken.

»Jetzt komm, du willst doch nicht mit juckenden Füßen auf Scout steigen. Am Ende überträgt es sich auf sie, sie kriegt kribbelige Hufe und alles geht schief.«

Ich schüttle den Kopf, aber Jakes unerschütterliches Vertrauen in mich bringt mich zum Lachen. »Na gut.«

Auf seine übliche praktische Art macht Jake einen Plastikstuhl aus, schenkt den Damen, die ihn als Ablage für ihre Handtaschen benutzen, ein unwiderstehliches Lächeln und hebt ihn über den Kopf. Dann trägt er ihn zu mir herüber, stellt ihn neben mir ab und bedeutet mir, mich zu setzen, ehe er sich vor mich hockt … und mir den Stiefel auszieht.

Er umfasst meinen Fuß, kratzt mir die Sohle und massiert sie sacht mit dem Daumen. Ich versuche gar nicht erst, mein Seufzen zu unterdrücken, bin allerdings sehr dankbar, dass das langärmlige Kostüm wenigstens meine Gänsehaut verbirgt.

»Jake.« Meine Wangen glühen. Trotzdem muss ich wie verrückt grinsen.

»Was? Wir können dich doch nicht total gestresst da rausschicken, oder?«

Wir.

Er massiert weiter. Die fiesen Cowgirls funkeln zu uns herüber.

Was mir nicht entgeht. Und das wiederum entgeht Jake nicht.

»Beachte sie gar nicht.«

Stirnrunzelnd beuge ich mich vor, schlüpfe wieder in den Stiefel.

»Wer sind die?«

Er zuckt mit den Achseln. »Bloß irgendwelche Mädels.«

»Kennst du sie?«

Erneutes Achselzucken. »Diese Stadt hat nur ein paar Tausend Einwohner. Und ich hab mein gesamtes bisheriges Leben hier verbracht.«

»Also kennst du sie.«

Er steht auf, streckt sich. »Beachte sie nicht, Paige. Die gucken bloß so, weil man hier selten ein neues Gesicht sieht. Eins, das keinem Touristen gehört. Und das heraussticht.«

»Ich steche also heraus, ja?«

Er grinst vielsagend. »Eindeutig.«

Ich zupfe an den Fransen meiner Hose herum. »Dieses Outfit ist zu hundert Prozent Annas Schuld.«

»Das meine ich nicht. Du siehst fantastisch aus. Es liegt eher daran, dass du aus der Großstadt kommst. Viele junge Leute hier träumen davon, nach Kalifornien zu gehen. Sie stellen es sich vor wie im Fernsehen – du weißt schon, nur Bikinis und schnelle Autos. Die glauben, dass du *so* eine Art von Mädchen bist. Und jetzt tauchst du hier auf und willst ihnen auch noch ihre Rodeopreise wegschnappen und vielleicht sogar ihre …«

»Ihre Cowboys?«, ergänze ich und wünschte im selben Moment, ich könnte es zurücknehmen, doch Jake strahlt bis über beide Ohren.

»Vielleicht sogar ihre Cowboys, ja. Also mach dich auf noch ein paar böse Blicke gefasst, aber kümmere dich nicht weiter drum.«

»Ich versuch's.«

»Gut. Die meisten nehmen sowieso am Rindertrennen teil. Das ist die traditionelle Frauenkategorie. Natürlich haben alle von Stacy Westfalls Technik gehört, aber bis jetzt hat sich noch keine an so was rangetraut.«

»Ich will niemandem auf die Füße treten.«

»Das tust du auch nicht. Los, gehen wir.«

Jake greift nach meiner Hand und zieht mich zu einem Tisch mit Snacks, wo ich mir einen Bagel und eine Tasse koffeinfreien Kaffee hole. Die restliche Wartezeit verbringen wir damit, die Cowboys und Cowgirls zu beobachten, die sich unter donnerndem Applaus beim Treiben von Rindern, Pferden und Kälbern verausgaben. Aus den Boxen schallen ohrenbetäubende Countrymusik und die lautstarke Stimme des Kommentators, die man vermutlich bis nach Palo Alto hört. Ich bin so aufgeregt, dass der trockene Bagel wie Sägemehl schmeckt. Der Kaffee ist lau und bitter und ich wippe wie verrückt mit dem Bein, bis Jake mir beruhigend die Hand auf den Schenkel legt.

»Jetzt sind wir dran«, sagt er schließlich. »Bereit?«

»Besser wird's nicht.«

Er gibt mir einen raschen Kuss auf die Wange, was die Rodeomädels hinter ihm noch giftiger funkeln lässt. Ich meide ihre Blicke, während wir den Raum durchqueren und den Tunnel betreten, der vom Aufenthaltsbereich zum offenen Stadion führt. Scout wartet bereits hufescharrend auf mich. Sie wirkt genauso nervös wie ich. Als Jake nach ihrem Seil fasst, wirft sie den Kopf herum. »Ist ja gut, mein Mädchen.« Ich klopfe ihr auf den Hals. »Das wird kurz und schmerzlos. Mach einfach, was wir zu Hause auf der Ranch geübt haben«, flüstere ich besänftigend. Dann beginnt der Sprecher seine Ansage.

»Und mit der Startnummer neunzehn aus Jackson Hole, Wyoming: Paige Mason, Tochter von Lokallegende und Rodeochampion Augustus ›Gus‹ Mason. Sie ist nach längerer Abwesenheit zurück auf der Eight Hands Ranch und wir freuen uns, sie erneut beim Jackson Hole Rodeo begrüßen zu dürfen, dieses Mal in der anspruchsvollen Kategorie *Freestyle ohne Zaumzeug*. Paige möchte diesen Ritt ihrem Vater und Vorbild widmen, der …« Dem Moderator droht die Stimme zu versagen, als er meine Widmung vorliest. »Der ihr beigebracht hat, niemals aufzugeben.«

Ich starre auf Scouts samtigen Nacken.

Nicht heulen.

Nicht heulen.

Nicht heulen.

Ich atme tief ein, um meine Gefühle unter Kontrolle zu bekommen. *Konzentrier dich auf den Ritt.*

Ich hatte erst überlegt, zu *Live Like You Were Dying* zu reiten, einem herzzerreißenden Song, zu dem auch Stacy Westfall einmal für ihren Vater geritten ist. Aber das hätte ich nie geschafft. Es hätte mich fertiggemacht. Also habe ich etwas Optimistisches und doch Gefühlvolles gewählt. Etwas, das Dad zum Lächeln und nicht zum Weinen bringen würde: *Mamas, Don't Let Your Babies Grow Up to Be Cowboys.* Das hat er mir oft vorgesungen, als ich noch klein war, dazu auf seiner alten Akustikgitarre herumgezupft, das Wort *Cowboys* durch *Cowgirls* ersetzt und zwischendurch meine Mom durchs Zimmer gewirbelt. Sie hat gelacht und versucht, ihm zu entwischen, und ich habe gekichert und »Mehr, mehr!« gerufen.

Da Scout keinen Sattel trägt, gibt es auch keine Steigbügel. Jake macht eine Räuberleiter für mich. »Du schaffst das«, sagt er.

Ich lächle nervös. »Hoffentlich.«

»Ganz sicher.«

Ich hebe den Blick, und als die Musik einsetzt, entdecke ich Anna und Dad in dem Meer aus fremden Gesichtern. Anna winkt für zwei. Ein sanfter Druck meiner Schenkel treibt Scout ins Zentrum des Rodeorings. Ich lasse sie seitwärts gehen, erst nach links, dann nach rechts. Sie bewegt sich mühelos und flüssig und genau wie Stacy vollführen wir als Nächstes eine Drehung.

Die Menge tobt. Ich vergrabe die Hände in Scouts Mähne, kämme mit den Fingern hindurch. Wir durchqueren die Arena, erst im Schritt, dann im Trab. Als Scouts Tempo sich zu einem geschmeidigen Galopp steigert, klammere ich mich fester an sie. Heißer Wind weht mir durchs Haar, der Hut fliegt mir vom Kopf und ich versuche lachend und vergeblich, ihn aufzufangen. Die Zuschauer drehen völlig durch.

Wir fliegen durch das staubige Rund, bis ich nicht mehr

weiß, wo ich aufhöre und Scout anfängt. Ich lehne mich zurück und sie hält abrupt an. Das Publikum bricht in tumultartigen Beifall aus.

Mein Lied schallt durch das Stadion. *They never stay home and they're always alone …* Es ist belebend und erhebend und nostalgisch. Ich drücke Scout sanft in die Seiten und sie trabt wieder los, beschleunigt, galoppiert.

Don't let them play guitars and drive old trucks, make them be doctors and lawyers and stuff …

Die Zuschauer singen mit, während wir vorüberjagen.

Bei der vertrauten Melodie aus den riesigen Lautsprechern bekomme ich am ganzen Körper Gänsehaut. Ein kurzer Stupser bringt Scout augenblicklich zum Stehen. Staub wirbelt um uns herum und ich warte, bis der Applaus verebbt, bevor ich sie rückwärts manövriere. Sie geht zehn Schritte, dann stürzt sie wieder vorwärts, wirft sich in einen wilden Galopp. Schließlich wird die Musik leiser und wir halten an. Ich wage nicht, mich wie Stacy Westfall zum Abschluss auf ihren Rücken zu stellen. Sie würde mich abwerfen. Sie ist ein gutes Mädchen, keine Frage, aber keine verdammte Heilige.

Dafür gelingt uns ein anderer kleiner Trick, den wir einstudiert haben. Nicht einmal Jake hat ihn bisher gesehen. Ich lasse mich auf die Knie fallen und Scout neben mir beugt die Vorderbeine und verneigt sich leicht. Ich renne in die Mitte der Arena, hebe meinen Hut auf und schleudere ihn in die begeisterte Menge.

Die Leute rasten aus, johlen und stampfen und klatschen.

Die metallische Kommentatorenstimme verkündet dröhnend: »Ein wahrer Teufelsritt von Paige und ihrer Scout! Vielleicht erinnern sich einige von euch nicht mehr an Paiges letzten Auftritt vor zehn Jahren – sagen wir mal so: Das war eine eindeutige Steigerung.« Die Zuschauer lachen, weil sie sich offenbar alle noch ziemlich gut an diese verfluchte Kälbergeschichte erinnern. »Wir sind stolz auf dich, Paige Mason. Willkommen zurück in Jackson Hole, Cowgirl.«

Dieses Mal dürfen die Tränen fließen. Ich halte sie nicht auf.

57

»Yippie-ya-yeah!« Jake stürmt in den Tunnel, hebt mich hoch und wirbelt mich durch die Luft. Dann küsst er mich, sanft und fest und perfekt, vor aller Augen. »Wie war's?« Er umfasst mein Gesicht und schaut mich aufgeregt an. »Du warst großartig da draußen! Einfach großartig.«

»Es war unbeschreiblich. Total unwirklich. Setz irgendein beliebiges Adjektiv ein.« Ich lächle und weine, vollkommen erschöpft und überdreht, alles gleichzeitig. Als ein Mädchen mir Scout abnehmen will, möchte ich sie gar nicht hergeben.

»Lass sie. Ihr geht's gut«, sagt Jake.

Ich schmiege das Gesicht an ihren Hals. »Du hast es geschafft, meine Schöne. Ich wusste, dass du es kannst.«

Sie schüttelt die Mähne und sieht mich an, als wollte sie sagen: *Als hätte ich eine Wahl gehabt … aber ja, ich hab's geschafft.* Dann stupst sie auffordernd gegen meine Schulter und ich lache. »Ich bringe dir nachher deine Belohnung, versprochen.«

Das Mädchen führt Scout zu ihrer Box und ich drehe mich wieder zu Jake. Sein Grinsen ist so breit, dass es fast sein Gesicht sprengt.

»Unglaublich!« Er schlägt sich mit der Faust auf den Oberschenkel. »Hast du die Leute gehört? Die sind ausgerastet! Los, komm, schauen wir nach deiner Wertung.«

Er zieht mich in die Arena zurück und wir sehen zur Punktetafel. Er lässt meine Hand nicht los, während er schnell und stürmisch auf mich einredet. Wir waren die letzten Teilnehmer, der Wettkampf ist vorbei.

»Stacy Westfall ist ein Genie, aber sie benutzt Sporen. Du hast das alles nur durch deine besondere Verbindung zu Scout geschafft. Weißt du eigentlich, wie selten so was ist? Verdammt!« Er haut sich noch einmal aufs Bein.

»Wenn du so weitermachst, tust du dir ernsthaft weh«, necke ich, lehne mich an seine Schulter und schlinge ihm den Arm um die Hüfte, während ich mir die Tränen der Anspannung und Erleichterung aus dem Gesicht wische.

Ich habe es geschafft. *Wir* haben es geschafft. Jake und Scout und ich.

Jake wuschelt mir durchs Haar. Drückt meine schwitzige Hand. Läuft nervös auf und ab, während wir auf das Ergebnis warten.

Endlich knacken die Lautsprecher und eine metallische Stimme verkündet: »Zweihundertsechzehn Punkte für Paige auf Scout.«

»Das heißt …« Jake berechnet im Kopf die Platzierung, die sich wie bei den Olympischen Spielen auf mir unverständliche Weise aus verschiedenen Einzelfaktoren ergibt. »Zweiter, nein, dritter Platz. Der dritte Platz!«

Mein Herz wird bleischwer und meine Knie geben fast nach.

Der dritte Platz.

Das sind nur zehntausend Dollar.

Das reicht nicht. Nicht, um die Ranch zu retten.

Also war alles umsonst.

»Nein, nein, nein. Guck nicht so. Der dritte Platz ist großartig! Jetzt komm schon, Paige.«

»Es reicht nicht, Jake.«

Er umfasst wieder mein Gesicht, schaut mir mit seinen blauen Augen geradewegs in die Seele. Zwingt mich, bei ihm zu bleiben. Glücklich zu bleiben.

»Hör mir zu: Du warst toll. Nein, du warst fantastisch. Der dritte Platz ist der *Hammer*!«

Ich weiche seinem Blick aus, versuche, den Kloß in meinem Hals hinunterzuschlucken, der so groß ist wie die Tetons. Gucke in die Zuschauerränge und sehe Anna klatschen. Dad sitzt reglos wie immer neben ihr. Ich schließe die Augen, beschwöre ihn, sich zu bewegen. Zu klatschen. *Nur dieses eine Mal, Daddy, bitte. Beweg dich. Sei nur dieses eine Mal gesund.*

Ich schaue hinab auf meine zerschrammten Stiefel und frage mich, ob ich sie wohl noch umtauschen kann. Ob ich das gesamte Outfit zurückgeben oder zumindest in einem Secondhandladen weiterverkaufen kann. Diese glitzernde Wildlederfarce war so eine Geldverschwendung! Es war total dämlich, mich von Anna dazu überreden zu lassen. Ich komme mir vor wie ein Clown. Am liebsten würde ich mir die Klamotten vom Leib reißen und in die nächste Mülltonne stopfen. »Es reicht nicht, um die Ranch zu retten, Jake.«

»Darüber zerbrechen wir uns später den Kopf.« Mit einem verschmitzten Funkeln in den Augen zieht er mich an sich. »Jetzt wird erst mal gefeiert!«

»Ich bin achtzehn, Jake. Ich kann nicht in eine Bar.«

Ich bleibe vor den Stufen des lauten Saloons mit den klischeehaften Schwingtüren stehen – die Art, aus denen zu Wildwestzeiten auch Wyatt Earp und Doc Holiday getorkelt sind. Mein Einwand bremst Jake nur für eine Millisekunde. Dann sagt er, als hätte er das alles längst durchdacht und wäre zu einer halbwegs vernünftigen Lösung gekommen: »Vertrau mir.«

Er greift nach meiner Hand und tippt sich grüßend an den Hut, als wir vor dem Cowboytürsteher anhalten. Der trägt ein rotes Karohemd, staubige Jeans und schwarze Cowboystiefel und wirkt kaum älter als Jake. Er mustert mich eingehend, aber unauffällig, damit Jake nichts davon merkt, doch natürlich merkt Jake es sofort (denn Jake merkt alles) und wirft ihm einen drohenden Blick zu. Der Türsteher drückt uns kommentarlos den Einlassstempel auf die Innenseite des Handgelenks.

Eine vollbusige Bikinischönheit, die auf einem Kaktus reitet. Ganz reizend.

Auf der anderen Seite der Schwingtüren regiert das Chaos. Countrymusik plärrt aus riesigen Boxen links und rechts neben einer kleinen, schwarz gestrichenen Bühne, und mit *plärren* meine ich ein markerschütterndes Ich-verstehe-mein-eigenes-Wort-nicht-Mehr. Dicke Wolken aus Zigarettenrauch und der strenge Geruch nach verschüttetem Bier umwabern uns und unter unseren Füßen knirschen Erdnussschalen, während Jake mich durch die dicht gedrängte Menschenmenge zur Bar zieht. Er wartet, bis ich mich hingesetzt habe, dann tut er es mir nach. Seine Lippen bewegen sich, aber ich höre nichts, also beugt er sich vor, bis unsere Wangen sich fast berühren. Ich stütze die Hand auf sein Bein und sein Mund ist so nah an meinem Ohr, dass ich seinen warmen Atem spüre. Diese Art der Verständigung ist zwar mühsam, hat aber auch ihre Vorteile.

»Bier?«

Hm. Vielleicht sollte ich besser ablehnen. Ich nicke.

Er nickt ebenfalls. Grinst. »Irgendein bestimmtes?«

Ich zucke mit den Achseln und schüttle den Kopf.

Nach dem Rodeo haben wir ein wenig Zeit mit Dad und Anna verbracht. Die beiden waren so glücklich, so stolz, und ich wollte ihnen die Freude nicht verderben, indem ich meine Enttäuschung zeige. Auf Scout bin ich auch verdammt stolz. Sie hat alles gegeben. Ich war bei ihr im Pferch, habe sie beruhigt und ihr ein paar Leckereien gebracht, bevor ich zurück ins Haupthaus gegangen bin, und nachdem ich eine heiße Dusche genommen und mich umgezogen habe, fühle ich mich besser. Die Erleichterung, dass es vorbei ist, hat mich in einen Zustand sanfter Erschöpfung versetzt, auch wenn ich mein zweites Ziel für heute Abend keineswegs aus den Augen verloren habe: Jake zu erzählen, was in Kalifornien passiert ist. Ein oder zwei Bier können dabei nicht schaden.

Jake brüllt der Bardame unsere Bestellung zu, einer sehr hübschen Frau Ende zwanzig oder Anfang dreißig mit stufig geschnittenem, zweifarbig getöntem Haar, unten schwarz, oben hellblond. Sie schenkt das Bier ein und stellt die überschäumenden Gläser vor Jake auf die Theke, mit einem Lächeln, das meine anfängliche Bewunderung in Misstrauen umschlagen lässt.

Wie gut kennen die beiden sich?

Jake unterhält sich kurz mit ihr. Sie sagt etwas und zwinkert ihm aufreizend zu. Ihr Zebrahaar wirbelt durch die Luft, als sie sich schwungvoll einer Gruppe ungehobelter Kerle zuwendet und ihre Bestellung aufnimmt.

Die Zungen der Männer hängen fast auf der Bar, als sie die vollen, halb aus dem engen, pinkfarbenen Tanktop quellenden Brüste sehen.

Ich gucke rasch zu Jake hinüber, um seinen Zungenzustand zu überprüfen. Er beachtet die Frau gar nicht, sondern schaut mich an.

»Sie ist hübsch«, sage ich und deute über seine Schulter.

»Stimmt«, sagt er. Sogar in diesem Punkt ist er ehrlich. Andererseits kann man es auch kaum leugnen.

»Kennst du sie?«

»Ein bisschen.«

Definiere »ein bisschen«, schießt es mir durch den Kopf, aber das kann ich nicht verlangen, das wäre schrecklich aufdringlich, also zucke ich bloß mit den Achseln und wippe mit dem Fuß zum Takt der Musik. Ich brauche einen Plan. Ich kann mich nicht einfach unvorbereitet in ein Gespräch über die Sache in Kalifornien stürzen. Auf dem Heuboden habe ich eine schlimme Beziehung erwähnt, aber das hat Jake vermutlich als den üblichen Zoff einer durchschnittlichen Highschoolschülerin mit ihrem durchschnittlichen Highschoolfreund abgetan. Ein guter, grundanständiger Junge wie Jake kann sich so was wie mit Ty doch gar nicht vorstellen. Alles, was zwischen uns war und daraus gefolgt ist. Wie könnte Jake mich weiter so ansehen wie gerade, wenn er die ganze Wahrheit kennen würde? Wenn ich ihm alles erzähle, laufe ich Gefahr, ihn zu verlieren, das weiß ich. Aber ich muss es tun. Das habe ich mir für den heutigen Abend fest vorgenommen, genau wie das Rodeo für den heutigen Tag. Und ich werde nicht kneifen.

Ich umfasse mein Bierglas, starre hinein, als wäre es der Heilige Gral verflüssigter Tapferkeit. Der kühle Schaum tropft an einer Seite herab. Ich hebe es an die Lippen und leere es in einem Zug zur Hälfte. Ich trinke nur selten, deshalb steigt mir der Alkohol sofort zu Kopf, macht meine Beine schwer und den Song, den sie hier ungelogen in Dauerschleife spielen, fast erträglich. Ich schaffe das. Ich werde es ihm sagen.

»Ähm, Jake?«, setze ich an.

»Du hast da einen …« Jakes Hand bewegt sich in Richtung meines Munds und ich sehe ihn erstaunt an. »Bierbart.«

»Oh.« Ich wische mir hastig mit dem Ärmel über die Lippe.

Jake hält mir eine Serviette hin. »Warum benutzt du eigentlich ständig deine schönen Oberteile als Bierlappen?«

Ich freue mich über die Anspielung auf unser Picknick. Auf dem Heuboden hatte ich Angst vor der Nähe zwischen uns. Jetzt nicht mehr. Im Gegenteil. Jake spürt es auch, das merke ich. Wir lächeln uns an. Das heute war der beste Tag meines Lebens und er wird mit jeder Sekunde noch besser.

»Hey.«

»Ja?«

»Du siehst übrigens toll aus.«

»Danke.« Ich erröte. Es ist heiß hier drin und durch das Bier wird mir noch wärmer – von Jake ganz zu schweigen. Ich habe mich heute Abend extra schick gemacht, mit einem kurzärmligen Spitzenshirt, einem schwingenden weißen Rock und Schnürsandalen.

Jake berührt mich am Ellbogen. »Du warst fantastisch beim Rodeo, Paige.«

Keine Ahnung, ob es am Alkohol liegt oder ob ich mich bloß an den Geräuschpegel gewöhnt habe, aber plötzlich verstehe ich ihn völlig problemlos, als wären wir die einzigen beiden Menschen in dieser Bar und die Musik nichts als eine sanfte Brise. Seine Augen halten mich gefangen.

»Danke.«

»Ehrlich. Das sag ich nicht bloß so.«

»Ich weiß. Du würdest es nicht meinen, wenn du es nicht so sagen würdest. Ich meine, du würdest es nicht sagen, wenn du es nicht so meinen würdest.«

Er schaut mich unverwandt an.

»Deswegen mag ich dich, Cowboy Jake. Du redest keinen Bullshit. Tut mir leid, wenn das jetzt nicht besonders vornehm ausgedrückt war.«

Ein sanftes Lächeln umspielt seine Lippen. »So was ist mir ziemlich schnurz.«

»Noch ein Grund, warum ich dich mag.«

»Du magst mich also, ja?«

»Für ein so schlaues Kerlchen bist du manchmal echt schwer von Begriff.«

»Aber du hast doch gesagt …« Er schluckt. »Oben auf dem Heuboden. Dass das keine gute Idee ist mit uns.«

»Es *ist* auch keine gute Idee. Aber das heißt nicht, dass ich es nicht will.« Mist. Ich weiß genau, wo diese Argumentation hinführt. Ich muss Jake die Wahrheit erzählen. Unbedingt. Aber was, wenn er mich hasst, nachdem ich ihm alles gebeichtet habe? Ich brauche diese schöne Erinnerung.

Während er mich noch fragend ansieht, stürze ich den Rest meines Biers hinunter, knalle das Glas auf die Theke, packe seine Hand und schreie ihm ins Ohr: »Lass uns tanzen!«

Leicht amüsiert folgt er mir zur rutschigen Tanzfläche, die voll von Cowgirls und ihren Cowboys ist. Sie tanzen auf diese fröhliche Swing-Art, drehen sich federnd im Kreis, und mit einem Mal machen wir das Gleiche und es ist überhaupt nicht seltsam oder peinlich. Im Gegenteil, Jake und ich sind perfekt im Einklang. Wir lachen und er wirbelt mich herum, bis sich die Musik verändert, langsamer wird, und die Cowboys ihre Cowgirls enger an sich ziehen.

Auch Jake und ich sind uns jetzt so nah, dass ich seine Gürtelschnalle an meinem Bauch spüre – und das, was *unter* der engen Jeans ist. Ich weiche nicht zurück. Keinen Millimeter. Es ist riskant, aber das ist mir egal. Meine Hemmungen fallen einfach von mir ab und vergnügen sich auf dem Boden mit den Erdnussschalen. Meine Finger spielen mit Jakes Haaren und bald liegt mein Kopf an seiner Schulter und wir wiegen uns hin und her, hin und her, mit pochenden Herzen. Ich erinnere mich an frühere Tänze mit Jungs. Wie anders das hier ist! Das hier ist ein Tanz für Erwachsene oder zumindest für Menschen wie uns, die zwar nicht offiziell erwachsen sind, aber genug Leben hinter sich haben, um als solche betrachtet zu werden.

Ich will, dass dieser Tanz niemals endet. Ich will bis in alle Ewigkeit mit Jake tanzen. Aber irgendwann ist der langsame Song vorbei, so wie alle Songs. Jake führt mich zurück zur Bar und wir bestellen noch eine Runde Bier. Und noch eine. Er erzählt mir Geschichten. Seine lebhaften Hände untermalen die Worte, während er breitbeinig auf dem Barhocker sitzt, auf diese lässige Cowboyart. Meine Füße ruhen auf der Sprosse seines Hockers und ich beuge mich immer weiter vor, höre ihm zu, lausche und lache und dann lachen wir beide. Um seiner Erzählung mehr Gewicht zu verleihen, legt er mir eine Hand aufs Knie, und aus dem gleichen Grund drücke ich sanft seinen Unterarm. Sein Jeanshemd ist hochgekrempelt und entblößt seine Armmuskeln …

Plötzlich holt mich der finstere Blick der Barfrau wieder in die Realität. *Wer bist du?,* scheint sie zu fragen. *Und wie schaffst du es, in einer Bar voller Cowgirls Jakes Aufmerksamkeit zu fesseln?*

Jake folgt meinem Blick und sofort schenkt sie ihm ein Lächeln und wischt mit ihrem feuchten Spüllappen weiter auf der Theke herum.

Ich will ihn nicht mit ihr teilen. Ich will Jake mit niemandem teilen.

Und auf einmal werde ich viel zu mutig.

»Lass uns gehen.«

»Wohin?«

»Zu deinem Jeep.«

Er runzelt die Stirn. »Willst du schon nach Hause?«

»Nein.« Ich lehne mich an ihn. »Ich will zu deinem Jeep.«

Der Alkohol. Er lässt mich Dinge sagen. Dinge wollen, die ich gar nicht wollen sollte.

Jake zieht eine Augenbraue hoch, erst fragend, dann verstehend. Er dreht sich rasch zur Barfrau und hebt zwei Finger.

Zwei kalte Bierflaschen werden vor uns hingestellt und für uns geöffnet. »Pass auf mit der Kleinen«, warnt die Bedienung Jake. »Das hier ist ihr Letztes.«

Er legt einen Zwanzig-Dollar-Schein auf die Bar. Sie schiebt ihn zurück. »Geht aufs Haus, Jake, das weißt du doch. Ihr braucht es dringender als wir.«

Anschließend beugt sie sich vor und sagt: »Ich glaub nicht, dass Gus und Anna es gut fänden, wenn du sie so besoffen nach Hause bringst. Wenn nötig, kann sie hinten in der Hütte ausnüchtern.«

Hütte? Welche Hütte? Jakes Hütte?

Leicht panisch stürze ich das frische Bier hinunter. Bin ich wirklich so betrunken? Stimmt schon, in Kalifornien habe ich auf Partys nie mehr als ein, zwei Gläser getrunken. Ich mag den Geschmack von Bier nicht besonders. Außerdem hatte ich immer das Gefühl, die Verantwortungsvolle sein zu müssen. Ein Auge auf Ty haben, den Bad Boy. Ich war die Brave.

Mit Jake fühle ich mich sicher genug, um mich aus meiner Komfortzone zu wagen, wenn auch nur kurz. Er passt auf mich auf, sodass ich mich entspannen und für einen Moment fallen lassen kann.

»So viel hatte sie gar nicht«, sagt Jake mit einem Seitenblick zu mir. »Aber danke für das Angebot, vielleicht komme ich darauf zurück. Könnten wir zwei Burger kriegen?«

Essen ist eine hervorragende Idee.

Unsere Burger werden serviert und wir verschlingen sie schweigend. Die Bar um uns herum ist immer noch von ohrenbetäubender Countrymusik erfüllt. Ich spüre, wie mir Soße aufs Kinn tropft, und wische sie mit meiner Serviette weg. Ich nehme alle meine Bewegungen unglaublich bewusst wahr. Kauen. Schlucken. Pommes in Ketchup tunken. Kauen. Lippen abwischen. Und das Ganze wieder von vorn. Dieser Burger ist verdammt gut. Als ich fertig bin, geht es mir schon besser. Den Alkohol merke ich zwar noch, aber er ist nicht mehr so übermächtig.

»Lecker«, sage ich zu Jake.

»Hm?«

Er beugt sich vor, um mich zu verstehen, aber unsere Körpersprache ähnelt jetzt eher zwei burgeressenden Kumpels. Ich fühle mich vollgestopft und irgendwie schlapp.

Jake entschuldigt sich und verschwindet in Richtung Toilette, und als sich die Frau auf dem Barhocker neben mir zu ihrer Freundin umwendet, schnappe ich mir heimlich ihren Schnaps und kippe ihn hinunter. Es brennt wie Feuer. Kaum ist Jake zurück, springe ich auf. »Gehen wir.«

Ich nehme seine Hand und er folgt mir zur Schwingtür, die ich mit dem Ellbogen aufschiebe. Wir treten aus dem verqualmten Saloon in die frische, kühle Nachtluft.

Jakes Jeep ist direkt vor der Bar geparkt. Wir sind die Einzigen hier draußen.

»Wie fühlst du dich?«, fragt er.

»Gut. Ich muss dir was erzählen.«

Doch er sieht so süß aus, wie er dasteht, den Kopf zur Seite geneigt, die Augen leicht gerötet und glänzend, dass ich plötzlich etwas ganz anderes im Sinn habe. Nachdem ich ihm von Ty erzählt habe, will er vielleicht nichts mehr von mir wissen, also tue ich, wonach ich mich schon sehne, seit er damals am Flughafen in seinem Jeep gelegen hat, mit dem Cowboyhut über den Augen.

Ich drücke ihn gegen die Beifahrertür und küsse ihn. So richtig. Mit voller Überzeugung. Mit allem, was ich habe.

Ich küsse ihn, als wollte ich ihn nie wieder loslassen.

Er erwidert den Kuss, lang und intensiv und so sanft und perfekt, dass es sich anfühlt, als würde ich abheben und in den schwarzen, sternenübersäten Himmel schweben. Seine Hände umfassen meine Hüfte, zerknüllen den Stoff meines Rocks, pressen die Sohlen meiner Sandalen in den Boden.

Und bevor einer von uns innehalten und es sich anders überlegen kann, öffne ich die Wagentür und klettere auf den Sitz, ziehe Jake mit mir. Ich spüre, dass er mich will. Dass er mich so will wie ich ihn. Das hier ist anders, so unglaublich anders als alles, was ich bisher erlebt habe. Wir berühren uns. Schmecken uns. Fühlen uns.

Erst nach einer ganzen Weile löst er sich von mir und legt mir den Arm um die Schultern. »Also, was wolltest du mir erzählen?«

»Es geht um ... erinnerst du dich an diesen Typen aus Kalifornien, von dem ich gesprochen habe? Meine schlimme Beziehung?«

»Ja?«

»Na ja«, fange ich gerade an, als mein Handy klingelt. Der Song, zu dem ich meine Kür geritten bin, ertönt – *Mamas, Don't Let Your Babies Grow Up to Be Cowboys.*

Jake lacht. »Das ist Anna. Du gehst besser ran.«

»Nein. Ich rufe sie später zurück. Ich muss dir –«

»Anna? Hier ist Jake.«

Ich seufze. Cowboy Jake, stets vernünftig.

»Was? Ich hör dich nicht, die Verbindung ist schlecht.« Er schweigt kurz, runzelt die Stirn. »Ich versteh kein Wort, aber es tut mir leid, dass ich mit Paige so lang weg war, falls du das meinst.« Erneutes Schweigen. »Ich ruf dich zurück, sobald wir näher an der Ranch sind, vielleicht wird der Empfang dann besser.«

Er legt auf. Sorgenfalten furchen seine Stirn.

»Alles okay?«

»Schätze schon, aber ich hab kaum was verstanden. Wahrscheinlich wollte sie bloß fragen, ob bei dir alles in Ordnung ist und wann du nach Hause kommst. Wir sollten wohl zurück.«

Er startet den Motor, und meine Gelegenheit, ihm alles zu beichten, entschlüpft durch die Lüftungsschlitze. Ich bin erleichtert und enttäuscht zugleich.

»Kannst du noch fahren?«

»Ich hab nicht mal halb so viel intus wie du. Und ich hab auch keiner Touristin den Schnaps geklaut.« Er lacht und setzt zurück. Ich schnalle mich an.

»Das hast du gesehen?«

»Mir entgeht nichts, Cowgirl.«

58

Er schweigt, nachdem er den Wagen vor seiner Hütte geparkt und den Motor abgestellt hat.

»Ich will nicht nach Hause«, flüstere ich.

»Dann bleib.«

Er schaltet die Scheinwerfer aus und plötzlich sitzen wir unter dem endlosen, sternengesprenkelten Himmel. So viele sich drehende Lichter …

»Jake?«

»Ja.«

Vielleicht sieht er es in meinen Augen. Dieses schwarze Loch, so tief, dass selbst etwas so Perfektes wie dieser Moment mich nicht herausziehen kann.

»Wenn dir nichts entgeht, weißt du dann, warum ich hier bin?«

Meine ineinandergeschlungenen Finger auf meinem Schoß sind verschwommen. Ich halte die Luft an, während ich auf seine Antwort warte.

»Teilweise.«

»Was genau weißt du?«

»Dass sich ein paar Leute umgebracht haben.«

»Welche Leute?«

»Leute eben.«

»Okay.« Ich zögere. Da ist so viel mehr. »Weißt du sonst noch was?«

Er zuckt mit den Achseln.

Nicht gerade hilfreich. *Scheiße, Scheiße, Scheiße.*

»Alles war total verrückt. Erinnerst du dich, dass ich gesagt habe, wie lebendig ich mich hier fühle?«

Er nickt.

»In Kalifornien war ich völlig taub. Da macht man Dinge, die man später bereut, nur um etwas zu spüren. Verstehst du das?«

Ich bin immer noch ein bisschen beschwipst, was sowohl gut als auch schlecht ist. Zumindest löst es meine Zunge.

»Ja. So ging es mir, als mein Dad gestorben ist. Und noch lange danach. Meiner Mom auch, glaube ich, und mit dem Alkohol hat sie sich aufgeweckt oder endgültig ausgeknockt.« Er schüttelt den Kopf. »Aber das funktioniert nicht. Irgendwann muss man sich mit dem auseinandersetzen, was einen quält.«

»Du hast bestimmt nie so was Krasses gemacht wie ich.«

»Vielleicht doch«, erwidert er. »Es ist ziemlich viel passiert, auf das ich nicht stolz bin.«

Ich schaue ihm direkt in die Augen. Jake. Der perfekte Jake. »Irgendwie bezweifle ich das.«

Er hebt eine Augenbraue. »Die Kellnerin unten in der Stadt? Die du so angefunkelt hast? Ich hab mit ihr geschlafen.«

»So was hab ich mir schon gedacht.«

»Nein.« Er kaut verlegen auf der Unterlippe herum. »Ich hab mit ihr geschlafen, während sie verheiratet war.«

»Oh.«

»Und ein kleines Kind hatte.«

»Oh.«

»Ja.«

Ich betrachte wieder meine Hände. »Und dann?«

»Ihr Göttergatte hat es rausgefunden und gedroht, mich zu erschießen, falls er mich noch mal in ihrer Nähe erwischt.«

Ich schnappe nach Luft. »Und trotzdem hast du heute Abend mit ihr geredet?«

»Na ja, er ist kein Problem mehr.«

»Warum nicht?«

»Er sitzt im Knast.«

»Wofür?«

Jetzt grinst Jake, sein verschmitztes Grinsen, das ich so liebe. »Für ein paar krasse Dinger.«

Ich ziehe den Kopf ein und springe aus dem Jeep. Die Sterne über mir wirbeln herum wie ein verrückt gewordener Kronleuchter. Möglicherweise bin ich mehr als nur ein bisschen beschwipst. Dann steht Jake vor mir und stützt mich, erdet mich, damit ich nicht davonschwebe.

»Ich hab das Gefühl, als würde ich dich in- und auswendig kennen, Jake. Alles an dir ergibt Sinn. Du. Dein Leben. Wie machst du das? Dass alles so viel Sinn ergibt?«

»Ich mache gar nichts. Und ich bin längst nicht so vollkommen, wie du denkst.« Er nimmt mein Gesicht in beide Hände. »Du stellst Jackson auf einen Sockel, weil in Kalifornien alles so beschissen ist, aber wir sind nicht perfekt, Paige. Wir begehen Fehler. Wir trinken zu viel. Die meisten von uns sind ungebildet. Es gibt nicht den einen Ort, der nur Gutes bereithält, und einen anderen, an dem alles schlecht ist. Wir sind Menschen und Menschen bauen Mist. Ich. Du. Wir alle. Egal, was du getan hast, egal, für wie tragisch oder schlimm du es hältst, ich glaube dir, aber du bist damit nicht allein.« Mit der einen Hand streicht er mir das Haar zurück, während die andere weiter meine Wange umschließt. »Du bist nicht allein.«

Den letzten Satz flüstert er. Es ist ein Versprechen. Wenn ich mich an Jake festhalte, wenn er mich lässt, löse ich mich vielleicht doch nicht auf. Er schaut mir tief in die Augen und hebt mich hoch. Ich klammere mich an seinen Hals und vergrabe das Gesicht an seiner Haut. Seine Küsse sind wie zarte Schneeflocken und ich schmelze.

Ich will nicht mehr reden. Ich habe genug vom Reden. Ich kann nicht einmal mehr Worte bilden. Seine Lippen sind so weich und so wunderbar warm. Als er mich nach drinnen trägt, entdecke ich einen Kamin und Bücherregale und eine bequem wirkende Couch. Einen kleinen Flur und dann ein Bett in der Mitte eines zweiten Zimmers, mit einer verschlissenen Patchworkdecke und einem weißen Kopfkissen darauf. Ein quadratisches Fenster, durch das die Sterne blinken.

Jakes Gesicht schwebt über meinem. Seine Augen sind hellblaue Seen, in die ich am liebsten hineintauchen würde. Aber der Alkohol gärt in meinem Magen weiter und mir wird ein wenig schlecht.

Ich bete, dass es in dieser Hütte eine Toilette gibt.

»Jake?«

»Ja?«

»Schläfst du mit mir?«

Er legt den Kopf schief. »Willst du denn, dass ich mit dir schlafe?«

»Ja.«

»Okay.« Und mit seiner typischen Effizienz reißt er sich den Hut vom Kopf, zieht sich die Stiefel und mir die Sandalen aus, wirft sich neben mich aufs Bett und schlingt einen starken Arm um mich.

»Jake?«, murmle ich.

»Ja?«

»Danke.«

»Hör auf, mir zu danken.«

Ich drücke ihm einen Kuss auf die flanellbedeckte Brust und schmiege die Wange an die wohlige Weichheit.

59

Damals

Ich schreckte aus dem Schlaf. Meine Brust war eng vor Angst.

Das lag nicht an einem Albtraum. An die erinnerte ich mich immer. Als kleines Mädchen hatte ich oft so lebhaft von meinen Träumen erzählt, dass Mom mich zu einer Expertin gebracht hatte. Die Ärztin hatte gemeint, das sei etwas Gutes. Je kreativer ein Kind sei, desto besser würde es sich an seine Träume erinnern.

Von diesem Moment an hatte Mom mich ein bisschen anders betrachtet als vorher. Sie hatte Dinge gesagt wie: »Unsere Paige schwebt mit dem Kopf in den Wolken. Sie ist so kreativ!« Sie hatte sich schon immer gern ihre Meinung von offizieller Seite bestätigen (oder überhaupt erst bilden) lassen.

Ich liebte es, mich so genau an Sinneswahrnehmungen zu erinnern – wie ich übers Meer flog und die Sterne über meinem Traum-Ich in Farben leuchteten, die nur die Fantasie einer Sechsjährigen hervorbringen kann.

Einziger Nachteil? An meine Albträume erinnerte ich mich ebenso genau.

Meistens fingen sie mit etwas Realem an: mit Dad, der ein Glas Stinkesaft (so nannte ich seinen harten Alkohol) in der Hand hielt. Die Eiswürfel klapperten, während er Mom anbrüllte und sie zurückschrie, hässliche Drohungen und grausame Beleidigungen. Im wahren Leben wäre ich in einer solchen Situation in mein Zimmer gerannt, hätte mich aufs Bett geworfen und mir die Ohren zugehalten, bis die beiden sich in unterschiedliche Räume verzogen und vor sich hin schmollten. In meinen Albträumen nahm das Geschrei monsterhafte Züge an. Dad wuchsen Hörner und Hufe, aus Moms Augen schossen Strahlen in unnatürlichen Horrorfilmfarben, und die Ranch um uns herum stürzte ein, bis nur noch Schutt und Staub übrig waren – und ich, zusammengerollt auf meinem Bett, dem letzten intakten Gegenstand in unserem Haus, und meine Tränen verwandelten sich in einen reißenden schwarzen Strom, der mich von dem Geröll und dem Geschrei wegtrug wie in *Alice im Wunderland*.

Doch in dieser Nacht in Kalifornien erinnerte ich mich an nichts. Also rührte meine Angst nicht von einem Albtraum her, sondern von etwas Realem. Bis auf den schummerigen roten Schein meines Chilischotennachtlichts war das Zimmer dunkel. Im ganzen Haus herrschte Stille. Man hörte nicht einmal das Rumpeln der Spülmaschine, die Mom allabendlich anstellte, bevor sie ins Bett ging. Es musste schon sehr spät sein. Ein Blick auf meinen Wecker verriet, dass ich recht hatte. Zwei Uhr früh. Wenn alle schliefen, was war dann los?

Ich ignorierte den Panikkloß, der meine Eingeweide zerquetschte, schlich ins Bad und spritzte mir Wasser ins Gesicht, aber das nagende Gefühl ließ sich nicht vertreiben.

Geh zu seinem Zimmer und schau nach, ob alles in Ordnung ist, drängte eine Stimme in meinem Kopf.

Nein. Das wollte ich nicht.

Du musst.

Mit zitternden Händen drehte ich den Knauf und schob die Tür auf.

In seinem Zimmer war es so finster, dass ich nur die zerwühlten Decken und Kissen ausmachen konnte. Und seinen Geruch. Doch es war nicht die muffige Luft, die mich beunruhigte – es war die Dunkelheit. Seit den Selbstmorden schlief Ty nie ohne Licht. Mit pochendem Herzen stand ich im Türrahmen und zögerte. Was sollte ich tun? Nach allem, was heute zwischen uns vorgefallen war, wollte ich nicht näher an sein Bett heran. So wie es im Moment um unsere Beziehung bestellt war, könnte schon die unbedeutendste Geste, eine Berührung an der Schulter, ihm einen falschen Eindruck vermitteln. Und ich wusste ja, was passierte, wenn Ty einen falschen Eindruck hatte.

Ich schauderte und schlang die Arme um meinen Oberkörper, bedeckte mich, schützte mich instinktiv. Dann schluckte ich und schlich weiter, so vorsichtig, dass ich fast über den Holzfußboden schwebte, wie in diesen Träumen von früher, in denen meine Zehen das sternenbeleuchtete Meer streiften.

Ty lag nicht in seinem Bett.

Ich rannte zurück in mein Zimmer, holte mein Handy aus der Nachttischschublade und schaltete es ein. Bei der Benachrichtigung auf dem Display überlief es mich eiskalt.

Verpasster Anruf.

TY.

60

Jetzt

Der Duft von gebratenem Speck erfüllt mich normalerweise mit glückseliger Frühstücksvorfreude. Aber nicht heute. Nicht nach diesem Albtraum. Ich wälze mich aus dem Bett. Die Decke fliegt auf den Boden und ich reiße die nächstbeste Tür auf, doch statt einer Toilette finde ich Karohemden, Bluejeans und vier Paar Cowboystiefel.

Ein Männerkleiderschrank.

Mein Blick huscht zu den zerwühlten Laken und mein Kopf schwirrt, als ich versuche, mich daran zu erinnern, was letzte Nacht passiert ist, wie ich hier gelandet bin. Wo genau bin ich eigentlich?

Plötzlich fällt es mir wieder ein.

Jakes Hütte. Jakes Bett.

»Jake?«

Ich schaue an mir hinunter und entdecke, dass ich ein Flanellhemd trage. Das muss Jake gehören. Wahrscheinlich habe ich mein Oberteil vollgekotzt. Ich erinnere mich dumpf an so was in der Art.

»Jake?«

Sonne durchflutet die aufgeräumte Hütte. An den astigen Kiefernholzwänden hängen Fotos in schlichten Rahmen. In einer Ecke steht ein Holzstuhl.

»Auch endlich wach, Schlafmütze?«

Mein Herz und mein Magen machen einander Konkurrenz um die heftigste Reaktion auf seine neckende Stimme.

Als ich um die Ecke trete, wird mir klar, dass ich immer noch träumen muss. Jake steht in offenem Hemd und Jeans vor einem alten Kochherd. Sein Blick hält meinen eine Sekunde zu lang und Speckfett spritzt auf sein Handgelenk. Er wischt es schnell weg und wendet das Ei, das in der zweiten gusseisernen Pfanne vor sich hinbrät. »Von beiden Seiten und noch weich, oder?«

Ich nicke. Blinzle. War mir gerade nicht noch schlecht? Jetzt habe ich Hunger. Bärenhunger. Die ganze Szene lässt mir das Wasser im Mund zusammenlaufen. Ich blinzle noch einmal, weil ich meinen Augen kaum traue. Das ist viel zu gut, um – »Oh mein Gott, wissen Dad und Anna, dass ich hier bin?«

»Sie wissen auf jeden Fall, dass ich mich um dich kümmere. Ich hab Anna gestern am Telefon nicht richtig verstanden, aber ich hab ihr Bescheid gegeben, dass du bei mir bist. Nach dem Rodeo wird's immer ein bisschen wild.«

Wild? Ich schaue noch einmal an mir hinunter, drehe die Knie zueinander und betrachte meine nackten Oberschenkel. Wie wild ist es zwischen uns geworden? Ich kann mich nur daran erinnern, wie Jake mich in den Arm genommen hat und ich mich an seine Brust gekuschelt und seinen Herzschlag durch das Hemd gespürt habe. Dass ich ihm alles erzählen wollte und dann unterbrochen wurde. Dass ich ihm alles erzählen wollte und stattdessen er mir ein Geständnis gemacht hat. Jeder hat dunkle Geheimnisse, sogar Jake. Vielleicht wird ja doch alles gut, denn was ich hier vor mir sehe, wie ich mich gestern Nacht gefühlt habe – diese Momente will ich nie wieder missen.

»Alkoholausschweifungen nach dem Rodeo gehören also zum guten Ton.«

»Alkoholausschweifungen?«, fragt er mit einem verschlagenen Lächeln und wirft mir einen Blick über die Schulter zu. »Ich weiß nicht, ob ich so weit gehen würde.«

Wie weit würdest du denn gehen? Was ist gestern Nacht zwischen uns passiert?

Ich erinnere mich an Geknutsche. Sehr viel Geknutsche.

Und so, wie Jake mich ansieht, erinnert er sich auch. »Kaffee?«

»Ja, bitte.«

Ich lasse mich auf einen Stuhl fallen und schiebe die Beine unter den kleinen Holztisch.

Jake kommt zu mir rüber und stellt eine große, dampfende Tasse voll pechschwarzer Flüssigkeit vor mich. »Vorsicht, heiß«, sagt er. »Und stark, wie du ihn magst. Milch und Zucker sind neben dir, zusammen mit ein paar Ibuprofen.« Er grinst verschmitzt.

»Du bist ein Schatz.«

Er verengt kurz die Augen – seine Art abzuwinken –, aber er freut sich über das Kompliment.

»Ein Schatz, den ich nicht einmal verdient hätte, wenn ich

in allen Rodeokategorien gewinnen würde«, füge ich leise hinzu.

»Einen dritten Platz hast du ja geholt. Vielleicht bin ich der Preis?«

Meine Mundwinkel heben sich unwillkürlich, aber mein Lächeln ist wackelig. Jakes Wert kann man nicht in Dollar bemessen, doch meine Gefühle für ihn, seine Gefühle für mich, werden die Ranch nicht retten.

»Apropos Rodeo, wo ist eigentlich mein Oberteil?«

»Wollte nicht, dass du es vollkotzt.«

»Also hast du mir … geholfen, es auszuziehen? Wie umsichtig von dir.«

Er dreht sich zurück zum Herd, kann allerdings sein Schmunzeln nicht verbergen.

Ich präge mir diesen Moment ein: wie ich in Jakes Küche sitze und ihm beim Kochen zuschaue, die nackten Füße auf den kühlen, schartigen Holzdielen, in einem Hemd, das nach ihm riecht.

Ich lasse die Augen wandern, nehme alles in mich auf. Schon so lange wollte ich das Innere dieser Hütte sehen, und jetzt bin ich hier. Wie ein Mensch wohnt, was er besitzt, verrät viel über ihn. Die Bücherregale wirken selbst gebaut – von ihm? Eine einfache Küche, in der alles seinen Platz hat, eine dicke rote Wolldecke, die sorgfältig gefaltet über der Lehne einer abgewetzten Ledercouch hängt. »Dein Zuhause gefällt mir«, sage ich. Es ist ordentlich und gemütlich und passt zu ihm.

»Danke.« Er wendet die Speckstreifen mit einer Gabel. »Ich habe nicht genug Kram, um Chaos zu produzieren.«

»Aber was du hast, scheint dir etwas zu bedeuten.«

Er schaut mich an, ein schneller Blick über die Schulter, direkt in meine Augen. »So sollte es auch sein, oder?«

»Vermutlich.«

Ich schlendere zu den Bücherregalen hinüber und studiere den Inhalt. Hauptsächlich Taschenbücher, viele Klassiker: einige Hemingways – *Der alte Mann und das Meer* und *Fiesta* –, Steinbecks *Jenseits von Eden*, *Die Perle* und *Von Mäusen und Menschen*, eine sehr alte ledergebundene Ausgabe der King-James-Bibel, ein mit zahlreichen Eselsohren versehener *Weg in die Wildnis* (meine absolute Lieblingsminiserie, wie Jake genau weiß) und … Betriebswirtschaftsbücher? Louis L'Amour hätte ich ja erwartet, aber BWL?

»Ich habe ein paar Kurse am Community College belegt.« Jakes Kopf schiebt sich um die Ecke und verschwindet wieder. Ihm entgeht tatsächlich nichts. »Echt?«

»Um die Ranch effizienter zu machen.«

Ich tapse zurück in die Küche, zurück zu ihm.

»Das ist toll, Jake.«

»Keine große Sache.«

Ich halte das Buch in meiner Hand hoch. »Doch, das ist es. Du investierst so viel Zeit, um Dad zu helfen und Anna und … der Ranch.« *Mir.* »Dafür bin ich dir wirklich dankbar, Jake. Wir alle.« Ich bin froh, dass er am Herd steht, mit dem Rücken zu mir. Dass er die Ehrlichkeit in meinem Gesicht nicht sieht, die nackte Wahrheit dieses Geständnisses. »Du weißt gar nicht, wie sehr.«

Er schaut sich kurz um und das war's mit meinem Versuch, beiläufig zu wirken. Wahrscheinlich ist es dafür sowieso zu spät. Schließlich laufe ich gerade nur in Unterwäsche und seinem Hemd in seiner Hütte herum.

Er kocht genauso, wie er Auto fährt, reitet, zuhört, ein Lager aufschlägt: aufmerksam und bedächtig, seinem Körper in Gedanken immer drei Schritte voraus. Im Nu sind zwei Teller mit knusprigem Speck, von beiden Seiten gebratenen, weichen Spiegeleiern und Vollkorntoast mit schmelzenden Butterstückchen gefüllt.

Zwischen Jake und mir ist alles so einfach. Ich könnte mir das hier jeden Tag vorstellen. Jeden Morgen. Jeden Abend. Für immer.

»Findest du, dass ich hierbleiben sollte?«, frage ich ihn.

»Statt aufs College zu gehen?«

»Ja.«

Er schüttelt den Kopf. »Das ist eine Riesenchance. Ich hätte sonst was für so eine Möglichkeit gegeben. Unser lausiges Community College besuchen vor allem ältere Damen. Das ist nichts für dich. Du musst raus in die Welt und dein Ding machen.«

»Ich … ich dachte, du würdest dich freuen. Vor allem nach gestern Nacht.«

Er geht vor mir in die Hocke und legt die Hände auf meine Oberschenkel. »Klar freue ich mich, dass du bleiben willst. Und ich hab dich verdammt gern, aber ich schaue nicht dabei zu, wie du deine Zukunft wegwirfst. Genauso wenig wie dein Daddy.«

»Oh.«

Er steht wieder auf. »Und jetzt iss. Marmelade? Ich hab das gute Zeug hier, Annas Selbstgemachte.« Er öffnet den Kühlschrank. Das Gerät ist breit und rot, gut dreißig Zentimeter kleiner als er, und normalerweise würde ich lachen, weil es so lustig aussieht, wie er darin herumkramt.

Aber ich lache nicht und mir ist endgültig der Appetit vergangen.

Jake will nicht, dass ich hierbleibe. Und er weiß noch nicht einmal das mit Ty.

61

Wir haben kaum unsere Eier aufgegessen, als Jake das Angebot für Scout erwähnt.

Ich lege meine Gabel beiseite. »Warte, was?«

»Nach deinem Ritt gestern hat er Gus und Anna angesprochen und ihnen zweihunderttausend Dollar Cash für sie geboten.«

»Wer?«

»Reverend Hal. Der in die Ranch investieren will.«

»Dieser schmierige Kerl hat dich angesprochen und du hast mir nichts davon erzählt?«

»Er hat *Anna* angesprochen und sie hat es mir gesagt, als du unter der Dusche warst.«

»Und warum hast du es mir nicht erzählt?«

Er lehnt sich zurück und seufzt. »Ich wusste, dass du dich darüber aufregen würdest, und ich wollte dir nicht den Abend verderben.«

»Na, zumindest bist du ehrlich«, erwidere ich unglücklich. »Aber du hättest es mir gleich sagen sollen. Ging es die ganze Zeit nur darum? Als du mich geküsst und ins Bett gebracht hast und …« Ich stöhne. Diese Erinnerungslücken sind so frustrierend. »Sollte mich das milde stimmen, damit ich einwillige, sie zu verkaufen?«

Das ist noch schlimmer als die Tatsache, dass er mich nicht auf der Ranch haben will. Das ist Verrat.

»Natürlich nicht. Du deutest schon wieder alles falsch. So etwas würde ich nie tun. Ich erzähle es dir jetzt erst, weil du erstens nüchtern bist und wir es zweitens besprechen sollten, bevor wir Anna und Gus unsere Antwort geben.«

»*Unsere* Antwort?«

»Du hast sie eingebrochen. Sie gehört dir ebenso sehr wie jedem anderen von uns.«

Ich verschränke die Arme. »Erstens habe ich sie nicht eingebrochen. Sie hat mir erlaubt, sie zu reiten. Und zweitens – gut. Ich bin froh, dass sie auch mir gehört, denn meine Antwort lautet Nein. Nur über meine Leiche.«

»Nein?«

»Nein. Ich verkaufe Scout nicht. Vor allem nicht an diesen Vollidioten.«

»Das musst du ja auch nicht.« Jake beugt sich wieder vor und hebt beschwichtigend die Hände. Am liebsten würde ich mit der eigelbtriefenden Gabel hineinstechen. »Aber das Geld … Paige, es würde reichen, um die Ranch zu retten.«

Scheiße – Scheiße, Scheiße, Scheiße.

Das Frühstück rumort in meinem Bauch. »Also habe ich alles riskiert, um sie einzureiten, bin mit ihr beim Rodeo angetreten, habe dieses bescheuerte Outfit getragen, bloß um am Ende zu verlieren – und zwar gleich doppelt?«

Er öffnet den Mund, aber ich lasse ihn nicht zu Wort kommen.

»Wenn ich sie behalte, verliere ich die Ranch. Ich kann nur verlieren.«

»Aber wenn du sie verlierst – *verkaufst* –, behältst du die Ranch, Paige. Für immer.«

»Und was ist mit Scout? Das hier ist ihr Zuhause.«

Jake holt Luft, tief und vielsagend. »Sie ist nur ein Pferd.«

»Sie ist nicht nur ein Pferd und das weißt du auch.«

Ich kämpfe mit den Tränen, reibe mir die feuchten Augen, während ich sie mit ihrer wilden Mustangherde durch den Mondschein galoppieren sehe. Mit der Familie, die sie gerade erst wiedergefunden hat. Das ist nicht fair. »Wenn das ihr Schicksal sein soll, hätte ich sie besser gleich oben auf dem Berg gelassen.«

»Ich sag doch gar nicht, dass du sie verkaufen sollst.«

»Aber du hältst es für das Beste, genau wie die Collegesache.«

»Was das große Ganze anbelangt? Ja.«

Ich stehe auf, gehe hinüber zum Kamin, damit er mich nicht weinen sieht. Die meisten der gerahmten Fotos zeigen Jake in verschiedenen Rodeoszenen: wie er als Kind sein erstes Kalb fesselt, wie er auf einem bockenden Pferd sitzt, auf einem Bullen. Eins überrascht mich allerdings: ein paar Kinder, die im Fluss angeln. Ein Junge mit verwuscheltem Haar und ein blondes Mädchen mit Zöpfen.

»Das sind wir«, sage ich.

»Ja.«

»Wie lange hast du das schon?«

Er zuckt mit den Achseln.

»Schon länger oder erst, seit ich hier bin?«

»Ist mir in die Hände gefallen, als ich die Fotos deines Dads durchgeschaut habe. Das ist das Mädchen aus meiner Erinnerung. Unerschrocken. Furchtlos. Du hast die Beine eines Kalbs losgebunden, weil du Angst hattest, dass du ihm wehtust, und es war dir egal, was alle anderen von dir dachten – so wie gestern.«

Dieses Mal kann ich die Tränen nicht zurückhalten. »Er behandelt sie bestimmt schlecht.«

Jake legt mir die Hände auf die Schultern. »Nein. Er ist gut zu seinen Tieren, ich habe beobachtet, wie er mit ihnen umgeht. Und er hat eine tolle Reiterin für sie. Seine Tochter. Ein nettes Mädchen mit viel Erfahrung. Scout wird bei Rodeos in ganz Amerika starten. Jetzt, wo sie Blut geleckt hat, wird sie gar nicht mehr aufhören wollen. Das liegt in ihrer Natur. Und du wirst im College sein und nicht mit ihr von Rodeo zu Rodeo reisen.«

»Aber das könnte ich doch.«

Er seufzt. »Ja. Nur … ist das wirklich das Leben, das du dir wünschst?«

»Ich liebe sie, Jake. Ich liebe dieses wunderschöne, dickköpfige Pferd. Ich … ich will sie nicht verlieren.«

»Ich weiß«, sagt er und zieht mich an sich. Unsere Herzen schlagen im selben Takt, während er mir durch das lange, zerzauste Haar streicht und ich die tränennasse Wange am weichen Flanellstoff über seiner harten Schulter vergrabe. »Ich liebe sie auch.«

Wir unterhalten uns noch eine Weile. Ich bin nicht glücklich, aber auch nicht mehr so wütend und verletzt wie am Anfang.

Ich denke sogar darüber nach, dass es klug wäre, Scout zu verkaufen, wenn wir so die Ranch retten können. Deshalb willige ich ein, das Mädchen, das sie zukünftig reiten würde, zumindest kennenzulernen. Irgendwann beschließen wir, ins Haupthaus hinüberzugehen, um mit Dad und Anna zu reden. Doch als wir Hand in Hand über die Schwelle treten, merke ich sofort, dass hier etwas nicht stimmt.

Aus der Küche dringt weder Frühstücksduft noch Annas leise Stimme, die mit Dad plaudert, ihm Artikel aus der Zeitung vorliest oder die Countrymusik aus dem CD-Player perfekt mitsingt.

»Jake!« Ich umklammere seine Finger und bleibe wie angewurzelt im Türrahmen stehen.

Er spürt es auch.

Er drängt sich an mir vorbei. »Warte hier.«

Mir ist schlecht. Ich befürchte das Schlimmste. Natürlich befürchte ich das Schlimmste.

All die Ereignisse von gestern Nacht und heute Morgen schwirren mir durch den Kopf und verwandeln Licht und Liebe in Schuld. Ich hätte nach Hause kommen sollen, aber ich habe es nicht getan.

Jake kehrt zurück und schwenkt ein Blatt von Annas mit Erdbeeren verziertem Notizblock. »Sie sind im Krankenhaus. Komm mit.«

»Im Krankenhaus?«

Er schnappt sich seinen Hut vom Garderobenhaken – die Schlüssel hat er schon in der Hand – und stürmt aus dem Haus. Ich renne hinterher. Er reißt die Beifahrertür seines Jeeps für mich auf, läuft zur Fahrerseite und startet den Motor.

Ich springe rasch ins Auto. So durch den Wind habe ich ihn noch nie erlebt.

»Was ist passiert?«, frage ich mit zittriger Stimme.

Er reicht mir die hastig hingekritzelte Nachricht.

Sind im Krankenhaus. Kommt so schnell wie möglich.

Ich atme langsam aus. Mir fällt jetzt erst auf, dass ich die ganze Zeit die Luft angehalten habe. *Wenigstens lebt er noch. Wenigstens lebt er noch.*

»Warum hat sie uns nicht angerufen?«

Vor meinem inneren Auge trinken und tanzen wir wieder in dieser lauten Bar, küssen uns unter dem Sternenhimmel, wachen in Jakes Bett auf. Frühstück und Bücherregale und …

»Wahrscheinlich hat sie das – gestern im Jeep, draußen vor der Bar. Ich hab sie nicht richtig verstanden. Verdammt. Verdammt, verdammt, verdammt.« Er hämmert mit der Faust auf das Lenkrad ein.

Ich hole mein Handy aus der Tasche. Das Display ist schwarz. Es lässt sich nicht einschalten. »Mein Akku ist tot. Ich hab gar nicht dran gedacht, ihn bei dir aufzuladen.«

»Wieso hat sie nicht –« Jake unterbricht sich. Ich folge seinem Blick zum Handy auf dem Boden zwischen meinen Füßen. Ein blinkendes Lämpchen zeigt verpasste Anrufe oder Nachrichten oder beides an. Das Lenkrad bekommt einen weiteren Hieb ab.

»Ich habe nur ans College und an Scout gedacht, während Dad vielleicht …« Ich unterdrücke ein Schluchzen. Jake fährt so rasant, dass Schotter und Staub hinter uns durch die Luft spritzen. Er macht das Radio nicht an. Ich schlage die Beine übereinander. Mein Fuß zuckt nervös. *Schneller. Schneller.*

Am Krankenhaus angekommen, steuert Jake auf den erstbesten freien Parkplatz, bevor er meine Hand packt und mit mir durch die Automatiktür sprintet.

»Gus Mason?«, frage ich die ältere ehrenamtliche Helferin im rosafarbenen Kittel an der Rezeption. In aller Seelenruhe erklärt sie uns den Weg zu den Aufzügen. Zweiter Stock, Intensivstation.

»Intensivstation? Scheiße.«

Ihre Augen weiten sich.

»Sorry«, murmle ich. »Er ist mein Dad.«

»Hoffentlich geht es ihm bald wieder gut, Liebes«, sagt sie freundlich. Mir wäre es lieber, wenn sie mich verurteilt.

Schweigend starren wir die Etagenzahl an, die in Zeitlupe nach oben klettert. Im zweiten Stock springen wir hinaus und laufen über wächsernen Boden durch einen sterilen Gang. Im Schwesternzimmer frage ich noch einmal nach meinem Dad und man schickt uns zu Zimmer 113, Bett B.

Vor der Tür halten wir abrupt an.

Im ersten Bett, Bett A, liegt ein Mann. Mund und Nase sind mit einer Sauerstoffmaske bedeckt, aus den Armen ragen Schläuche und der Bauch hebt und senkt sich. Der hellblau und weiß geblümte Morgenmantel steht leicht offen und entblößt Boxershorts und mehr Schläuche an der Innenseite der Oberschenkel.

Ein dicker senfgelber Vorhang trennt uns von Dad.

»Los, komm.« Ich greife nach Jakes Arm und wir huschen an Bett A vorbei, um den schlafenden (oder bewusstlosen?) Patienten nicht zu stören. Als ich durch den Vorhang spähe, streift mein Ohr die kühle weiße Wand. Anna winkt uns herein. Ihr verquollenes Gesicht und die feuchten Augen lassen nichts Gutes erahnen.

»Es tut mir so leid, dass wir nicht da waren«, stoße ich hervor. »Wir haben dich am Telefon nicht verstanden. Wir waren in Jakes Jeep und haben dich nicht verstanden.« Nichts davon ist jetzt noch wichtig, aber ich rede trotzdem weiter.

»Was ist passiert?«, unterbricht mich Jake.

»Er … er hat sich beim Abendessen verschluckt und keine Luft mehr bekommen.«

»Oh mein Gott.« Mein schlimmster Albtraum ist wahr geworden und ich war nicht da, um zu helfen.

Jake schaut sie komisch an, was irgendwie seltsam ist. Warum wirkt er nicht genauso entsetzt wie ich?

»Jake, ich … ich habe den Notruf gewählt. Es war Rettung in letzter Sekunde.«

Jake lässt den Blick über die Kabel, die Maske, den intravenösen Zugang wandern. Der eigenartige Ausdruck auf seinem Gesicht ist immer noch da. »Lebenserhaltende Maßnahmen.«

So etwas wie Scham verzerrt Annas sonst so selbstsichere Züge.

Ich bin ehrlich verwirrt und außerdem ziemlich verärgert über Jakes Reaktion. »Anna, alles ist gut. Er lebt! Du hast ihn gerettet.«

Sie berührt Dads Hand, zuckt zurück, als hätte sie einen Stromschlag bekommen. »Du verstehst das nicht, Jake. In dem Augenblick konnte ich einfach nicht …«

Jake sagt nichts.

Warum benehmen die beiden sich so merkwürdig? Möglicherweise steht Anna noch unter Schock. Ich eile zu ihr. »Du hast ihn gerettet, Anna! Es tut mir so leid, dass wir nicht da waren, um dir zu helfen.«

Wieder sehe ich Jake und mich, wie wir tanzen und lachen. Die Bar. Der Alkohol. Der Jeep. Oh Gott, und die Hütte und das Frühstück heute Morgen. Wie wir über Scout diskutieren. Schuld frisst sich wie ein Krebsgeschwür durch meine Zellen. Wie konnten wir nur so egoistisch sein? Wir haben nicht einmal daran gedacht, Anna zurückzurufen.

Vielleicht hat Jake ein schlechtes Gewissen, dass er mit mir zusammen war? Dass er mich zu seiner Hütte anstatt nach Hause gebracht hat? »Wir ... ich war ein wenig beschwipst. Deswegen habe ich bei Jake übernachtet. Keine Sorge, es ist nichts passiert, aber wir haben vergessen, dir Bescheid zu sagen.«

Ich werfe Jake einen bittenden Blick zu, damit er mein Geständnis bestätigt, und als er es schließlich tut, ist seine Stimme klar und kein bisschen reumütig. »Sie hat bei mir geschlafen. Wir hätten euch Bescheid sagen müssen. Tut mir leid.«

Anna schüttelt den Kopf. »Das habe ich schon vermutet. Es ist nicht eure Schuld, Kinder.«

Typisch Anna. Ihr ist egal, wo ich war. Sie hat akzeptiert, dass ich nicht da war, und ist längst darüber hinweg. Für sie zählt nur das Hier und Jetzt, das, was ihr wichtig ist.

»Dein Daddy allerdings könnte die Sache etwas anders sehen, wenn ... falls er aufwacht. Immerhin bist du sein kleines Mädchen.«

Tränen steigen mir in die Augen. Ich würde alles dafür geben, dass er sich aufsetzt und mich anschreit, weil ich zu lange aus war, weil ich getrunken und die Nacht mit einem Jungen verbracht habe. Aber er liegt nur still da mit seinen Schläuchen und der Sauerstoffmaske und hat keine Ahnung, was ich getan habe. Dass wir überhaupt hier sind.

Anna beißt sich auf die Lippe und wirkt viel jünger als sonst. »Wenn du da gewesen wärst, Jake, wäre die Sache womöglich anders ausgegangen. Deshalb bin ich nicht besonders unglücklich darüber.«

Jake meidet meinen fragenden Blick und betrachtet stattdessen die Kabel. Den Zugang. Nickt.

»Was soll das heißen, dann wäre die Sache anders ausgegangen?«, frage ich.

Keiner der beiden schaut mich an. Wie bei der Geschichte mit Scout. Oder dem drohenden Bankrott der Ranch. Sie verschweigen mir etwas. Und zwar etwas Großes, ihren Mienen nach zu urteilen.

»Er lebt, also hat Anna offensichtlich das Richtige getan.« Ich versuche, sie dazu zu bringen, mir in die Augen zu sehen. »Was verschweigt ihr mir?«

Anna seufzt und sagt kleinlaut: »Dein Daddy hat eine Patientenverfügung, Paige. Du weißt, was das bedeutet.«

»Klar. Dass er nicht reanimiert werden will. Aber daran halten wir uns doch wohl nicht. Ich bin seine Tochter und ich werde ihn sicher nicht sterben lassen, nur weil es auf einem bescheuerten Blatt Papier steht.«

Jetzt weint sie. Die knallharte Anna weint und das macht mir Angst, panische Angst, weil ihre Verletzlichkeit so ungewohnt und diese ganze Situation so völlig verkorkst ist.

»Ich habe gegen seinen ausdrücklichen Willen verstoßen, Paige. Ich dachte, ich könnte es. Ich habe ihm versprochen, dass ich es kann, aber als es dann so weit war, als er nach Atem gerungen und mich panisch angestarrt hat … Ich konnte nicht bloß dasitzen und nichts tun. Egal, was er mir vorher tausendfach versichert hat … In dem Moment konnte ich es einfach nicht.«

Sie bricht auf einem orangefarbenen Plastikstuhl zusammen und plötzlich sitze ich wieder in diesem kargen Vertrauenslehrerbüro mit Ty und den anderen beiden und wir reden über all die Menschen, die wir nicht retten konnten. Die Klassenkameraden, denen ich nicht geholfen, und den Stiefbruder, den ich zu weit getrieben habe. Ich habe meine Lektion gelernt. So etwas wie mit Ty darf mir nie mehr passieren. Ich werde alles in meiner Macht Stehende tun, damit mein Dad weiterlebt.

Ich knie mich neben sie und nehme ihre Hand. »Es war die richtige Entscheidung, Anna. Du liebst ihn. Und jemanden, den man liebt, kann man nicht einfach sterben lassen. Man muss mit allen Mitteln versuchen, ihm zu helfen, alle Hebel in Bewegung setzen.«

Ich rede nicht länger nur über Dad.

Sie schüttelt den Kopf, weist meine Worte zurück. »Er wird unglaublich sauer auf mich sein.«

»Weil du ihm das Leben gerettet hast? Das ist doch lächerlich. Er liebt dich. Er wird es verstehen. Du kannst nicht … er kann nicht erwarten, dass du eine solche Entscheidung triffst. Dass du Gott spielst.«

»Na ja, ob es so dramatisch ist …«

»Es geht um Leben und Tod, wenn das nicht dramatisch ist, was dann?«

Bilder der Beisetzungen in Kalifornien schießen mir durch

den Kopf, Leben, die gerettet hätten werden können, wenn wir nur gewusst hätten, wie. Dad hat noch eine Chance. Vielleicht wacht er auf. Vielleicht sitzt er bald wieder mit uns in der Küche und ich halte seine Hand und lese ihm vor und wir schreiben-Schrägstrich-quatschen und machen Witze.

»Ich hätte genauso gehandelt, wenn ich da gewesen wäre«, sage ich. »Ohne Frage.«

Sie schaut mich traurig an und tätschelt mir den Arm. »Deswegen bist du auch nicht seine Pflegerin. Davor haben sie uns bei der Palliativberatung gewarnt. Wenn man einen geliebten Menschen pflegt, kommt man seinen Wünschen oft nicht nach. Ich dachte, ich wäre stark genug. Dass ich Gus genug respektieren würde. Aber letzten Endes geht es nicht um Respekt, es geht um Liebe, nur um Liebe, und ich konnte ihn nicht sterben lassen.«

»Ich kapier das nicht. Wenn er eine Patientenverfügung hat, warum hält er sich dann überhaupt künstlich am Leben, Tag für Tag, mit den Schläuchen und dem Sauerstoffgerät und allem?«

»Er will eines natürlichen Todes sterben.«

»Okay.« Ich seufze. Jetzt würde ich gern wie Anna denken. Rational und stark sein und diese neuen Informationen logisch und resolut verarbeiten. Ich hole tief Luft. Schließe für einen Moment die Augen und verscheuche die Vorstellung von einer Frau, die die lebenserhaltenden Apparate ausschaltet und dem Mann, den sie liebt, beim Sterben zusieht. So wird es bei uns nicht laufen. Zumindest nicht heute.

»Okay«, sage ich noch einmal mit ruhiger, fester Stimme. »Was geschehen ist, ist geschehen. Wir müssen nach vorne schauen. Dad wird dir das nicht nachtragen. Er wird es verstehen.«

Keine Ahnung, ob das stimmt. Womöglich ist er außer sich vor Wut, aber ich sage es trotzdem.

Er hat gar keine Wahl. Er muss seinen Egoismus, der Anna erst in diese schreckliche Situation gebracht hat, hintanstellen und auf seinen eigenen Rat hören: Wenn du es nicht ändern kannst, finde dich damit ab und mach weiter.

Jake steht auf der anderen Seite des Betts und betrachtet Dads regloses Gesicht. Auch Dad trägt eine Sauerstoffmaske, aber anders als Patient A ist er sorgfältig bis zum Hals zugedeckt. Das bisschen Haar, das er noch hat, ist ordentlich zur Seite gekämmt und seine Stirn glänzt fettig von der Salbe, mit der verhindert werden soll, dass etwas an seiner Haut festklebt. Abgesehen von den Stoppeln am Kinn sieht er aus wie immer.

Anna streichelt sanft seine Wange. »Ich wollte ihn gleich rasieren, wenn die Ärzte da waren. Er mag keine Stoppeln. Ihr kennt ihn ja, entweder glatt rasiert oder Vollbart. Bei Gus gibt es keine halben Sachen.«

Leben oder Tod. Kein Koma, kein hirntotes Warten darauf, dass jemand den Stecker zieht. Keine halben Sachen.

In Annas Blick liegt so viel Liebe. Selbst in den besten Zeiten hat Mom Dad nie so angeschaut. Anna akzeptiert ihn, wie er ist, mit all seinen Fehlern. »Er kann sich glücklich schätzen, dass er dich hat, Anna.«

Ihre Miene hellt sich auf, als hätte sie diese Worte wirklich gebraucht. »Glaubst du?«

»Ich weiß es.«

Sie schluckt und ihre Augen füllen sich wieder mit Tränen. »Danke, Kleines.«

Ich schlinge die Arme um sie und halte sie fest.

Jake, der seit unserer Ankunft fast kein Wort gesagt hat, drückt seine Gefühle mit Taten aus. Er legt die Hand auf Dads Arm, schützend, stark. Und obwohl gerade alles schrecklich falsch läuft, ist dieser Moment irgendwie genau richtig.

62

Wir bleiben den ganzen Tag im Krankenhaus und bringen Anna, die nicht von Dads Seite weicht, einen Becher schalen Automatenkaffee nach dem anderen. Gegen vier beschließe ich, dass wir etwas zu essen brauchen, um wenigstens einen Teil des Koffeins aufzusaugen, also holen Jake und ich Sandwiches. Wir setzen uns damit auf eine Vinylcouch im Eingangsbereich, weil es in der Cafeteria nach Essig und kranken Menschen riecht.

»Was für ein Riesenmist«, murmelt Jake, während er lustlos den Salat aus seinem Sandwich zieht.

»Ich weiß.«

Er hebt die Augen, und was ich darin erkenne, lässt mich schaudern. »Wenn wir da gewesen wären, Paige, dann …«

»Was?«

Er schaut weg. »Nichts.«

»Jake, das stimmt doch nicht. Was willst du damit sagen? Dass es anders gelaufen wäre? Das denkst du schon die ganze Zeit.«

»Ich will dich nicht aufregen, ich will nur … Ich weiß, was dein Dad sich wünscht, und das möchte ich respektieren.«

Ich lege mein Sandwich beiseite. Angst steigt in mir auf, die Ruhe des Schocks verwandelt sich in pure Panik. »Du hättest zugesehen, wie er stirbt?«

Sein Adamsapfel hüpft, als würde ihm das Geständnis nicht leichtfallen, aber er weicht meinem Blick nicht aus. Wie als er Anna offenbart hat, dass ich bei ihm übernachtet habe. Er hat vielleicht ein schlechtes Gewissen, weil er uns Kummer bereitet, aber nicht wegen seiner Entscheidung.

»Es ist sein Wille. Ich habe ihm mein Wort gegeben. Ich habe die Patientenverfügung unterschrieben, in der steht, dass ich …« Er wendet sich ab und schiebt den Salat auf seinem Teller hin und her. »Aber in der Situation, wer weiß. Möglicherweise hätte ich genauso reagiert wie Anna.«

Ich habe keine Ahnung, was ich sagen soll. Was ich fühlen soll. Dad nicht sterben zu lassen, bedeutet, ein Versprechen zu brechen. Er kann sich nicht bewegen. Er kann nicht reden. Alles, was ihm noch bleibt, ist dieser Computer, mit dem er uns seine Wünsche mitteilt. Er zählt auf uns. Ich will ihn nicht verlieren – das ist das Letzte, was ich will –, aber ich begreife allmählich, was Jake meint. Ich begreife, was Dad sich wünscht. Es gibt keine richtige oder falsche Antwort auf die Frage, ob man leben möchte oder sich dazu entschließt zu sterben.

Ich stütze den Kopf in die Hände, presse die Finger an die Schläfen.

»Ich glaube, wir sollten eine Pflegerin einstellen, Paige. Jemanden, der nicht mit ihm verwandt ist, der …«

»Der ihn nicht liebt?«

»Ja.«

»Das glaube ich auch. Wie sollte Anna je damit leben, ihn sterben gelassen zu haben? Sie kann nicht zusehen, wie er an seinem Brei erstickt, und nicht den Notruf wählen. Es ist nicht richtig, dass sie eine solche Entscheidung treffen muss. Oder du.«

Er nickt einmal, dankbar.

»Keine Ahnung, wo wir das Geld dafür herkriegen, aber ich lasse mir was einfallen.« Schon als ich es sage, weiß ich es genau. Scout. Wir werden Scout verkaufen. Uns bleibt nichts anderes übrig.

Ich schaue Jake in die Augen, um zu sehen, ob er es auch weiß. Natürlich.

»Ich will nicht, dass du das tun musst«, sagt er.

»Wenn es einen von uns vor dieser schrecklichen Entscheidung bewahrt? Wenn es bedeutet, dass wir ihm geben können, was er sich wünscht? Die eine Sache respektieren, die noch in seiner Macht steht? Wir haben keine Wahl, Jake. Auch wenn es mir das Herz zerreißt, ich werde sie verkaufen, um Annas und deinetwillen.«

»Okay. Wenn du dir sicher bist?«

Ich nicke.

»Dann reden wir heute Abend mit ihr darüber. Oder morgen. Oder wann auch immer Gus entlassen wird.«

Er stellt seinen Teller auf den Boden und nimmt meine Hände. »Ich bin so froh, dass du da bist.« Seine blauen Augen glänzen.

»Irgendwer hat mir mal gesagt, dass das Richtige nicht immer das Einfachste ist. Ich bin auch froh, dass ich da bin, aber selbst wenn nicht … du würdest das Richtige tun.«

»Das Problem ist nur, dass ich in diesem Fall und bei … bei dir nicht mehr weiß, was richtig ist.«

»Doch, das tust du.«

Ich hatte keine Ahnung, wie ich mit Ty umgehen sollte.

Ich wusste, wie labil er war, wie nah er am Abgrund stand, und habe es trotzdem weder meiner Mom noch seinem Dad verraten, weil ich dann auch hätte zugeben müssen, wie eng unser Verhältnis wirklich war. Ich habe lieber meinen eigenen Stolz geschützt als Ty.

Ich habe eine Entscheidung getroffen und lebe seither jeden Tag damit. Ich muss es Jake erzählen.

Am besten jetzt gleich.

Aber wie erzählt man jemandem, den man liebt, dass man schuld am Tod eines anderen ist, der einen zu lieben glaubte?

63

Damals

Ich fuhr so schnell wie möglich.

In der einen Hand hielt ich mein Handy. Es war im Lautsprechermodus und ich konnte mich kaum auf die Straße konzentrieren, als ich die unzusammenhängenden Sätze hörte, die Ty auf meinem Anrufbeantworter hinterlassen hatte.

Ich weiß, dass du mich nicht liebst, aber das ist jetzt egal, noch ein schönes Leben, und nein, du tust mir nicht leid und auch sonst nichts und niemand oder vielleicht doch, keine Ahnung, mach's gut.

Ich trat auf die Bremse und sprang hinaus in die Dunkelheit. »Ty!« Ich brüllte seinen Namen in die kalte, windstille Nacht. Nebel füllte den menschenleeren Raum zwischen Maschendrahtzaun und Gleisen.

Die Warnschilder hingen mittlerweile überall. ACHTUNG, ZUGVERKEHR mit einem durchgestrichenen Männchen auf den Gleisen. WIR HELFEN IHNEN mit zwei sich haltenden Händen und einer Notfallnummer für Suizidgefährdete. Helle Lichtlachen von noch mehr neu angebrachten Scheinwerfern.

Alles Vorsichtsmaßnahmen unserer Schule und der Polizei, um weitere Selbstmorde zu verhindern.

»Ty! Bist du hier?«

Keine Antwort.

Ich hatte seine Nachricht gehört. Er hatte irgendetwas vor.

Zitternd vor Kälte und Angst schlang ich die Arme um den Oberkörper und rief immer wieder nach ihm.

Eine Krähe streifte mich und landete ein paar Meter vor mir. Ich schrie auf.

Komm schon, Paige. Reiß dich zusammen.

»Ty! Wenn du hier bist … bitte. Was ich geschrieben habe, tut mir leid. Ich …«

Sag's einfach. Sprich es aus. Nur für den Fall, dass er hier ist und es ihn rettet.

»Ich hab's nicht so gemeint.«

»Bist du dir sicher?«

Ty stand auf den Gleisen, hinter der Krähe.

Er trug einen grauen Hoodie, Jeans und Chucks. Die Kapuze warf einen Schatten auf sein Gesicht. Man konnte seine Augen nicht erkennen, nur seinen Mund.

Meine Sorge verwandelte sich in Wut. Er wartete auf eine Entschuldigung. Er wusste, wie panisch ich war, wie viel Angst ich hatte, und trotzdem lauerte er da im Dunkeln und wartete. »Was zum Teufel hast du vor?«

»Ich will sehen, was sie gesehen haben.«

»Was?«

»Diese allerletzten Sekunden. Die Scheinwerfer, die auf sie zurasen. Die Geräusche. Die müssen noch lauter sein als Wellen. Ich war schon weit draußen, gefangen in der Wasserröhre, und solche Wellen, die von ganz tief unten kommen, von ganz weit weg … die sind lauter als jeder Donner.« Er hob den Kopf. »Lauter als jeder Schrei.«

Meine Knie fingen an zu zittern. »Komm runter von den Gleisen, Ty.«

»Ich frage mich, ob sie drüber nachgedacht haben, ihre Meinung zu ändern, weißt du? Ob sie gedacht haben: Was zur Hölle mache ich hier eigentlich? Ob sie kalte Füße gekriegt haben, als sie dem Tod Auge in Auge gegenübergestanden haben, aber es war zu spät und er hat sie trotzdem erledigt.«

Ich schlüpfte ungeachtet aller Schilder durch ein Loch im Zaun, das bestimmt Ty hineingeschnitten hatte. »Komm mit mir nach Hause.«

Er nahm die Kapuze ab und schaute mich direkt an, mit Augen, die nicht die seinen waren. Sie hatten dieselbe wunderschöne grüne Farbe, aber irgendetwas an ihnen wirkte tot, leer, wie bei einer Krähe. Als wäre der Ty-Teil verschwunden, der lustige, hoffnungsvolle Teil, und bloß Wut und Rachsucht übrig. Der Teil, den ich hasste.

»Warum, Paige? Damit du mich noch tausendmal zurückweisen kannst? Mich jeden Tag daran erinnerst, dass du mich für einen verfickten Vergewaltiger hältst, mich behandelst, als wäre ich der armseligste Wichser auf der ganzen Welt? Nein danke. Da bin ich lieber tot.«

Scheiße.

Scheiße!

Ich rang nach Worten. Er stand noch immer auf den Gleisen. Ich kannte den Fahrplan nicht auswendig. Er? »Warum? Damit du ein normales Leben führen kannst!«

»Normal?« Er lachte zu laut, zu schrill. Ein Schauder lief mir über den Rücken. »Du weißt doch, dass es so was wie Normalität für uns nicht gibt. Vor allem nicht für mich. Selbst wenn man gar nichts getan hat – sobald einem ein solcher Verdacht erst mal anhängt, folgt er einem überallhin. Vielleicht ... sind die anderen auch vor irgendwas geflüchtet. Vielleicht haben sie sich zu Recht verabschiedet.«

Er wandte sich um, starrte in die andere Richtung.

»Nein!«, beharrte ich. »Sie hatten unrecht. Sie hatten Familien, die sie geliebt haben. Freunde, die am Boden zerstört sind. Man kann sich nicht einfach ›verabschieden‹, bloß weil der Weg ein bisschen steinig wird.«

Er schaute mich noch einmal an mit seinen Fegefeueraugen. Halb da, halb schon fort. »Wer sagt das?«

»Ich.«

»Ach, und wenn du das sagst, ist es auch so, oder?« Er wedelte mit den Händen und seine Stimme triefte vor Sarkasmus. »Was Paige sagt, gilt. Keine Angst, ich hab schon verstanden, dass du mich hasst, also brauchst du jetzt nicht zurückrudern und mir vorheucheln, du hättest es nicht so gemeint. Ich hab dein Gesicht gesehen, als du mir die Tür vor der Nase zugeschlagen hast. Den gleichen Ausdruck hatte meine Mom, als sie meinem Dad verkündet hat, dass er zur Hölle fahren soll, und dann auf Nimmerwiedersehen verschwunden ist. Genauso gut hätte sie mich meinen können, denn sie ist weg, für immer, so wie du bald auch.«

Ich stolperte zurück, bis mein Rücken gegen den Maschendrahtzaun stieß, der mir den Fluchtweg versperrte. »Nein, das stimmt nicht –«

Ty sprang vor und packte den Draht links und rechts neben mir. »LÜG MICH NICHT AN, PAIGE! Wenn du wirklich glaubst, dass du mich mit ein paar Lügen von diesen Gleisen kriegst, bist du dümmer, als ich gedacht habe. Du haust im Herbst ab auf die Wesleyan und schnappst dir irgendeinen Wasserballer wie diesen Wichser Matt, gehst mit ihm auf Gartenpartys und besuchst an den Wochenenden seine Eltern. Ich bin dann nur noch ein Störfleck auf deinem Radar. Der unheimliche, perverse Stiefbruder. Der Typ mit dem Alkoholproblem, mit dem du rumgemacht hast, wenn du alles vergessen wolltest.«

In Todesangst schlüpfte ich unter seinem Arm hindurch.

Ich musste meine Mutter anrufen. Ich musste seinen Vater anrufen. Ich brauchte *Hilfe*. Meine Hände zitterten, als ich mein Handy rausholte. Ty schrie mich so laut an, dass ich es beinahe fallen ließ. »Lass das! Hier geht es nicht um sie. Hier geht es um uns!«

Ich fing trotzdem an zu wählen, bis seine Worte mich aufhielten.

»Wenn du sie anrufst, bin ich tot, bevor sie hier sind.«

Ich steckte das Handy zurück in die Tasche.

»Kluges Mädchen«, sagte er. »Brav.« Seine grünen Augen glühten. »Ich will dir keine Angst machen, Paige. Ich will bloß, dass du mich verstehst. Du hast einen Notausgang. Du schon. Aber stell dir vor, so ein Glück hat nicht jeder.«

Vielleicht konnte ich Mom anrufen, ohne dass er es merkte? Ich schob unauffällig die Hand in die Tasche. Ich musste es nur zu meinen Favoriten schaffen, damit sie hörte, was wir sagten. Sich zusammenreimte, was los war, und mir half, ehe es zu spät war. Ich versuchte, Zeit zu schinden. »Du gehst doch auch aufs College, Ty. Du hast auch einen Notausgang.«

»Das College ist mir scheißegal!« Er warf die Arme in die Luft und ließ sie wieder herunterklatschen. »Da sind wir nicht zusammen! Du wirst mich nie besuchen! Du kannst es kaum erwarten, wegzukommen, von mir, von allem hier.« Er deutete auf die Gleise, auf die Schilder, dann vergrub er die Hände in den Hosentaschen und drehte sich in die Richtung, aus der vermutlich der nächste Zug auftauchen würde.

»Hör auf damit! Das ist nicht mehr lustig!«

Er sah mich über die Schulter an und beim Anblick seiner starren Miene blieb mir das Herz stehen. »War es das je?«

»Du weißt, was ich meine.«

Er wandte sich wieder ab und ich nutzte die Gelegenheit, um Moms Nummer zu wählen. Es klingelte einmal, zweimal, bevor ein entsetzliches, unheilvolles Geräusch alles übertönte.

Das Signalhorn des Zugs gellte durch die Nacht wie ein Schrei. Das Dröhnen des Motors kam immer näher.

Zwei Scheinwerfer und vierundsechzig Tonnen Stahl hielten auf den siebzig Kilo schweren Ty zu.

»Ty! Weg da!«

Ich rannte auf die Gleise. Ich hatte keine andere Wahl. Wenn ich es nicht tat, würde der Zug ihn umbringen. Beim ersten Versuch, seinen Ärmel zu erwischen, griff ich daneben. Als ich ihn ein zweites Mal packen wollte, wich er mir aus und sprang nach rechts.

Der Zug war schon zu nah. Wir würden es nicht schaffen.

Das grelle Licht blendete mich. Meine Schreie gingen im

Kreischen der Bremsen unter. Ich warf mich gerade noch rechtzeitig zur Seite und stürzte hart auf den Schotter.

Der Zug donnerte vorbei, mit heulender Hupe und brüllenden Bremsen, die ihn doch nicht aufhalten konnten.

64

Jetzt

Jake macht mir eine Tasse Zitronentee. Ich beobachte, wie er Honig in das siedende Wasser rührt. Als er sich umdreht und mich beim Starren ertappt, schenkt er mir das traurige Lächeln eines endlosen, harten Tags. Ich erwidere es. Er setzt sich neben mich auf die abgewetzte Ledercouch, die früher meinen Eltern gehört hat. Mein Haar ist feucht und fällt offen über die von einem grünen Flanellhemd bedeckten Schultern. Jake hat es mir gegeben, als ich aus der Dusche gekommen bin. Ich habe so lange unter dem heißen Wasser gestanden, bis meine Finger verschrumpelt und meine Wangen gerötet waren, mir den Geruch der Intensivstation von der Haut geschrubbt und gewünscht, der Dampf und das dumpfe Prasseln des Strahls könnten das Piepen der Maschinen überdecken, das Brummen des Sauerstoffgeräts, das meinen Dad am Leben hält, den kreischenden Zug und Tys Schreie.

Wir unterhalten uns leise. Ich kuschle mich an Jakes Brust und atme begierig den beruhigenden Duft nach Seife und dem Rindfleischeintopf ein, den er zum Abendessen aufgewärmt hat. Wir bleiben eine ganze Weile so sitzen und lauschen dem Herzschlag des anderen, bis der stille Trost sich verwandelt. Bis meine Haut brennt, so sehr will ich ihn. Ich lasse die Hand wandern, von seiner Schulter auf seine Brust bis zu seinem Herzen, zerknülle den Flanell in meiner Faust. Zuerst küsse ich nur den Stoff. Er ist weich und rau zugleich, genau wie er.

Er stößt ein leises Seufzen aus.

Ich küsse ihn noch einmal.

Dieses Mal begnüge ich mich nicht mit dem Hemd, sondern berühre stattdessen seine nackte Brust. Es ist ein kleiner Kuss, flüchtig, einladend. Etwas, das ich jederzeit abbrechen kann. Das er ignorieren kann. Von dem wir so tun können, als wäre es nie passiert. Als wäre es nur ein Ausrutscher gewesen, ein Versehen. Wir haben noch nicht über gestern Abend, gestern Nacht geredet – das Geknutsche könnten wir auf betrunkenen Leichtsinn schieben, aber das hier ist etwas anderes.

Wenn er mich lässt.

Ich fahre mit dem Daumen über seine Schulter, bis ich die empfindliche Stelle unter seinem Schlüsselbein erreiche, und küsse auch die.

»Himmel, Paige …«

Er hebt mein Kinn an, sucht meine Lippen. Starke Hände streichen durch mein Haar, über mein Gesicht, sanft und besitzergreifend. Einer von uns beiden stöhnt. Der andere antwortet mit einem Keuchen. Meine Hände erkunden all die Stellen, nach denen ich mich schon seit meiner Ankunft verzehre. Seine Arme, die harten Muskeln. Er fühlt sich so gut an, wie ich es mir erträumt habe. Sogar noch besser, weil er dazu weich und zärtlich ist.

»Alles in Ordnung?«, flüstert er.

»Ja«, flüstere ich zurück. »Mehr als in Ordnung.«

Mein Körper steht in Flammen und ich bin ungefähr zwei Sekunden davor, mich einfach aufzulösen, als er mich hochhebt und in sein Schlafzimmer trägt.

Sobald er mich behutsam aufs Bett gelegt hat, wird seine Begierde zu Geduld.

Langsam und geschickt wie der Hauptdarsteller in einem Liebesfilm knöpft er mein Hemd auf und streift es mir von den Schultern, küsst jeden Zentimeter der entblößten Haut. Ich bebe vor Ungeduld und wünsche mir gleichzeitig, dass er ewig weitermacht. Das hier hat nichts mit Tys schlabbriger, hartnäckiger Hast gemein.

»Jake.« Ich zerre an seinem Haar, ziehe sein Gesicht zu meinem, küsse ihn mit allem, was ich habe, was ich war, was ich bin.

Ich küsse ihn, als gäbe es nichts anderes auf der Welt. Seine Augen bitten mich um Erlaubnis, seine Hände halten inne, bevor sie Regionen erforschen, die fast vergehen vor Sehnsucht nach ihrer Berührung, und als ich ihm meine Hüfte entgegenneige, greift er schnell in seine Nachttischschublade und wir verschmelzen miteinander. Zuerst ist er noch vorsichtig, bedeckt mein Gesicht, meinen Hals mit Küssen, will mir nicht wehtun. Er tut mir nicht weh. Ich liebe ihn. Und ich will ihn, ganz. Wir bewegen uns in einem natürlichen, perfekten, überwältigenden Rhythmus, und als mein Innerstes explodiert, wird mir klar, wie es sich eigentlich anfühlen sollte. Genau so. Und ich will, dass es nie mehr aufhört.

Danach zieht er mich an sich und legt den Kopf auf meine

Brust. Ich streichle sein feuchtes Haar, während wir beide versuchen, wieder zu Atem zu kommen.

Irgendwann wischt er mir sacht mit dem Daumen über die Wange. »Warum weinst du?«

»Ich weiß es nicht.«

Bei Ty ging es immer nur darum, dass ich ihn tröste. Dass ich ihm gebe, was er will, damit nicht noch jemand verletzt wird. Mit Jake soll alles anders sein.

Bei uns geht es nicht um Psychospielchen. Den Kampf, wer nachgibt, wer fortgestoßen wird. Bei uns soll Sex kein Mittel zum Zweck sein, nicht unseren Schmerz über Dads Zustand lindern. Sex ist kein Pflaster für andere Wunden.

Mit Jake soll es nur um uns beide gehen. »Ich will, dass es um uns geht«, sage ich.

»Ich auch«, antwortet Jake so leise, dass es kaum mehr als ein Flüstern ist. Und ebenso behutsam drückt er mich noch fester an sich und ich schmiege mich an seine Wärme, atme seine Behaglichkeit ein.

Mit Jake soll es nicht darum gehen, dass ich kaputt bin. Es soll so echt sein, wie es sich anfühlt.

Es soll um Liebe gehen.

65

Damals

Beim ersten Mal hat Ty es sich anders überlegt.

Er ist gesprungen, als ich es ihm zugerufen habe.

Vielleicht hätte er es sowieso getan, ob ich nun da gewesen wäre oder nicht, aber natürlich fühlte ich mich zu diesem Zeitpunkt schon so schuldig, dass ich es nicht mehr sagen konnte.

Der Zug erwischte ihn trotzdem.

Er traf ihn im Sprung am linken Bein und brach es an drei Stellen. Außerdem erlitt Ty eine schwere Gehirnerschütterung. Sobald er körperlich stabil genug war, wurde er auf die psychiatrische Station verlegt.

»Ich bin nicht selbstmordgefährdet«, sagte er, als ich ihn besuchte. Ich stand ein paar Meter von seinem Bett entfernt, mit einem gelben Smileyballon in der Hand.

»Wenn man vollgepumpt mit Pillen und Alkohol von einem Zug erfasst wird, darf man sich nicht wundern, dass sie einen dafür halten.«

»An dir ist ja eine Komikerin verloren gegangen.« Er lächelte ironisch, aber seine Augen waren so distanziert und zombiemäßig wie in jener Nacht auf den Gleisen.

»Ich muss dir was erzählen.« Ich räusperte mich. »Ich muss meinen Dad besuchen. Er ist krank und Mom sagt, dass ich hinfliegen soll, also verbringe ich die Sommerferien bei ihm.«

Ich mied seinen Zombieblick.

»Hast du mich gehört? Ich fliege weg.«

»Okay«, meinte er gelassen.

»Okay?« Ich wurde sauer. »Mehr fällt dir dazu nicht ein? Weißt du was, vergiss es. Ich hätte nicht kommen sollen.«

»Ist mir egal. Du interessierst mich nicht länger.«

»Ich hoffe echt, dass du hier drin Hilfe kriegst und lernst, mit deiner Enttäuschung auf gesündere Art und Weise umzugehen.«

Sein spöttisches Lächeln wurde breiter. »Gesündere Art und Weise? Sag bloß, dir haben sie auch das Gehirn gewaschen, Sis.«

»Wer?«, fragte ich, verärgert über seinen Ton. Sein Verhalten machte mich völlig fertig. Sein armer Vater war am Boden zerstört und Mom mit den Nerven am Ende. Und er saß da und grinste?

»Na, die Seelenklempner. Hör dir mal zu. Was du gerade gesagt hast – *wie* du es gesagt hast. Als würdest du mich nicht kennen. Als wären wir Fremde.«

»Stimmt doch gar nicht.« Mir war kotzübel vom Geruch in diesem Zimmer. »Ich habe nur gesagt, dass du dich umbringen wolltest und dich aufführst wie ein Psycho, also ist das hier genau der richtige Ort für dich.«

»Himmel, bist du eine Zicke geworden.«

»Eine Zicke, die dir das Leben gerettet hat«, fauchte ich. »Vielleicht hätte ich dich lieber sterben lassen sollen, du Arschgeige.«

Mir schnürte sich vor Abscheu die Kehle zu. Ich war angewidert von mir selbst. Von meinen hasserfüllten Worten. Aber am allermeisten von Ty. Wollte er denn nicht gerettet werden?

Ich musste raus hier. Weg von diesem Mief aus tagealten Laken und Medizin.

Ty salutierte. »Jawohl, Sir, Vertrauenslehrer Käpt'n Ahab, Sir.«

»Du warst mal ein ziemlich cooler Typ, Ty. Und ich war dumm genug, mir tatsächlich was aus dir zu machen. Keine Ahnung, was mit dir passiert ist, aber das alles ist allein deine Schuld.«

»Schönes Leben noch. Viel Spaß in Kaffhausen oder wo auch immer du hinwillst«, sagte er schnippisch, schnappte sich eine Skateboardzeitschrift und verschanzte sich dahinter. »Und vergiss nicht, mir 'ne Postkarte zu schicken.«

Oooh nein. So leicht kam er mir nicht davon. Nicht nach allem, was wir zusammen durchgestanden hatten. »Du bist so ein Arsch!«

Er schaute nicht einmal auf. »Jep.«

»Du hättest sterben können.«

Er zuckte mit den Schultern. »Und du könntest unten auf dem Parkplatz überfahren werden.«

Ich stemmte die Hände in die Hüften. »Wenn du dich wirklich hättest umbringen wollen, hättest du mich nicht angerufen. Du hättest es einfach getan.«

»Und?«

»Ich *sollte* dich finden. Dich anbetteln, etwas nicht zu tun, das du sowieso nie vorhattest.«

Sein Schweigen war so gut wie ein Geständnis. Und obwohl ich es von Anfang an vermutet hatte, machte es mich stinkwütend.

»Wozu dann das alles?«, fragte ich. »War es nur ein Trick? Eins deiner kleinen Spielchen, damit ich hierbleibe? Wieder mit dir schlafe? Hast du eine Ahnung, was du deinem Dad antust? Er hat gestern im Wohnzimmer geweint! Du hast kein Recht, auf dieser Station zu sein und dieses Bett zu belegen, während da draußen vielleicht jemand tatsächlich selbstmordgefährdet ist und Hilfe braucht.«

Mein Blick huschte zum Rufknopf, der neben seinem Bett baumelte. Ich fragte mich, ob ich Ty den Schwestern melden sollte. Seinem Arzt. Doch die wussten schon, wie krank er war. Und nur weil jemand bei einem Suizidversuch eigentlich gar nicht sterben wollte, bedeutete das nicht, dass er es nicht verbocken und sich versehentlich trotzdem töten konnte, hatte der Psychiater gesagt. Also mussten wir das hier ernst nehmen.

Aber das hieß nicht, dass ich Ty verstand.

Ich verstand nicht, ob es daran lag, dass seine Mutter ihn verlassen oder dass sein Vater wieder geheiratet hatte, ob es um die Gegenwart oder die Vergangenheit ging. Aber ich begriff, zumindest im Nachhinein, dass es nichts mit mir zu tun hatte. Ich war nur diejenige, auf der er alles ablud, damit er sich nicht selbst mit seinem Schmerz auseinandersetzen musste. Dass er in Kalifornien war, dass er in diesem Krankenhauszimmer festsaß, war für seine Genesung wahrscheinlich genauso schlecht wie für meine.

Ich drückte ihm die Schnur des Luftballons in die Hand.

Ich durfte mich nicht länger dafür verantwortlich fühlen, ob er glücklich oder traurig war. Auf seine Psychomasche hereinfallen, mit der er mir einreden wollte, dass Sex ihn von den Gleisen fernhalten würde. Sonst wäre ich bald so krank wie er.

»Man sieht sich, Ty.«

66

Jetzt

Als ich Mom anrufe und ihr von Dads Unfall erzähle, gewährt sie mir noch eine Woche Galgenfrist. Und bietet sogar an, herzukommen und zu helfen, aber ich lehne ab. Was würde sie von Jake und mir halten? Davon, dass ich so schnell über alles hinweg bin?

Wir laden ein paar potenzielle Kandidatinnen für die Pflegestelle ein und reden mit ihnen, während Anna in der Küche mit Töpfen und Tellern knallt. Als ich eine Tasse Kaffee für die aktuelle Bewerberin hole, schrubbt sie gerade eine eierverkrustete Bratpfanne, bis sie in der durch die erdbeerbestickten Vorhänge fallenden Morgensonne glänzt wie neu.

Ihre Wangen sind gerötet und ihre Augen feucht. Nicht vor Trauer, sondern vor Empörung. »Ich kapiere nicht, warum ihr mich ersetzen wollt.« Sie wischt sich die triefenden Hände an der Schürze ab. »Ich habe einen Fehler gemacht. Das passiert mir kein zweites Mal. *Ich* sollte mich um ihn kümmern. Ich!«

»Anna … wir haben das mit Dad besprochen. Er will nicht, dass du so was noch einmal durchmachen musst.«

Beleidigt wirbelt sie auf ihren nackten Füßen herum und attackiert eine weitere Pfanne. Während sie mit dem Speckfett kämpft, lege ich ihr eine Hand auf die Schulter. »Alles, worauf es ankommt, erlebst du doch trotzdem mit ihm. Du wohnst hier, liebst ihn. Du musst dich nur nicht mehr um das Füttern kümmern, die ganze Pflege. Die medizinischen …« *Entscheidungen. Die über Leben und Tod. Du musst nicht wählen, ob du ihn sterben lässt oder ihn zwingst, ein Leben zu führen, mit dem er längst abgeschlossen hat.* »Sachen.«

»Okay.«

»Wirklich?«

»Ja. Ich versteh's. Aber das heißt nicht, dass es mir gefällt.«

Ich verstehe meinen Vater. Ich verstehe seine Philosophie. Doch er sollte mittlerweile wissen, dass die Realität nicht schwarz und weiß ist – sie ist rot. In dieser Farbe spielt sich alles Wichtige ab. Das blühende Leben, die blutige Sauerei des Todes, das pochende Herz der Liebe. Mit Ty war ständig alles rot. Meine Gefühle für ihn waren ein einziges Durcheinander, das sich permanent weiter verstrickte. Nie beherrschte eine Emotion die anderen, übernahm die Macht bis zum Schluss. Beziehungen sind immer chaotisch, aber wenn sie schon falsch anfangen, sind sie wie Treibsand.

»Mir gefällt es auch nicht. Es ist beschissen. Verdammt beschissen. Aber ein anderes Leben bekommen wir nicht.«

»Wann bist du so weise geworden, Kleine?«

Ich blinzle. »Du findest mich weise?«

»Klar. Weise und tapfer.« Sie lächelt. »Aber wenn mich jemand fragt, werde ich bestreiten, so was jemals gesagt zu haben. Und jetzt bring der Dame da drin eine Kostprobe von meinem Kaffee, damit sie gar nicht anders kann, als den Job anzunehmen.« Sie reicht mir die Tasse und scheucht mich gespielt großmütterlich hinaus. »Husch, husch!«

Anna, die tapferste Frau, die ich kenne, hält mich für tapfer. Und genau wie Jake sagt sie nichts, was sie nicht auch so meint.

Jetzt muss ich etwas tun, vor dem ich eine Heidenangst habe.

Ein altbekannter, überdimensionierter Pick-up mit goldgesäumten Reifen und einem blitzsauberen Pferdeanhänger rumpelt über die Schotterauffahrt, so vorsichtig, als wollte er nicht riskieren, dass auch nur ein Stäubchen sein blank poliertes Äußeres verunziert.

Ich habe diesen Kerl von der ersten Sekunde an gehasst und daran hat sich nichts geändert. Es liegt nicht an seiner Person – Jake hat recht, ich kenne ihn ja gar nicht –, sondern daran, wofür er steht: Macht über die Schwachen, über mich, Jake, Anna, Dad, Scout, nur weil er Geld hat und wir verzweifelt sind.

Jake drückt meine Hand, als mein Todfeind aussteigt, mit seinem Zweihundert-Dollar-Hut und brandneuen Angeberstiefeln. Dabei weiß jeder, dass echte Cowboystiefel nie sauber sind.

Ich wische mir den Schweiß von der Stirn und hole tief Luft.

»Da hat wohl jemand seine Meinung geändert, was die hübsche kleine Stute angeht, was?«

All meine Instinkte drängen mich, den Blick abzuwenden,

den Boden, den Himmel, Jake anzuschauen, aber ich tue es nicht. Ich halte die Stellung und sehe ihm direkt in die Triefaugen.

»Ich werde sie Ihnen verkaufen, aber meine Meinung ist immer noch die gleiche.«

Sein Glucksen ist genauso falsch wie sein Cowboylook. Beim Gedanken daran, dass dieser Idiot herumlaufen und reden kann, während mein Dad drinnen im neu gemieteten Pflegebett liegt, würde ich ihm am liebsten die Wildlederfransen vom Mantel reißen (den er trotz zweiunddreißig Grad Hitze trägt) und anzünden.

Er reicht mir einen Umschlag.

Als ich hineinspähe und die von Gummibändern zusammengehaltenen Hundertdollarscheinbündel erkenne, muss ich schlucken. Ich reiche das Geld an Jake weiter, der es überschlägt und sicherstellt, dass alles da ist, die ganzen Zweihunderttausend. Eine Szene wie aus einem Western, einem Gangsterfilm.

Meine Knie zittern, weil ich noch nie so viel Bargeld auf einmal gesehen habe. Und wegen dem, was es bedeutet. Wenn es sich falsch anfühlt, ist es auch falsch. Noch so ein Daddy-Spruch.

»Ist alles da«, sagt Reverend Hal.

»Jep«, erwidert Jake.

»Wo steckt meine preisgekrönte Stute?«, fragt der Kerl stolz, als hätte er irgendetwas dazu beigetragen, dass Scout so großartig ist.

»Drüben im Stall.« Jakes Tonfall ist resigniert, sein Kiefer angespannt. Ihm ist genauso unwohl wie mir.

Reverend Hal macht einen Schritt in Richtung Stall, in Richtung Scout, und ich stelle mich ihm in den Weg.

Ich kann das nicht.

Ich kann nicht zulassen, dass er Scout bekommt. Wahrscheinlich ist er kein schlechter Mensch und auch seine Tochter, die ich wegen Dads Krankenhausaufenthalt nun doch nicht kennengelernt habe, ist sicher ein nettes Mädchen. Aber ich hasse ihn, weil er mein Pferd kauft. Ich dämonisiere ihn, als wäre er ein Disney-Bösewicht.

Das alles ist viel zu viel. Mein Herz hämmert. Das Blut rauscht mir in den Ohren.

»Ich habe mich umentschieden. Jake, gib ihm das Geld zurück.« Meine Stimme zittert, ich stehe kurz vor einer ausgewachsenen Panikattacke. Die Gedanken verschwimmen in meinem Kopf. Meine Überlegungen sind nicht mehr rational und das weiß ich auch, aber ich kann es nicht verhindern. Die Situation ist so bedeutungsschwer. Das hier sollte meine zweite Chance sein. Mein Neuanfang. Und jetzt verkaufe ich meine feurige Scout an den Teufel, lasse sie den Preis für meine Seele zahlen? Nein. Nein, nein, auf keinen Fall. Nicht Scout. *Nimm mich. Nimm mich an ihrer Stelle.*

»Ist schon gut, Paige. Sie wird mit einer tollen Reiterin bei Rodeos im ganzen Land antreten. Alles okay mit dir? Du bist leichenblass. Willst du dich setzen?« Jakes Hand liegt auf meiner Schulter, aber das hilft nicht. Ich kann nicht atmen.

»Paige.« Ich wirble herum und sehe Anna, höre die Botschaft in ihrer Stimme. Erinnere mich daran, was sie in der Küche zu mir gesagt hat. Dass ich tapfer bin … und weise.

Also schlucke ich den schrillen Schrei hinunter – schriller

noch als den, mit dem ich Ty von den Gleisen geholt habe – und stapfe los, in den Stall zu meinem Mädchen, um sie einem Mann zu überlassen, den ich nicht ausstehen kann.

»Es tut mir leid, Scout, es tut mir so schrecklich leid.« Ich schlinge die Arme um ihren Kopf und die Tränen strömen über meine Wangen. »Du weißt, dass ich dich niemals verkaufen würde, wenn wir eine andere Wahl hätten. Ich muss es tun. Für Daddy und Anna und Jake.« Mehr bringe ich nicht heraus, zumindest nicht in verständlichen Worten.

Sie stupst mir mit der Nase an die Schulter, und anstatt sich zu sträuben, lässt sie sich widerstandslos zu ihm führen. Als würde sie es begreifen. Als würde sie alles verstehen, und die Tatsache, dass sie mir vergibt, macht es nur noch schlimmer.

67

Damals

Die Abschlussfeier. Zusammenpassende Hüte und Umhänge. Lächeln für die Kameras. Trotz allem ließ ich mich von dem Spektakel mitreißen.

Nach seinem langen Krankenhausaufenthalt und einem Drogen- und Alkoholentzug hätte auch Ty an der Zeremonie teilnehmen dürfen. Dank seiner guten Leistungen hatte er genug Punkte für den Abschluss. Er lehnte ab. »Ich stelle mich auf keinen Fall mit den ganzen scheinheiligen Marionetten da vorne hin.« Das war seine wortwörtliche Antwort an unsere Eltern gewesen, die sich seit seiner Entlassung wie scheue Präriehunde benahmen.

Ich war froh, dass er nicht da war.

Aber mit einer Sache hatte er recht gehabt: Die Zeremonie war ziemlich scheinheilig.

Es gab eine PowerPoint-Präsentation mit Fotos der »Weggefährten, die wir verloren haben« zu einem seltsam beschwingten Popsong, als sollten die toten Teenager uns irgendwie inspirieren, und anschließend hielt der Geschäftsführer einer florierenden IT-Firma, einer von diesen milliardenschweren und von allen verehrten jungen Nerds, eine Rede.

Die Menge applaudierte begeistert und wir ließen Ballons in die Luft steigen, als Symbol dafür, dass das Leben weitergeht, fortdauert, voranschreitet. Merkwürdigerweise waren die Ballons blau, obwohl unsere Schulfarben eigentlich Rot und Gold waren. Wahrscheinlich war Rot zu düster und blutig.

Danach stürzten sich meine Klassenkameraden natürlich sofort auf den Geschäftsführer, in der Hoffnung auf ein Praktikum, und ich posierte mit meiner lächelnden Mutter und meinem Stiefvater für die üblichen Fotos und fuhr nach Hause, um mich umzuziehen. Tys Zimmertür war geschlossen. Ich machte mir nicht die Mühe zu klopfen. Er kam nicht raus.

Später am Abend besuchte ich mehrere Partys (und ging dabei Matt, dem Wasserballer mit den weißen Golfschuhen aus jener unglückseligen Nacht, geflissentlich aus dem Weg).

Die Tatsache, dass ich Ty nirgendwo traf, beunruhigte mich nicht. Wenn er schon keine Lust auf die Zeremonie gehabt hatte, würde er sicher nicht auf irgendeiner Party auftauchen.

Außerdem dachte ich, dass unsere Eltern ihn gar nicht erst wegließen, damit er nicht in Versuchung geriet, Drogen zu nehmen oder zu trinken.

Mein Handy klingelte zweimal, während ich aus war. Beide Male war es Ty, aber ich ignorierte die Anrufe. Er hatte mir das gesamte Abschlussjahr versaut. Ich würde nicht zulassen, dass er auch noch diesen Abend ruinierte.

Fick dich, Ty!

Ich schaltete das Handy aus, schob es zurück in die Hosentasche und stieß mit meinen Klassenkameraden an.

68

Jetzt

Mit verschleiertem Blick schaue ich zu, wie die Schüssel Suppe kalt wird, die Anna mir auf den Nachttisch gestellt hat. Als sie schließlich nicht mehr dampft, weine ich mich in den Schlaf.

Den nächsten Tag verbringe ich im Bett. Alles tut weh.

Ich schaffe es kaum ins Badezimmer, um würgend vor der Toilette zusammenzubrechen.

Ich muss ständig an ihr Gesicht denken, die schreckliche Akzeptanz in ihren Augen.

Als ich sie zu seinem Anhänger gebracht habe, war mein Griff um das Führseil ganz locker. Sie hätte sich losreißen und in die Berge zu ihrer Herde galoppieren können, aber sie hat es nicht getan. Sie wusste, was vor sich ging, und sie hat sich gefügt, um meinetwillen. Das wirklich Schreckliche, das Unverzeihliche an der Sache ist, dass ich am Ende genau das gemacht habe, wogegen ich mich anfangs so heftig gewehrt hatte: Ich habe mir ihr Vertrauen erschlichen und sie dann im Stich gelassen.

69

Damals

Am nächsten Morgen hatte ich sechs verpasste Anrufe von Ty und eine Nachricht: *Dieses Mal laufe* ich *weg. Game over. Wir haben beide verloren.*

Mir wurde schlecht. Ich wusste, dass das kein Scherz war. Keine Warnung. Dass ich nichts mehr tun konnte.

Die Polizei teilte Mom und Phil mit, dass Ty sich vor den letzten Zug gestern Abend geworfen hatte, ganz in der Nähe unserer Highschool. Dort, wo auch Cornell, Elena, Elliot und die anderen umgekommen waren.

Der Zug hatte Ty getötet, ob er es nun geplant hatte oder nicht.

Laut Autopsiebericht hatte er sowohl Alkohol als auch Drogen im Blut. Keine Ahnung, wo er das Zeug hergekriegt hatte.

Seine Leiche war so schlimm entstellt, dass sie ihn nur anhand seines Kapuzenpullovers und des Handys neben den Gleisen identifizieren konnten.

Ich setzte zwei Wochen lang keinen Fuß aus meinem Zimmer. Ich war eine Mörderin. Und ein Opfer.

Ty hatte recht gehabt. Das Spiel war vorbei und wir hatten beide verloren.

Oder hatte er gewonnen?

Immerhin hatte er auch mich umgebracht.

70

Jetzt

Ich bin völlig am Ende.

Erst der Unfall meines Vaters, dann der Verkauf von Scout – das hat alles hervorgeholt, was ich tief in mir vergraben hatte. Als wäre es nicht schlimm genug, dass ich ihn beinahe und sie tatsächlich verloren habe, kommen jetzt auch die Erinnerungen an Ty wieder hoch. Posttraumatische Belastungsstörung. Schließlich geht es mir so schlecht, dass ich meine Mutter anrufe. Und meine Therapeutin.

Sie versichern mir, dass das mit Ty nicht meine Schuld war. Dass nichts davon meine Schuld ist.

Ich will ihnen wirklich glauben, aber ich kann es nicht.

71

Irgendwann reiße ich mich zusammen. Zumindest einigermaßen.

Ich mache mir klar, dass es egoistisch ist, die wenigen Tage, die mir mit meinem Vater bleiben, in meinem Zimmer zu vergeuden, egal, wie beschissen es mir geht, also setze ich mich an sein Bett und – was sonst? – streite mit ihm übers College.

Genau wie Jake will er weiterhin, dass ich hingehe, aber nach allem, was wir durchgemacht haben, was ich noch immer durchmache, möchte ich die Ranch nicht verlassen. Ich argumentiere mit gesprochenen, er mit geschriebenen Worten. Bisher verliere ich.

»Paige?« Anna steckt den Kopf durch die Tür, einen Korb Dreckwäsche im Arm. »Hast du was Dunkles zum Mitwaschen?«

»Nein danke, nicht nötig. Ich wasche später selbst.«

Sie verengt die Augen. »Das hast du gestern schon gesagt. Und vorgestern.«

Ich zucke mit den Achseln. »Nicht schlimm. Ich hab noch genug saubere Klamotten.«

»Weil du seit Tagen in derselben Jogginghose rumläufst.«

Meine Antwort ist ein weiteres Achselzucken.

Sie schaut zwischen Dad und mir hin und her. »Jetzt erzähl mir nicht, dass du endlich deinen Hintern aus dem Bett bewegt hast, nur um schon wieder mit deinem Daddy übers College zu diskutieren.«

»Doch.«

»Und, was sagt er?« Sie tritt an sein Bett und liest, was er geschrieben hat. Ihr Lächeln wird breiter.

»Sieht aus, als hätte er ziemlich gute Argumente.«

»Ist mir egal. Er war auch nicht auf dem College.«

Seine Worte füllen den kleinen Bildschirm. *Und genau deswegen gehst du hin, junge Dame! Willst du die gleichen Fehler machen wie ich? Ich lasse nicht zu, dass du deine Zukunft für mich opferst.*

Anna legt ihm liebevoll die Hand auf die Schulter und schaut mich an. »Du kannst diesen Streit nicht gewinnen, das ist dir klar, oder?«

»Ja«, brumme ich. Ich bin so sauer auf mich selbst, weil ich mich in diesen Ort verliebt habe. Mir ist klar, dass ich mich wie ein Kleinkind benehme, aber das kümmert mich nicht. Ich habe keine Ahnung, wie ich diese neue Emotionsflut ohne ihre Unterstützung überleben soll. Ohne das Sicherheitsnetz der Ranch. Ich will nicht allein in einem Wohnheimzimmer am anderen Ende des Landes hocken, während sie hier sind. Mein Herz will bei Dad, bei Jake, bei Anna bleiben, selbst wenn Scout nicht mehr da ist. Die Ranch ist jetzt mein Zuhause. Sie ist alles, was ich habe. Aber das kann ich ihnen nicht erklären, ohne auch den Rest zu verraten.

Und ich werde ganz sicher nicht über Ty sprechen.

Nur um noch verkorkster zu wirken als sowieso schon.

»Du fliegst morgen zurück nach San Francisco. Wir müssen deine Sachen waschen und packen«, beharrt Anna.

»Ihr könnt mich nicht zwingen«, versuche ich es ein letztes Mal.

Das werden wir ja sehen, schreibt Dad. Er ist heute besonders starrsinnig.

Anna lächelt wieder.

Ich funkle sie an. »Als wir vor dem Rodeo in der Stadt waren, hast du gesagt, dass ich bleiben darf.«

»Das war, bevor dein Daddy und Jake mich vom Gegenteil überzeugt haben.«

Grrr. »Kann ich nicht ein Semester aussetzen? Erst nächstes Jahr anfangen?«

Je länger du bleibst, desto wahrscheinlicher gehst du überhaupt nicht.

»Woher willst du das wissen?«

Ich weiß es einfach.

Wenn du nicht aufs College gehst, werde ich mir das nie verzeihen.

Jetzt trägt er aber dick auf. Ich will nicht weg. Wirklich, wirklich, wirklich nicht.

Jake hat damals das Gleiche gesagt und ist am Ende nie gegangen.

Ach. Also geht es gar nicht nur um mich. Dad fühlt sich schuldig, weil Jake geblieben ist, um ihm mit der Ranch zu helfen, und möchte mit allen Mitteln verhindern, dass sich das bei mir wiederholt. Aber dieses Argument kann ich zumindest entkräften.

»Jake ist froh, dass er geblieben ist«, stelle ich klar.

Er gibt es vielleicht nicht zu, aber er will hier raus, seit sein Daddy gestorben ist. Ich hätte ihn dazu zwingen sollen, aber ich war zu egoistisch. Ich war egoistisch und habe ihn bleiben lassen, als er es angeboten hat, weil ich nach dir und deiner Mommy nicht noch jemanden verlieren konnte. Dieser Fehler passiert mir kein zweites Mal. Ich mag zwar in diesem nutzlosen Körper gefangen sein, aber du hörst mir jetzt zu. Du wirst aufstehen, duschen und deinen Koffer packen, genau wie Anna gesagt hat. Und morgen steigst du in dieses Flugzeug, um dich von deiner Mommy zu verabschieden und mit Kalifornien ein für alle Mal abzuschließen. Hast du mich verstanden?

Mit Kalifornien ein für alle Mal abschließen. Ich flog nicht nur zurück, um meine Sachen fürs College zu packen. Ich flog zurück, um Ty endgültig Lebewohl zu sagen.

Denn wenn du es nicht tust, wirst du nie neu anfangen können, ob hier oder irgendwo anders. Und das möchte ich für dich. Betrachte es als meinen letzten Wunsch, wenn du so willst.

Er setzt einen Smiley dahinter und Anna verpasst ihm einen leichten Knuff. »Gus!«

Ich kämpfe mit den Tränen. Das alles überwältigt mich.

Hier bin ich glücklich, zum ersten Mal, seit meine Mom mich als Kind fortgeschleift hat. Diese Ranch hat mein Herz wieder in Gang gebracht. Diese Ranch hält es am Schlagen.

Und jetzt schickt er mich weg, wie ich Scout weggeschickt habe.

Noch so einen Verlust überlebe ich nicht.

Ich kann nicht gleichzeitig Dad, Anna und Jake verlieren und Ty Lebewohl sagen.

Dad tippt weiter. *Hör zu, Kleines. Ich weiß, ich quatsche viel und das meiste davon kann man ignorieren, aber wenn mich das Leben eins gelehrt hat, dann das: Wir können den Wind nicht ändern, aber unsere Segel neu setzen.*

72

»Heute ist es also so weit«, sagt Jake am nächsten Morgen. »Bereit für Kalifornien, Cowgirl?«

Ich kann Jake jetzt nicht sehen.

Ich kann mich nicht von ihm verabschieden.

Das ist wie bei Scout, nur tausendmal schlimmer.

Es ist nicht wie bei Ty, denn Ty habe ich nicht geliebt. Ty hat mich nicht geliebt. Jake ist rein und gut und ich ertrage es nicht, ihn zu verlieren.

Ich wälze mich herum, starre auf die Wand. Auf die Veilchenknospen, die einfach nicht blühen wollen. Und beschließe, lieber wütend zu sein als traurig. Das ist leichter.

»Ihr habt gewonnen, du und Dad – die Männerfreundschaft aus der Hölle«, sage ich bemüht locker. Ich will nicht, dass Jake merkt, wie sehr mich das alles mitnimmt.

»Ach, komm schon.« Er stupst mich spielerisch an. Offensichtlich will auch er nicht, dass ich merke, wie sehr ihn das alles mitnimmt, aber ich höre es ihm an. Die Traurigkeit. »Nicht schmollen. Du weißt, dass es das Beste ist. Wenn du bleiben würdest, würdest du uns am Ende alle hassen. Und den Winter. Da wird es hier fast wie in *The Shining*. Haufenweise Leute, die sich aufführen wie Verrückte, nichts mehr von dem extravaganten Essen, das du so magst, nur noch Bohnen aus der Dose und kein Strom. Ehrlich. Anna jagt mich wahrscheinlich mit dem Messer durch die Küche, um mich in ihren Eintopf zu werfen. Da bist du drüben in deinem Schickimickicollege besser aufgehoben, rein aus Sicherheitsgründen.«

Ich setze mich auf und drehe mich zu ihm. »Echt witzig. Du solltest zusammen mit Dad ein Comedyduo gründen.« Ich wische mir eine heiße Träne von der Wange. Traurig hat gewonnen. Ich kann nicht wütend auf Jake sein.

Er zieht mich an sich und drückt mir einen Kuss auf die Stirn. Ich schmiege den Kopf an seinen Hals. »Du wirst mir am allermeisten fehlen«, flüstere ich in seine weiche Haut.

Er streicht mir durchs Haar, hält sich an einer Handvoll fest.

»Ich komme dich besuchen«, sage ich.

»Möglich«, sagt er in einem komischen Tonfall, irgendwie herausfordernd.

»Und du rufst mich an?«

»Vielleicht.«

»Und schreibst mir?« Mittlerweile strömen die Tränen ungehindert. Es ist sinnlos, gegen sie anzukämpfen.

»Ich bin kein großer Schreiber. Eher ein Leser«, erwidert er, immer noch scherzhaft. Damit ich mich besser fühle.

Ich löse mich von ihm und meine Augen halten ein letztes Plädoyer in einem Fall, den ich schon verloren habe. »Oder ich bleibe einfach hier.«

»Nö.« Er küsst mich. Tupft die Tränen von meinen Wangen. Nimmt mich noch fester in den Arm.

»Manchmal hasse ich dich wirklich.«

»Ich dich auch.« Grinsend gibt er mir noch einen Kuss und ich vergrabe das Gesicht an seiner Brust wie Scout bei mir. So ist das mit den Abschieden, ob nun für immer oder auf Zeit – sie sind beschissen.

Ich öffne meine Nachttischschublade und strecke ihm das Tagebuch hin, an dem ich den gesamten Sommer über gearbeitet habe, mitsamt der Notiz für ihn ganz vorne. »Da du ja so gerne liest …«

»Das tue ich.«

»Gut. Diese Sache über meine Vergangenheit, die ich dir erzählen wollte, es aber aus unterschiedlichen Gründen nie gemacht habe? Die steht hier drin. Eigentlich sollte das nie jemand zu Gesicht bekommen. Ich meine, es ist ziemlich schrecklich und ich bin nicht stolz darauf, aber es ist echt und wahr und … na ja, es ist für dich.«

Er will das Buch schon aufschlagen, aber ich hindere ihn daran, presse meine Hand nachdrücklich auf den Einband. »Du darfst es erst lesen, wenn ich weg bin. Und wahrscheinlich werden wir nie mehr darüber reden.«

»Okay.« Er legt das Buch auf meine bunte Patchworkdecke. Ich zupfe an einem losen gelben Faden und wische mir die Wangen, die schon wieder nass sind. Ich hasse Abschiede so sehr.

»Pass auf ihn auf, Jake. Und ruf mich an, wenn etwas ist.«

»Natürlich.«

Sag, dass ich bleiben soll, Jake, betteln meine Augen. *Fleh mich an, nicht zu gehen. Sag, dass du mich liebst.*

Er meidet meinen Blick, ignoriert mein Bitten. »Wann geht dein Flieger noch mal?«

»Um fünf.«

»Dann sollten wir so um zwei hier los.«

»Drei Stunden vorher?«

»Ich will auf dem Weg kurz wo anhalten.«

»Wo denn?«

»Keine Ahnung. Irgendwo«, sagt er beinahe schüchtern. Das macht mich neugierig.

Aber leider … »Anna und Dad haben schon angeboten, mich zum Flughafen zu bringen.«

»Oh.« Er wirkt enttäuscht und meine Kehle zieht sich zusammen.

»Ich weiß. Ich würde auch lieber mit dir fahren, Jake. Aber vielleicht ist es besser so. Flughafenabschiede sind die schlimmsten.«

»*Alle* Abschiede sind die schlimmsten.« Jake küsst mich sanft, klemmt sich das Tagebuch unter den Arm und steht auf. »Du musst duschen und packen und so weiter, also halte ich dich nicht länger auf.«

»Du gehst?«

»Ich muss die Pferde füttern und ein paar Dinge erledigen.«

»Jetzt? Aber du wolltest mich doch zum Flughafen bringen, da dachte ich, du hättest noch ein bisschen Zeit.«

Er sieht mich ein letztes Mal an – ein vertrauter Blick, auch wenn ich ihn nicht sofort einordnen kann. Seine Himmelsaugen sind stürmisch.

»Okay. Aber … sag noch Tschüs, bevor ich losmuss, in Ordnung?«, stoße ich hervor.

Er schaut auf den antiken Türgriff. Auf das Tagebuch unter seinem Arm. Überallhin, nur nicht zu mir.

Das war's. Ich werde ihn nicht wiedersehen. Ich springe aus dem Bett und schlinge die Arme um seinen Hals. Wir halten einander ganz fest. »Danke, Jake«, flüstere ich.

»Mach's gut, Cowgirl.«

73

Nach einem schrecklichen, tränenreichen Abschied von Dad und Anna, die versprechen anzurufen, und denen ich verspreche, bald zu Besuch zu kommen, fliege ich wie geplant nach Kalifornien zurück. So sehr es auch geschmerzt hat, Jake nicht noch einmal zu sehen, war es mir irgendwie lieber. Ich hätte ihm nicht vor den Augen der beiden Tschüs sagen können. Das hätte ich einfach nicht geschafft. Ich wäre wahrscheinlich niemals in dieses dumme Flugzeug gestiegen.

Ich frage mich, wo er wohl mit mir hinwollte. Vielleicht werde ich es nie erfahren.

Der Flughafen in San Francisco wirkt völlig anders als am Morgen meiner Abreise. Zunächst einmal ist der Himmel klar und sonnig. »Anscheinend hast du das gute Wetter mitgebracht«, sagt meine Mom fröhlich und umarmt mich. »Du siehst fantastisch aus.«

»Danke«, erwidere ich. »Ich fühle mich überhaupt nicht so.«

»Abschiede sind immer schwer. Aber das muss ich dir ja nicht erzählen. Ich bin froh, dass du wieder zu Hause bist.« Sie drückt mich noch einmal.

Sie sieht selbst richtig gut aus. Glücklicher. Weniger ernst. Möglicherweise hat die Pause uns beiden gutgetan und die Zeit heilt wirklich alle Wunden. Jetzt klinge ich schon wie ein waschechtes Cowgirl. »Wie geht's Phil?«

»Ganz okay, den Umständen entsprechend. Ich glaube, die Zeremonie wird ihm helfen. Um damit abzuschließen.«

»Das hat Dad auch gesagt.«

»Tatsächlich?« Sie hebt eine perfekt in Form gezupfte Augenbraue.

»Ja. Er wollte, dass ich herkomme und mit der Vergangenheit abschließe, damit ich frei für die Zukunft bin.«

»Meine Güte.« Sie stößt ein erstauntes Lachen aus. »Seit wann ist er ein solcher Philosoph?«

»Seit er im Sterben liegt, vermutlich.«

Sie verstummt.

»Ich glaube, er hat seinen Frieden damit gemacht. Das haben wir alle irgendwie. Aber es war hart, ihn zu verlassen. Vor allem, weil ich nicht weiß, ob ich ihn noch mal wiedersehe.«

Ich schlucke gegen die Gefühle an. Er fehlt mir jetzt schon. Sie alle. Hier zu sein, bei Mom, in Kalifornien, fühlt sich so fremd an. Der Flughafen ist so groß. So voll. Ich vermisse Jackson. Jake.

»Ich wollte bleiben. Ich habe sogar gebettelt«, gebe ich zu. Sie muss es wissen. »Aber Dad hat mich nicht gelassen.«

»Das habe ich schon gehört.« Sie tätschelt mir den Arm. »Er hat mir gemailt, ist das zu fassen?«

»Es überrascht mich nicht sonderlich. Er wollte eine geschlossene Front fürs Team Schafft-Paige-ins-College.«

»Hm. Ja. Er will nur das Beste für dich. Das wollen wir alle.«

»Ich weiß. Es war nur so schwer zu gehen. Ich war … ich war glücklich dort.«

Sie lächelt mich mit glänzenden Augen an. »Darüber bin ich unendlich froh, mein Schatz. Das hast du gebraucht. Und es ist schön, dass ihr euch wieder nähersteht. Stell dir vor, er hat sich für die … Fehler entschuldigt, die er in der Vergangenheit gemacht hat. Und ich habe ihm verziehen.«

»Wow.«

Sieht so aus, als wäre ich nicht die Einzige, die sich auf der Ranch verändert hat.

74

Am nächsten Morgen, kurz nach Sonnenaufgang, bestatten wir Ty auf See. An der Küste gibt es Bestattungsschiffe – eigentlich sind es ganz normale Schiffe, von denen aus man Asche ins Meer streuen darf. Wir laden ein paar Schulfreunde von Ty ein und ein paar Verwandte. Tys Mutter kommt aus New York. Statt Kleidern und Anzügen mit Krawatte tragen wir schwarze Pullis und Hosen und Schuhe mit Gummisohlen, damit wir auf dem nassen Deck nicht ausrutschen. Und schwarze Sonnenbrillen, genau wie Ty immer, gegen die grelle Reflexion des Wassers.

Es ist kühl und neblig. Ich lese ein Gedicht von Lord Byron vor, das Ty gefallen hat. Seine Bewunderung für den düsteren Dichter entbehrt nicht der Ironie. Als ich geendet habe, fliegt eine Seemöwe über unser Schiff und stößt einen schrecklichen Schrei aus. Ich zucke zusammen, wie alle anderen Gäste auch, und konzentriere mich während der restlichen Zeremonie darauf, meinen Mageninhalt bei mir zu behalten.

Ein paar Tage später sitze ich auf der Couch und gehe Kisten mit Fotoalben und gerahmten Bildern durch, als Mom sich zu mir gesellt.

»Ich hab dir Tee gemacht«, sagt sie.

»Danke.«

Ihr Tee kann sich nicht mit Annas oder Jakes messen, aber ich nehme ihn trotzdem. Sie setzt sich in ihrer wallenden Yogahose und einer langen Seidenjacke neben mich. Nach mehreren schweigsamen Schlucken deutet sie auf ein Foto. »Das mag ich.«

Es ist aus unserem Urlaub letztes Jahr: ich, Mom, Phil und Ty am Strand auf Hawaii, nach Moms und Phils Hochzeit. Wir tragen alle Weiß und lächeln.

»Vielleicht haben wir zu schnell geheiratet.« Sie streicht über das Bild.

»Warum sagst du so was? Ich dachte, du und Phil, ihr wärt glücklich?«

Sie hält den Blick auf das Foto gerichtet. »Zwei Teenager, quasi Fremde, unter ein Dach zu stecken … das war nicht gerade klug. Ich hätte besser darüber nachdenken müssen. Dann wäre womöglich …«

»Das mit Ty und mir war nicht deine Schuld. Es war allein unsere.«

»Ich hätte etwas sagen sollen. Irgendetwas tun, um es zu beenden. Ich bin die Erwachsene hier, Paige. Herrgott, ich bin deine Mutter. Es tut mir so leid.«

Ich starre auf das Bild. Auf Ty in seinem Poloshirt mit dem offenen Kragen und der weißen Blumenkette. »Wenn ich eins auf der Ranch gelernt habe, dann, dass Dinge nun mal passieren. Schlimme Dinge. Gute Dinge. Und wir können nichts dagegen tun. Manchmal muss man dem Leben einfach seinen Lauf lassen.«

Jetzt fängt sie an zu weinen. Richtig, wahrhaftig. Tiefe, krampfartige Schluchzer. Und ich weiß, dass sie nicht nur um Ty weint, sondern auch um mich und um Dad. Wahrscheinlich habe ich diese Eigenschaft von ihr geerbt – sich für alle Stürme des Lebens verantwortlich zu fühlen.

»Er hat dir nie … wehgetan, oder?«

»Doch. Aber es geht mir gut. Wirklich. Anscheinend bin ich dank dir und Dad aus ziemlich hartem Holz geschnitzt.«

Ihr zerknautschtes Gesicht glättet sich. Sie zieht ihre Seidenhose zurecht, streicht die Falten aus.

»Hätte ich das mit dem Mädchen in Brooklyn geglaubt, hätte ich ihn nie hier wohnen lassen.«

»Ich weiß.«

»Ich zweifle an der Unschuld eines Toten. Macht mich das zu einem schlechten Menschen?«

»Nein. Nur zu einem menschlichen«, sage ich.

Sie erwidert: »Manche Geheimnisse nehmen wir mit ins Grab.«

75

Ich habe nichts von Jake gehört. Dafür ist die Wesleyan genau so, wie ich es mir erhofft habe.

Unter den düsteren Backsteingebäuden, deren Geschichte nichts mit mir zu tun hat, färben sich die dicken, wachsgrünen Blätter allmählich blutrot. Regenschirme bevölkern die nassen Bürgersteige, als der Sommer in den Herbst übergeht. Es ist nicht schwer, zwischen all den erwartungsvoll glänzenden Augen und neuen Büchern, die knarzen, wenn man sie aufschlägt, zu verschwinden.

Mom hat mich kurz nach Tys Bestattung an die Ostküste begleitet. Wir haben ein paar Tage im Hotel übernachtet und hübsche Laken und Bezüge für mein Wohnheimbett, flauschige Handtücher für die Gemeinschaftsduschen und Bücher für meine Erstsemesterkurse gekauft. Meine Mitbewohnerin Karen ist ein verschrobenes, stilles Mädchen aus dem Mittleren Westen, das gern liest und zu Hause auf ihrer Farm Kaninchen züchtet.

»Ein klassisches ungleiches Paar«, meinte Mom, als sie Karen kennenlernte und ihre mit Kaninchenpostern tapezierte Wand sah. »Das ist das Schöne am College.«

Als Mom wieder zurückflog, weinten wir beide, aber dieser Abschied war anders als die anderen. Normal. Jeden Herbst bringen Mütter ihre Töchter ins College. Die Normalität hatte etwas Tröstliches.

Mein Leben hier ist einfach: Ich stehe morgens auf, steige unter die Dusche, frühstücke in der Mensa, besuche meine Kurse, esse zu Mittag, besuche meine Kurse, kehre in mein Zimmer zurück, esse zu Abend, lerne, schaue fern (Karen und ich lieben Tierdokus) und gehe wieder ins Bett – und täglich grüßt das Murmeltier.

Karen hat die Angewohnheit zu plappern, wenn sie nervös wird, und so erzählt sie mir stundenlang Geschichten über ihre Kaninchen, sobald uns die Gesprächsthemen ausgehen: dass Florence die Tapfere bei der Kaninchenschau das Blaue Band gewonnen hat, dass sie sich Sorgen wegen des Winters macht, weil ihre Mutter die Tiere erst ins Haus lässt, wenn es unter null Grad hat, und sie deswegen auf einen Heizstrahler für das Gehege spart und so weiter und so fort.

Sie stellt mir kaum Fragen über mich und bis auf ein paar beiläufige Bemerkungen – ich komme aus Wyoming (was ja irgendwie stimmt), ich bin ein Einzelkind (was ebenfalls nicht gelogen ist) – sage ich nicht viel.

Meine Kurse sind unglaublich interessant. Am besten finde ich *Kreatives Schreiben* und *Afro-amerikanische Autorinnen*. Ich bin praktisch süchtig nach Toni Morrison und neuerdings auch nach grünem Tee. Alles ist bewusst unkompliziert, genau das, was ich gebraucht habe, genau das, was ironischerweise mein Aufenthalt auf der Ranch ursprünglich hätte sein sollen. Mit Ausnahme der Literatur, die ich verschlinge wie Kühe das frische Gras oben auf den Bergen, halte ich mich von jeglichem Drama fern. Es gefällt mir, nur für mich selbst verantwortlich zu sein. Jeden Tag aufzustehen, zur Mensa, zu meinen Kursen zu gehen, meine Aufgaben zu erledigen. Ich gehe nicht auf Partys. Überhaupt bin ich meistens nur mit Karen zusammen, und das ist mir recht. Ich mag es ruhig.

Ruhig, aber beschäftigt.

Wenn ich mich beschäftige, habe ich weniger Zeit zu grübeln. Wenn ich die Nase in dicke Bücher stecke und mich auf Figuren mit viel größeren Problemen als meinen konzentriere, bleibt weniger Raum für Reue. Zumindest rede ich mir das ein, während ich beobachte, wie der Regen über die Fenster strömt, die all das Leben draußen aussperren, alles, was ich verpasse. Die Tage mit Dad auf der Ranch, die Sonnenaufgänge und Sonnenuntergänge und alles dazwischen mit Jake.

»Was für ein schönes Pferd«, sagt Karen und betrachtet das neueste Bild an meiner Pinnwand. »Ist das deins?«

»Früher mal«, erwidere ich. Anna hat das Foto in einer Zeitschrift entdeckt. Scout ist mit ihrer neuen Reiterin ein richtiger Rodeochampion geworden, genau wie Jake prophezeit und der schmierige Reverend Hal spekuliert hat. Das Feuer ist aus ihren Augen verschwunden und sie wirkt zufrieden, gesund, als würde man sie gut behandeln. Sie zu sehen, tut immer noch weh, aber es hilft zu wissen, dass sie glücklich ist. Bei der Absenderadresse auf dem Briefumschlag ist mir ein hoffnungsvoller Schauer über den Rücken gelaufen, der wie gewohnt von dumpfer Enttäuschung abgelöst wurde, als ich erkannt habe, dass der Brief nicht von Jake ist.

Ich bedauere es sehr, ihm mein Tagebuch gegeben zu haben.

Karen nickt. »Mittagessen in der Mensa? Gleicher Ort, gleiche Zeit?« Wir essen immer zusammen an einem kleinen Tisch in der Ecke und ich fürchte mich vor dem Moment, in dem sie mich satthat und sich neue Freunde sucht.

»Klar«, sage ich.

Als sie lächelnd ihren Rucksack nimmt, frage ich mich, ob Karen ein Geschenk des Universums ist.

Die Tage verstreichen, bis es schließlich Ende November ist und ich nervös und aufgeregt auf gepackten Koffern sitze. Ich werde gleich in ein Taxi zum Flughafen steigen und zum ersten Mal seit meiner Abreise auf die Ranch zurückkehren – zu Dad, zu Jake, ins Leben. Plötzlich klingelt mein Handy. Anna.

»Kleines, es tut mir wahnsinnig leid, aber sie haben gerade den Flughafen geschlossen. Hier ist ein Jahrhundertsturm durchgezogen und hat alles lahmgelegt. Dabei hatten wir uns so auf dich gefreut!«

Ich schlucke meine Enttäuschung hinunter. »Schon okay«, sage ich, obwohl es alles andere ist als das. Ich will Thanksgiving mit Menschen verbringen, die ich liebe und die mich lieben. Mir war gar nicht klar, wie einsam ich tatsächlich bin, dass ich jeden Tag einfach nur überstehe, wie dringend ich nach Hause möchte. Feiertage machen alles schlimmer.

»Bist du noch da, Paige?«

»Ja.«

Ich habe Angst, dass ich anfange zu weinen, wenn ich ihre Stimme noch länger höre. Mir den Truthahnduft vorstelle, der aus dem alten Ofen strömt, Annas selbst gemachte Soße auf dem Herd, das Knacken des lodernden Feuers im Kamin.

»Wie geht's ihm?«

»Ganz gut. Er hält sich tapfer. Aber er ist natürlich enttäuscht, dass du nicht kommen kannst. Ich geb ihn dir mal.«

»Hi, Daddy«, sage ich. »Das mit dem Sturm ist echt schade. Ich hätte euch gerne besucht.«

Meine Stimme bricht.

»Er schreibt, dass ja bald Weihnachten ist und *Hab dich lieb, Paigy*«, antwortet Anna für ihn.

»Ich dich auch, Daddy.«

Ich lege auf, werfe mich aufs Bett und heule wie ein Kind, das zum ersten Mal allein im Zeltlager ist. So habe ich nicht mehr geheult, seit ich mich in meinem Zimmer mit der lilafarbenen Tapete von Jake verabschiedet habe.

Als meine Mom anruft – Anna hat ihr Bescheid gegeben –, erzähle ich ihr, dass ich mit Karen zu ihrer Familie fahren würde. Mom und Phil sind sowieso nicht da. Sie fliegen nach Hawaii, weil sie den ersten Feiertag nach Tys Tod nicht in San Francisco verbringen wollen, das wäre zu deprimierend.

Karen ist schon gestern abgereist und unser Wohnheim ähnelt einer Geisterstadt, als ich durch den Schnee zum nächsten Seven-Eleven stapfe, dem einzigen Laden, der noch offen hat. Ich kaufe mir Cracker und ein Glas Erdnussbutter und verspeise mein Thanksgiving-Dinner allein in meinem Zimmer, schaue Filme auf dem Laptop und wünschte, ich wäre zu Hause.

76

Der Dezember vergeht tatsächlich ziemlich schnell. Der Himmel verdunkelt sich und die Tage werden kürzer. Ich arbeite an der Abschlussgeschichte für meinen Schreibkurs. Ich habe alle Namen geändert, aber sie handelt von Jake. Ich habe noch immer nichts von ihm gehört und mittlerweile rechne ich auch nicht mehr damit. Vermutlich hat er beschlossen, dass er ohne mich besser dran ist, und obwohl es höllisch wehtut, kann ich es ihm nicht verübeln. Aber ich bin nicht über ihn hinweg. Nicht einmal ein kleines bisschen. Deswegen habe ich ihn – oder eine schlecht getarnte Version von ihm – in eine meiner Geschichten hineingeschrieben. Meine Dozentin, eine wortgewandte und geniale Frau namens Diana Klein (wir dürfen sie beim Vornamen nennen), sagte, sie würde sich »echt und lebendig« lesen, was so ungefähr das beste Kompliment ist, das sie mir machen kann. Sie hat mich gebeten, die Geschichte weiter auszuarbeiten. Das Knochengerüst sei zwar schon da und auch stabil, könne aber mit mehr Details, mehr Leben gefüllt werden.

Das versuche ich gerade, was im Endeffekt bedeutet, dass ich meine gesamte Zeit mit Jake wieder heraufbeschwöre und in trauriger, lähmender und gleichzeitig euphorisierender Nostalgie versinke, während ich auf meine Tastatur einhämmere, als Anna mich panisch anruft.

»Es geht ihm schlechter.«

»Ich komme«, erwidere ich sofort. »Wie schlimm ist es? Ich meine, wie lange hat er noch?«

»Das können sie nicht genau sagen, aber er fragt nach dir.«

»Sein Zustand war doch so stabil.« Wir skypen mindestens einmal die Woche und ich schreibe ihm jeden Tag. »Was ist passiert?«

»Ich weiß es nicht. Vielleicht ist … seine Zeit einfach gekommen.«

Nachdem alle Reisevorbereitungen getroffen sind, lege ich auf, renne auf die Toilette und übergebe mich.

Ich bin noch nicht bereit. Ich bin noch nicht bereit, meinen Dad zu verlieren.

Vierundzwanzig Stunden später stehe ich am Flughafen, die Arme um den Oberkörper geschlungen. Mein Mantel hat dem Winter von Jackson kaum etwas entgegenzusetzen. Ich bin eine Eisscholle inmitten des Meers aus Touristen mit dicken Daunenjacken, die Skiausrüstungen tragen und Verwandte begrüßen. Beschwingte Weihnachtslieder schallen aus den Lautsprechern. Es ist eine fröhliche, freudvolle Zeit, und das macht das, was mich erwartet, noch viel trostloser.

Zitternd ziehe ich den blauen Schal enger um meinen Hals und trete auf dem eisbedeckten Bürgersteig von einem Fuß auf den anderen. Halb habe ich mit Jakes Jeep gerechnet, wie an meinem ersten Tag hier vor so langer Zeit. Aber nein, kein

Jeep. Ich schaue auf mein Handy. Keine entgangenen Anrufe von Anna. Sie ist wahrscheinlich auf dem Weg, doch der Schnee fällt dicht und entschlossen, deshalb fährt sie sicher langsam. Wenn sie nicht auftaucht, rufe ich vielleicht Jake an. Ich starre auf seine Nummer.

Nein. Nein. Denk nicht mal dran. Wenn er mit dir reden wollen würde, hätte er sich gemeldet.

Es ist vier Monate her, seit wir uns in meinem Zimmer auf der Ranch voneinander verabschiedet haben. Bei den Skype-Telefonaten habe ich ihn nie im Hintergrund gesehen und Anna hat ihn mit keinem Wort erwähnt. Ich habe auch nicht gefragt, aber seine Abwesenheit hängt über all unseren Gesprächen wie eine dunkle Wolke. *Wo steckt er?*

Mein Herz macht einen Satz, als der Van mit der Aufschrift *Eight Hands Ranch* neben mir hält. Durch das hinterste Fenster entdecke ich meinen Dad, obwohl der eindeutig nirgendwo anders sein sollte als in seinem Bett. Er ist noch dünner geworden, seine Haut noch fahler und wächserner, aber ich bin trotzdem überglücklich, dass er da ist. Ich stürze ins Auto und schlinge die Arme um seinen Hals.

»Er wollte unbedingt mit«, sagt Anna. »Und du weißt ja, wie dein Daddy ist, wenn er sich etwas in den Kopf gesetzt hat.«

Ich umarme sie ebenfalls und sie drückt mich länger als sonst. »Ich bin froh, dass du da bist«, sagt sie, als sie sich schließlich von mir löst. Dann mustert sie mich von oben bis unten. »Oh, là là.«

Ich grinse.

»Als wärst du aus einem Katalog gesprungen, oder, Gus?«

Ich erröte und streiche den langen Rock über der dicken

Strumpfhose und den hohen Lederstiefeln glatt. »Was ein Besuch von Mom und ihrer Kreditkarte alles bewirkt.«

Anna grinst zurück. »Sehr schön, Miss Collegestudentin.«

»Erstens habt ihr mich dazu gezwungen und zweitens sind das nur Klamotten. Aber ja, die passen gut rein auf der Wesleyan. Sag nicht, dass du mein Cowgirl-Top vermisst.«

»Ha! Niemals.« Sie reibt mir die Arme. »Aaah, dieser Pullover ist samtweich.«

»Der ist aus Kaschmir.«

»Und ich muss mich mit kratziger Baumwolle zufriedengeben.« Sie zupft an ihrem lilafarbenen Pulli mit den – was sonst? – Erdbeerverzierungen herum. »Ich sag's ja immer, irgendwas machen wir falsch, Gus.«

Sie wirft ihm einen Blick zu und seine Augen lächeln.

Ich setze mich neben ihn, damit ich während der Fahrt seine Hand halten kann, schaue aus dem Fenster in den stürmischen grauen Himmel und versuche, nicht darüber nachzudenken, wie viel Zeit er noch hat.

Ich bleibe die ganzen Weihnachtsferien. Wir machen es uns ruhig und gemütlich, kuscheln uns vor den lodernden Kamin, während draußen der Schnee auf die hohen Kiefern fällt. Ich erzähle Anna und Dad alles übers College, meine Kurse, mein Wohnheim. Die Geschichten über Karen und ihre Kaninchen gefallen ihnen besonders gut, ich soll sie nächstes Mal mitbringen. Ich habe so viel zu berichten, jetzt wo es in meinem Leben nur noch um die positiven Dinge geht, nicht mehr um all das Schlimme, vor dem ich letzten Sommer geflohen bin.

Sie fragen nicht nach Kalifornien. Dieser Teil ist vorbei.

Connecticut ist meine Gegenwart. Und die Ranch. Die Ranch ist das allgegenwärtige Zentrum.

Dad und ich gucken die gesamte Miniserie *Weg in die Wildnis*. Ich sitze neben seinem Bett und halte seine Hand, während sich draußen vor den Fenstern der Schnee zu weichen, unberührten Kissen türmt.

Als Robert Duvalls Figur Gus (wie konnte ich nur vergessen, dass er genauso heißt wie mein Dad?) Clara besucht und sie unter ihrem geliebten Apfelbaum sitzen, denke ich plötzlich: *Das bin ich.* Egal, wohin es mich verschlägt, wenn ich alt bin und fertig mit dem Leben, werde ich nur eine Person sehen wollen, und das ist Jake. Ich werde es so machen wie Gus mit Clara. Ich werde zu ihm kommen, wo auch immer das ist, und vielleicht hat er mir bis dahin verziehen, dass ich meine Geheimnisse einfach so auf ihm abgeladen habe. Dann wird er mir von seiner netten, gesunden Cowgirl-Frau und den drei drallen Ranchkindern erzählen und mir dafür danken, dass ich ihn damals von mir gestoßen und ihm ein normales Leben ohne einen Riesenberg Ballast ermöglicht habe. Oder vielleicht erkennt er mich gar nicht. Vielleicht bin ich nicht mehr als eine verschwommene Erinnerung, doch am Ende fällt es ihm wieder ein, und vielleicht, nur vielleicht, nimmt er meine Hand, unten am Fluss, und ich gestehe ihm, dass es für mich immer nur ihn gegeben hat. Immer.

Dass ich, wenn meine Zeit da ist, auf die Eight Hands Ranch gebracht werden will, dass meine Asche an dem Ort verstreut werden soll, an dem wir Scout mit ihrer Herde vorbeigaloppieren gesehen und unter Millionen funkelnden Sternen geschlafen haben. An dem ich lebendig war und frei.

Was für eine Serie, schreibt Dad. *Was für eine Geschichte.*

»Die allerbeste«, sage ich.

Nein, schreibt er. *Das hier ist die allerbeste. Du und ich, auf dieser Ranch. Du bist mein Happy End, Paige. Vergiss das nie.*

»Ich liebe dich, Daddy«, sage ich und lehne mich an seinen schwachen, kaputten Körper.

77

Dads Zustand verschlechtert sich schnell. Eines Abends schläft er ein und wacht nicht wieder auf. Er lebt noch, aber er ist nicht mehr bei sich. Auf der Ranch bricht die stille Zeit des Wartens auf das Unvermeidliche an.

Die gedämpfte Reglosigkeit einer langen Trauer.

Ich lese Dad vor, obwohl ich keine Ahnung habe, ob er mich überhaupt hören kann. Ich sage ihm, dass ich ihn liebe. Ich singe ihm Weihnachtslieder vor. Aber meistens halte ich einfach seine schlaffe, kalte Hand und weine.

Dazwischen unternehme ich ausgedehnte Spaziergänge durch den Schnee. Starre auf den leeren Pferch. Die Wildpferde sind über den Winter in wärmere Gegenden gezogen und es ist so ruhig ohne sie. Ohne Scout.

Ich sehe Jake überall. Überall und nirgendwo. Ich sehne mich danach, dass er die Stufen zur Veranda heraufgestiegen kommt und sich neben mich auf die Hollywoodschaukel setzt oder mich vom Pferch aus anlächelt, während er sich eine Schneeflocke vom Hut schnippt. Diese Fantasien sind dumm, aber sie helfen mir durch die endlosen, traurigen Tage.

Anna weiß bestimmt, wo er ist, aber sie erzählt es mir nicht und ich frage auch nicht nach. Wir gehen nett und vorsichtig und verständnisvoll miteinander um. Wie zwei Kriegswitwen, die versuchen, einen weiteren Tag durchzustehen, dankbar für eine warme Mahlzeit und das Dach überm Kopf, das sie vor dem frisch gefallenen Schnee schützt. Die Verleugnungstaktik, die ich an der Wesleyan benutze, funktioniert hier nicht. Auge in Auge mit dem, was ich verloren habe und bald verlieren werde, fürchte ich das Unabwendbare. Kann es kaum erwarten, ins College zurückzukehren, und will gleichzeitig nie wieder hier weg.

Der einzige Lichtblick ist eine E-Mail mit einem Foto von einem weißen Sandstrand unter einem wolkenlosen blauen Himmel. Sie erreicht mich aus Griechenland, wo Mom und Phil gerade eine einmonatige Kreuzfahrt machen.

Ich spanne tatsächlich mal aus, ist das zu fassen, mein Schatz? Ein kleines Wunder. Und du hast mich dazu inspiriert.

Ich schreibe zurück, dass Dad im Sterben liegt, aber dass ich mich sehr für sie freue. Auch darüber, dass sie und er Frieden miteinander geschlossen haben. Dass ich ihr noch einen tollen Urlaub wünsche. Und ich meine alles genau so.

Nachdem Anna neben Dads Bett eingeschlafen ist, schnappe ich mir den Ersatzschlüssel aus der Küchenschublade und stapfe durch den dicken, knirschenden Schnee zu Jakes Hütte. Meine zitternden Hände kämpfen eine Weile mit dem Schloss, dann schlüpfe ich hinein.

Erst als ich die Tür hinter mir schließe, überwältigt mich alles. Ich stehe im bitterkalten Wohnzimmer, wo er mich einst in seinen warmen Armen gehalten hat, und breche in Tränen aus. Behutsam berühre ich den Ledersessel, in dem ich ihn mir mit seinem Morgenkaffee ausgemalt habe, die Armlehne des Sofas, auf dem er in meiner Vorstellung am Ende eines Arbeitstages lümmelt. Seine Füße ragen auf der anderen Seite hinaus und er liest Hemingway oder Steinbeck oder, wie Dad und ich, die Romanvorlage von *Weg in die Wildnis*.

Es ist in vielerlei Hinsicht falsch, derart in seine Privatsphäre einzudringen, aber der staubige Muff verrät, dass er schon länger nicht mehr hier war. Und ich brauche ihn jetzt, muss bei ihm sein oder zumindest bei seinen Sachen. Ich schaue in den Kühlschrank. Nur ein verschimmeltes Stück Käse und ein paar Soßenflaschen.

Wo ist er? Ist er weggezogen? Verreist? Das sieht ihm alles nicht ähnlich. Aber wenn ihm etwas zugestoßen wäre, hätte Anna es mir gesagt. In ihrem ruhigen Schweigen spüre ich, dass es ihm gut geht. Dass seine Abwesenheit Absicht ist. Und das trifft mich wie ein Schlag in den Magen.

Ich wandere zur Schlafzimmertür, zögere kurz, bevor ich sie aufschiebe und hineinspähe. Halb rechne ich damit (wünsche ich mir), ihn dort zu finden, schlafend in seinem Bett.

Doch das Bett ist ordentlich gemacht. Ich lege die Hand auf die Decke. Sie ist kalt, so untypisch für Jake und seine beständige Wärme. Ich gehe zurück ins Wohnzimmer und mache ein Feuer. Neben dem Kamin steht ein kleiner Korb mit Kienspänen, alten Zeitungen und Streichhölzern. Ich wickle mich in eine Wolldecke, die nach ihm riecht, setze mich aufs Sofa und starre in die tanzenden Flammen.

78

Wäre das hier ein Roman und nicht das wahre Leben, würde er so ausgehen: Ich würde oben auf den Berg wandern und Scouts Herde entdecken, mit Scout in ihrer Mitte. Ich würde nach Jake rufen, der gerade unser Lager aufschlägt, und ihr in der Wärme und Geborgenheit seiner Arme dabei zusehen, wie sie mit ihrer Familie durch den Schnee tollt.

Unterdessen würden sie in der Stadt ein Heilmittel gegen ALS entwickeln und bis zum nächsten Weihnachtsfest könnte Dad wieder laufen, mit seiner eigenen Stimme Witze erzählen, Jeans tragen und Steak essen. Er und Anna würden in den Sonnenuntergang fahren, in einem Planwagen mit der Aufschrift JUST MARRIED. Jake würde meine Hand drücken und mir tief in die Augen schauen, weil wir beide wüssten, dass wir als Nächstes an der Reihe sind.

Ty wäre nicht gestorben. Und er hätte weder mich noch das Mädchen in Brooklyn vergewaltigt. Mir nicht die Schuld an seinem verkorksten Dasein gegeben. Vielleicht hätte seine Mom ihn und seinen Dad nie verlassen. Vielleicht wäre mein Dad kein Alkoholiker gewesen und meine Mom hätte ihn nie verlassen. Vielleicht wäre Jakes Dad noch am Leben und seine

Mom hätte ihn nie verlassen und er hätte meinen Dad nicht gebraucht.

Hätte sich all das so gefügt, wäre ich Ty nie begegnet.

Aber das hier ist kein Roman.

Und Dad ist in der Nacht vor Weihnachten gestorben.

Ich saß an seinem Bett und hielt seine Hand, zusammen mit Anna, als er seinen letzten flachen Atemzug nahm. Zu diesem Zeitpunkt war er kaum noch mehr als eine Wachspuppe seines früheren Ichs, nur Haut und Knochen, leicht wie eine Feder. Ich drückte ihm einen Kuss auf die kühle Stirn und am nächsten Tag ließen wir ihn einäschern.

Wir stiegen gerade auf unsere Pferde, um seine Asche oben auf dem Berg zu verstreuen, als ein Jeep die Auffahrt heraufrumpelte.

Die Umstände sind alles andere als perfekt, ja sogar verflucht tragisch, aber dieser Jeep gehörte Jake.

Wir schweigen den gesamten Weg lang, Anna, Jake und ich.

Jake ist aus seinem Jeep gestiegen, hat uns begrüßt, mich umarmt und mir sein Beileid zum Tod meines Vaters ausgesprochen. Ich habe mich an ihn geklammert, mir verzweifelt gewünscht, dass er mich in seine Wärme hüllt, dass ich schreien und weinen und zusammenbrechen darf. Es hat mich förmlich zerrissen, ihn anzusehen. Seine Stimme zu hören. Mehr noch, ich war wütend. Wütend, dass er mich, dass er Dad im Stich gelassen hat.

Als er sich von mir löste, den Blick abgewandt, einen gequälten Ausdruck auf dem Gesicht, hätte ich ihn am liebsten geschlagen. Auch wenn er nur das Schlechteste von mir dachte, was ich getan hatte, für abstoßend und verwerflich hielt, dass er gegangen war, ohne sich von Dad zu verabschieden, war unverzeihlich. Hatten ihm all die gemeinsamen Jahre denn gar nichts bedeutet?

Anna und ich hatten drei Tage Zeit, um uns an die Tatsache zu gewöhnen, dass Dad fort ist. Anna hat seinen Rollstuhl zusammengeklappt und weggeräumt, aber seine Sachen sind noch überall und er fehlt uns beiden so sehr, als würde ein Spalt quer durchs Haus verlaufen, so schroff und tief, dass wir immer wieder kurz davor sind hineinzustürzen. Jakes Auftauchen ist zumindest eine emotionale Ablenkung und ich finde Trost in meiner Wut.

Ich versuche, nicht zu viel über ihn nachzudenken, aber das ist nicht gerade leicht, weil er in seinem braunen Staubmantel vor mir durch den hohen Schnee reitet. Zum Glück stürmt es nicht. Blauer Himmel und Pulverschnee – ein idealer Tag zum Skifahren.

»Da sind wir«, sagt Anna, als wir den Gipfel erreichen.

Es war der letzte Wunsch meines Vaters, dass wir seine Asche von dem Felsvorsprung streuen, auf dem Jake und ich in jener lauen Sommernacht vor Urzeiten gesessen haben.

Wir stehen nebeneinander und starren auf den gefrorenen See hinunter, an dem Scout mit ihrer Herde vorübergaloppiert ist. Ich blicke zu Jake hinüber und bemerke, dass er mich beobachtet. Das hier war nicht nur unser Ort, sondern auch Dads. Der beste.

»Das war euer Ort.«

Anna nickt. »Wir sind ständig hier hochgekommen. Haben das Vieh weitergetrieben.«

»Ich wusste sofort, dass er was Besonderes ist.«

»Man spürt es einfach«, sagt sie. »Wir haben es gespürt.«

Ich drücke ihre behandschuhten Finger. »Ich bin so froh, dass er dich hatte.«

»Dass du zurückgekommen bist, hat ihn am allerglücklichsten gemacht«, erwidert sie mit fester, ehrlicher Stimme. Die toughste Frau, die ich kenne, hat das weichste Herz.

Als die Asche in den verschneiten Abgrund schwebt, fürchte ich, dass die Tränen an unseren Wangen festfrieren.

In dieser Nacht müssen wir im Zelt schlafen. Für alles andere ist es zu kalt. Wir haben nur eins. Und obwohl Jake mich anschaut, als würde er gern näher rücken, rollt er seinen Schlafsack weit weg von mir aus, also lege ich meinen neben Annas.

Ich kümmere mich um die Pferde, bevor ich schlafen gehe. Wie Jake es damals prophezeit hat, haben sie sich an mich gewöhnt. Sie sind wunderschön im Mondlicht, das der frisch gefallene Schnee zurückwirft.

Als ich wieder ins Zelt schlüpfe, ist die Stimmung zwischen Anna und Jake seltsam angespannt. Es ist offensichtlich, dass die beiden über etwas geredet haben, aber sie verstummen, sobald sie mich sehen. Jake wirkt hibbelig, als hätte er kein Ventil für die endlose Energie, die sich in ihm angestaut hat. Ich verstehe ihn. Ich bin auch nicht gerade locker in seiner Nähe, bei so viel Ungesagtem, ganz zu schweigen von den atemwolkeneisigen Temperaturen. Irgendwann flüchtet er nach draußen. Kaum ist Anna eingeschlafen, springe ich aus meinem Schlafsack, ziehe die hohen Winterstiefel und den dicken, kunstfellgefütterten Mantel an und stolpere durch den tiefen Schnee, um ihn zu suchen.

Genug ist genug.

Ich finde ihn am Rand unseres Felsvorsprungs. Sein Mantel glänzt feucht und der Cowboyhut verbirgt sein Gesicht vor dem Mond. Seine langen Beine sehen aus, als wären sie für schmutzige, eisverkrustete Jeans geschaffen.

»Jake?«, rufe ich leise.

Er wendet sich um und scheint kein bisschen überrascht von meiner Anwesenheit. Auf seinen Wangen schimmern Tränen, die er nicht wegwischt. Ausdruckslos dreht er sich wieder zum weiten Tal.

Das hier wird nicht leicht. *Nichts, was es wert ist, ist jemals leicht.* Die Worte meines Dads hallen in meinem Kopf wider.

»Jake?«

Er reagiert nicht.

Ich überwinde den Abstand zwischen uns. Ich würde gerne seine Schulter berühren, aber das wage ich nicht.

»Hat dein Daddy dir je die Geschichte von Crazy Horse erzählt?«, fragt Jake mit unbewegter Stimme. »Er hat seine Kriegsgefährten gebeten, seinen Körper nach seinem Tod mit roter Farbe zu bemalen und in frisches Wasser zu tauchen, damit er wieder zum Leben erwacht. Sonst würden sich seine Knochen im Grab zu Fels und seine Gelenke zu Feuerstein verwandeln, doch so würde sein Geist aufsteigen.«

Er starrt auf die weißen Berggipfel, die Schlucht, durch die sich der vereiste Snake River windet. »Aber als Crazy Horse getötet wurde, sind die Krieger in eine so tiefe Trauer verfallen, dass sich niemand mehr an seine Bitte erinnert hat. Darüber habe ich mir als Kind immer Sorgen gemacht – dass der Geist von Crazy Horse irgendwo festsitzt, weil die, die ihn geliebt haben, zu beschäftigt mit ihrem eigenen Schmerz waren, um seinen letzten Wunsch zu erfüllen.«

Ich strecke zögernd die behandschuhten Finger aus, lege sie auf seinen Unterarm. »Das hier war sein letzter Wunsch, Jake. Genau das. Dass seine Asche hier oben verstreut wird. Von uns.«

»Es ist nicht genug.«

»Ich weiß.«

»Es tut mir so leid, Paige.« Seine Stimme bricht. »Er war ein guter Mensch. Einer der besten.«

Ich tupfe mir eine Träne von der Wange. »Ich glaube … das klingt jetzt makaber, aber vielleicht war es besser für ihn. Er hat es gehasst, so zu leben. Sein starker Geist, eingesperrt in diesen kaputten Körper.«

»Das hatte er nicht verdient.«

»Nein.«

Jake nickt. Sein Adamsapfel hüpft. Er wendet sich ab, damit ich ihn nicht weinen sehe.

So bleiben wir stehen, Jake und ich, bis die Sonne über dem Horizont aufgeht, und trauern schweigend, allein und zusammen.

Mehrmals öffne ich den Mund und klappe ihn wieder zu, versuche den Mut aufzubringen, um zu sagen, was ich zu sagen habe. Was ich so oft geprobt habe für den Moment, wenn ich endlich mit Jake allein bin. Falls ich je wieder mit Jake allein bin.

Das Timing könnte nicht beschissener sein.

»Jake, das ist nicht gerade der beste Zeitpunkt, aber ich muss mit dir reden, bevor du wieder wegläufst. Oder ich. Hast du … hast du mein Tagebuch gelesen?«

»Natürlich.«

»Warum … hast du dich nicht bei mir gemeldet?«

Die fünf Sekunden zwischen meiner Frage und seiner Antwort kommen mir wie eine Ewigkeit vor.

»Ich hab was gemacht, das Gus wollte.«

»Dad?« Ich blinzle. »Es lag nicht daran, dass du so angewidert warst?«

»Angewidert?« Er zieht die Nase kraus. »Nein. Warum sollte ich angewidert sein? Du hast mir schrecklich leidgetan. Dieser Kerl – eigentlich spricht man ja nicht schlecht von den Toten, aber in seinem Fall mache ich eine Ausnahme –, dieser Kerl war ein richtiges Arschloch. Wenn er noch am Leben wäre, würde ich ihm eine reinhauen, dass er bis nach Timbuktu fliegt.«

Meine Augen werden groß. »Er war bloß verkorkst.«

»Also, ihn kannte ich ja nicht, aber ich kenne dich, Paige. Du wolltest einem Kalb die Beine nicht zusammenbinden. Du könntest keiner Fliege was zuleide tun. Alles, was du getan hast, um dir diesen Ty vom Leib zu halten, war reiner Selbstschutz. Und wo war überhaupt deine Mom bei der ganzen Sache? Wenn dein Daddy auch nur die geringste Ahnung gehabt hätte … Er besitzt mehrere Gewehre.«

Jake hasst mich nicht.

Trotzdem habe ich das Gefühl, es ihm erklären zu müssen. »Es ist einfach passiert. Es war dumm, aber wir waren verzweifelt. Ständig sind Leute gestorben, haben auf den Gleisen gestanden – Leute, die wir kannten, mit denen wir aufgewachsen sind. Unsere Eltern waren so komisch und haben nie über irgendwas geredet und … Jake, dort ist alles so anders. Nichts ist echt. Ich wollte mich nur lebendig fühlen. Wir wollten jemandem etwas bedeuten, also haben wir beschlossen, einander etwas zu bedeuten. Es war nur ein paarmal und ich wusste, dass es falsch ist, deswegen habe ich es beendet, aber das konnte er nicht akzeptieren, und als ich ihn dann endgültig …«

»Ich weiß. Ich hab's gelesen. Die ganze Geschichte.« Endlich sieht er mich an. Der Blick aus seinen feuchten, geröteten Augen ist beinahe mehr, als ich ertragen kann. Es fühlt sich an, als hätte ich einen Stein verschluckt. »Scheiße, Paige, Dinge passieren nun mal. Ich hab auch nicht wie ein Mönch gelebt. Was du getan hast, bevor du hierher zurückgekommen bist, ist deine Sache. Ich verstehe nur nicht, warum du mir nichts davon erzählt hast. Ich hätte dir helfen können. Oder jemanden finden, der dir helfen kann.«

»Du bist nicht sauer auf mich?«

»Wie könnte ich?« In seinen Augen funkelt grimmige Leidenschaft. »Du bist ein schönes, starkes, faszinierendes Mädchen – nein, eine *Frau*. Du verdienst das hier.« Er breitet die Arme aus, deutet auf das endlose Tal, das wild und frei in der Morgensonne glüht. »Du verdienst alles.«

»Ja?« Ich bin mir nicht sicher.

Sein Blick ist unnachgiebig. Er will, dass ich meine Antwort ändere.

»Ja«, sage ich schließlich. »Ja, jetzt schon.«

»Ganz genau.«

»Wo warst du, Jake?«

Er seufzt und starrt zu Boden. »Als du weg warst, bin ich nach North Dakota auf eine Ölbohranlage gegangen. Gutes Geld, bar auf die Hand. Ich wollte was ansparen, um dich zu überraschen.«

»Du hast auf einer Ölbohranlage gearbeitet? Um mich zu überraschen?« Diese Antwort habe ich nicht erwartet.

»Ja.« Er schaut mich schüchtern von der Seite an. »Ein Kumpel von mir war auf dem Weg dorthin und hat gefragt, ob ich mitwill, direkt nachdem du geflogen bist. Ich … ohne dich konnte ich nicht hierbleiben. Das war einfach …« Er verstummt.

Jake hat mich vermisst. Für ihn war es genauso schwer wie für mich. Mein Herz schlägt schneller.

»Es war ein Knochenjob«, fährt er fort. »Aber nicht schlecht.« Er grinst. »Ich hab ordentlich Kohle gescheffelt.«

»Ich dachte, ich wäre dir egal«, flüstere ich.

»Was? Natürlich nicht! Ich hab Anna gesagt, dass ich mir Arbeit suche und spätestens Weihnachten zurück bin.«

»Himmel, Jake.« Ich sinke in die Hocke. Umklammere meine kalten Knie. Mein Hintern berührt den weichen Schnee.

Er fasst mich am Ellbogen, zieht mich wieder hoch. »Ich konnte mich nicht melden. Da oben gab es nichts. Bloß ein paar Hütten. Überall Männer. Öl. Es war verrückt. Aber ich hab deinem Daddy versprochen, dass ich mich um dich kümmern würde. Und ich wollte was Eigenes haben, als Grundstock für uns zwei.«

Mir klappt die Kinnlade herunter, bis sie fast auf dem Boden hängt. Ich brauche einen Moment, um mich zu sammeln. Ich bin glücklich und traurig, himmelhoch jauchzend und verwirrt, alles gleichzeitig. »Für uns zwei? Du meinst, für dich und die dumme Stadttussi?« Es ist ein bescheuerter Spruch und er verzieht keine Miene. Ich darf mich selbst nicht einmal im Scherz herabsetzen.

»Dumm? Ja klar, Miss Nur-Einsen-an-der-Wesleyan. Herzlichen Glückwunsch, übrigens. Wie ich höre, rockst du dein Studium, Cowgirl.«

Ich lache kurz auf. Anna und ihre große Klappe. Aber es gibt gerade Wichtigeres. »Was hat Dad zu dir gesagt? Nachdem ich weg war?«

Jake lächelt. »Finde deinen Weg. Lern, so viel du kannst. Sei jemand, den meine Tochter verdient.«

»Oh mein Gott …« Ich bin halb gerührt, halb verlegen.

»Tja, du kennst ihn.« Jakes Mundwinkel heben sich, als er daran zurückdenkt.

»Und was hast du geantwortet?«

»Ich hab eingewilligt, obwohl du natürlich mehr als gut für dich selbst sorgen kannst, allerdings unter der Bedingung, dass er dir nicht verrät, was ich vorhabe. Dann bin ich mit meinem Kumpel los, habe einen Riesenhaufen Asche gemacht und mich anschließend für fünfzehn Kurse nächstes Semester am Community College angemeldet.«

Ich reibe mir mit den Handschuhen übers Gesicht, nur um sicherzugehen, dass ich nicht träume. »Ich weiß nicht, was ich sagen soll. Ich dachte die ganze Zeit, dass du mich längst vergessen hast.«

»Bist du verrückt?« Er legt die großen, starken Hände auf meine Wangen, sieht mir direkt in die Augen und flüstert genau das, was ich hören will. Wonach ich mich all die Monate der Trennung so verzweifelt gesehnt habe. »Ich könnte dich nie vergessen, Paige.«

Er zieht mich an sich, hält mich fest, bevor er sich ein Stück von mir löst, damit er mich anschauen kann, nach meinen Händen greift. »Ich hab nachgedacht … Es ist kein schönes Thema, aber wir müssen darüber reden. Die Lebensversicherung deines Dads hat der Ranch einen ziemlichen Batzen Geld beschert. Wenn wir den Winter und Frühling über hart arbeiten, können wir sie vielleicht nächsten Sommer wieder aufmachen, wenn dein Semester vorbei ist. Du kommst doch in den Ferien, oder? Also, nur wenn du Lust hast. Die Eight Hands Ranch. Du, ich, dein Dad, Anna. Ich will sein Andenken bewahren, es in Ehren halten. Das hätte ihm bestimmt gefallen. Was meinst du?«

Glitzernde Einhörner in Regenbogenfarben schlagen Saltos in meiner Brust. »Ich meine Ja!«

»Ja?« Seine Augen leuchten.

»Ich liebe dich, Jake.« Die Wahrheit sprudelt aus mir heraus, und selbst wenn ich es wollte, könnte ich sie nicht mehr zurücknehmen, also springe ich einfach ins kalte Wasser. »Ich liebe dich. Und ich will mit dir zusammen sein. Für immer.«

Ich atme eine frostige Wolke in die Morgendämmerung und warte.

Er lässt mich nicht lange zittern.

»Ich liebe dich auch, Paige Mason.«

»Wirklich?«

»Zum Teufel, ja!« Er grinst breit. »Ich liebe dich schon, seit du mit deinen Zöpfen vor mir gestanden und mich als Ballerina-Angler bezeichnet hast. Und als du dann vor ein paar

Monaten in deinem rosafarbenen Cowgirl-Top wieder hier aufgetaucht bist, dachte ich, ich sei gestorben und im Himmel. Es gab nie eine andere für mich.«

Er schlingt seine warmen Arme um mich und küsst mich, und es fühlt sich so echt und rein an wie die frische Bergluft, die alle schweren Gedanken verscheucht und mein gebrochenes Herz heilt.

Epilog

Im darauffolgenden Juni versammeln sich gut fünfzig Menschen unter einem weiten blauen Himmel an dem gelben Band, das vor unserem neuen Schild gespannt ist.

HEALING HANDS RANCH.

Ich halte eine alte Schere aus Dads Büro in der Hand, mit der er früher immer Briefumschläge geöffnet hat. Während ich das Band durchschneide, schaue ich nach oben.

Jake hat das Schild aus dem Holz eines umgestürzten Baums von unserem Lieblingsplatz oben auf dem Berg geschnitzt und wir haben unsere Handabdrücke vom Weg vor der Veranda hierher versetzt. Mithilfe meiner Mom und meines Stiefvaters haben wir Risikokapital aus Kalifornien bekommen, um meinen Traum zu verwirklichen. Wir haben behindertengerechte Hütten gebaut, Anna schmeißt eine Bioküche und wir beschäftigen zwei Therapeuten, einen Allgemeinmediziner, einen Psychiater und mehrere Reha-Pfleger.

Unsere Ranch ist nicht länger bloß eine Ferienunterkunft. Sie ist ein Ort für Kinder, die nicht weiterwissen. Für kranke Erwachsene, die Zuflucht auf unserer offenen, einladenden Veranda suchen. Ein Ort, an dem der Eistee niemals ausgeht.

Natürlich lösen sich die Tumore und Depressionen nicht über Nacht in Luft auf – so naiv ist keiner von uns, das ist einfach Quatsch –, aber unsere Gäste können hier zur Ruhe kommen, durchatmen. Und wir sehen die Fortschritte. Das ist unsere Art von Wunder.

Ich habe mein erstes Jahr an der Wesleyan mit fast nur Einsen und ein paar Zweien abgeschlossen. Neben dem Studium habe ich in der psychologischen Beratungsstelle ausgeholfen und Therapeuten begleitet, die Studenten mit Depressionen oder Essstörungen behandelten. Dr. Scott, eine sehr nette Frau, die nur Schwarz trägt, meinte, ich sei ein Naturtalent. Ich klärte sie über die Gründe auf.

Ich habe es geschafft, das neue Ranchkonzept mit auszuarbeiten, ohne irgendwelche Kurse zu verpassen. Und ich habe Dr. Scott dazu gebracht, uns im Juni und Juli zu unterstützen. Anscheinend kann ich ziemlich überzeugend sein, wenn ich eine Idee umsetzen will.

Mr T. aus der Highschool hatte recht: Ich allein bestimme, wie meine Geschichte ausgeht, und im Moment spielt sie sich hier ab, wo Heilung nicht immer sofort erkennbar ist, sondern eher flüchtig aufscheint, sich in Kleinigkeiten zeigt, von denen wir nur hoffen können, das sie etwas bewirken. In den Augen eines depressiven Mädchens, das bei der Geburt eines Fohlens zusieht, eines misshandelten Jungen, der seinen ersten Fisch fängt, einer Jugendlichen, deren Arme mit Narben übersät sind und die auf unserer Ranch lernt, ihren Schmerz an einem Stück Holz auszulassen anstatt an sich selbst.

Wir haben nicht jedes Mal Erfolg. Und das ist hart, das gebe ich zu. Als würden wir sie wieder ganz verlieren. Die Verbände aufschlitzen, die Wunden bloßlegen. Aber wenn es gelingt, hüten wir den Augenblick wie einen kostbaren Schatz und bewahren ihn auf für Zeiten, in denen uns alles über den Kopf zu wachsen droht.

Am Ende dieses ersten Sommers parken Jake und ich in der Nähe des Flughafens, machen es uns mit Decken auf der Rückbank seines Jeeps gemütlich, beobachten die Sterne und die über uns hinwegrauschenden Maschinen und ich frage mich, ob ich fliegen soll. Ob ich wieder aufs College soll oder den Winter über bei Jake bleiben. Erst in der Morgendämmerung fahren wir zurück zur Ranch. Ich schlüpfe neben Jake ins Bett, schlinge die Arme um seinen schlafenden Körper und fühle mich so erfüllt von allem, was zählt.

Wir arbeiten unter dem endlosen blauen Sommerhimmel, versuchen es, scheitern, versuchen es erneut. Als das Grün ringsum sich in leuchtendes Rot und sattes Gelb verwandelt und die ersten Blätter von den Bäumen trudeln, weiß ich, dass meine Zeit hier allmählich zu Ende geht. Und obwohl mir der Abschied schwerfällt, liebe ich mein Leben an der Wesleyan – in Cafés herumzuhängen, Livemusik zu hören und zu schreiben, immerzu. Einmal lese ich sogar eine meiner Kurzgeschichten bei einer Open Mic Night. Sie handelt von Scout und alle loben sie.

Jake kommt mich im Herbst besuchen und ist total begeistert. Und meine Freunde sind begeistert von ihm. Man könnte meinen, er wäre hier fehl am Platz, aber Jake fügt sich überall ein, sogar in einem Café voller Collegestudenten mit Hipstermützen und Unipullis.

Als der Schnee vor den hohen Fenstern meiner Kursräume

zu fallen beginnt, dauert es nicht mehr lange und ich bin wieder zu Hause. Jake und ich kuscheln uns in seiner Hütte unter dicke Decken und schauen den tanzenden Flocken draußen zu, während wir Pläne für den nächsten Sommer schmieden und Eintopf aus Resten schmurgeln. Wir fällen eine Kiefer und schleppen sie ins Haupthaus, hängen Dads Weihnachtsstrumpf neben unsere an den Kamin und feiern. Mom und Phil kommen und Mom und Anna kochen gemeinsam in der großen, über und über mit Erdbeeren verzierten Küche. Es ist das schönste Weihnachtsfest, seit ich ein kleines Kind war.

Im April kehre ich für die Frühlingsferien zurück, und nachdem ich Jake und Anna alles über meine neuen Kurse erzählt habe, macht Jake mit mir einen Ausflug mit dem Schneemobil. Der Schnee liegt so hoch, dass es sich anfühlt, als würden wir über Marshmallows brausen, und ich schlinge die Arme fest um seinen Oberkörper und vergrabe das Gesicht an seinem Rücken. Jake fährt absichtlich wie ein Irrer, um mich zum Lachen zu bringen, mich daran zu erinnern, dass ich am Leben bin, oder vielleicht auch nur, damit ich mich noch enger an ihn presse. Oben auf unserem Berg angelangt, zeigt er mir Hufspuren im ansonsten unberührten Weiß, und plötzlich sehen wir sie, sehen Scout mit ihrer Herde. Ich glaube zu halluzinieren.

»Ich wusste, dass sie irgendwann nach Hause findet«, sagt Jake und küsst mir eine Schneeflocke von der Nasenspitze. »Unfassbar.«

Ich schirme die Augen gegen die gleißende Sonne ab. »Das ist nicht Scout, Jake.«

Er schaut genauer hin. »Du hast recht. Aber sie sieht ihr verdammt ähnlich.«

Er wirkt so enttäuscht, dass ich seinen Unterarm drücke und ihm anvertraue, wovon ich überzeugt bin: »Sie ist hier. Sie hat dieses Tal nie verlassen, zumindest nicht auf die Art, auf die es ankommt.«

»Eines Tages hole ich sie dir zurück.«

»Sie ist jetzt ein Rodeostar. Da würde sie sich bei uns alten Ranchern doch nur langweilen«, necke ich ihn, aber der Moment ist bedeutsamer als mein Scherz. Es klingt vielleicht kitschig, aber ich spüre sie wirklich, hier bei uns im schmelzenden Schnee, der bald dem Frühlingsgras weichen wird, sie und die anderen – Dad und Ty und alle, die wir so sehr geliebt und trotzdem verloren haben. Ich fühle sie im Wind. Ich höre sie in den Schreien der Adler. Ich sehe sie in jedem schwer verdienten Lächeln unserer Gäste, und immer wenn ich mich von Jake verabschiede, zerspringt mein Herz in tausend Stücke, die sich zusammensetzen, sobald ich wieder bei ihm bin.

Das Wichtigste ist, dass wir leben. Wir leben wie verrückt.

Und ich weiß, dass meine Geschichte noch lange nicht vorbei ist. Sie hat gerade erst angefangen.

Anmerkungen der Autorin

Als ich die Idee für einen Roman hatte, inspiriert von der tragischen, »ansteckenden« Selbstmordserie von Jugendlichen in meiner Heimatstadt Palo Alto vor fünf Jahren, war ich mir erst nicht sicher, ob ich ihn auch wirklich schreiben könnte. Das Thema verursachte mir richtiggehend Übelkeit. Ich hatte zwei kleine Kinder zu Hause. Wieso zog ich sie in dieser plötzlich so gefährlichen Stadt groß? Und was brachte einen jungen Menschen – einen gesunden, wohlhabenden, klugen, talentierten jungen Menschen, der vordergründig alles hatte (so erzählte man sich; ich habe nie genauer nachrecherchiert, um die Geschichte rein fiktional zu halten) – dazu, sich vor einen Zug zu werfen und sein Leben zu beenden?

Ich musste es herausfinden. Oder zumindest eine Theorie aufstellen. Um meine eigenen Kinder und Schüler vor einer so trostlosen Zukunft zu bewahren. Deshalb habe ich Paiges Figur mit ihrer Herkunft aus einer völlig anderen Gegend erdacht, die dem Schicksal ihrer Altersgenossen knapp entflieht. Mit Gus, dem toughen, in seinem von der ALS zerstörten Körper gefangenen Cowboy, habe ich meinem Onkel Mike ein Andenken geschaffen, der nach langem, würdevollen Leiden dieser Krankheit erlag. Sowohl er als auch Gus hätten alles dafür gegeben, um weiterzuleben, gehen, sprechen, ihre Familien umarmen zu können, während fünf Kinder aus einer der reichsten Städte in den USA, Schüler einer der besten Highschools des Landes, sterben wollten. Warum? Ich musste es verstehen, irgendetwas tun, denn *nichts* zu tun fühlte sich an, als würde ich selbst auf diesen Gleisen stehen und einen Zug auf mich zurasen sehen. Also habe ich getan, was ich nun einmal tue: geschrieben. Es hat mir eine Heidenangst gemacht, mich frustriert und mir das Herz gebrochen, aber ich habe diese Geschichte geschrieben.

Doch als sie endlich fertig war, wusste ich nicht, ob ich sie auch verkaufen kann: eine Suizidepidemie im Silicon Valley, die diese berühmte Gegend – das Zuhause von Steve Jobs, Google und Facebook – am liebsten unter den Teppich kehren würde? Ein alkoholkranker Cowboy mit ALS, der seine heruntergekommene Ranch in Wyoming retten will? Ein zerbrochenes Mädchen, das sich nach einer traumatischen Beziehung zu einem soziopathischen Teenager, der zufällig auch ihr Stiefbruder ist, selbst wiederfinden muss? Das sind wenigstens zwei Romane. Womöglich sogar drei. Aber ich war mir sicher, dass es nur einer war. Nur einer sein *musste*. All diese Figuren mussten in einen Roman passen, weil sie einander brauchten (sie wussten es nur noch nicht). Die zarten Fäden ihrer Geschichten verwoben sich, flochten sich ineinander wie Szenen in einem Film. »Das sind zwei Bücher«, meinten viele New Yorker Verleger. »Ich mag den Text, er ist wunderschön geschrieben. Aber es sind zwei Bücher. Mindestens. Wollen Sie ihn noch mal überarbeiten?« Doch das konnte ich nicht. Ich *wusste* einfach, dass es *ein* Buch war. Ich war dickköpfig und verbohrt, aber ich fühlte die Geschichte von Paige und Jake. Das klingt vielleicht verrückt, doch für mich waren sie real. Ich musste diese Geschichte erzählen.

Monate vergingen und ich wollte *Mit dir unter dem weiten Himmel* und all die Figuren mit ihren Fehlern und Schwächen, die mir so ans Herz gewachsen waren, schon aufgeben, als eines Abends, während ich mit meiner Tochter kuschelte, plötzlich eine E-Mail in meinem Postfach aufploppte. Sie war von meiner Agentin Sara Crowe, die vom allerersten Entwurf an für dieses Projekt gekämpft hat. Der Betreff lautete *Tolle Neuigkeiten!* und die Mail selbst war eine weitergeleitete Nachricht von meiner genialen und mutigen Lektorin Heather Howland von Entangled. Ich überflog sie blitzschnell, mit Tränen der Aufregung in den Augen. Sie schrieb, dass sie von meinem Roman begeistert sei. Dass er sie berührt habe. Dass sie, obwohl er noch längst nicht perfekt sei, erkenne, nein, *fühle*, was ich erzählen wolle. Als *eine* Geschichte. *Ein* Buch. Und dass sie ihn gerne veröffentlichen würde. So wurde dieser Roman Wirklichkeit und die, deren tragisches Schicksal ihn inspiriert hat, leben auf meine bescheidene Art weiter. Das hier ist für euch!

Leseprobe

»Soul Mates«
Band 1: Flüstern des Lichts
von Bianca Iosivoni
ISBN 978-3-473-58514-4

Die Stimmen waren zurück. Sie flüsterten Worte, die ich nicht verstand, stöhnten und schrien ihren Schmerz in die Welt hinaus. Nur war ich die Einzige, die sie hören konnte. Binnen weniger Sekunden steigerten sie sich zu einem Kreischen, das in meinen Ohren klingelte und sich wie eine glühende Nadel hinter meiner Stirn anfühlte.

»Alles in Ordnung, Rayne?« Mrs Bowens' Stimme drang nur verzerrt zu mir durch.

Ich biss die Zähne zusammen, öffnete die Augen und zwang ein Lächeln auf mein Gesicht. »Ja«, behauptete ich, während ich mich so fest an den Verkaufstresen klammerte, dass die Kanten in meine Haut schnitten. Das Gefühl lenkte mich zumindest ein wenig von dem Kreischen ab, das niemand außer mir wahrzunehmen schien.

Manchmal half Schmerz kurzzeitig gegen die Schreie, doch wenn ich ehrlich war, hatte ich nicht die geringste Ahnung, wie ich sie loswerden sollte. Oder warum ich sie hörte. Schon wieder. Das letzte Mal war Monate her und die Panik darüber, dass die Stimmen zurück waren, drohte mir die Luft abzuschnüren.

»Das macht zwanzig Dollar.« Irgendwie brachte ich die Worte hervor und überreichte Mrs Bowens ihre Büchertasche.

»Danke, Liebes.« Die besorgten Falten auf ihrer Stirn glätteten sich. »Komm doch nächste Woche in der Bäckerei vorbei, wenn ich die neuen Rezepte ausprobiert habe. Hab einen schönen Feierabend und grüß deine Mom von mir.«

»Danke, das werde ich. Auch Ihnen noch einen schönen Abend.« Ich begleitete Mrs Bowens zum Ausgang, drückte die Tür hinter ihr ins Schloss und drehte das metallene Schild um. Mein Atem hinterließ eine kleine Spur Kondenswasser auf dem Glas und die schwache Spiegelung verriet mir, dass ich furchtbar aussah. Vermutlich genauso, wie ich mich gerade fühlte.

Das Läuten der Kirchenglocken durchbrach den Lärm in meinen Gedanken. Ich schloss die Augen und atmete tief durch. Einmal. Zweimal. Dreimal. Mit jedem Heben und Senken meiner Brust beruhigte sich mein Herzschlag ein bisschen mehr. Das Hämmern meines Pulses wurde weniger und die Schreie leiser. Aber sie waren noch immer da, versteckt in den hintersten Winkeln meines Bewusstseins. Bereit, jederzeit wieder hervorzukriechen.

Erst jetzt nahm ich die anderen Geräusche um mich herum wieder wahr. Vorbeifahrende Autos und Stimmen von draußen, gedämpfte Musik aus dem Verkaufsraum und ein Rumoren aus dem Lager. Alle paar Wochen sortierte meine Chefin die Bestände neu, wenn ihr wieder einmal ein besseres Ordnungssystem eingefallen war. Bücher waren Mariellas Leben und sie widmete ihnen jede Minute ihrer Zeit.

Ich warf einen Blick auf die antike Wanduhr, die eingebettet zwischen zwei Regalen stand. Kurz nach sieben. Feierabend. Im Vorbeigehen griff ich nach meiner Umhängetasche und schob mein Handy hinein.

»Mariella?« Ich blieb an der Tür zum Lager stehen. Zwischen den Regalreihen konnte ich sie nicht entdecken. »Ich mache Schluss für heute. Soll ich abschließen?«

»Nein. Ich bin gleich fertig und kümmere mich darum.« Ihre tiefe, kratzige Stimme kam von der anderen Seite des Lagers und warf ein Echo an die Wände.

»Alles klar. Bis morgen!« Meine eigene Stimme hallte zurück. Hell und weich, mit einer rauen Note.

Ohne eine Antwort abzuwarten, ging ich zur Kaffeemaschine im Hinterzimmer und befüllte zwei Becher. Damit verließ ich das *Butterfly Books* und zog die Tür zum Klingeln des Glöckchens hinter mir zu.

Draußen ging gerade die Sonne unter. Die Wärme des Septembertages hing noch in der Luft und machte eine Jacke unnötig. Die Blätter an den Bäumen begannen sich gerade erst zu verfärben, doch der Himmel war klar und das strahlende Blau schien im Orangerot der untergehenden Sonne zu brennen. Mit jedem Atemzug drang etwas Würziges und Feuchtes in meine Lunge, als wollte sich der herannahende Herbst bereits ankündigen.

Ich ging an den Autos vorbei, die neben dem Bürgersteig parkten, überquerte die Hauptstraße und folgte dem Weg bis zum Comicshop an der Ecke. Mit seinem quietschbunten Logo und der modernen Aufmachung stach er aus der breiten Masse der Läden heraus. Statt einer Klingel über der Tür kündigte die Titelmelodie von Batman mein Eintreten an.

Barry stand hinter dem Tresen, beide Ellbogen aufgestützt, das Kinn in der Hand und sah auf, als ich eintrat. Bei meinem Anblick hellte sich sein Gesicht auf und ich hätte schwören können, dass er mit einem Mal um zwanzig Jahre jünger wirkte.

»Na endlich«, brummte er und streckte die Hand nach dem Kaffee aus, als wäre es sein rettendes Lebenselixier.

»Ich freue mich auch, dich zu sehen«, sagte ich trocken und

stellte seinen Becher vor ihm auf der Glasplatte ab. Darunter befanden sich die ältesten und wertvollsten Ausgaben seiner geliebten Comics. »Wie geht's dir?«

»Ach, das Übliche. Die Hüfte ziept und meine Knie wollen auch nicht mehr so richtig, aber solange die Sonne scheint ...« Über den Rand des Bechers hinweg schenkte er mir eines seiner berühmten Lächeln. Vor einem halben Jahrhundert hatte er damit sicher unzählige Mädchenherzen gebrochen. »Danke für den Kaffee.«

»Immer wieder gern.« Seit Barry eines Tages im *Butterfly Books* aufgetaucht war und mehr Bücher gekauft hatte, als er tragen konnte, hatten wir uns angefreundet. Obwohl er mit seinen sechsundsiebzig Jahren viermal so alt war wie ich, teilten wir den gleichen Büchergeschmack.

»Mariella lässt dich herzlich grüßen.«

Barry kniff die Augen hinter seiner schmalen Brille zusammen. »Lügnerin«, brummte er und sah zur Seite, doch das kurze Zucken in seinen Mundwinkeln verriet ihn. Genauso wie die Tatsache, dass eine gesunde Röte in seine Wangen schoss. »Was liest du gerade?«, wechselte er abrupt das Thema.

Diese Frage stellte er mir öfter, als es meine Englischlehrerin in der Highschool jemals getan hatte. Ich hatte schon immer gern gelesen, aber dank Barrys Empfehlungen hatte sich mein Konsum fast verdoppelt. Genau wie mein Stapel ungelesener Bücher, der sich bald bis an die Decke meines Zimmers türmte.

»Immer noch den dritten Band dieser neuen Fantasy-Reihe«, antwortete ich zwischen zwei Schlucken von meinem Kaffee.

Er begann zu strahlen, aber ich hob warnend die Hand. »Wehe, du verrätst mir, wie es ausgeht oder wer stirbt. Lass es mich allein rausfinden.«

»Die ganze Welt wird wissen, wie es ausgeht, wenn der Film erscheint.« Er rieb sich über das bärtige Kinn. »Na schön, wie du willst. Aber das Ende ist gut.«

Natürlich war es gut. Barry selbst hatte mir die Reihe in die Hand gedrückt. Inzwischen war ich süchtig und verbrachte jede freie Minute damit, meine Nase in den aktuellen Band zu stecken, statt die Regale in der Buchhandlung aufzuräumen oder das Schaufenster zu dekorieren. Von der Buchhaltung ganz zu schweigen.

Mein Handy vibrierte in meiner Tasche. Ich zog es hervor und las die eingegangene Textnachricht. »Nora steht im Stau. Ich soll Emma von der Schule abholen«, informierte ich Barry und trank meinen Kaffee aus.

»Grüß die Kleine von mir. Und pass auf dich auf.« Ein seltsamer Unterton schwang in seinen Worten mit.

An der Tür angekommen, drehte ich mich zu ihm um. »Wieso?«

Umringt von unzähligen Daredevil-, Wonder-Woman- und Batman-Sammelfiguren runzelte Barry die Stirn. »Es ist wieder jemand verschwunden.«

»In Chicago? Dort verschwinden doch ständig Leute und tauchen ein paar Tage später wieder auf«, erinnerte ich ihn. Solche Dinge geschahen in einer Großstadt nun mal, aber nicht in einem kleinen Städtchen wie Divine Creek.

»Das ist die vierte Person in den letzten zwei Wochen. Und ich rede nicht nur von Chicago. Pass einfach auf dich auf, Rayne. Besonders im Dunkeln.«

Es lag mir auf der Zunge, seine Bedenken erneut abzutun. Doch die Besorgnis in seinem Gesicht ließ mich innehalten. Das hier war nicht nur irgendeine seiner Verschwörungstheorien. Er meinte es ernst.

»Ich laufe nur über die Straße zu meinem Wagen. Mach dir keine Sorgen.«

»Gut.« Er nickte knapp. »Wir sehen uns morgen?«

Ich lächelte. »Selbe Zeit, selber Ort, frischer Kaffee.«

Als ich den Laden verließ, begleitete mich das scheppernde *Nananana*, das auch beim Hereinkommen ertönt war.

Inzwischen war die Sonne untergegangen und Kälte begann sich in der Stadt auszubreiten. Mit ihr kam der Nebel vom Fluss, der durch die Straßen kroch. Die Härchen auf meinen nackten Armen stellten sich auf.

Ich hatte Barry nicht belogen. Mein alter Hyundai Tucson wartete auf dem Parkplatz hinter der Buchhandlung auf mich. Doch noch bevor ich einen Schritt getan hatte, vibrierte es erneut in meiner Tasche. Verwundert zog ich mein Handy hervor. Auf dem Display war das Bild meiner kleinen Schwester zu sehen. Brauner Lockenkopf und rote Pausbacken. »Emma? Was ist los, Liebes?«

»Rayne!« Aus irgendeinem Grund klang sie atemlos. »Miss Miller war heute krank und wir hatten früher Schluss. Ich bin schon losgegangen.«

Ich schloss die Augen und unterdrückte ein Fluchen. Wie oft hatten Nora und ich ihr eingeschärft, uns in einem solchen Fall sofort anzurufen und in der Schule auf uns zu warten? Es war nicht das erste Mal, dass sich Emma selbst auf den Weg machte. Und vermutlich würde es auch nicht das letzte Mal sein. Allein der Gedanke daran, dass sie in der Abenddämmerung allein durch die Straßen lief, ließ mich schaudern.

»Emma, wo steckst du? Bleib, wo du bist, und ich hole dich dort ab.« Ich überquerte die Hauptstraße und hob entschuldigend den freien Arm, als ein Auto meinetwegen bremsen musste.

»Aber ich bin fast beim Buchladen!«, protestierte sie am anderen Ende der Leitung. »Ich bin …« Doch ihre Worte gingen in einem plötzlichen Rascheln unter.

Mit hämmerndem Herzen blieb ich neben der Bäckerei stehen. »Emma?«

Rauschen.

»Emma!«

Stille. Die Verbindung war abgebrochen.

Ich starrte auf mein Smartphone. Der Akku war zwar wie immer fast leer, aber noch war mein Handy nicht tot. Dafür war der Empfang miserabel. Ich setzte mich wieder in Bewegung und rief Emma zurück. Mit angehaltenem Atem lauschte ich, wurde jedoch sofort zur Mailbox weitergeleitet. »Verdammt!«

Emma hatte behauptet, in der Nähe zu sein, doch in Divine Creek war *alles* in der Nähe. Zumal ich der Entfernungseinschätzung einer Siebenjährigen nicht ganz traute.

Ein Klirren links von mir ließ mich zusammenfahren. Das Geräusch war aus einer kleinen Gasse gekommen, in der es außer Lieferanteneingängen und Müllcontainern nicht viel gab. Die Einheimischen nutzten solche Seitenstraßen als Abkürzungen; Touristen wussten vermutlich nicht einmal, dass sie existierten – und wenn, hätten sie sich wohl kaum hierhin verirrt.

Ich machte einen Schritt in Richtung der Gasse. Das Licht der Straßenlampen reichte nur ein paar Meter weit.

»Emma?«

Meine Schwester kannte die Stadt sehr gut. Es würde zu ihr passen, durch die dunkelsten Straßen zu laufen, um so schnell wie möglich hier zu sein. Stirnrunzelnd sah ich auf mein Smartphone hinunter. Keine neue Nachricht. Kein Anruf.

Ein leises Wimmern drang an mein Ohr. Ich riss den Kopf hoch. Es könnte von einem Tier stammen, vielleicht von einer heimatlosen Katze oder einem Hundewelpen. Oder von einem kleinen Mädchen.

Innerlich verfluchte ich Barry und seine Warnungen. Hatte ich vorhin nichts darauf gegeben, jagten sie mir jetzt eine höllische Angst ein.

Allerdings nicht um mich selbst, sondern um meine kleine Schwester.

Ich sah die Straße hinunter. Ein Laden reihte sich an den nächsten, dazwischen Cafés und Restaurants, in denen es tagsüber von Touristen und Einheimischen nur so wimmelte. Divine Creek mochte zwar nur eine Kleinstadt von vielen sein, doch die pittoresken Häuser im Stadtkern, die roten Backsteinbauten mit den weißen Balkonen und Zierfassaden sowie die Geschichte der Stadt zogen regelmäßig Besucher an.

Die Innenbeleuchtung im *Butterfly Books* war ausgeschaltet, also war Mariella bereits nach Hause gefahren. Auf der anderen Straßenseite schlenderte ein Paar Arm in Arm an den Schaufenstern vorbei und blieb unter einem Schild mit der geschwungenen Aufschrift *Töpferei* stehen, um sich die Auslage anzusehen. Ein Radfahrer bog in halsbrecherischem Tempo an der Kreuzung ab. Davon abgesehen war alles ruhig. Von meiner Schwester weit und breit keine Spur.

Langsam betrat ich die Gasse. Jedes bisschen Vernunft in meinem Inneren schrie mich an, auf der Stelle umzukehren. Nach mehr als genug Horrorfilmen, die ich mit meinem besten Freund angeschaut hatte, wusste ich nur zu gut, was mit leichtsinnigen Frauen passierte, die allein in eine dunkle Gasse gingen und auch noch »Hallo?« riefen. Als ob der Mörder mit einem freundlichen »Hier bin ich!« antworten würde.

Aber wenn Emma etwas zugestoßen war und sie nur wenige Schritte von mir entfernt verletzt in der Dunkelheit lag, würde ich es mir nie verzeihen, nicht den Mut aufgebracht zu haben, nach ihr zu suchen.

»Emma?«, rief ich ein weiteres Mal. Meine Stimme verlor sich zwischen den Hausmauern, doch ich erhielt keine Antwort. Wäre sie tatsächlich hier, würde sie sich bemerkbar machen, oder? Aber was, wenn sie bewusstlos war? Möglicherweise war sie auf dem Kopfsteinpflaster gestolpert, hingefallen und hatte sich den Kopf angeschlagen. Vor drei Wochen war genau das einem Jungen in ihrer Klasse passiert, der bei Regen durch die Straßen gelaufen war.

Wieder hielt ich mir das Handy ans Ohr, während ich tiefer in die Gasse vordrang. Kein Klingeln am anderen Ende der Leitung. Das Klackern meiner Stiefelabsätze auf den Steinen und mein unruhiger Atem waren das Einzige, was ich hörte. Ich zuckte zusammen, als die Computerstimme mich erneut dazu aufforderte, eine Nachricht zu hinterlassen.

Nach etwa der Hälfte der Strecke blieb ich stehen. Hinter mir waren zwei Lieferanteneingänge, vor mir mindestens ein Dutzend grauer Müllcontainer. Daneben standen alte Kartons und ein Lattenrost. Etwas Kleines, Pelziges huschte an mir vorbei und stieß eine zerbrochene Flasche beiseite. Einen Moment lang klirrte das Glas auf den Steinen, dann wurde es wieder still.

Ich könnte weiterlaufen und am Ende der Gasse abbiegen, den Block umrunden und zur Hauptstraße zurückkehren. Aus dieser Richtung würde auch Emma kommen, ganz egal, welche Abkürzung sie nahm. Doch jede Faser meines Körpers warnte mich mit einem kalten Prickeln davor weiterzugehen.

Obwohl der Mond den Nachthimmel erhellte, schien es mit jeder Sekunde unaufhaltsam dunkler zu werden. Die Schatten wirkten tiefer, undurchdringlicher und krochen wie Nebelschwaden über die Wände. Ich blinzelte mehrmals, aber das Bild vor meinen Augen blieb dasselbe. Die Schatten bewegten sich tatsächlich.

Kopfschüttelnd wich ich zurück. Das musste ich mir einbilden. Ich sollte zur Buchhandlung gehen und dort auf Emma warten, um ihr anschließend eine Standpauke darüber zu halten, nicht allein durch die Straßen zu laufen.

Ich drehte mich um – und starrte in ein fremdes Gesicht.